UNE FAMILLE FRANÇAISE

DU MÊME AUTEUR

Deux Journées à Bassora, Milan
Le Deuil de l'image, Philippe Olivier
Le Vent mauvais, Lucien Souny
La Folie des justes, Lucien Souny
Les Caramels à un franc, Lucien Souny
La Rosée blanche, Albin Michel ; GLM
Les Encriers de porcelaine, Albin Michel ; GLM
Le Domaine de Rocheveyre, Presses de la Cité ; GLM ; Pocket
Les Vignerons de Chantegrêle, Presses de la Cité ; GLM ; Pocket
Jours de colère à Malpertuis, Presses de la Cité ; GLM
Quai des Chartrons, Presses de la Cité ; GLM ; France Loisirs ; Pocket
Les Compagnons de Maletaverne, Presses de la Cité ; GLM ; France Loisirs
Le Carnaval des loups, Presses de la Cité ; GLM ; France Loisirs ; Pocket
La Tradition Albarède :
1. *Les Césarines*, Presses de la Cité ; GLM ; France Loisirs
2. *Grand-mère Antonia*, Presses de la Cité ; GLM ; France Loisirs
Une maison dans les arbres, Presses de la Cité ; GLM ; France Loisirs
Une reine de trop, Presses de la Cité ; GLM

Jean-Paul Malaval

UNE FAMILLE FRANÇAISE

Roman

LE GRAND LIVRE DU MOIS

1

Les patriarches
(1910)

C'était un matin extraordinaire. Une aube d'été, rose à l'horizon, comme Angel Monestier aimait à la contempler, d'un pas nonchalant, en faisant la tournée des dépendances. L'odeur de foin embaumait sa grange. L'homme tira sur la porte et se glissa en douce dans l'antre rien que pour le plaisir, une fois encore, d'en respirer les essences divines. Tous les arômes de mes collines sont là, se dit-il en puisant sur le plancher une poignée de graines. Le patriarche les huma en fortes aspirations répétées. Il reconnaissait les yeux fermés le sainfoin du Mournat, le trèfle gras de Puyfort, le vulpin de l'Oustalier, le ray-grass de Lamarchie. Du bout de l'index, il chassa au creux de sa main les fenasses nuisibles. C'était plus fort que lui, en sa grange, ou sur la prairie, de traquer les parasites. A ses heures, il eût rêvé ainsi de faire le tri du bon grain de l'ivraie. La vie, en somme, se résumait à cette complication. Il est des hommes bons et tant d'autres qui rusent. Dieu, seul, à l'heure du Jugement, décidera de quel côté disposer les âmes.

Angel traversa sa grande cour, en s'étirant les membres, le sabot ferré martelant le pavage. Par-dessus le mur d'enceinte, que le grand-père Martineau, jadis, avait voulu plus haut qu'un homme, comme il sied dans les fermes à caractère, les premiers nuages blancs montaient à l'assaut du ciel. Ce n'était rien que des cumulus esseulés dont la chaleur finirait par avoir raison. Il débloqua la fermeture des grandes portes-charretières et rabattit les vantaux. Ouvrir les portes de la Renaudière restait l'affaire d'Angel, le premier levé de toute la famille, aux aurores comme de juste. Il avança au milieu de la route, enjambant les ornières au creux desquelles une eau rouille stagnait depuis le dernier orage. Un petit vent courait la colline, faisant bruire les platanes qui jouxtaient l'écurie. Angel Monestier glissa ses mains sous les bandes élastiques de ses bretelles. Il attendait l'angélus au clocher de Saint-Ségur. Le vent portait dans la bonne direction, comme toujours au beau fixe. Sa main fureta sous la ceinture de flanelle qui lui enserrait le buste pour y dénicher sa montre de gousset. D'une pichenaude, il fit sauter le couvercle argenté. Le bedeau a deux minutes de retard, marmonna-t-il. Enfin, les cloches s'animèrent, plutôt mollement au début, puis le patriarche attendit que les sons portés décrussent.

La fraîcheur de la nuit avait gagné toutes les pièces de la maison. Athanaïs avait pris soin de laisser les portes des couloirs entrouvertes pour que le courant d'air s'y insinuât. Mais, à peine le soleil gravirait-il ses premiers degrés, elle fermerait les issues à double tour pour conserver la fraîcheur tout le jour. Et qu'importe si l'on n'y voyait goutte dans le salon, les chambres, la salle à manger. C'était une habitude à la Renaudière de se claquemurer derrière ses murs épais de grès rose.

Angel alla à la cuisine où sa femme faisait passer le café, par petites versées d'eau bouillante. Dans sa camisole en batiste blanche, portant haut le chignon, Athanaïs trônait devant son potager. C'était l'endroit où ses journées s'écoulaient, sous le filet de lumière de sa fenêtre aux volets clos. Préparer les repas était sa principale occupation. Et lorsque les marmites mitonnaient, elle s'autorisait un peu de délassement en se rapprochant du couloir, dans le courant d'air, sous la lumière d'une lampe à pétrole. Elle brodait son aise des séries interminables de festons de lune, d'œillets, de plumetis et de pois.

Elle emplit le bol d'Angel, sans un mot, et alla s'adosser à l'évier. Le patriarche avait les mauvaises manières des maîtres de maison. Pendant ses repas, il fallait que sa femme fût auprès de lui, le geste prompt au service. Ainsi, il attaqua la tourte avec un couteau qui ne lui donnait pas toute satisfaction. L'homme le jeta sur la table, violemment, pour montrer son exaspération.

— Que dirais-tu si mes faux ne coupaient rien ? fit-il d'un ton aigre.

Athanaïs en sortit un nouveau du tiroir qui eût suffi à égorger un cochon, pointu comme un stylet, aiguisé comme un rasoir. La tranche de pain tomba d'un seul geste. Mais l'objet n'avait aucune utilité pour gratter le beurre à même la motte et l'étaler sur la tartine. Angel n'eut point besoin de réclamer un couteau rond, l'épouse le lui tendit d'un geste résigné.

— Le jambon et le poulet froid suffiront-ils ?

L'homme hocha la tête.

— Avec une bonne mayonnaise, quelques cornichons, et peut-être une sauce ravigote...

— Ce sera tout ?

Angel se fit verser un demi-bol de café, qu'il avala d'un trait.

— On doit être à la hauteur, dit-il.

— Que ne ferais-tu pas pour ta chère petite Clémence, ironisa Athanaïs.

— Oui, ajouta l'homme en reculant son siège. Je suis fier de ces accordailles. Ça va donner du lustre à notre maison.

Monestier passa une dernière fois son rasoir sur la joue, en remontant, à rebrousse-poil. Il ne sentit aucune résistance. Parfait, se dit-il en se tapotant la peau avec un tampon d'ouate imbibée d'eau de lavande. Une vraie peau de bébé. Ainsi, avec un peu de mousse de savon et de la patience, il était parvenu au bout d'une barbe de cinq jours, sans la moindre égratignure ni estafilade, ce qui était un exploit. D'ordinaire, faute d'attention, le coupe-choux faisait des dégâts sanguinolents du côté du menton. Mais, aujourd'hui, l'affaire est sérieuse. Il s'agit de conclure, entre gens estimables, une affaire qui fera des gorges chaudes dans le patelin. La preuve ! Athanaïs aussi s'est mise de la partie, en passant et repassant le fer sur la chemise de coton.

Le maître jeta ciseaux et rasoir dans la cuvette qui avait servi à ses ablutions, et se dirigea en sifflotant vers sa femme.

— Celle de soie aurait mieux convenu, jugea-t-il.

Elle ne répondit pas. A peine un haussement d'épaules. Instantanément, il subodora la profondeur de sa pensée. Tant d'années de vie commune évitent les discours. Les silences deviennent comme une des formes supérieures de l'intelligence. De la soie pour de simples accordailles... Que mettrons-nous le jour des noces ? Angel éclata de rire.

— Les garçons sont levés ?

— Aux étables, déjà, répondit la mère. Et Mariguitte s'occupe de ton faux col.

— Je veux celui qui fait six centimètres. Ça donne de la prestance.

— Comme un ministre, rit Athanaïs.

— Et ma cravate de soie noire. Ça sera un peu funèbre.

— Que dis-tu là ? s'esclaffa l'épouse en se signant. Grave, tout au plus.

— Oui, du plus sérieux, c'est ce que je voulais dire, rectifia Angel. Avec le costume noir. C'est le seul qui n'est pas élimé aux revers. Pour le mariage, il faudra songer à faire quelques frais de toilette. Une robe pour toi. Et un complet veston pour moi. Toujours noir.

— Noir ? Ça manque de personnalité, jugea Athanaïs.

— Je me fiche bien de ces appréciations de bonne femme.

— Tu pourrais essayer un bleu roi ? Ou un gris ? Un gris irait parfaitement.

— Non, trancha Angel. Ce sera un noir. Du plus noir possible. Même enfant, je portais du noir.

Athanaïs soupira longuement.

— Ta mère vous a élevés comme des orphelins, sans amour, sans affection.

— Félix et moi avons été élevés comme il convient, au fouet, à la cravache.

— Tu es dur, parfois, avec Pierre.

— Ça ne va pas recommencer ! Pierre est un sentimental. Il réfléchit trop. Ça ne donne rien de bon dans la vie.

L'épouse tendit la chemise blanche, en la tenant par les coutures des épaules. Angel s'y glissa en ronronnant comme un vieux chat. Puis, elle vint la boutonner, sans qu'il fît le moindre geste. Ce rituel du dimanche durait depuis trente ans, n'avait jamais inspiré le moindre geste de révolte. L'homme ausculta l'effet devant le miroir, cherchant le faux pli. Mais l'épouse y avait mis tant d'attention et de doigté qu'on ne risquait guère cette faute. Il hocha la tête de contentement.

— Et ce col, il arrive ! Bon Dieu, je suis déjà en retard.

Un bruit de pas précipités le fit se retourner. Mariguitte apporta l'objet comme s'il eût été une relique sacrée.

— Voilà ! Voilà, mon petit papa.

La jeune fille était à l'opposé de son père, sans un gramme de coquetterie. Il lui disait, souvent, avec toute la cruauté dont il était capable : « Tu ne possèdes pas les fantaisies de ton âge. Si ça continue ainsi, dans le genre sévère, tu ne te marieras jamais ! » Néanmoins, Mariguitte ne changeait rien à sa mise. Il n'était point sûr que le mariage l'intéressât. Toutes les satisfactions de son existence, elle les trouvait à la Renaudière, dans les jupons de sa mère, malgré ses vingt-trois ans. Ni bal ni promenade, sa vie se cantonnait aux murs de l'hôtel, comme elle disait. Un temps, on avait envisagé pour elle le noviciat. Mais le père, trop républicain, s'y était opposé fermement, en jetant le curé à la porte.

Haussée sur la pointe de ses chaussures, Mariguitte boutonna le faux col empesé sur la chemise.

— Tu seras plus distingué que monsieur Briand, fit-elle.

— Je n'aurai point de mal à me hisser au niveau du vieux sanglier.

— Pourquoi ? Tu n'es pas du parti de monsieur Briand ? N'est-il pas un vrai républicain comme tu les aimes ?

Sa mère lui fit les gros yeux. Elle se tut, sur-le-champ. Angel caressa le chignon de sa fille avec tendresse. C'était un des rares mouvements affectueux dont il savait faire montre dans les moments opportuns. Elle sembla ployer sous la caresse, comme l'échine d'une chatte, avec un petit sourire de grâce.

— Nous t'avons donné assez d'instruction pour tenir un ménage. Certes pas pour deviser sur les questions de l'Etat. Ce n'est pas l'affaire des jeunes filles, la politique.

Athanaïs vint aussitôt lui nouer sa cravate. Elle fit, défit, refit le nœud trois ou quatre fois avant qu'il le jugeât digne de lui, et de l'hôte qui allait bientôt frapper à sa porte. Dans le tiroir de la commode, il prit sa montre en or et l'accrocha à son veston, la chaînette bien en évidence. Il essaya un chapeau neuf et tempêta contre la rigidité de la forme. Le cuir de la passe résistait à ses malaxations nerveuses. Enfin, il la cassa suffisamment pour qu'elle tînt à son tour de tête.

— A-t-on vu homme plus distingué que notre Angel ? s'écria Athanaïs dont l'amour pour son mari brillait dans le regard.

Et Mariguitte aussi se mit à exulter, ce qui n'était pas pour déplaire au maître. Des hommes, la jeune fille ne savait rien d'autre que l'autorité d'un père, les taquineries de ses frères Paul et Pierre. A la vérité, Paul était plutôt volontaire et raide comme Angel, tandis que Pierre s'avérait doux et délicat. Elle se disait : Si je dois un jour prendre mari, il faudrait qu'il soit comme mon Pierre. Mais c'était parole en l'air, bluette de jeune fille romantique, car le destin n'a point de maître ni de contradicteur, il dispose des vies selon les circonstances.

L'homme descendit aux cuisines, traversa le salon, les couloirs, en battant la semelle. Il allait et venait comme un étranger dans sa propre maison. Qu'est-ce donc qui lui prêtait cette sensation singulière ? L'habit, le chapeau, le cuir rasé de frais. Ne suis-je point en train d'en faire un peu trop ? s'interrogeait-il.

— Mais où est Clémence ? cria-t-il.

Sa voix de baryton monta jusqu'aux étages. Et Athanaïs prit peur. Les cris de son mari, les foucades, les appels rauques la mettaient en transe. Elle descendit les escaliers, quatre à quatre.

— Sais-tu où est Clémence ?

— Elle se cache, révéla la mère.

— Pourquoi ? Est-ce une manière, le jour des accordailles ?

— Justement.

— Justement, quoi ?

— C'est une affaire d'hommes.

Angel parut rassuré. Et il s'approcha de sa femme, encore en camisole de nuit. Tout occupée à apprêter le mari, elle n'avait pas eu une seule minute à elle. Il la prit dans ses bras puissants, prisa fort les tressaillements de désir qu'ils partageaient.

— Tu es impossible, mon pauvre Angel.

— Ne suis-je pas trop bien vêtu ? Notre Brillat mérite-t-il tant d'attention ? Le ridicule serait la pire impression que je puisse donner...

— Tu es parfait, Angel, parfait.

Et elle joignit les mains, les frappa l'une contre l'autre.

Quand la carriole de son invité vint rouler sur le pavage de la cour, Angel Monestier sortit aussitôt. Sa femme lui avait conseillé d'attendre un peu, mais le propriétaire de la Renaudière ne possédait pas ces ruses. Il ajusta son chapeau, boutonna son veston et alla à grand pas vers le simple équipage. C'était une de ces vieilles carrioles brinquebalantes qui servaient sur tous les mauvais chemins du pays, et dont la capote en toile était usée à la corde et rapetassée. L'homme descendit lestement et mena à la gourmette son cheval à l'ombre des écuries. Puis, il fit mouvement vers son hôte, à bras ouverts. Monestier ôta son chapeau, se trouvant un peu ridicule ainsi attifé, comme il l'avait craint, devant son invité, simplement habillé d'une chemise ouverte sur la poitrine.

— François Brillat, s'exclama Angel, vous êtes le bienvenu à la Renaudière.

Les serrements de main furent chaleureux, les gestes caressants, et l'amabilité portée à la perfection. Dans l'encoignure de la porte d'entrée, Athanaïs soupira de soulagement. Avec les hommes, on ne sait jamais, pensait-elle.

— Nous nous sommes vus bien des fois, et jamais salués, déplora Brillat.

— Où cela ?

— Chez vous, à Saint-Ségur, à la foire aux chevaux.

— Mais nos enfants ont été plus hardis, ajouta Monestier. Ils se sont reconnus aussitôt.

— L'amour, exulta Brillat.

Angel se força à un petit rire. Il était la pudeur même, cet homme, sous ses grands airs, et le fameux mot avancé par son voisin, il ne l'eût prononcé pour rien au monde. Alors que François Brillat était plutôt d'un caractère expansif, téméraire dans l'approche des gens, et parfois exagérément méridional dans ses excès de langage.

Avant de franchir la porte et de saluer la maîtresse des lieux, le visiteur se retourna vers la cour, mesurant l'ampleur des bâtiments, leur agencement, le mur d'enceinte, l'âge des marronniers et des tilleuls. Tout respirait l'opulence, la bonne ferme, le travail bien fait.

— Votre maison inspire la confiance dans le pays. Je me suis renseigné, dit François Brillat.

— J'ai hâte de connaître la vôtre, retourna Angel.

Le visiteur prit un air contrit.

— Ma ferme de Croisille n'a pas le caractère de la Renaudière. Loin s'en faut. Mais nous ne nous plaignons pas.

Les hommes longèrent le couloir, cueillis par la fraîcheur apaisante des murs épais. Angel fit entrer son invité dans le salon. Athanaïs avait préparé la salle pour l'occasion : table carrée de noyer en son centre, recouverte d'un napperon en point de broderie sur tulle, carafe et petits verres pour les apéritifs disposés sur un plateau de cuivre ciselé à la manière orientale. Ils prirent place sans cérémonie. La curiosité de Brillat était vive, réservée aux meubles : buffet, vaisselier, lingère... Il avait l'habitude d'estimer les choses par leur prix. Dans sa jeunesse, il avait commencé à se faire un peu de sous dans le commerce du vieux mobilier. Et rarement son jugement avait été pris en défaut.

— Un mariage est l'union de deux familles, par-delà les sentiments que partagent nos enfants, commença Angel. Il eût été fâcheux, sans doute, que nous ne fussions des propriétaires terriens, et de nobles cultivateurs.

François Brillat éclata de rire. La savante tournure de la phrase exprimant une vision plutôt terre à terre sonnait étrangement.

— Les intérêts d'abord, répliqua-t-il.

— Que vaudrait l'union de Clémence et Martin s'il n'y avait derrière l'assurance du confort ? Ainsi se bâtissent les belles familles, mon cher, dans la prospérité des alliances.

— Je n'apporterai pas plus que je ne peux donner, prévint François Brillat.

— Je comprends. Et si j'apporte plus que vous, mon cher, croyez bien qu'il n'y aura aucune arrière-pensée.

— Nous verrons, nous verrons.

— Mais nous allons voir tout de suite.

Le propriétaire de Croisille se mit à hocher la tête. Il éprouvait l'angoisse du joueur de poker qui doit abattre ses cartes. Bien que les siennes lui parussent tout à fait honorables, il craignait que celles de Monestier ne fussent outrageusement exagérées.

— Martin est un bon cultivateur, justifia Brillat. Il a appris toutes les techniques modernes d'engraissement des bovins, l'assolement des terres, la performance des engrais. Nous possédons un beau cheptel, et nous gagnons régulièrement des premiers prix aux concours. Le veau de lait Brillat est un produit recherché par les bouchers.

— Je sais cela parfaitement, reconnut Angel. C'est pourquoi j'ai pensé apporter, dans la corbeille de la mariée, vingt hectares de bon pacage.

— Vingt hectares, reprit Brillat. Ça fait une sacrée superficie Vous ne disposez guère de plus à Saint-Ségur, si je ne me trompe.

Monestier dodelina de la tête. Sa propriété frisait les cent hectares, dont de bonnes terres à tabac, à maïs et à blé, mais aussi des parcelles bien irriguées pour les primeurs le long de la Soudoire. Sur l'instant, il parut étonné que son voisin fût si mal informé à propos de Saint-Ségur ; ne voisinait-elle pas en partie le territoire de la commune de Croisille ? Il lui en fit le rappel et Brillat feignit de n'en savoir rien au juste.

— Où donc se situeront ces vingt hectares ? demanda-t-il Vous m'intriguez.

— Moitié sur Saint-Ségur et moitié sur Croisille, mon cher. Ce sera parfait, d'une commodité idéale pour nos enfants.

— Comment avez-vous pu acquérir ces terres ? Je n'ai pas entendu dire qu'une telle superficie soit en vente.

Monestier l'observa en se prêtant un air énigmatique.

— Je vous aurais cru plus perspicace, mon cher Brillat. A ce que je vois, vous n'avez pas le goût des opportunités. Mais, qu'importe, vous disposez d'autres qualités, le sens du commerce, des bonnes relations, de la convivialité. Et vous en avez transmis le gène à votre petit Martin. C'est l'essentiel.

Brillat se sentit piqué au vif, mais fit bonne mine, alors que l'envie de se rebeller le tenait au corps. Il gesticulait comme un ver sur son fauteuil. Soudain, son regard s'éclaira.

— Je vois, je vois ! s'exclama-t-il. Les terres du vieux Roubaud, à Salinac.

— Bravo, mon cher, vous avez mis dans le mille.

— Vous avez acheté ça pour nos enfants ? C'est d'une incroyable audace.

Les yeux de Brillat étaient mouillés de larmes. L'émotion l'étreignait, et aussi l'impression de puissance qu'une telle acquisition allait laisser paraître dans le pays.

— Et il y a un corps de ferme, précisa-t-il.

— En mauvais état, reconnut Angel. Ça, je l'ai eu pour rien.

Le propriétaire de Croisille fixait ses mains jointes. Il réfléchissait à ce qu'il pourrait ajouter, lui aussi, pour faire bonne figure.

— Nous ferons les réparations nécessaires sur les bâtiments, grâce à la coupe de bois du Mas-du-Sartre. Une centaine de chênes, de châtaigniers, et même des merisiers. De quoi tirer cinq mille francs au moins. Je connais assez d'ébénistes qui m'en donneront un bon prix.

Monestier était tout sourire. Il doutait que cette coupe pût atteindre un tel rapport, mais qu'importe, seule comptait la bonne volonté. Et le patriarche de Saint-Ségur voyait bien que l'on se dirigeait sur le bon versant de l'avenir, avec ce mariage inattendu.

— Ah, mon cher Brillat, à nous deux, nous allons bien nous amuser. Que de jalousie notre alliance va dresser sur nos pas ! Mais on ne prête qu'aux riches, la jalousie aussi. Rien n'est pire que d'être plaint. Moi, c'est ainsi que je conçois l'ambition. Comme jadis, lorsqu'on arrangeait les mariages...

Leurs mains se tendirent l'une vers l'autre, leurs doigts se croisèrent, fermement.

— Faisons vœu que l'association porte ses fruits, qu'elle soit prospère. Brillat-Monestier, prophétisa Angel, voilà qui nous redonnera goût à la vie.

Le propriétaire de Croisille se sentit happé par le vent d'optimisme qui soufflait sur leurs têtes... D'excitation, ils se levèrent, traversant le salon à grandes enjambées. C'était décidé. Le mariage se ferait à Saint-Ségur au 15 août, et le banquet à la Renaudière. Chacun apporterait son vin, ses gibiers, ses volailles, ses cochons de lait. Une fête comme il ne s'en était jamais vu au pays. Une grandiose fiesta. Cent convives au moins. Il n'est de plus prometteuses noces que dans l'excès, disait Angel. Et François renchérissait : « du pommard pour le gibier, du champagne pour les desserts. Et les meilleurs cognacs aussi... »

Lorsque le silence s'en fut retombé sur eux, ils s'observèrent comme de vieux amis.

— Nous n'avons pas encore parlé du trousseau, dit Brillat.

Angel éclata de rire.

— C'est l'affaire des femmes.

Au sortir de table, où il ne fut point question du trousseau de la mariée comme l'aurait souhaité Athanaïs, Angel emmena François Brillat visiter sa ferme. Elle formait un vaste rectangle, dont les côtés étaient composés de bâtiments alternant avec le mur d'enceinte, haut et massif. La Renaudière, à certains égards, ressemblait à ces domaines agricoles de Charente, imposants et clos sur leurs secrets. Jadis, elle avait prospéré avec la vigne. Après la maladie, l'élevage avait supplanté les vignobles. De beaux troupeaux de limousines batifolaient dans les pacages voisins. C'était un des traits communs des Brillat et des Monestier que la production bovine, le veau de lait nourri sous la mère. Cette activité leur apportait un revenu régulier, en un temps où les cours étaient assez stables, où la demande s'avérait constante, à condition que la qualité primât. Aussi s'attachait-on à collectionner les prix d'excellence, dont les trophées garnissaient les portes des étables. Cela encourageait l'acheteur, le courtier, le maquignon, le boucher.

Monestier avait conservé, malgré tout, le goût de la polyculture. Il eût été hasardeux de tout miser sur l'élevage, comme jadis on avait tout misé sur la viticulture. Il faisait du tabac, cinquante mille pieds, et du maïs pour engraisser les volailles. Les crêtes des collines, bien exposées au sud, étaient peuplées de pêchers, de pommiers, de pruniers, de cerisiers... C'était l'affaire des ouvriers agricoles, payés à un franc la journée. Par bonne saison, la Renaudière en employait une douzaine, qui logeaient à Puyfort dans une grange sommairement reconvertie en dortoir.

En visitant les étables, vides en cette saison, Angel ne cacha rien sur l'état des lieux, ses espoirs, ses difficultés, sa gymnastique de trésorerie pour agrandir le domaine. François Brillat l'écoutait d'une oreille attentive. Il avait compris qu'il faisait désormais partie de la famille. Cette confiance l'honorait tout autant qu'elle l'intimidait. Et lorsqu'il vint à parler, lui aussi, de sa ferme de Croisille, il reconnut que les vétérinaires avaient grevé ses derniers efforts.

— Une mauvaise série de veaux malades, déplora-t-il.

Angel lui conseilla alors de réformer ses vieilles reproductrices et de rajeunir son troupeau.

— Avec quel argent ?

Monestier haussa les épaules.

— Nous verrons ça à l'automne, le rassura-t-il. Votre Martin y pourvoira sur mes réserves...

Les étables avaient été récemment chaulées pour combattre la fièvre aphteuse. Les quais, en bons et gros pavés, étaient régulièrement nettoyés à grande eau. Et le purin s'écoulait par un réseau souterrain, jusqu'à la fosse aménagée à cet effet. François jugea, par des mouvements de tête appuyés, qu'il n'était pas étable plus moderne dans le canton. Angel se contentait d'ouvrir les portes, de traverser les dépendances au pas de charge, de désigner d'un geste ses innovations pour que sa cause fût entendue. Tel serait l'avenir, tourné vers d'utiles investissements, pour gagner la bataille du progrès.

Ils montèrent au fenil où Monestier montra fièrement sa réserve de foin. Il y avait aisément de quoi tenir un long hiver.

— Ça nous occupe quinze jours de rang, expliqua le maître des lieux. Et la moisson, huit jours...

Angel parlait de son métier d'éleveur en journées de labeur plutôt qu'en quantité. Le fait que la batteuse restât trois jours à demeure signifiait plus à ses yeux que tous les comptages de sacs de grains. Du reste, il se mélangeait souvent dans cette arithmétique, dont les effets pourtant se faisaient sentir sur la trésorerie de la Renaudière. L'accroissement des surfaces cultivables était le gage d'une inexorable marche en avant, tout comme l'augmentation, année après année, des têtes de bétail. L'homme avait une vision fort archaïque de la gestion, comme son regretté père qui lui avait appris l'économie agricole en arpentant les parcelles, au jugé, à la louche... Si les chiffres n'étaient pas son fort, Monestier possédait cet instinct rare des gens de la campagne qui sentent à la maturité des blés, à la grosseur des épis de maïs, aux ploiements des branches fruitières, à la croupe des vaches, que l'année est bonne ou perdue. Mais les temps nouveaux réclamaient d'autres modèles d'appréciation. Et Paul, le fils aîné, avait compris que l'avenir de la Renaudière devait se mesurer à des certitudes chiffrées. « Qu'en sera-t-il, lorsqu'il nous faudra emprunter ? On nous demandera des bilans. Mon cher papa, laisse-moi faire. La comptabilité ne me rebute point... » De fait, Angel abandonnait ces corvées à son fils, sans y voir la perte d'autorité que d'autres eussent pu soupçonner. Au contraire, il se disait : « Moi, je suis de l'ancien temps, déjà. »

Les deux hommes sortirent par une porte dérobée, sous l'ombrage d'un mirabellier croulant de fruits.

L'étroit chemin était cerné d'orties. C'était là que Mariguitte venait faire sa pâtée pour les canards : orties hachées et son mélangés. Puis ils gagnèrent par un chemin creux la châtaigneraie.

— Nous y récoltons les premiers cèpes d'automne, révéla Monestier.

Ils s'assirent à la lisière, sur les fougères. De là, on avait une vue sur la Renaudière.

— Votre ferme a du caractère. Surtout la maison d'habitation, nota François.

— Les fenêtres sont Renaissance, dit Angel. Et la grange aussi, avec ses ouvertures voûtées. J'ai des papiers sur la Renaudière. De sacrés documents. Un jour, mon cher Brillat, il faudra que je vous montre ça.

Le visiteur contemplait les toitures d'ardoise brillant sous le soleil. Les écuries, seules, étaient couvertes en vieilles tuiles rouges. Dans le bas pays corrézien, l'usage en était assez courant, un signe distinctif de deux formations voisinantes, celles des riches glaises du permien et des austères schistes du carbonifère. Et, de même, les murs des bâtisses en grès rouge, avec parfois des ajouts de calcaire jaune. Cela se mariait assez bien, comme les caractères des gens, tendres et rudes à la fois, que la géologie avait façonnés peut-être au fil des siècles à son voisinage.

— Ma ferme de Croisille est en grès rouge. Avec des veines vertes qui affleurent. C'est assez curieux. Cela donne une belle couleur au couchant. Et nos toits sont de même, tuiles et ardoises mélangées. La tuile du plateau de Lubersac est moins onéreuse que l'ardoise de Travassac. Pour cette raison, beaucoup de nos anciens l'ont utilisée. Tout compte fait, cela donne un beau mariage.

— Sauf pour nos églises. Elles sont toutes en ardoises, et même quelquefois en lauses.

— Comme en haute Corrèze. Les murs et les toits en granit.

— Une couleur uniforme, ajouta Angel, de rudesse et de force, contre les vents et les pluies et les neiges. Mais, chez nous, le climat est plus clément. Et nous usons harmonieusement de ce que la terre nous offre. On dit que le grès est fragile à la pluie. Regardez la Renaudière ! Cela fait quatre siècles que la pierre résiste. Pourtant, au toucher, on pourrait craindre. Elle s'effrite sous la main. Mais c'est une pierre qui se durcit aux chaleurs, et qui s'entête aux vents d'hiver.

Monestier aida son voisin à se relever en le halant d'une bonne poigne. Et ils repartirent sur la lisière, en contournant les buissons noirs et les chaos de roches rouges que les terriers avaient délestées en s'érodant. François montra le passage des gibiers, les lapins de garenne et les colonies de perdreaux. Et, plus loin, les trous de renards. Les chênes et les frênes avaient grandi sur le rocher, leurs racines noueuses infiltrées dans les fissures. Ces arbres ne seraient jamais des géants, comme il s'en trouvait dans la Soudoire, disgraciés par le sol où ils s'étaient entêtés à vivre.

Sur la pente abrupte où poussaient les églantiers, on avait une vue pleine sur la Renaudière. Ils s'assirent de nouveau sur un rocher affleurant.

— Dans les parchemins, expliqua Monestier, le domaine fut une hôtellerie. Un relais de poste peut-être. On dit que le jeune Henri de Navarre, futur Henri IV, y séjourna. Plusieurs jours d'affilée. Avant de regagner Paris. C'est du moins ce qui est écrit, et qui vaut à ce lieu la renommée.

— Et depuis quand est-il en votre possession ?

— Ma famille habite cet endroit depuis Louis XI. C'étaient de nobles propriétaires, qui vivaient sans doute de l'hôtellerie. On recevait le voyageur de passage, on le régalait, on pansait ses chevaux. Et on accueillait les courriers royaux. En ces temps, un homme à cheval faisait ses cinquante kilomètres par jour. Pour ce faire, il fallait lui assurer une monture fraîche, prête à prendre la route à toute heure. D'où l'importance de nos écuries. Au XVe siècle, on trouve déjà trace des Monestier, mais aussi des Ciplon, des Dumas, des Colombier. Aujourd'hui, il faudra y ajouter les Brillat.

— Humblement, très humblement, dit François. Moi, je ne sais presque rien sur mes ancêtres. Sans doute sont-ils devenus propriétaires à Croisille après la Révolution. On compte un notaire et un médecin, sous le Second Empire. Ma maison date de 1830. Ce n'est rien, en comparaison de la vôtre.

Angel dégrafa le faux col de sa chemise. Il l'avait conservé en l'état deux heures durant, presque un exploit. Et il aspira un grand bol d'air, fleurant le sureau. Il en était des deux sortes dans la haie voisine, rouge et noire, peuplée d'insectes.

— Ce qui compte, c'est la terre nourricière, tant aimée, où nos ancêtres ont assis leur bonheur, dit Angel. Il faut que tout continue, sans que jamais la chaîne des générations ne se brise. Voilà la raison de vivre essentielle. Et j'attends le premier enfant qui naîtra de nos alliances avec sérénité. Je sais qu'il aimera ces collines, au point de ne jamais s'en éloigner.

— Qui peut dire ce qu'il adviendra des générations futures ? interrogea Brillat.

Ils fixèrent ensemble le ciel bleu, et leurs regards s'attardèrent sur un nuage qui voguait vers l'est, porté par les vents. Il n'est de sensation plus forte que les rares instants où les paroles, les pensées sont en accord avec la couleur du jour, et où il semble que les âmes côtoient les portes de l'éternité. Troublés tous deux par ce silence, ils demeurèrent de longues minutes muets et immobiles. Au loin, un chien se mit à aboyer, puis d'autres ajoutèrent leurs jappements. Ce fut un concert triste et lancinant, comme un chant rauque et sauvage, entêté à briser l'équilibre du jour. Mais l'écrasante chaleur eut raison des chiens, dont les aboiements s'épuisèrent peu à peu. Alors, le bourdonnement des insectes reprit ses domaines. Et les deux hommes, adossés à la pierre, se sourirent, comme s'ils n'avaient pas besoin de parler.

2

L'assemblée des femmes

La Renaudière possédait nombre de pièces désaffectées ou abandonnées dont l'usage, jusqu'alors, se limitait à faire sécher oignons, ails et échalotes. Il fut entendu, d'un commun accord, que quatre de ces fameuses pièces seraient dévolues aux futurs mariés. Angel Monestier dépêcha les artisans, menuisiers, maçons, peintureurs, afin que les lieux fussent rendus habitables dès le mois d'août. Il n'était pire despote que cet homme-là lorsqu'il entreprenait un ouvrage, fût-ce une affaire relevant somme tout de l'art de l'architecte. Ainsi, les ouvriers durent subir la présence de Monestier jusqu'au dernier coup de pinceau. Durant les travaux, Clémence et Martin n'eurent pas voix au chapitre. Pourtant, c'était leur futur cadre de vie, leur nid d'amoureux, dont il était question. Et si les teintes ocre dont il para les chambres, un badigeon comme il était d'usage en ce temps-là, ne leur convenaient point, tant pis. Le patriarche payait, donc le patriarche imposait ses goûts et ses couleurs.

Athanaïs recollait la vaisselle cassée, comme à son habitude. Cette femme possédait des trésors d'énergie sur le terrain délicat des querelles domestiques. Avec elle, tout s'aplanissait dans la douceur. Et elle finit, à force de discussion, par faire admettre que les choix du prince étaient judicieux.

Aux premiers jours d'août, Adèle Brillat et ses filles vinrent séjourner à la Renaudière. Maintenant que le gros œuvre était achevé, le patriarche pouvait se retirer sur la pointe des pieds et laisser aux femmes le soin d'organiser le mariage. Ainsi, le nouvel appartement devint le siège de l'assemblée des femmes, comme Angel s'employait à le qualifier, non sans ironie.

Adèle Brillat avait été longue à admettre cette alliance. Son Martin était tout pour elle, préféré aux autres, René et le petit Daniel – qui n'avait que dix ans. Un lien profond s'était tissé entre la mère et son fils aîné, qu'elle trouvait si intelligent et qui eût mérité de faire des études techniques pour devenir ingénieur au chemin de fer. Mais le père en avait décidé autrement. On n'abandonne pas des terres aussi aisément. Quant à ses deux filles, Rosalinde et Adeline, qu'elle avait eues coup sur coup, la mère les rabrouait sans cesse, jugeant qu'elles seraient sans doute assez bonnes pour se trouver un bon mari. Elles avaient suivi les cours de l'école ménagère, mais qu'en avaient-elles retenu ? De quoi faire cuire un œuf au plat, et peut-être repasser une chemise sans brûler le tissu. Certes, Adèle Brillat exagérait à dessein, sans doute pour contrarier son mari qui vouait, lui, un culte à ses « petites perles », comme il disait. Ainsi donc, les filles faisaient les frais d'un vieux contentieux conjugal.

Mariguitte et Clémence Monestier s'étaient déjà fait des amies de leurs futures petites belles-sœurs. Tôt le matin, elles allaient en promenade dans les bois de Saint-Ségur, montaient sur le plateau pour contempler la couleur des champs. Mariguitte était toujours à la traîne. L'effort la contrariait, et sans doute aussi les conversations futiles des filles. Elle se sentait plus vieille que toutes, peu intéressée par les noms des garçons qui circulaient sur les lèvres. Tant de sous-entendus, de petits rires, de regards de connivence la mettaient de mauvaise humeur.

Toutefois, quels que fussent leurs projets, il fallait rentrer à la Renaudière à huit heures pétantes. Athanaïs et Adèle avaient besoin de petites mains pour accomplir les préparatifs du mariage. Pour l'heure, on avait fait l'inventaire du trousseau. Douze paires de draps brodés et de taies avaient été soigneusement vérifiées, avant de regagner la lingère de style Empire qui occupait la grande chambre nuptiale.

— Tu as dû te « brûler » les yeux, maman, dit Clémence en passant une main sur les motifs de décoration.

— Et vos initiales, M-B, entrelacées.

— C'est charmant, nota Rosalinde. Je ne sais si notre mère aurait eu autant de patience.

Adeline fit les gros yeux à sa sœur. Mais peine perdue. Rosalinde était tout le portrait de son père, côté caractère, provocatrice, effrontée parfois, et souvent vexante. Adèle disait qu'elle avait été trop gâtée, mais ne songeait jamais à s'en prendre à elle-même. A croire qu'une mère n'est pour rien dans l'éducation des enfants. Tout au plus se reprochait-elle de n'avoir pas eu assez d'audace pour tenir tête à la mollesse paternelle.

— Je dis, maman, que tu n'aurais pas eu cette patience, reprit Rosalinde.

Athanaïs s'interposa, à son habitude, avec un large sourire.

— Laissez donc la parole à ces enfants. Ils nous disent souvent la vérité, sans détour. Avec cruauté, certes, mais, que voulez-vous, ma chère Adèle, ils sont notre reflet.

Madame Brillat transporta le dernier paquet de serviettes de toilette dans l'armoire, en frappant le parquet du talon, nerveusement.

— Je n'ai jamais eu le goût à la broderie. C'est un fait. Mais je ne suis pas si maladroite à la couture. Vous verrez, lorsque nous bâtirons la robe de mariée de votre Clémence.

La maîtresse de maison fronça les sourcils. Il était délicat, à cet instant, d'avouer qu'elle avait commandité l'ouvrage à une couturière de Brive. Elle hésita encore. Pourtant, elle ne pouvait se résigner plus longtemps à taire ce secret domestique.

— Oh oui, je sais, ma chère Adèle, qu'il est d'usage dans les familles de confectionner la toilette nous-mêmes. Mais avouez que nous allons manquer de temps. C'est pourquoi j'ai pris la liberté de faire bâtir la robe de mariée par une couturière.

Soudain, Adèle se dressa sur ses ergots. Voici qu'on lui enlevait sans vergogne sa spécialité. Elle se faisait une joie de montrer ses talents. Bien qu'elle n'eût jamais été une professionnelle, et ne sût travailler que sur patron, la maîtresse femme de Croisille avait confectionné toutes les robes de ses filles, sans qu'on lui fît jamais reproche sur la coupe. Il n'était que les doublures qui lui posaient problème, ou trop lâches ou trop courtes.

— Votre Clémence a une taille si fine et des épaules si droites ! Ce serait un plaisir de voir tomber les coupes au plus près du corps. Surtout avec le tissu de linon ou de tulle, cela s'y prête à merveille.

Clémence se rapprocha de sa future belle-mère et vint poser sa tête contre son épaule. Elle se sentait touchée par ses compliments. Adeline roula dans leur direction un regard empli de jalousie. Elle n'avait pas la taille aussi fine, et ses épaules étaient un peu voûtées malgré l'attention qu'elle apportait à son maintien.

— Tu ne me dirais jamais une chose pareille, dit la jeune fille.

— Tu n'as que seize ans, ma petite, et encore le temps de t'améliorer.

Rosalinde bougonnait, seule dans son coin. Elle avait deviné qu'il en était de même pour elle, et qu'il avait fallu cet événement pour que leur mère se découvrît dans la profondeur de ses sentiments.

— Mais vous êtes de fort jolies filles, dit Clémence.

— Tu as plutôt intérêt à nous flatter, si tu veux que nous t'aimions comme une sœur, dit Rosalinde.

Athanaïs éclata de rire. Tant de chipotages la remplissaient de joie.

— Oui, jeunes filles, vous êtes fort jolies, ajouta-t-elle. Les mères sont mal placées pour faire des compliments.

Mais, moi, je le peux, sans que cela nuise à votre éducation.

— Nous nous faisons une joie de ce mariage, avoua Rosalinde, parce qu'il agrandit le cercle de notre famille. Peut-être parlerons-nous d'autre chose que de bétail, de fromages caillés et de juments poulinantes.

Mariguitte ne quittait pas des yeux sa table, où elle repassait des mouchoirs de Cholet. Il y en avait une petite cinquantaine, non marqués ceux-ci, parce qu'Athanaïs n'avait pas eu le temps de broder les initiales. Cette conversation ne la concernait guère ; elle se savait laide, une bonne fois pour toutes. Et ne s'en était jamais plainte à qui que ce soit. Elle avait hérité le nez de son père, long et pointu, et le menton fuyant d'on ne sait qui. Elle était la cadette, et avait partagé les jeux de son frère aîné, Paul. Des jeux de garçon. Puis, à l'adolescence, elle s'était retirée dans sa solitude. Trop de rêves, avec en chacun un double d'elle-même qui symbolisait la princesse idéale des contes romantiques. Sa mère ne savait pas comment la prendre, ni quelle sorte de parole rassurante lui dire. Aussi se tenait-elle, incessamment, au seuil de son amour, la cajolant sans excès pour que cette marque d'affection ne parût pas de la pitié ou de la compassion.

D'un pas déhanché, Mariguitte transporta la pile de mouchoirs et de serviettes de table dans la lingère. Elle frôla les petites Brillat, dont les manières l'agaçaient. Elle se disait : Tôt ou tard, elles tomberont sur un mari qui les dressera. N'est-ce pas le destin de toute femme ? Une fatalité. Moi, j'ai de la chance. Ma disgrâce me protège. Je le sais, depuis toujours, il ne s'en trouvera pas un seul pour venir me demander en mariage. Puis, de la main, elle effleura la chevelure de Clémence. Elle aimait sa sœur, bien qu'elle eût tout pour elle. C'eût été trop simple de la haïr. De lui en vouloir. Elle se sentait trop chrétienne, proche de Dieu, pour éprouver un tel tourment de l'âme. C'était contre elle-même qu'elle bataillait.

Elle se répétait : l'Eternel l'a voulu ainsi. Alors, faisons-nous nonne ou martyre.

— Clémence, tu auras un beau mariage, dit-elle en regardant sa mère qui baissa la tête.

— Tu es gentille, Mariguitte, répondit la future mariée. Tu as toujours un mot aimable.

— Et ton Martin est un bon garçon qui te rendra heureuse.

Comment pouvait-on deviner, à la voir ainsi, le buste comprimé dans une robe grise, boutonnée à ras du cou, une grosse croix dorée sur la poitrine, qu'elle n'en pensait pas un mot ? Bien au contraire, elle nourrissait une opinion radicale sur le mariage : une longue et inexorable désillusion. Il n'était que sa mère pour comprendre que Mariguitte se forçait à ces propos badins.

Le trousseau comprenait deux ou trois layettes, des langes, des bonnets en laine et des petits chaussons. Les pièces passèrent de main en main. Chacune trouvait cela adorable, ces miniatures bleues et roses.

— On a tout prévu, dit Athanaïs, pour le garçon et pour la fille. Au choix.

Adèle essuya une larme. Ce qui fit sourire Rosalinde, qui se sentait des envies de griffer. Et sa sœur n'était pas dans de meilleures dispositions. La jalousie, encore. La banale jalousie des « petites perles ».

— Laissez-moi le temps de m'y faire, dit Clémence.

Et elle alla récupérer les effets dans les mains qui les tripotaient, tiraillaient, exhibaient. Puis, elle les enfouit dans un des tiroirs de la lingère. Soudain, elle se retourna vers l'assemblée des femmes.

— Je ne sais pas si c'est une bonne idée, la veille d'un mariage, d'offrir des layettes de bébé. Ça pourrait porter malheur.

Madame Brillat poussa un cri. Elle n'avait pas songé à cette superstition.

— Et si je ne pouvais en avoir ? Ça arrive quelquefois, s'interrogea Clémence.

Mariguitte haussa les épaules.

— N'aie crainte, Clémence, tu nous donneras de quoi pouponner.

— Mon Martin sera un bon père, dit Adèle pour se rassurer.

Seule Athanaïs avait gardé le silence. Elle songeait à son premier accouchement, et au mal que lui avait donné Paul. C'est un bonheur qui commence par un mal de chien. Un déchirement des entrailles. Ainsi que Dieu l'a voulu.

— Rien ne presse, ma petite, conseilla-t-elle à sa fille. Faisons d'abord un beau mariage.

Athanaïs avait craint que sa fille ne tombât enceinte, malgré ses recommandations, avant les noces. Ce n'était point le déshonneur ou le qu'en-dira-t-on qui posait problème à ses yeux, mais l'idée que sa petite fille pût porter la robe virginale en cet état. Elle savait, par les confidences de Clémence, que Martin avait accepté d'attendre. Son Angel à elle, jadis, n'avait point voulu se priver. Et elle avait vécu son mariage dans cette terreur.

Au bruit des vaisselles dans la cuisine, Adèle accourut. Elle craignait que « les petites perles » ne fissent de la casse.

— Laissez donc ça ! ordonna-t-elle. Ce n'est pas pour vous.

— Tu nous cachais ces trésors, ma petite maman, dit Rosalinde.

Adeline déballait les assiettes, une à une. De la belle porcelaine blanche de Limoges. L'estampille dorée en révélait l'origine au dos.

— C'est notre contribution au trousseau, expliqua Adèle. Un service de douze pièces.

Rosalinde caressait la finesse des bordures, et s'étonna d'une voix pincée.

— Rien n'est assez beau, décidément.

— Tu vas te taire. Nous avons acheté ce service il y a deux ans. Je ne savais pas alors que ton frère se mariait. C'est l'occasion de s'en servir. Moi, je n'attache aucune importance à ces choses. Mais ton père...

Elle se tut.

— La soupière est énorme ! s'écria Adeline. Il y a de quoi nourrir un régiment. Pour deux, c'est ridicule.

Les petites Brillat furetèrent dans les verres à pied, les carafes, les plats. Elle étaient possédées par des rêves de dînette ; c'était l'idée qu'elles se faisaient du mariage. A seize et dix-sept ans, la jeunesse semble devoir durer une éternité, la leur ressemblait à un jeu où l'on pouvait s'autoriser les outrances, les insolences, les railleries. Il suffisait de se confronter au monde des adultes pour découvrir qu'on a raison contre tout. Et Martin leur paraissait, désormais, dans l'autre camp, un adulte soudain, dont on pourrait se railler, aisément.

Madame Monestier était entrée à son tour dans la grande cuisine en désordre. Elle s'amusait de la curiosité des filles.

— Vous aussi, vous aurez vos cadeaux, leur dit-elle.

Rosalinde ne pouvait imaginer que les garçons qui la courtisaient étaient des maris potentiels ; elle ne voyait en eux que des compagnons de jeux pour un éternel été d'insouciance. Elle se mit à pouffer de rire, et sa sœur l'accompagna sur cette pente.

— Cet âge ingrat n'en finira donc jamais, dit Adèle. Avez-vous connu la même chose avec votre Clémence ? J'en doute.

Athanaïs s'épargna une réponse.

— Le petit a plus de plomb dans la tête que ses sœurs, expliqua Adèle.

Daniel ne lui causait guère de contrariétés. C'était un bon élève, toujours fourré dans les jambes de son père. Il aimait le travail de la ferme. Tant de qualités se perpétueraient-elles ? Souvent, Adèle en venait à louer ses fils, la bonté de ses fils, et se reprochait d'avoir eu des filles, alors qu'elle avait espéré, au début, que celles-ci lui donneraient la main dans le travail domestique.

— Vous savez, justifia Athanaïs, chaque famille a ses secrets.

Ainsi espérait-elle lui faire comprendre son peu de curiosité pour les affaires de Croisille. Mais Adèle avait besoin de se confronter à une autre réalité que la sienne, et peut-être de trouver une réponse à ses angoisses familiales.

L'assemblée des femmes – comme aimait à le répéter Angel – viendrait-elle à bout de tous les obstacles matériels ? Tant de discussions, de palabres, de prises de bec, de bouderies passagères retardaient l'entreprise. On n'y voyait pas clair dans ce mariage, surtout lorsqu'il s'agissait de dresser un plan de table. De petits problèmes, en vérité. Mais ceux-ci enflaient à vue d'œil lorsque madame Brillat s'en mêlait trop étroitement. Seule Athanaïs avait vu, dès le début, les difficultés à venir ; elle avait senti, flairé, comme un fin limier, combien la dame de Croisille était retorse. A l'usage, la maîtresse de la Renaudière finit par trouver une parade : il suffisait de lui faire croire que c'était elle, la brillante Adèle, qui décidait de tout, en définitive.

— Corrigez-moi, insistait Athanaïs. Je n'y entends plus rien. Cela fait dix fois, au moins, que nous changeons de place ce pauvre Alexandre Martinet. Quant à sa malheureuse épouse, je crains qu'elle ne finisse sur un strapontin.

Les filles riaient, surtout les petites Brillat, qui connaissaient leur mère mieux que quiconque. Et si elles trouvaient beaucoup de défauts à leur père, elles lui pardonnaient bien volontiers ses fredaines extraconjugales.

— Demandez à mon François ! Il sera furieux. Mon François, reprenait Adèle, déteste Berthe Martinet. Et si nous la plaçons dans son voisinage, ce sera la guerre.

— Je n'ai pas encore l'honneur de connaître cette dame, dévia Athanaïs, mais ne fait-elle pas partie de votre cercle d'intimes ?

Le mot, le dernier mot, fit bondir madame Brillat, qui se fâcha tout rouge. A cette seconde, Athanaïs comprit qu'il y avait entre madame Martinet et François Brillat une affaire qui relevait, justement, de l'ordre intime. Une jalousie. Ou une trahison adultérine, qui sait ?

Clémence se rongeait les ongles à l'écart. Chaque jour, on retardait le moment de s'occuper enfin de sa robe de mariée. Selon le programme établi par l'assemblée des femmes, il était entendu, d'un commun accord, qu'on finirait par cette affaire. Satin, ou tulle, ou linon... Personne ne prenait la décision.

— Eh bien, ma chère Adèle, choisissez vous-même. Et comme vous le déciderez...

— S'il ne s'agissait que de moi, le couple Martinet irait se faire voir ailleurs.

— Alors, pourquoi les inviter, maman ? questionna Adeline. Autant qu'ils restent chez eux.

— Ton père a besoin d'Alexandre. Hélas, mille fois hélas. Dans la vie, ma petite, on ne fait pas ce qu'on veut. Ils ont des affaires ensemble, des affaires dont je ne dirai rien, pour ne pas embêter nos amis de la Renaudière. Mais, un jour, il faudra que je vous en parle...

Telle était Adèle, énigmatique et équivoque, lorsqu'il s'agissait de semer le trouble autour d'elle. Elle excellait dans ce genre. Peut-être était-ce l'arme suprême des faibles ? Peut-être ne lui restait-il que cette défense ? Athanaïs lui abandonna son crayon.

— Je réfléchirai, conclut Adèle en déposant sur le plan de table deux points d'interrogation.

Le lendemain, aux aurores, les femmes s'occupèrent enfin de la robe de mariée. Clémence avait fouillé son aise dans les revues pour se trouver un modèle digne d'elle. Un style qui fût classique, mais point trop, tout de même, avec quelques hardiesses. Elle ouvrit son dossier garni de découpes. Elle avait puisé dans des revues telles que *Les Modes de Paris, La Revue de Paris, Le Journal des demoiselles*. Il était même de fort belles planches dessinées et colorées avec leurs échantillons de tissu cousus ou collés à même le carton. L'assemblée se passait les modèles, de main en main. Seules les petites

Brillat semblaient prendre fait et cause pour les sujets, comme si elles dussent les porter elles-mêmes. Leur aptitude à la rêvasserie se comblait ainsi dans cette quête. Il ne leur manquait plus qu'à trouver un bon mari. Adèle ressentait un étrange trouble à les voir, ainsi, s'exciter. Le mariage, pensait-elle, ce n'est pas seulement la cérémonie d'une journée, ensuite la vie entière doit le supporter... Mais elle retint la réflexion qui lui brûlait les lèvres. Elle la suspendit pour Clémence, qui était à ses yeux la belle-fille idéale. Dans son coin, Mariguitte lorgnait les filles avec un sentiment de pitié. De petites bécasses, se disait-elle. Et elle plaignait sincèrement sa sœur de devoir subir cette puérilité. Quant à madame Monestier, elle en bâillait, déjà, de fatigue. Les modèles lui tombaient des mains. Que lui importait, du reste, le style de la robe ? L'effet ne se limitait-il pas à une journée, et après, l'objet tant admiré ne retournait-il pas au coffre, dans la naphtaline ? La sienne dormait dans un grenier, avec le costume de son Angel et quelques autres babioles dont on ne pourrait plus jamais se parer. Les corps forcissent avec les naissances, et que deviennent nos oripeaux de noces ? songeait-elle. La tristesse envahit, peu à peu, son regard. Toute chose nous renvoie au temps qui passe, à la décoloration des sentiments, et à la rudesse de l'existence qui défraîchit les rêves. D'un geste, elle reposa les sujets sur la table nappée de blanc. Clémence surprit le désarroi de sa mère. Elle était suffisamment intuitive pour en comprendre le sens. Elle se décida enfin pour un modèle, en posant un doigt sur une découpe de *La Revue de Paris*.

— Celle-ci me paraît convenir.

Les petites Brillat bondirent comme des chattes sur l'objet, l'auscultèrent avec une moue de déception.

— Ça fera sérieux, jugea Adèle. Trop sérieux pour un mariage.

Mais Clémence n'avait plus envie de discuter. Sa décision était prise, enfin. Précipitée, certes, mais prise.

La lassitude de sa mère l'avait décidée à écourter le débat.

— Les goûts et les couleurs... marmonna Mariguitte.

Clémence éclata de rire.

— Toi, tu t'en fiches, n'est-ce pas ?

Prise à partie, Mariguitte haussa les épaules. Elle avait résumé en deux mots le fond de son âme. Les goûts et les couleurs ne se discutent pas. Les siens l'eussent fait opter pour une robe longue, sans fioritures, austère comme une bure de nonne. La vêture est à l'image du caractère. Mariguitte préférait les noirs et les gris, et une touche de blanc les jours de fête. Mais Clémence voulait la sienne un peu sophistiquée pour le qu'en-dira-t-on. Une vêture qui mît sa beauté en valeur, la finesse de sa taille, la fermeté de ses seins, l'épanouissement de ses hanches. Mariguitte n'avait rien à mettre en valeur ; peut-être était-ce la raison pour laquelle aucun parti ne se présentait à elle... Ainsi, ce sentiment trouble de pitié et de jalousie circula-t-il entre leurs regards. Puis, comme à l'accoutumée, s'épuisa dans le silence.

Hortense, la couturière de Brive, s'en vint le lendemain à la Renaudière pour préparer l'ouvrage. Clémence opta pour un linon blanc de belle texture. Elle refusa le blanc cassé qui était aussi de mode, et toute autre matière, telle que la batiste, qui lui paraissait trop rigide. Elle désirait que le tissu épousât tout en fluidité les formes de son corps. La couturière conseilla un corset en shirting qui prend corps avec l'apprêt. Mais Clémence le refusa aussi, trouvant que sa taille était assez fine sans qu'il fût nécessaire de la comprimer. Hortense se décida alors pour une ceinture large qui marquerait le volume du buste et l'encorbellement des hanches.

En couturière à façon qu'elle était, elle ajusta le mannequin au plus près du modèle, en y adjoignant des bandes de papier gommé et collé. Ainsi apportait-elle les rondeurs suffisantes là où elles se situaient sur le corps de la jeune fille, et de même affina la taille en retirant la matière nécessaire sur le mannequin de papier. Ce travail minutieux exigea le concours des filles Brillat. Aux ordres de la cousette, les petites coupaient et encollaient les pièces de papier. Puis, Hortense vérifiait ses mesures avec un mètre à ruban, se transportant de Clémence à son mannequin. Mademoiselle Monestier, droite et immobile, posait avec une patience d'ange. Parfois, elle était tentée d'effacer la rondeur du ventre en bloquant sa respiration, mais l'ouvrière la rappelait à l'ordre.

— Si vous ne désirez point de corset, il me faut épouser vos formes, ma chère enfant. Sinon, tout ira de travers. Soyez sincère, je vous prie. Livrez-moi vos vraies mensurations. Soyez sans crainte, avec la ceinture, nous briderons la taille là où il faut.

De telles remarques avivaient le rire des filles. A la vérité, Adeline et Rosalinde éprouvaient de l'admiration pour la finesse de corps de leur future belle-sœur. Elles le découvraient aussi parfait que possible, et ne déploraient point, comme chez elles, une rondeur prononcée des hanches et des cuisses.

Le buste posa quelques problèmes d'ajustement. Hortense ne savait comment donner de l'aisance à la poitrine sans que les seins fussent soutenus. Elle discuta longtemps ce point de détail, craignant que ceux-ci ne fussent effacés sous l'encolure. Elle proposa alors d'intégrer à la confection de la robe deux demi-balconnets qui soutiendraient les seins suffisamment pour qu'ils pussent être mis en valeur.

— Je voudrais un décolleté large, comme cela existait dans les toilettes d'autrefois.

— Autrefois ? reprit Hortense. Vous voulez dire, sous le Directoire ?

Clémence baissa la tête. Elle ne savait au juste ce que signifiait la période du Directoire. Alors la modiste prit une feuille à dessin et crayonna une encolure généreuse, et le voile de mousseline bridé sous les seins.

— C'est cela que vous souhaitez ?

— Qu'en pensez-vous ?

— Je crois que vous ferez sensation. Mais qu'en dira votre futur mari ?

— Il faut plus de souplesse dans les pinces, admit Clémence.

— Je le crois aussi. La mode est sévère par ces temps. Bien des clientes exigent de moi des coupes qui cachent les seins. Jusqu'au col.

— Cela serait trop, rectifia Clémence.

— On peut dessiner un décolleté jusqu'à la naissance des seins.

— Deux doigts de plus, supplia la jeune femme.

Hortense alla poser les premières pièces de tissu sur le mannequin, les maintint en place avec des épingles.

— Vous pouvez vous rhabiller, dit-elle. Je crois comprendre ce que vous désirez.

Athanaïs et Adèle n'avaient pas voulu se mêler aux préparatifs de la couturière. Aussi étaient-elles restées dans le salon, à mettre la dernière main au menu.

— Vous croyez que votre chère Clémence sera raisonnable ? interrogea Adèle.

Les réflexions de ses filles sur la coupe de la robe suscitaient chez elle bien des craintes.

— Que voulez-vous dire ? reprit Athanaïs.

— Je ne voudrais pas que la mise de la mariée soit trop voyante, si vous comprenez ce que je veux dire. Nous sommes des campagnards. Et, à la campagne, ce qui est trop tapageur suscite la raillerie.

— Laissez donc, ma chère. C'est son mariage après tout. Et je comprends qu'elle veuille être en beauté. Nous avons oublié ces plaisirs, ajouta-t-elle, perfide.

La comptabilité reprit ses droits. Fallait-il deux entrées, trois viandes, et combien de desserts ? Adèle affichait le souci de ne pas dépenser plus que de raison, tandis qu'Athanaïs s'en fichait dans les grandes largeurs. Angel avait recommandé un banquet fourni, en viandes et en vins. Il avait même énuméré les sauces, afin que tous les goûts des invités fussent satisfaits. Le filet de bœuf ne pourrait occuper les assiettes sans une louchée de sauce Périgueux. C'était un exemple impérieux, un trait de bonne convivialité. De même, on forcerait sur le pommard, au moment où se présenterait la gigue de chevreuil à la sauce grand veneur. Athanaïs craignait déjà, avant que les cuisinières n'entrent en action, que la multiplication des sauces n'alourdisse inutilement le repas.

Adèle connaissait assez le prix des truffes, des pommards, des tournedos de bœuf, pour craindre que l'addition ne fût salée.

— Pour quatre-vingts convives, ça sera à bourse déliée, dit-elle d'un air dégoûté. Croyez-vous que nos gens méritent de telles agapes ? Nous avons invité large. Des familles qui nous ignorent le reste de l'année et qui ne donneraient pas un bouton de chemise.

Madame Monestier se retint de rire. Elle savait Adèle mesquine, mais à ce point ! Pourtant, elle portait haut et fort la croix sur sa poitrine, et ne ratait pas l'office dominical. Comme quoi la dévotion n'éloigne pas l'étroitesse d'esprit, se dit-elle. Athanaïs avait des vues simples sur la religion, elle croyait que la piété élève l'âme, la garantit des turpitudes terrestres, ou du moins contribue à en limiter l'emprise. Son époux était plutôt un mécréant, à conspuer les prêtres, à les railler, à jurer dans les églises. Avec tous ses défauts, pensa-t-elle, il possède plus de bonté et de grandeur d'âme que madame Brillat.

Cette découverte la prépara à la visite qu'elle reçut l'après-midi même. L'abbé Lacotre était un homme pieux que vingt années de dévouement à sa paroisse n'avaient pu distraire. Les tentations n'avaient point manqué, celles de la chair, celles du doute, et des aigreurs morales. Il les avait battues en brèche, en parcourant les chemins vicinaux, d'église en chapelle, sans jamais se plaindre, ni renier les rigueurs de sa foi. Il se répétait qu'un prêtre se doit au dépouillement, comme les doigts de l'hiver sur la nature, et que la mission sacerdotale demeure une épreuve, même lorsque le ciel sourit et que les oiseaux chantent. Il ressemblait à un grand corbeau dépenaillé, ses gestes au vent brassant l'espace. Souvent, les enfants l'accompagnaient sur cette route malaisée, lui jetant des pierres ou l'injuriant. Mais la prière rassérénait ses effrois et ses peurs, dans la solitude glaciale d'une curie. Il était peu d'âmes que son exemple n'avait converties, non point par l'éblouissement du prêche, mais par la rectitude de son pas, le vertige d'un silence, la vigueur d'un sourire.

— Je bénirai cette union avec ferveur, assura-t-il à Athanaïs.

Et ses longs doigts fins vinrent se poser sur la tête de la bonne chrétienne. Elle abaissa son regard pour ne pas soutenir le feu qui brûlait dans les yeux du prêtre. L'homme marmonna une prière, sans qu'un mot dépasse l'autre, d'un ton monocorde.

— Je vous entendrai en confession la veille du bienheureux événement. Il faut que vous aussi soyez en grâce.

Il releva ses mains jointes et les porta à ses lèvres.

— Hélas, je ne pourrais obtenir la même ferveur de votre Angel. Il se refuse à Dieu. Mais je doute que cet orgueil ne se vive sans quelque déchirement profond.

Athanaïs ne répondit pas. Elle vivait sa foi aux côtés de l'amour charnel, sans la moindre restriction. Elle se disait : Dieu a voulu que nous soyons chair et amour, alors soit. Angel s'accommodait des crucifix dans toutes les pièces de la Renaudière, des rameaux de buis bénits et des images saintes dans les tiroirs des tables de nuit. Cela ne l'enrageait plus qu'elle fît sa prière, au pied du lit, avant de se glisser dans ses bras. Au contraire, il lui semblait que ces dévotions fussent de l'ordre féminin, qu'elles avaient été inventées pour les femmes. A contrario, il trouvait que la piété n'offrait guère d'attraits à l'homme, qu'elle lui ôtait quelque peu de sa virilité.

— Et votre petite Clémence, l'entendrai-je aussi en confession ?

— Bien entendu.

Le prêtre hocha la tête, rassuré.

— Aborde-t-elle son union aussi pure que l'ange qui fréquenta mon église à la communion solennelle ?

Madame Monestier ne put s'empêcher de rougir.

— Croyez-vous qu'elle trahirait son baptême ?

L'abbé Lacotre se remit à la prière. Sa fonction consistait à absoudre les silences, les embarras, la gêne. La vérité effraie le chrétien, et le mensonge le rassure. Telle est l'âme humaine, se disait-il. Pourtant, Dieu voit et entend tout. Dieu est un juge bienveillant, pourvu qu'on soit sincère.

Athanaïs alla chercher sa fille dans le salon des essayages où les filles péroraient.

— Voudrais-tu parler une seconde au curé Lacotre ?

Clémence poussa les hauts cris. Elle était en petite tenue.

— Allons, maman, j'ai autre chose à penser. Dis-lui que j'irai me confesser.

Mais la mère insista, tant et tant que Clémence jeta sur ses épaules un plaid dont elle s'enveloppa jusqu'au col.

— Pardonnez-moi, mon père, mais je suis à l'essayage de ma robe de mariée.

Le prêtre lui toucha le front, le nez, le menton, comme il avait l'habitude de faire avec ses ouailles.

— Viendras-tu confesser tes péchés, ma fille ?

— Assurément. Mais je n'ai guère de fautes à vous confier.

— De mauvaises pensées ? De celles qui occupent l'esprit d'une future mariée ?

Clémence regarda sa mère, désabusée.

— Vous me jetez dans l'embarras. L'amour n'est point un péché, à ce que je sache. Et il se trouve que j'aime mon Martin, et que j'ai hâte de m'offrir à lui, corps et âme.

— Restera-t-il une place pour Dieu ?

— Assurément, coupa Athanaïs. Ma fille est une dévote. Et l'union sera célébrée sous le regard du Seigneur, avec Son assentiment.

Madame Monestier avait volé au secours de sa fille, à l'instant où l'impatience se faisait jour chez Clémence. L'abbé parut décontenancé par le ton ferme de la maîtresse de maison. Aussitôt on prit date pour la confession et on confirma l'heure de la cérémonie. C'était tout.

A l'instant où le prêtre quittait la maison, Angel parut dans une grosse chemise de coton bleu. Il le salua d'un air goguenard. Chaque fois, l'apparition des soutanes soulevait en lui cette singulière réaction mécréante.

— Je ne vous vois guère à l'office. Cela ne vous ferait pas de mal, Angel, de décrasser votre âme.

— Parce que vous pensez qu'elle est noire comme du charbon. Mais détrompez-vous. Je n'ai nul besoin de vos absolutions. Je m'absous moi-même.

Lacotre baissait la tête.

— Incorrigible enfant de Dieu, marmonna-t-il. Que d'insouciance et d'orgueil !

— Ma femme prie pour deux. Et parfois, nous prions ensemble, lorsque le désir nous prend.

Le curé se signa en levant les yeux au ciel et traversa la cour à pas pressés.

De sa fenêtre, Athanaïs avait tout entendu : la supplique du prêtre et les insolences d'Angel. Désormais, elle s'en amusait. Même Adèle Brillat riait son aise. Elle trouvait Monestier plutôt bel homme, et son propos en accord avec l'image qu'il offrait de lui-même. Tout allait pour le mieux. Un mariage reste une fête, même lorsqu'un prêtre s'en mêle.

— Votre curé est plutôt chagrin. Le nôtre a l'âme joyeuse, avança-t-elle.

— Le père Lacotre vit sa foi comme un tourment, ajouta Athanaïs. Et ses messes de Noël sont sinistres. Quant au confessionnal, mon Dieu, quelle épreuve ! Vous en avez eu un aperçu. Ses questions sont embarrassantes. Certes, oui, nous sommes des pécheresses, nous, les femmes. Nous mentons, nous médisons, nous blasphémons. Et alors ? Faut-il pour autant se flageller jour après jour ?

Adèle pouffa de rire dans ses mains.

— Vous lui racontez tout ?

— Bien sûr que non. Nous avons droit à notre jardin secret. Je m'en tiens aux généralités. Et cela semble le décevoir, le pauvre homme. S'il savait ce qui se passe dans les chambres à coucher...

— Des horreurs ! s'écria Adèle.

Les petites Brillat accoururent au rire de leur mère. Mais Adèle se refusa à raconter la scène. Adeline et Rosalinde étaient bien assez délurées pour qu'on y ajoutât une couche.

Puis, Clémence entra dans sa robe de mariée, en coutures d'assemblage. Hortense tenait la traîne. Adèle frappa des mains et les filles sifflèrent d'admiration. Athanaïs hochait la tête. Seule Mariguitte s'était détournée vers la lingère. Elle trouvait la robe voyante, excentrique, garnie de fioritures bouffonnes. A la vérité, elle était parfaite, même s'il fallait reprendre par-ci par-là quelques pinces, à relâcher ou à resserrer.

— C'est une robe de mariée pour la grande ville, remarqua Athanaïs.

Adèle était aussi de cet avis.

— Mais si elle te plaît, ma petite, tout est parfait, ajouta la mère.

Hortense courut chercher le chapeau. Un modèle Gainsborough, garni de satin et piqué de plumes d'autruche blanches.

— Moi, je n'oserais pas me promener à Saint-Ségur avec ça, fit Mariguitte d'un ton pincé.

— Comment ? reprit Clémence. Tu ne le trouves pas beau ?

— Oh si. Bien trop, au contraire.

Clémence haussa les épaules.

— Il faut oser se mettre au goût du jour.

La modiste à genoux rajustait quelques plis, déplaçait ses épingles.

— Félicitations, mademoiselle Hortense, dit Athanaïs.

Adèle y ajouta quelques paroles aimables. Elle ne voulait pas demeurer en retrait de l'opinion générale. Il lui importait peu que l'ouvrage fût bâti par une couturière de Brive, et l'une des meilleures au dire de madame Monestier, puisqu'elle n'aurait point à mettre la main à la poche. La robe serait payée intégralement par Angel.

Athanaïs n'avait guère approuvé cette décision. « Une robe qui nous coûtera deux vaches. » C'était ainsi qu'elle calculait. « Et tout ça pour faire sensation dans le pays. Mon Angel a trop d'orgueil. Si les temps présents nous gâtent, en sera-t-il toujours ainsi ? » Mais le patriarche de la Renaudière se fichait bien de l'opinion de sa femme, de ses frilosités. Il n'avait eu qu'une fille digne de se marier – comptant Mariguitte pour profits et pertes –, donc l'événement devait être somptueux et faire grand bruit dans le pays. Et il le ferait, assurément. Tant de jalousies, de rivalités, de convoitises et de haine aussi, sans doute, naîtraient de ce mariage. Est-ce que l'entreprise en vaut la peine ? se demandait-elle. Qu'aurons-nous à y gagner ? Le mieux ne serait-il pas, précisément, de se faire humble, de bénir l'heureuse union dans la simplicité ? Mais l'homme qu'elle avait épousé jadis, dans l'autre siècle, ne l'entendrait jamais ainsi. « Ah ! mon Dieu, ce n'est rien de dire, enfin, que les femmes sont plus raisonnables. »

Pierre Monestier n'avait aucun goût pour le travail de la ferme. Il se jugeait maladroit pour les tâches qui requéraient de l'expérience, ou tout le moins un peu de jugeote. Autour de lui, on avait trop clamé qu'il était bon à rien pour que sa curiosité fût aiguisée. Il se laissait vivre, porté par les ordres de son père. Son intelligence, il l'employait à les contrecarrer. C'est-à-dire jouer à cache-cache pour échapper aux contraintes. Le garçon avait acquis à ce jeu d'incommensurables capacités d'abstraction. Caché dans la grange à foin, ou dans une des innombrables pièces désaffectées de la maison, il passait le plus clair de son temps à lire. Son goût naturel le portait plutôt aux récits de voyage. Il avait dévoré le journal de bord de Christophe Colomb et celui tout aussi passionnant de James Cook. Mais aussi quelques romans, dont ceux de Stevenson. Ses lectures lui laissaient, chaque fois, un goût amer d'insatisfaction. Serai-je assez téméraire, un jour, pour quitter la Renaudière, et entreprendre, moi aussi, un grand périple par le monde ? Car l'univers ne se borne point aux limites de nos terres. Et s'il m'arrive d'imaginer une île dans un bosquet de chênes et d'acacias, l'instant où il me faut ouvrir les yeux me devient de plus en plus douloureux. Aucun homme ne vit d'illusions et de chimères. La vraie vie consiste à ouvrir sa propre route, à repousser les limites de son paysage familier.

Aux belles saisons, Pierre entreprenait de longues promenades, jusque sur les hauts d'Eloy où se déployaient les plus belles forêts de Corrèze. On pouvait y rêver aisément et croire que leurs traversées étaient comparables aux terres vierges de quelque paradis perdu.

Au cours d'une de ces expéditions en Eloy, comme il disait – à croire que le nom du lieu fût synonyme de contrée inconnue et à jamais inviolée, comme la *Terra Incognita* que Ptolémée dessina sur sa carte du monde –, le garçon dénicha une jolie sauvageonne qui, comme lui, courait par monts et par vaux.

Josepha ne se prenait guère pour une exploratrice. Elle n'avait jamais lu les relations de voyage de Colomb ou de Cook, et se contentait de faire provisions d'airelles, fraises sauvages, mûres et autres merises. A force de musarder, elle connaissait le pays d'Eloy comme sa poche. Aucun sentier, aucune ravine, aucune clairière n'avait plus de secret pour elle. Et, aux jours d'automne, elle menait son ami sur les arpents de bois où les cèpes et les chanterelles poussaient à profusion.

Avec le temps, leur complicité se mua en amour. Souvent, ils se baignaient nus dans la Soudoire.

— Tu ne diras jamais que tu me connais, lui faisait-elle promettre. Jure-moi que ça restera un secret.

— Pourquoi ?

— Je suis une Paulien, révéla-t-elle. Et un Monestier ne peut aimer une Paulien.

La réflexion fit rire aux larmes le jeune garçon.

— Qu'est-ce donc que cette histoire ?

Josepha ne répondit pas. Elle avait le goût du secret, elle le cultivait même à ses heures, et faisait des mystères de tout. Par moments, Pierre n'était pas loin de croire que Josepha craignait comme la peste les médisances et les racontars.

Un jour, ils se lièrent par le sang, comme dans une histoire de Fenimore Cooper. Avec un couteau, ils se taillèrent mutuellement le poignet, et appliquèrent les plaies l'une contre l'autre, avec force.

— Maintenant, je suis à toi, pour toujours, jura-t-elle.

Pierre trouva cette coutume plutôt barbare et douloureuse, mais il en fut ému jusqu'aux larmes. Le garçon avait un penchant émotif, dont la jolie sauvageonne tirait profit. C'était sa manière de le dominer, ce grand garçon rêveur, de l'attacher à elle par des liens secrets et intimes.

Un soir, sur un banc de sable de la Soudoire, où ils avaient l'habitude de s'allonger après la baignade, Josepha l'attira dans ses rets. Elle avait ressenti, soudain, l'envie de s'unir à lui, bien qu'il fût benêt de ce côté-ci. Elle lui montra, sans qu'il en parût, les gestes de l'amour. Ce fut bref et intense, comme le frai des couleuvres qu'il avait observé bien souvent.

— Tu es un homme, maintenant, dit Josepha.

Le garçon fixait le lent balancement des feuillages de frênes dans la lumière vive, et de même, les ombres miroitant sur l'eau.

— Je suis un homme, répéta-t-il. Un homme... Si mon père savait ça.

Josepha posa ses doigts sur ses lèvres.

— Ne dis pas ça, Pierre. Sinon, nous ne pourrons plus être ensemble. Tu as envie de rester avec moi ?

— Oui.
— Alors, il te faut garder ce secret.
— Mais un jour, si nous voulons nous marier... Tu le sais bien. Il faudra que...
Elle se mit en boule, la tête enfouie dans ses bras. Pierre tenta de déplier ses membres, car il avait, de nouveau, désir de la prendre. Mais elle lui résista. Alors, il se prit de patience, attendant que son visage émergeât enfin de ses bras repliés. Elle fit comme les hérissons, pointa son petit nez hors de la coquille dont elle se protégeait. Il vit ses yeux rougis par les larmes.
— Un jour comme celui-ci, je ne veux pas que tu pleures. Regrettes-tu, déjà, d'avoir fait de moi un homme ?
— Nous ne serons jamais mari et femme, murmura-t-elle.
Le petit vent de berge fit frissonner les étendards de verdure qui ceignaient la rivière. Et les ombres aussi furent de la fête sur l'eau de la rivière, sur le sable jaune et les galets d'obsidienne.
— Alors, restons amants, le plus longtemps possible.
— Il nous faudra mentir, ruser, jouer la comédie, prévint Josepha. C'est dur quand on s'aime. Dur, répéta-t-elle.
Et son index traça un cœur dans le sable, à l'endroit où la vague venait mouiller.
— Que s'est-il passé entre nos deux familles, pour qu'elles se haïssent à ce point ?
— Je ne sais pas, dit Josepha. C'est une affaire entre les grandes personnes. En général, on n'y comprend rien.
Nus, ils remontèrent dans la forêt. Il chercha des feuilles de châtaignier pour l'habiller, et des lianes de liserons pour lui faire une couronne. Les clochettes blanches apportaient à sa chevelure de jais des éclats de nacre. Elle disait :
— Serai-je un jour papillon, dans un autre monde ? C'est heureux à batifoler dans le parfum des fleurs.
— Papillon. Quelle drôle d'idée.

— Après la mort, l'âme se cherche une nouvelle enveloppe. La mienne sera celle d'un papillon blanc.

Pierre caressa la chevelure de Josepha, délicatement, sans froisser les clochettes de liseron.

— Tu as déjà des ailes pour couronne, dit-il.

Elle s'amusa de sa comparaison.

— L'amour donne des idées bizarres, dit-elle.

— Ce serait bien si nous étions seuls au monde, sur une île, au milieu des bêtes sauvages.

Josepha redescendit sur la berge où elle avait laissé sa robe sous un gros galet. Elle se rhabilla aussitôt.

— Tu es encore un enfant, Pierre. Ce n'est pas étonnant.

— Pourtant, nous avons le même âge.

— Les filles grandissent plus vite.

3

Les limiers

Depuis mai, les troupeaux étaient au pré, dans les vastes pacages de l'Eyssartie. Aux confins de la propriété Monestier, bordant la Soudoire, on n'y faisait jamais les foins. L'herbe était réservée aux pâturages, tout au long des mois d'été. Quelles que fussent les conditions météorologiques, saison sèche ou saison pluvieuse, la nourriture n'y manquait guère. Mais l'endroit était malaisé, fourni en fondrières. Les boqueteaux en parsemaient la géographie, des boqueteaux que l'homme avait laissés se développer pour limiter le glissement des sols. Plus bas, la rivière érodait les berges friables, si bien qu'elle gagnait incessamment sur les terres voisines, s'élargissant en bancs de sable.

Angel avait acquis ces parcelles pour une bouchée de pain. Piètre acquisition, en vérité. Elle lui avait apporté plus d'inconvénients que d'avantages. Des mois et des mois d'essartage avaient été nécessaires avant d'en rendre l'accès aux bovins. Les ronciers et les brandes recouvraient les flancs, et la seule coupe des merisiers et des peupliers n'avait suffi à l'en dédommager. Pourtant, avec ses fils, il était parvenu à civiliser ces hectares de mauvaise terre, à les rendre praticables aux troupeaux et au convoyage. En revanche, les Monestier avaient renoncé aux clôtures. Opération trop onéreuse. Ainsi leur fallait-il garder les troupeaux, comme autrefois lorsque les paysans faisaient paître leurs vaches sur le pré communal. Sans surveillance, ils se fussent égarés dans les bois d'Eyssartie, ou enlisés dans les bancs de sable de la Soudoire. Combien de fois avaient-ils dû sauver leurs vaches de la noyade, ou retirer à la corde les petits veaux téméraires des sols mouvants ?

Pierre, le cadet, était généralement affecté à cette tâche : la garde du troupeau. L'affaire lui plaisait assez. Sans grande fatigue, sinon suivre l'évolution des bêtes, et parfois les ramener vers les hauteurs paisibles des collines, le temps s'écoulait à lire et à rêver. Ça tombait plutôt bien, car Pierre Monestier était un garçon doux et paisible, peu enclin à prendre des initiatives. Il se laissait vivre. Et parfois, dans un réveil brutal, il se reprochait de n'avoir pas assez de caractère pour quitter la Renaudière et conquérir un bon métier dans lequel l'esprit domine la force. Il eût voulu être tour à tour aventurier, explorateur, chercheur d'or ou de diamants, et dans des jours plus raisonnables, instituteur, mais chez les Monestier on n'avait pas envisagé cette perspective. Angel avait désiré des enfants pour qu'ils devinssent d'habiles cultivateurs, à jamais attachés à la terre. Aussi Pierre n'eut-il pas le droit, malgré de réelles dispositions, de rallier l'école normale où l'on formait les élites de l'instruction publique.

Ce matin d'août 1910, Paul entra au grand galop dans la cour de la Renaudière. L'aîné des Monestier, sur les épaules duquel tout l'avenir du domaine reposait présentement, par décret impérieux du patriarche, avait l'habitude de chevaucher son percheron favori pour surveiller l'ouvrage des journaliers. Il sonna l'alerte par de hauts cris. Occupé dans son atelier, Angel accourut aussitôt.

— Le troupeau a disparu, fit Paul en agitant sa badine de noisetier.

— Quel troupeau ?

— Celui des Eyssartie, bordel !

— Mais ton frère le garde...

— L'imbécile l'aura perdu. Avec ses manières de lire, du matin au soir.

Angel éclata de rire. Les exagérations de son fils aîné étaient monnaie courante. Tatillon en diable, il excitait souvent les ouvriers agricoles avec ses remontrances, ses offenses parfois. Après coup, le père était contraint de calmer ses ardeurs. Certes, cela ne l'ennuyait guère qu'il eût en définitive un caractère de chien ; il voyait en lui le digne descendant des Monestier. Un chef opiniâtre, dur à l'ouvrage et autoritaire au commandement.

— Je te dis que le troupeau a disparu, reprit Paul. Tu n'entends rien ou quoi !

Non, le père ne pouvait se résoudre à croire un seul mot de cette histoire. Surtout par une si forte chaleur. Cela s'était vu qu'un troupeau prît la poudre d'escampette, en avril ou mai, lorsque le trèfle et la luzerne offrent de grasses prairies, mais, en août, le fond de l'air les inciterait plutôt à chercher l'ombre apaisante.

— Et Pierre ? Comment se fait-il qu'il ne se manifeste pas ? S'il a besoin d'aide, nous sommes là, nom de Dieu.

— Il a disparu aussi, cria Paul.

— A moins qu'il ne coure après les vaches, dans les bois de Perguse. Avec cette canicule, les bêtes cherchent la fraîcheur.

Angel triturait son chapeau de paille. Une décision était à prendre, et il hésitait.

— Descends aux Eyssartie, je t'y rejoins, ordonna-t-il enfin.

Et le cheval repartit au grand galop, effarouchant la volaille sous le porche d'entrée. Angel accompagna la chevauchée d'un long regard d'inquiétude, jusqu'à ce que la poussière blanche fût retombée sur la route. Il releva ses bretelles, et partit vers l'écurie. En un rien de temps, Monestier eut attelé sa jument à la carriole qui lui servait, communément, à parcourir sa propriété. Il possédait aussi un beau tilbury pour les sorties à Saint-Ségur ou dans les localités voisines.

Avant de franchir le porche, à son tour, il fit appeler Mariguitte. Comme elle tardait à venir, le patriarche se mit à fulminer : « Ce mariage les rend aussi folles que mes vaches ! », et de colère il fouetta son attelage.

Paul prit au plus court, par les vieilles vignes de La Fourche. A la Croix, on dominait les bas-fonds des Eyssartie. Il appliqua sa main en visière et ne vit, dans les replis des collines, nulle vache errante. La colère s'empara de lui et il fouetta sa monture énergiquement. En moins de cinq minutes, il parvint aux premières fondrières, contourna un bosquet de chênes et de frênes entremêlés. Il descendit quelques degrés, jusqu'aux pommiers de plein vent, sous lesquels Pierre avait l'habitude de se poster. Il y trouva l'herbe piétinée et jugea donc que le troupeau avait dû pâturer dans le secteur. Les bouses fraîches témoignaient du récent passage. Au pas, il suivit la progression des animaux. Les traces le conduisirent à la fontaine. L'eau pissait d'un mur en pierre et se déversait dans un bac taillé dans la roche. Paul mit pied à terre et amena son cheval à boire. Il prit à son tour au creux de ses mains de quoi se mouiller le visage.

Le soleil était au plus haut et faisait grésiller les gousses des genêts. L'immobilité de l'air annonçait des journées de canicule. L'herbe brûlée craquait sous le pas. Seul le glouglou de la fontaine apportait un peu de fraîcheur dans la fournaise environnante. Du reste, l'eau attirait les papillons, les taons, les libellules. Il s'était formé une ronde autour du bac, un peuple insoumis que la moiteur excitait. Paul eût tant désiré s'abandonner à cette ombre, et son cheval aussi qui broutait l'herbe verte ornant les alentours du point d'eau. Mais, en lui, l'angoisse effaçait, peu à peu, la colère. Il y a une explication, mais laquelle ? pensait-il.

Marchant à côté de sa monture, tenue à la bride, il suivait les traces laissées par le troupeau. Vingt têtes de bétail, ça ne disparaît pas par enchantement, se dit-il. Elles le conduisirent aux abords de la rivière. A cet endroit, la rive était stable, bordée de noisetiers et de charmes. Le troupeau avait séjourné un temps sous les ombrages. La fougère était piétinée. Rien d'étonnant. C'était l'endroit où les bêtes venaient s'abreuver.

Paul remonta jusqu'au petit pont de bois. Sur le bord du chemin creux, à l'ombre des acacias, Angel l'attendait, appuyé à la rambarde branlante.

— Elles n'ont pas traversé ici, dit-il.

— En amont, les traces sont fraîches, ajouta Paul.

— Pourquoi Pierre les a laissées filer ? Tu le sais, toi ? Tu as une explication ?

Le fils haussa les épaules.

— On ne peut pas lui faire confiance.

Et il se mit à appeler. La voix se répercuta en écho le long de la Soudoire. Angel posa son chapeau et essuya la sueur qui coulait sur son front.

— Peut-être que le troupeau a filé vers le gué du Battut. Ce n'est pas bien intelligent, une vache, mais tout de même, de là à aller se foutre dans les bancs de sable.

— Alors, il doit être dans les bois de Perguse, conclut Paul. A l'ombre des châtaigniers.

Sans attendre plus longtemps, Paul remonta à cheval. Et en effet, il trouva des traces fraîches dans les galets de la Soudoire. En cet endroit, l'eau n'était pas très haute. Elle coulait vive sur son lit de pierres blanches. Il traversa le gué et prit le chemin creux de Perguse. Le fils Monestier pressa sa monture, qui n'aimait guère trotter sur les pierrailles instables. En un rien de temps, il fut à Perguse, dans la châtaigneraie. Et là, il poussa un soupir de soulagement. Tout le troupeau s'y trouvait, sous les hautes ramures, vautré dans la fougère. A son approche, quelques vaches montrèrent de la crainte, mais Paul les rassura par de petits sifflements, comme lorsqu'il les invitait à venir boire au bac.

Plus haut, dans les bois, dans la partie où la chênaie étendait son empire, il était un abri de roche, une cavité taillée dans la pierre. Paul s'y engagea. Le sol était tapissé de vieilles feuilles. Et là, il surprit son frère.

— C'est toi, Pierre ?

La réponse tarda à venir.

— Qu'est-ce que tu fais là ?

— Rien.

— Et le troupeau, tu l'as laissé filer, nom de Dieu. On ne peut rien te confier.

— Le troupeau ? Mais il est dans la châtaigneraie.

— C'est toi qui l'as mené ici ? Tu es fou ou quoi ? Ces bois ne nous appartiennent pas. Je ne veux pas d'histoire avec Paulien.

Soudain, l'œil de Paul, accommodé à la pénombre, surprit une forme dans le fond de la caverne.

— Qui c'est ?

— Tu pourrais pas t'en aller ? Ça me rendrait service, suggéra Pierre.

Et lorsque Paul vit les bretelles pendantes sur le pantalon de son frère, il comprit enfin.

— Qui c'est, cette putain ?

— Tu vas te taire, imbécile !

Une petite frimousse se montra enfin, la chevelure en désordre.

— Josepha ! s'écria Paul.

— Tu l'as traitée de putain. Tu vas retirer cette insulte, sinon...

— Sinon, quoi ?

Pierre s'approcha de son frère, furieux. Mais Paul avait une tête de plus, et les épaules larges. Il lui lança une gifle. Pierre voulut répondre, et la bagarre s'engagea, furieusement.

L'arrivée d'Angel mit un terme à la rixe.

— Je ne veux pas que mes fils se battent pour une fille.

Il les tenait, l'un et l'autre, par la tignasse.

— J'aime Josepha, dit Pierre. Mais vous la haïssez, tous.

Le patriarche tira la jeune fille par sa robe, au-dehors, sous la chênaie. Comme elle résistait, il la traîna sans ménagement.

— Tu vas retourner d'où tu viens, menaça Angel. Sinon, je te botte l'arrière-train.

La petite protégea son visage de ses mains. Elle pleurnichait de honte.

— Je suis pas assez bien pour Pierre.

— Tu es une traînée. Et s'il t'arrive bricole, ma petite, ne viens pas pleurer à la Renaudière.

Pierre se dressa vivement devant son père.

— Tu n'as pas le droit de lui parler de manière outrancière. Papa, ça ne te ressemble pas.

Paul ricanait deux pas en arrière, en biglant les jambes de la petite, griffées par les ronces. Il avait voulu la séduire, au printemps précédent, mais elle s'était refusée. La fille lui eût convenu pour une soirée, et pas une heure de plus.

— Ton père est une canaille, dit Angel en la pointant du doigt. Les Paulien ne sont que des vauriens, depuis que le monde existe.

La jeune fille s'enfuit aussitôt. Angel suivit d'un œil noir sa course affolée entre les chênes jusqu'à ce qu'il ne la vît plus. Puis, il poussa un grand soupir de soulagement.

— Tu n'aurais pas dû dire ça, papa, reprocha Pierre.

— Moi, à sa place, je t'aurais fouetté au sang, dit Paul.

— Tu n'es pas à sa place. Tu n'as pas à me toucher. Je veux bien subir le fouet de père, mais à la condition que tu disparaisses, imbécile.

Angel posa la main sur l'épaule de Pierre.

— Tu n'as plus l'âge de recevoir une correction. Mais je me désespère à penser que tu ne feras rien de ta vie. Nous t'aurons sur le dos toute notre existence, et tu ne nous apporteras rien de bon.

Insensiblement, Pierre s'éloigna de son père. Il ne supportait pas ses phrases assassines. Les prophéties inutiles sur son devenir. Ça le rendait triste à mourir. Il se sentait le plus mal aimé des Monestier, celui à qui l'on ne pardonne rien.

Agacé par le soudain amollissement de son père, Paul était descendu dans la châtaigneraie pour rassembler les vaches. Il avait décidé de les conduire au pacage de l'Oustalier, pour la nuit. Quand le troupeau, en bon ordre, eut repassé le gué, Angel l'attendait près de la rivière, seul.

— Eh, papa, s'écria Paul, nous sommes de fins limiers.

— Tu peux le dire, ajouta Angel.

— On a découvert le pot aux roses.

— Tu avais imaginé ça, toi ?

— Ton fils n'est pas le premier, allez. Josepha se donne à qui la veut bien.

Le père montra quelque signe d'irritation. Il n'avait pas envie de poursuivre plus avant cette conversation.

— Laisse-la donc tranquille, cette Josepha, trancha-t-il soudain, maintenant que nous avons dit ce qu'il y avait à dire.

Angel trouva Martin à l'écurie.

Paul lui avait déjà apporté les informations nécessaires sur la fuite du troupeau, omettant, toutefois, la scène de la caverne dans les bois de Perguse. Le linge sale se lave en famille, et Martin Brillat n'était pas encore des Monestier. Il le deviendrait dans dix jours, exactement. Le patriarche fut rassuré par la discrétion de son aîné. A quoi reconnaît-on un bon fils ? songea-t-il. A ce qu'il n'est besoin de longs discours pour qu'il tienne son rôle.

— Je regrette de n'avoir pas été là pour donner la main, dit Martin.

— C'est très bien ainsi, répondit Angel. Vous avez mieux à faire que suppléer nos fautes.

Le jeune Brillat l'aida à défaire les harnais. La jument piaffait d'impatience de retourner dans son enclos. Martin vint lui caresser les naseaux, et la bête se cabra.

— Quand donc vous déciderez-vous à me tutoyer ? s'inquiéta le fils Brillat.

Angel se redressa pour l'observer droit dans les yeux.

— Lorsque vous serez devenu mon gendre.

— Ce ne saurait tarder.

— Chaque chose en son temps.

Martin quitta l'écurie, la tête basse. Il ne comprenait pas la défiance dont il était l'objet.

— Nous sommes de fins limiers, père et moi, s'écria Paul à Martin. Nous avons retrouvé le troupeau en moins de deux.

Le fils Brillat acquiesça d'un hochement de tête.

— On n'a jamais vu ça, qu'un troupeau s'égare au point de ne jamais le récupérer.

— Il y a deux ans, nous avons perdu, ainsi, un taureau. Les chiens se sont mis après lui, et il a filé au diable Vauvert. Alors, nous l'avons pris en chasse, parce qu'il menaçait les gens du voisinage. La poursuite a duré deux jours. Une fois repéré dans la forêt de Tournette, j'ai essayé de l'approcher. Mais le saligaud m'a chargé. J'ai trouvé mon salut en grimpant sur un chêne. Alors, père s'est décidé à en finir, de la manière forte. Il l'a attendu, genoux à terre dans une laie. Et lorsqu'il a été à bonne portée, deux à trois mètres, guère plus, il lui a tiré deux cartouches de chevrotines en pleine tête. Le taureau s'est effondré à ses pieds. Et père n'a point bougé.

— Que serait-il arrivé s'il l'avait loupé ?

Paul eut un sourire grimacier.

— Ce n'est pas le genre de la maison.

Martin médita longuement cette réflexion. Et les propos de son père lui revinrent en mémoire – propos tenus le jour où il était venu lui annoncer son intention d'épouser une petite Monestier. « Mon pauvre Martin, tu ne te choisis pas une belle-famille facile. Ce sont des gens qui ont la réputation d'être fiers et orgueilleux, supérieurs même au commun des mortels. Et, à leurs yeux, il n'est qu'un Monestier qui vaille, même le pire imbécile pourvu qu'il porte leur nom. Tu ne seras jamais qu'un étranger. Seuls tes enfants seront admis dans le clan, mais toi, j'en doute. Tu ne seras, envers et contre tout, que monsieur Gendre. Un allié de circonstance. »

Il s'en ouvrit le lendemain à Clémence.

« Crois-tu que vous m'accepterez tel que je suis ?

— Papa a souhaité que nous restions indépendants. Ce n'est pas sans raison s'il a fait aménager un appartement à la Renaudière.

— Oui, mais dans sa maison, déplora Martin. A l'extérieur, c'eût été préférable. »

Clémence éprouvait assez de sentiment pour son futur mari ; elle le cajola avec des gestes affectueux. Et lorsqu'il voulut glisser une main coquine sous sa robe, elle le repoussa vivement.

« Non. J'ai promis à maman. »

Neuf jours, décompta Martin, et je saurai enfin si nous sommes faits l'un pour l'autre. Leurs jeux s'arrêtaient à de courts baisers, à des pelotages furtifs. Dans ses rêves, il essayait d'imaginer Clémence nue, et se livrant à lui. Il caressait ses longues jambes, enveloppait ses seins, mains ouvertes, délicatement. Tant de jours d'attente le désespéraient. Et s'il n'avait éprouvé assez d'amour pour sa Clémence, sans doute aurait-il trouvé de quoi se soulager auprès de la veuve Loubières, qui ne demandait que ça, déniaiser les conscrits et satisfaire les hommes en déshérence.

Un soir, le patriarche fit appeler son futur gendre dans l'atelier, où le maître avait l'habitude de se retirer. Angel trônait près de son établi, les jambes allongées sur un billot de chêne qui servait à épointer les piquets de clôture. Il fit asseoir Martin dans un fauteuil en osier, face à lui. Deux lampes-tempête, accrochées aux solives, éclairaient la pièce chaulée de fraîche date.

— Votre père vous a-t-il entretenu de mes projets ?

— Non, répondit Martin.

— C'est bien ainsi. Car il eût été fâcheux qu'il vous en fît la primeur. Je reconnais bien là un homme de parole. La famille Brillat recueille ma plus haute estime, ajouta-t-il, le regard brillant.

Martin ne savait où Monestier voulait en venir. Peut-être sa fille lui avait-elle parlé de ses inquiétudes. Et sur l'instant, il en ressentit une vive gratitude. L'amour se défie des grands principes, pensa-t-il.

Angel bourra sa pipe de tabac gris, en compressa la garniture avec son pouce. C'était l'heure où il s'autorisait ce plaisir, dans son atelier, et nulle part ailleurs. Il y bouta le feu avec un brin de papier allumé à même la lampe à pétrole. Il tira de longues bouffées, l'air satisfait.

Bourrelé d'inquiétude, Martin attendait les mots qui tardaient à venir.

— Vous ne fumez pas, Martin ?

— Non.

— Vous avez raison. Cela gâte l'haleine et ce n'est point un bon exemple pour une jeune mariée. Dans les premiers temps, il faut fournir des efforts constants, si l'on veut que l'amour ne soit feu de paille. Moi, j'ai commencé à trente ans, et j'ai encouru tous les reproches. Mais dix ans de passion, ce n'est déjà pas si mal dans la vie d'un ménage.

Martin réalisa, soudain, que les propos de son futur beau-père ne correspondaient guère à ce qu'un jeune prétendant eût pu entendre la veille de son mariage. Mais Angel voulait sans doute, ainsi, jeter un pont de complicité par-dessus la tête des femmes, fût-ce la sienne ou sa propre fille. Et si Athanaïs avait enseigné à Clémence les pièges de l'amour, Angel professait à Martin l'art du mari. Il eût sans doute fait de même pour un de ses propres fils. Cependant, le jeune homme ne prisait guère la conversation, même s'il s'obligeait à sourire.

— Ma petite Clémence a du caractère. D'évidence celui de sa mère. Alors, évitez les confidences, les promesses et autres résolutions qui s'en reviendront, tôt ou tard, en pleine figure comme un boomerang. Les femmes n'oublient rien ; leur passion se nourrit journellement, tandis que la nôtre se tempère à l'usage. J'ai observé ce trait, bien souvent. Si l'on veut garder l'amour de son épouse longtemps, il faut témoigner de la cachotterie, du secret, et se garder des épanchements inutiles.

La main du patriarche s'en vint serrer l'épaule de Martin. Il avait besoin d'en éprouver la solidité. La robuste constitution des Brillat tendait à le rassurer sur l'avenir. Les futurs enfants seraient du même bois, une greffe prospère. Rien ne l'eût plus désespéré qu'une union chétive. Quant à l'amour, qui eût dû les lier tous deux, il ne s'en préoccupait guère, tant à ses yeux l'essentiel dans la proche alliance tenait à l'argent, aux biens et avantages.

— Il n'est de véritable bonheur sans travail. A la condition que l'ouvrage apporte son content d'argent. Sinon, la cause désespère l'homme le plus courageux. J'ai vu, mon cher Martin, reprit Angel en entrecoupant ses mots de bouffées de fumée, des propriétaires se ruiner dans l'effort stérile. Un obstacle ne vient jamais seul. De la perte des terres découle la chute des rapports. L'argent fait défaut, et les maladies s'en mêlent, celles des animaux et des hommes. J'ai connu, souvent, cette sorte de peste sur les familles. C'est pourquoi l'on dit souvent que le sort s'acharne. Mais, à la vérité, je crois qu'il ne faut pas ouvrir la moindre issue au malheur. Calfeutrons notre bonheur pour que rien ne l'atteigne, sinon, comme la laine du gilet qui se détricote, tout s'en va jusqu'à la lie.

Martin écoutait Angel, les mains jointes, posées sur ses genoux. Le patriarche lui glaçait le sang avec ses leçons d'homme orgueilleux et fier, comme sa lignée. Pourtant, elle avait dû connaître quelques revers, par les temps, comme les autres lignées. Cette fierté avait-elle suffi à en calfeutrer les failles ? Une volonté suffirait-elle à dominer l'adversité, les revers du destin, les coups du sort ?

— Je ferai tout mon possible, bredouilla le jeune Brillat, pour être à la hauteur. C'est une grande famille que la vôtre, et dont la réputation dans le pays m'impressionne. Pourtant, j'éprouve une crainte, celle de n'être pas tout à fait accepté comme un des vôtres. Père dit que je ne serai jamais, tout compte fait, que le gendre.

Angel leva les yeux au ciel. Il s'attendait à cette réaction. Il l'avait même suscitée par ses propos hautains.

— Il ne tient qu'à vous, mon cher Martin, de mériter notre nom.

La réponse du patriarche n'était pas pour le rassurer. Au contraire, elle le jeta dans la consternation. Il se retira, aussitôt, dans une moue de défiance.

— J'épouse la fille des Monestier, et la cause des Monestier, mais l'âme de la Renaudière, je ne le pourrai jamais. Vous me comprenez, n'est-ce pas ?

Angel se retint de rire. Il avait craint de n'être compris, et la suite de la conversation lui en apportait, hélas, la preuve. Ce garçon sera-t-il autre chose qu'un de mes domestiques ? se demanda-t-il en tirant sur sa pipe. Un besogneux qui attend ses ordres ? Et qui désespère de ne mieux faire, alors qu'il faut entreprendre ?

— L'avenir apportera une réponse à cette question, dit Angel. Pour l'heure, il nous faut réussir ce mariage. Les femmes y travaillent depuis une semaine. Je ne m'en suis point mêlé. Il appartient à chacun d'accomplir son ouvrage. Mais, après les noces, il faudra songer aux choses sérieuses. Et mon petit Martin, c'est là que nous jugerons si vous êtes digne de la Renaudière. Pour ce faire, je vous donne vingt hectares à Salinac. Toutes les terres du père Roubaud.

Martin sursauta sous l'effet de la surprise.

— Vingt hectares ?

— De la bonne terre qu'il va falloir défricher, remembrer, et rendre à la culture. Et sans que j'aie le moindre droit de regard, insista le patriarche. De la terre donnée et toute donnée. De quoi partir d'un bon pied.

— C'est trop, beaucoup trop ! s'écria Martin.

Angel était imperméable à l'émotion. Et à celle de son futur gendre encore plus. Il se disait : La terre n'est pas un jouet, ni une danseuse, ni un hochet. Encore moins un cadeau. Tout au plus un héritage exigeant, difficile, contraignant. Une maîtresse implacable, rigoureuse.

— C'est une immense confiance que vous me témoignez.

— En effet, dit Angel en hochant la tête. Je n'ai jamais voulu vous installer sur les terres de la Renaudière. Cela est l'affaire de mes fils. Un domaine réservé et sacré, sur lequel s'est dessinée l'ambition des Monestier. Mais à Salinac, c'est une aube nouvelle qui se lève. Elle commence par un mariage et se poursuivra comme vous le jugerez vous-même. C'est pourquoi, il y a un instant, j'ai été fort surpris par votre réaction. J'entends que vous soyez le maître de vos œuvres. Quant à l'âme de la Renaudière, qu'elle vous inspire. Voilà tout, mon petit Martin.

Angel se leva aussitôt et souffla les flammes des lampes-tempête. Ils longèrent les écuries, sans un mot de plus. Martin méditait les derniers propos de son futur beau-père, et se disait : Beau cadeau empoisonné, en vérité. Car les terres du vieux Roubaud sont en triste état, dévorées par la friche, depuis trois ans au moins. Et comment trouverai-je le temps de donner la main à mes frères ? René et Daniel ont besoin de moi à Croisille. Il laissa Angel prendre de la distance, dans l'espoir de n'être pas invité à partager la table des Monestier, ce soir au moins. J'ai besoin de réfléchir. Peut-être de renoncer à cette union ? songeait-il. Il avait promis à Clémence de la rejoindre avant de quitter le domaine, de l'embrasser, la cajoler, la rassurer. L'amour se nourrit de promesses et de gestes. Et il n'en avait plus envie. Son esprit vagabondait à Salinac : Un an de travail, sans espérer le moindre sou Rien que pour défricher. Et ensuite, installer un troupeau, avec quel argent ? Et une année de plus avant de vendre le premier veau.

4

Noces

De Saint-Ségur à la Renaudière, le chemin était orné de colifichets. Rubans et cocardes multicolores flottaient au vent. Le cortège allait à petit train. Le tilbury des Monestier ouvrait la route, pavoisé de rouge, de bleu, de vert et de jaune. Angel tenait les rênes de sa voiture, fièrement, le chapeau vissé sur la tête. A ses côtés, son épouse, et sur le banc arrière, les parents Brillat, tout aussi fiers. Adèle essuyait de petites larmes de sa main gantée. Et François répondait aux gestes aimables des gens alignés sur le bord de la route. Athanaïs eût tant voulu que le rythme fût accéléré, pour échapper aux regards des badauds. C'était sa nature qu'un rien l'intimidât, elle qui ne sortait jamais de sa maison. Pourtant, ce jour n'était égal à aucun autre ; il méritait toutes les audaces.

Les mariés avaient pris place dans le phaéton d'un notaire. Le rutilant équipage avait été prêté pour la circonstance. Et les femmes avaient passé des heures à le décorer avec des parures en satin blanc, des rameaux de noyer, des bouquets de coquelicots, de bleuets et de millepertuis. La toilette de Clémence avait impressionné les curieux au sortir de l'église. Quant à Martin, tout vêtu de noir sur une chemise blanche en grossière cotonnade, il paraissait le double de son âge. Cette impression se trouvait renforcée par une coiffure en brosse, tempes et nuque dégarnies, lui prêtant la physionomie d'un adjudant de compagnie. Il affichait une mine austère, à croire que cette fraîche union avait déjà traversé les premiers orages.

Mais la mariée rayonnait de bonheur pour deux. Et n'était-ce point l'essentiel ? Il se disait à Saint-Ségur que Clémence s'était choisi un bon parti, un garçon aimable, doux et travailleur, et Monestier un domestique à peu de frais. Les habitants ignoraient encore tout des arrangements passés devant notaire. Cela, ils le découvriraient lorsque Martin investirait enfin les terres de Salinac. Et la jalousie commune aux gens du pays reprendrait le pas sur la pitié présente.

Angel affichait, quant à lui, sa gravité hautaine des grands jours. Cet homme, petit seigneur parmi l'essence paysanne, cultivait l'indifférence comme un goût supérieur. Et ses longs apartés avec François Brillat, sur la place du village, en avaient renforcé l'impression. L'association de deux grandes familles ne peut apporter que suffisance et volonté de puissance, disait-on. A croire que le mariage a été arrangé à cet effet. Du reste, il ne se trouvait pas un seul habitant de Saint-Ségur pour croire à l'existence du moindre sentiment entre les deux tourtereaux. Paul Monestier avait travaillé la rumeur dans ce sens. « Nous avons uni nos forces », clamait-il à qui voulait l'entendre. Seul Pierre éprouvait quelque écœurement devant ces manigances. Il aimait trop sa sœur pour la voir ainsi jetée en pâture à une opinion malfaisante. L'idée qu'on pût croire dans le village que Clémence s'était « sacrifiée » pour l'ambition des Monestier et que son beau-frère fût l'enjeu d'un calcul mercantile le désolait au plus haut point. Il eût tellement désiré que ce mariage apparût pour ce qu'il était, en réalité, la conclusion d'un amour sincère et désintéressé.

— C'est un fait, les patriarches tirent les ficelles, confia-t-il à Mariguitte à l'instant de monter dans la carriole familiale.

Sa sœur parut ne pas comprendre le sens profond de cette réflexion. Elle la laissa plutôt dubitative. Paul prit les rênes et fouetta les chevaux.

— As-tu vu notre père ? dit Mariguitte en prenant la main de Pierre. Il est entré au café Principaud et a crié à la cantonade : « Tournée générale, c'est moi qui régale… »

Paul éclata de rire. C'était ça qui lui plaisait dans la vie, la morgue familiale. Et celle de son père, en toutes occasions, la subjuguait. Dans son for intérieur, il pensait : « Nous sommes les Monestier. Et nous dictons nos lois. Que ceux qui nous aiment nous suivent, et que les autres aillent se faire voir ailleurs ! » La jubilation de Paul tenait aussi dans le secret espoir qu'un jour il deviendrait, lui aussi, le patriarche, et qu'il imposerait sa loi sur le pays, comme son père l'avait fait, d'une poigne ferme.

— Je n'aime pas ces manières, confia Pierre à Mariguitte. Je les trouve démodées.

La jeune fille hocha la tête.

— Tu connais notre père ? Il ne peut s'en empêcher. Et j'ai vu son regard briller lorsque les gens du café se sont mis à l'applaudir pour son acte de générosité. Car ils se fichaient bien, les gens de Saint-Ségur, du mariage. C'était lui qu'ils applaudissaient. Rien que lui.

Paul n'écoutait pas la conversation qui se livrait dans son dos, tout occupé à saluer les badauds qui faisaient une haie d'honneur au cortège nuptial.

— Tu comprends maintenant ce que j'ai voulu dire par « les patriarches tirent les ficelles ».

Mariguitte posa une main sur son chapeau de paille noir. Elle craignait que les soubresauts de la voiture ne la décoiffent. Un tel incident lui eût porté ombrage, comme si elle s'était trouvé soudain nue devant la foule Sa coiffe était bien pratique, elle dissimulait un misérable chignon arrangé à la diable. Pour l'événement, elle s'était refusée à une mise soignée. Rien, décidément, ne pourrait jamais la décider à un brin de coquetterie.

— Je n'aime pas ce vocabulaire, dit-elle à Pierre. Surtout dans ta bouche. Père n'est pas seulement un patriarche.

— Ne vois-tu pas, ma pauvre Guitte, que c'est son mariage à lui... Notre Clémence est partie négligeable de l'événement. Quant à Martin, n'en parlons pas. J'éprouve de la peine pour lui. Il lui faudra beaucoup d'amour pour notre sœur.

— Tu es trop sensible, mon Pierre. Mais je t'aime ainsi, à te déchirer l'âme pour un rien. Laisse donc le temps faire son ouvrage. Tout ça, fit-elle, s'oubliera comme le reste. Après la fête, les jours tristes s'en reviendront. Le travail, l'argent, le labeur, les sous, énuméra-t-elle. Voilà de quoi est faite une vie. Il n'y a pas de quoi se réjouir.

Dans l'équipage des beaux-pères, on riait fort. Adèle et Athanaïs semblaient s'amuser. Elles saluaient les gens, comme des douairières.

— Avez-vous vu mon Angel ? fit madame Monestier à sa voisine. Il est si fier. Un vrai coq.

Adèle se mit à rire.

— Le mien n'a pas à se forcer. C'est un époux joyeux, insouciant. Finalement, je n'aurai pas été si malheureuse.

Madame Brillat avait envie de faire partager son ravissement.

— Pourtant, il n'est pas sans défauts, ajouta-t-elle. Ah, les hommes, saurons-nous un jour ce qu'ils ont dans la tête ?

Athanaïs éclata de rire. Elle s'était forgé une opinion sur François Brillat. Un homme à femmes, pensait-elle. Un coureur, sans doute. Mais ce genre, parfois, offre des amabilités insoupçonnées, lorsqu'il s'agit de se faire pardonner. Le sien n'était pas un trousseur de jupons. Trop occupé à ses terres. S'il y avait eu tromperie quelque part, du moins l'ignorait-elle. Et c'était aussi bien ainsi.

— François est bel homme, complimenta Athanaïs.

Le regard d'Adèle s'abaissa, sombre.

— Vous avez remarqué aussi.

— Martin vous ressemble plutôt.

Adèle releva la tête. Une éclair de fierté enlumina ses yeux gris.

— Grâce à Dieu, il possède aussi mon caractère. Vous verrez, ma chère Athanaïs, vous n'aurez pas à le regretter. Il sera fidèle à votre Clémence.

Et elle se signa, comme si elle remerciait le Seigneur de lui avoir accordé un si bon fils.

Plus en arrière dans le cortège, les petites Brillat s'étaient installées dans la grande voiture, avec leurs cavaliers. Elles s'amusaient à laisser flotter au vent des serpentins multicolores. Leurs toilettes avaient coûté les yeux de la tête, des robes à volants excentriques pour un mariage campagnard. Mais Adèle avait dû sacrifier aux caprices pour avoir la paix. Et François Brillat avait eu le mot juste : « Les toilettes resserviront pour les noces de René, n'est-ce pas ? Il n'y a pas de petites économies... »

Le cadet des Brillat était assis au second rang, avec sa fiancée, Josée. Une fille un peu boulotte, dont le seul examen des mains eût démontré qu'elle était fille de la campagne. Elle était « sortie » de Bordieu, comme on disait, un hameau de Croisille. Ses parents, les Lormois, étaient trop pauvres pour mériter le titre de cultivateurs. Ils exploitaient une métairie sur le plateau où vaguaient moutons et chèvres. Monsieur Brillat eût sans doute espéré pour son fils un mariage plus riche, comme celui de Martin, c'est pourquoi il en reculait incessamment l'heure. « Au moins, disait François, nous n'aurons pas à nous tracasser pour la dot. » Mais René ne désirait nulle autre femme que sa Josée. Et celle-ci attendait son heure dans une sorte de désespérance résignée. « Vous n'êtes pas pressés, répétait Adèle. L'année prochaine, nous en reparlerons. »

Les cavaliers de Rosalinde et d'Adeline, choisis pour la circonstance dans la proche parenté des Monestier, s'avéraient trop jeunes et stupides, un brin boutonneux même, pour les intéresser. Aussi, elles s'amusaient avec eux, comme elles eussent fait dans une cour d'école, à les décoiffer, à tirer sur les cravates. Les garçons ne se défendaient guère, intimidés par leurs cavalières. « Ça promet pour la danse, confiait Rosalinde à sa sœur au creux de l'oreille. – Crois-tu que maman l'ait fait exprès ? – Moi, je veux pas de ces idiots. – Moi, non plus. – As-tu vu le petit Christophe ? – Oui, riait-elle. – Oh oui. Je partage tes goûts, sœurette ! »

Seul le benjamin des Brillat, Daniel, se tenait à l'écart. Pour une fois, il n'était pas le souffre-douleur de ses sœurs. Dans ses culottes courtes et son col marin, il ressemblait à une caricature d'enfant sage. Mais il n'avait guère à se forcer pour le rôle que sa mère lui avait assigné. Bien qu'il n'eût que dix ans, il rêvait d'un avenir loin des terres paternelles. Son goût le portait à l'étude. Seul sésame pour un horizon plus large. Adèle l'encourageait dans cette voie. Elle lui répétait incessamment qu'il serait, plus tard, l'honneur des Brillat, un instituteur, un ingénieur… « Nous ne te sacrifierons pas, toi, promettait-elle, comme nous l'avons fait, hélas, avec notre René, si intelligent, si brillant… » Madame Brillat ne se doutait pas qu'il est des paroles et des promesses qui forgent un destin, dans la douleur. L'épreuve à laquelle elle le destinait, par ses louanges, l'engagerait sans doute à accomplir le chemin le plus malaisé pour un enfant de paysan.

Angel avait convoqué le photographe pour treize heures pétantes. Une heure idéale, avant de se mettre à table, pour immortaliser l'événement. Ensuite, personne ne pourrait plus décider aucun ordonnancement.

Déjà, les invités s'étaient dispersés sur le gazon proche des jardinets de la Renaudière. Soleil et ombre se partageaient le décor. L'ombre, surtout, avait l'heur de plaire ; l'ombre des platanes disposés en carrés et dont les frondaisons en se rejoignant formaient une voûte végétale. Ces arbres avaient été plantés en 1815 par le colonel Casimir Monestier, demi-solde de l'armée de Napoléon. Dans la vie civile, il était devenu maréchal-ferrant et arborait ses médailles militaires et ses blessures en vieux grognard, à Saint-Ségur où l'on était plutôt du parti de Louis XVIII. Depuis ce temps, on avait pris l'habitude de nommer cet endroit le jardin Casimir. D'ailleurs, les restes du héros reposaient près du puisard, ainsi qu'il l'avait souhaité, sous une touffe d'iris.

Antonin Coudrier avait planté sa chambre noire à soufflet dans le gazon, face à un alignement de bancs parallèles. Pour fond de tableau, il avait choisi le mur de la Renaudière, là où la pierre était bien jointoyée. Image immémoriale de la puissance des Monestier que cette muraille forte et stylée à l'ancienne. Les mains glissées dans ses poches, la veste largement ouverte sur le petit gilet de soie orné de plumetis argentés, Angel déambulait de droite à gauche. Le regard en éveil, il inspectait les allées et venues de ses invités. Les enfants lui donnaient bien du souci. Trop turbulents et dissipés à son goût. Et, pour le coup, il regretta de n'avoir pas conservé sa badine. Il en eût corrigé plus d'un, au passage.

— Antonin ? Tu fais ton office, ordonna le patriarche.

Le photographe se glissa sous le voile opaque et vérifia le cadre.

Il recula son appareil d'un bon pas, régla l'objectif. Les angles des pierres rouges lui servaient de mire.

— Faites donc, monsieur Monestier, vous, vous avez de l'autorité.

Les femmes papotaient près du puits, et les hommes quêtaient l'ombre des platanes. Angel chercha les mariés et ne les trouva pas. Il fit signe à sa femme. Elle courut dans la maison et revint avec Clémence et Martin.

— Mes enfants, décida Monestier, placez-vous au milieu du banc.

Clémence riait de l'autorité bafouée de son père. Elle s'amusait de le voir, ainsi, dans le désarroi. La noce refusait de lui obéir. C'était comme un cheval fou que la bride ne rend pas docile. Il claqua dans les mains, à plusieurs reprises. Clémence et Martin avaient déjà pris place sur le siège. Et les petites demoiselles d'honneur s'étaient assises à leurs pieds, étalant sur le gazon leurs robes roses et jaunes comme des corolles de fleurs.

Soudain, Angel poussa son cri rauque des jours de colère. Antonin regagna, craintivement, sur la pointe des pieds, son appareil photographique. Tous les invités rappliquèrent.

— Les Brillat à gauche des mariés, commanda Angel. Et les Monestier à droite.

Chacun prit place sur le banc.

— Parfait ! s'écria Angel. Et maintenant les cousins, cousines, debout au second rang.

Il énuméra soigneusement le nom des familles qui avaient pris part à la fête, les Pestourie, les Cramier, les Hautefaille, les Ciblat... Le maître avait bien étudié son affaire, la généalogie des Monestier n'avait plus de secrets pour lui. Et même celle des Brillat lui était devenue commune. C'était son obsession, les familles et leurs alliances, les lignées et leurs croisements.

On se précipita, et la rangée fut prestement garnie. Le photographe vérifia son cadrage. Quelques individus sortaient du champ, il les fit serrer, épaule contre épaule.

— Les derniers grimpent sur les bancs de derrière. Les hommes, je vous prie. Soyez galants, tout de même, conseilla Monestier.

Athanaïs avait gardé une place près de Clémence ; Angel alla l'occuper le dernier, tout en boutonnant sa veste, de haut en bas. Puis, il fit signe à Antonin Coudrier d'opérer. Un silence gagna la noce tout entière. Un silence d'été, où l'on entendait les insectes bourdonner dans les platanes. Le photographe changea la plaque sensible et fit une seconde prise.

Les mariés conduisirent les invités à la table du banquet. Elle avait été dressée sous les platanes de Casimir, à l'abri des hautes ramées, lourdes et épaisses. Une nappe blanche la recouvrait, ornée de rameaux de noyer, de petits bouquets de coquelicots et de bleuets. Les gens se mirent à chercher leur nom sur les étiquettes posées devant chaque couvert. Athanaïs et Adèle veillaient à installer ceux qui ne savaient pas lire, avec tout le tact nécessaire de maîtresses de maison. Les mariés vinrent occuper le centre de la table ; en face Angel, François et les belles-mères.

Les cuisiniers et les serveuses de l'hôtel Poumier de Saint-Ségur avaient été requis pour le banquet. Ces dernières emplirent les verres d'un apéritif de noix. Angel attendit qu'elles eussent terminé la distribution pour se lever de son siège. Il énonça quelques phrases d'une voix émue sur la grandeur du mariage, évoqua quelques souvenirs d'enfance de sa chère petite Clémence, qui ne put dissimuler quelques larmes. Puis, il rendit ses politesses à la famille Brillat en termes choisis. Les applaudissements se répandirent autour de la tablée. Et François se sentit aussi obligé de prendre la parole. Mais son envolée fut brève, car le bonheur est indicible, ainsi qu'il est bien connu.

A la table, les belles-mères avaient pris soin d'inviter le curé et le maire. Ce dernier, du reste, avait décliné l'invitation ; les Monestier avaient la réputation d'être trop républicains. Quant à l'abbé Lacotre, il s'était risqué à bénir le pain, à prononcer vivement un bénédicité qui n'était pas du goût d'Angel. Mais les Brillat étaient plutôt portés à la religion, surtout Adèle. Et ce l'eût blessée, profondément, que le repas se fût engagé sans une prière, « comme chez les sauvages », eût-elle pensé. A la vérité, Lacotre s'était fendu d'un long sermon lors de la messe de mariage. Il avait rendu hommage aux deux familles, et singulièrement à la personnalité d'Angel Monestier. Ce dernier, surpris, et flatté sans doute, avait tenu, ensuite, à le remercier personnellement dans sa sacristie. « Pourquoi vous défiez-vous de Dieu ? » avait questionné l'abbé. Angel avait soupiré longuement. Tant de retenue ne lui ressemblait guère, mais il eût été malvenu, en un si grand jour, de distiller des propos désagréables. « C'est l'idée de la soumission qui m'insupporte », avait-il répondu.

En fin d'après-midi, un accordéoniste et un violoneux vinrent inviter la noce à danser. C'était la moindre des choses. Angel et François se retirèrent à l'écart, sous un tilleul, pour déguster un cigare et une fine champagne. Ils trônaient dans leur fauteuil en osier, comme des pachas repus, le chapeau incliné sur le front, la cravate défaite.

— Nous voici unis comme les doigts de la main, dit Monestier.

— Je le souhaite autant que vous.

— Quoi ? reprit Angel. Vous en douteriez ? J'ai voulu cette union. Je l'ai encouragée. Et votre Martin sera à la hauteur. Ma Clémence saura l'aider à la tâche. Aujourd'hui, bien sûr, elle ressemble à une petite princesse. Mais ne vous méprenez pas, elle sera une maîtresse femme à Salinac.

François déposa son verre de cognac au pied du fauteuil, à même le gazon. Il avait assez bu. Les vapeurs d'alcool commençaient à lui embrumer le cerveau.

— Martin s'interroge sur son avenir, avança Brillat. Je l'ai rassuré.

— Comment cela ? Salinac est une bonne terre. Le plus idiot des paysans y ferait de l'or.

— Avant que la propriété devienne productive, il se passera deux ans au moins, voire trois... Et en attendant...

Angel acheva son fond de cognac, cul sec.

— Clémence et Martin seront nourris, logés, blanchis à la Renaudière. Que demande le peuple ? J'ai réfléchi à tous ces problèmes.

— Croyez-vous que vos fils verront d'un bon œil... ?

— Quoi ? fulmina Monestier. C'est moi qui décide ce qui est bon et mauvais. Mes fils ont assez à faire ici, sans aller s'occuper des terres de Salinac. Je vous rassure, François, votre Martin disposera de tous mes appuis. Sinon, à quoi servirait une famille ?

Brillat semblait s'affaisser dans son fauteuil, rapetisser à vue d'œil. Il se sentait plus minuscule qu'il ne l'avait jamais été. Les Monestier nous dévoreront, pensait-il, avec leur satanée ambition, leur infernal orgueil.

— Je vous dois la vérité, reprit François. Jamais je ne pourrai venir en aide à mon fils. J'ai trop de difficultés à Croisille pour me disperser de la sorte. Et ma propriété est l'affaire de René, maintenant. J'y vois un digne continuateur de mes œuvres. En ce moment, j'éprouve de la tristesse à l'idée que Martin devra se débrouiller seul. L'ai-je préparé à ça ? J'en doute. Et il sent, confusément, que je ne serai plus derrière lui pour le seconder. Savez-vous qu'il a voulu rompre ses promesses à votre fille ?

Angel jeta son chapeau à terre et alla chercher une fiole de cognac. Il s'en servit une copieuse rasade et la tendit à François.

— Allez, vous ne pouvez pas me refuser ça. Une petite gorgée.

Brillat récupéra son verre sur le gazon et le tendit à Angel.

— Vous concevez la vie comme un surpassement de soi. Un défi sans cesse renouvelé. Mais tout le monde n'a pas votre esprit. Il se trouve des caractères différents, sans allant ni entrain. Leur bonheur quotidien est de se laisser vivre, en travaillant certes, juste ce qu'il faut pour passer les jours.

Monestier fixait la ronde des danseurs. Il s'était formé une chaîne qui serpentait entre les platanes. Le blanc, le rose et le lilas étaient les teintes dominantes de ce ballet endiablé. Et la musique martelait le rythme des pas, dans les rires et les cris. Il pensait à sa jeunesse. Il se disait : J'ai vingt bonnes années devant moi, encore, à griller au souffle de la vie. Tant il songeait que l'existence était comparable à un feu, usant ses ressources, jusqu'à la cendre. A la différence que ce Dieu, s'il existe, ne nous autorise point à y verser de nouveaux combustibles pour le raviver, l'entretenir, le fortifier. Mais il est des hommes qui se consument plus vite que d'autres. De quel bois sommes-nous faits ? Il but encore, versant et reversant des rasades intenses. C'est noce chez les Monestier, et tout est permis, pensa-t-il.

— Vous ne dites rien, Angel ? insista Brillat.

— Non, fit-il, l'air buté. Je ne conçois pas la vie comme une longue tranquillité. Sans cesse, nous devons l'aiguillonner lorsqu'elle mollit. Ainsi les bœufs qui tirent la charrue. Il faut leur titiller le flanc pour les faire avancer. De même, nous nous forçons à bâtir, même lorsque le doute s'empare de nous.

Les nouveaux mariés, en manque d'isolement, tirés à hue et à dia, par les frères, les sœurs, les tantes, les cousines, s'étaient retirés dans le petit salon où Angel Monestier avait l'habitude de faire son courrier. C'était une pièce allongée, avec une fenêtre haute, ouverte sur les collines de Saint-Ségur, et dont les murs étaient habillés en vieux noyer. Au-dessus du bureau, un daguerréotype de 1845 représentait le fier Martineau et sa femme Jeanne, née Ciplon. L'homme était de haute taille, et sa Jeanne, bien menue. Cela formait un contraste que la pause avait accentué. On s'en était amusé des années durant, et on s'en amuserait sans doute aussi longtemps que le portrait demeurerait sur les murs de la Renaudière.

Clémence s'était installée sur le divan en tissu vieux rose. Elle avait ôté sa coiffe, puis s'était allongée aussitôt en poussant un gros soupir. Martin était venu près d'elle, un genou à terre. Il avait pris ses mains et les avait couvertes de baisers enflammés.

— Ne serions-nous pas mieux dans notre chambre ?

— Tu n'y penses pas, Martin... Quitter nos invités. Que penseraient-ils de nous ?

Martin vint poser son front sur le ventre de sa femme. Il sentait battre dans sa chair comprimée par l'étroitesse de la robe une respiration un peu précipitée. Cela ressemblait au désir, à la peur, aux deux en même temps.

— Ils penseraient que cette belle journée est la nôtre, et que nous avons tous les droits.

Une main s'était insinuée dans le falbala des tissus vaporeux. Une main hardie et conquérante. Une main trop hâtive sans doute. Lorsqu'elle rencontra la chair, Clémence poussa un cri outré.

— Je veux te faire l'amour, supplia Martin. J'ai tant attendu cet instant.

— Alors, ne le gâchons pas, fit-elle en le repoussant.

Martin affecta une blessure à l'âme un peu ridicule. Il ne pouvait croire que sa Clémence fût rétive à son désir. Ils avaient, tous deux, abondamment parlé de ce moment merveilleux où ils se retrouveraient amants. Et la jeune fille avait tant sublimé cet instant qu'elle ne savait comment y succomber, par peur d'en manquer les grâces.

— Comment peux-tu me repousser ? dit Martin.

— Je voudrais attendre que la nuit nous soit enfin complice.

— Il ne suffit que de tirer les volets.

— Non, Martin. Non. Comment pourrais-je me donner à toi dans le bureau de mon père, sous le portrait de Martineau ? Faut-il que l'envie de moi t'égare.

Martin se rua alors sur le divan, décidé à clore cet enfantillage. Malgré les cris, les gestes de défense, il la prit dans le désordre de la toilette, comme il eût fait d'une catin, à la hussarde. Son désir d'elle était si proche, qu'il s'abandonna aussitôt.

Le sang avait maculé le revers du jupon. Martin l'observait de sa hauteur d'homme, fier d'avoir conquis l'épousée en un tour de main.

— Tu as tout gâché, sanglota Clémence.

— Je n'ai pu me contenir, dit Martin en relevant les bretelles de son pantalon.

Elle chercha un mouchoir pour se cacher le visage. Elle avait honte d'elle-même, honte que son Martin eût agi avec une si vive brutalité. Et quand elle l'eut trouvé, alors elle s'esquiva, par le couloir. Comme lorsqu'elle était petite, Clémence alla se réfugier dans une remise sous l'escalier. Elle avait envie d'être seule, comme un animal blessé. Seule dans un recoin obscur où les bruits de l'extérieur lui parviendraient assourdis. Seule, pour pleurer, gémir, et maudire les hommes. Maudire son mariage.

Martin arpentait le bureau de Monestier d'un pas nerveux. Devrais-je me faire pardonner pour cet acte naturel ? Un mari ne doit-il pas posséder sa femme le soir des noces ? Ma manière, certes, n'est pas sans reproche... J'ai manqué de retenue. Mais au diable la continence ! J'ai trop de sang en moi.

L'homme éclata de rire. Il ne pouvait se décider à prendre au sérieux son exploit. Dans une heure, elle n'y songera plus, se dit-il. Puis, il sortit du bureau Monestier, monta à l'étage, traversa le salon, les chambres. Il pensait : « Tu ne dois pas la laisser seule, ruminer sa surprise. Car les méprises du sentiment naissent de l'abandon et de la négligence. »

Martin redescendit dans le jardin Casimir où les couples dansaient. D'autres festoyaient encore, éclusant les dernières liqueurs. Adèle et Athanaïs avaient promis pour le soir un repas frugal, soupe à l'oignon et viandes froides. C'était l'usage que le banquet des noces s'étirât jusqu'à l'aube, et que les plus hardis s'en vinssent porter un cordial épicé aux jeunes mariés.

— Tu as déjà perdu ta femme, rit Paul Monestier en voyant son beau-frère dans tous ses états.

Les rires fusèrent autour de lui. C'était entendu qu'un mari restât auprès de sa belle, et même qu'il prît avec elle la poudre d'escampette. Ainsi se découvrit-il ridicule au milieu des invités.

— Clémence est fatiguée, bredouilla-t-il.

— Mon gaillard, tu l'as éreintée... Sacré tempérament.

Pierre fusilla son frère d'un regard noir.

— Pourrait-on achever notre fête sans ces stupides remarques ? Je ne comprends pas que le mariage attise autant de salaces plaisanteries.

Sa cavalière sembla l'approuver en collant son épaule contre lui. Toute la journée, la petite Bertille n'avait cessé de lui adresser des signes d'intérêt qui n'avaient, du reste, recueilli que froideur et indifférence.

— Mon pauvre Pierre, se rebiffa Paul, tu es triste comme un jour sans pain. Pourtant, tu caches bien ton jeu, sale hypocrite. Te souviens-tu du jour où tu as perdu le troupeau dans le bois de Perguse ?

Pierre se dressa devant lui, poings serrés.

— Tu vas te taire.

— Je ne te crains pas. Oh bon Dieu, non. Je t'ai rossé plus d'une fois, et s'il le faut, je recommencerai...

Les petites Brillat s'interposèrent, appelant à la rescousse René pour qu'il séparât les deux garçons Monestier. Cependant, l'affaire tourna court lorsque Pierre se retira de lui-même. Le cadet des Monestier avait l'habitude de rompre devant son frère, parce qu'il ne se sentait guère soutenu par le patriarche. Jadis, au temps des querelles enfantines, Angel lui avait appliqué plus sûrement le fouet qu'à son aîné. Infâme injustice des pères qui attisent la violence des sentiments.

Pendant ce temps, Martin errait près des vignes, l'âme chagrinée. Il se faisait violence pour ne pas quitter la Renaudière et rentrer à Croisille. A peine marié, et déjà des tourments, se répétait-il. Il monta dans le tilbury et prit les rênes. Il lui suffisait de donner le signal du départ, d'un coup sec de la bride, pour que l'attelage se mît en marche.

Mais me le pardonnera-t-elle ? Une lâche fuite le jour des noces. Voilà une histoire qui fera rire tout le voisinage. Pourtant, je ne puis m'accuser sans raison. Je n'ai pas commis la moindre faute. Père ne dit-il pas qu'un mari doit posséder sa femme d'une poigne ferme s'il veut la garder ?

Clémence s'était décidée à quitter sa cache. Tu n'es plus une petite fille, s'était-elle reproché. Tu dois rejoindre ton mari. Même s'il n'est pas tout à fait l'homme affectueux et doux que tu avais rêvé. Et elle alla d'un même pas se jeter dans les bras de sa mère.

— Vous m'avez donné un époux brutal et indélicat, se plaignit-elle.

Athanaïs caressa le visage de sa fille, avec toute l'affection dont elle était capable. C'était tout ce qu'elle pouvait lui offrir. Et, assurément, ne point tomber dans le travers des belles-mères qui médisent sur leurs gendres à la première occasion.

— Il ne sait rien des femmes, maman ! geignit Clémence en enserrant la taille de sa mère.

— La patience, la patience, fit Athanaïs en levant les yeux au ciel. Tu dois lui apprendre ce qu'est une épouse aimante.

— Serait-ce de ma faute ?

— Non, ma petite. Mais il faut l'instruire de ces choses, qu'une épouse n'est pas une fille de joie, qu'il doit te respecter par la douceur et la tendresse s'il veut obtenir de toi des avantages.

— Pourquoi ne m'as-tu jamais parlé de ça, avant ? J'entre en mariage novice et stupide.

— Pourtant, Martin t'a respectée jusqu'à ce jour, se reprit-elle. C'est donc une âme sensible. Tu dois essayer de le comprendre. Et lui dire ce que tu veux de lui. Il n'est aucun homme assez rustre pour maltraiter la femme qu'il aime.

Insensiblement, Clémence se détacha de sa mère, hors de sa désolation compréhensive et de l'amour qu'elle lui avait donné durant sa courte existence. Elle s'était assise à ses pieds et contemplait le vide du salon. Par ce signe, Athanaïs réalisa, soudain, que sa chère petite fille venait de franchir le seuil de sa nouvelle existence. Cela lui fit l'effet du cordon ombilical que l'on tranche, d'une chair aimante retirée d'elle par la force des choses.

Durant toute la journée, les pères ne s'étaient pas quittés, comme si le mariage leur interdisait, désormais, de se tenir éloignés l'un de l'autre. Pourtant, tant d'idées, tant de conceptions, tant d'esprit les séparaient. L'alliance des deux familles suffirait-elle à gommer ces différences ? Angel n'était pas loin de penser qu'il n'était d'autre vérité en cette contrée que la vision des Monestier ; et François, que la concorde présente durerait aussi longtemps que les Brillat se résigneraient à un acquiescement de façade. Du reste, cette impression se dessinait singulièrement lorsque les deux patriarches allaient converser autour de la tablée. Angel devant, et François derrière. Ce dernier avait compris qu'il offenserait Monestier à vouloir lui voler la vedette, à marcher sur les plates-bandes étroites de son autorité. Il suffisait qu'une conversation s'engage entre Brillat et un invité pour qu'Angel en éprouvât quelque ombrage. Implicitement, le maître de la Renaudière avait acquis la certitude que le mariage était son œuvre à lui, généreuse, et que les Brillat ne pourraient que se louer de faire, désormais, partie du clan.

Vers minuit, les invités, las de danses et de chansonnettes, se replièrent dans la grange où une seconde table avait été dressée. Une dizaine de falots éclairaient la scène. La maîtresse de maison avait promis une soupe à l'oignon, histoire de se requinquer. Personne n'avait faim ni soif. Tout au plus, envie de prolonger la fête jusqu'à l'aube. Pour donner de l'entrain, on avait demandé aux musiciens de participer aux ultimes agapes. Cette fois, on avait placé les patriarches en tête de table, face aux mariés qui occuperaient l'autre extrémité. La moitié des convives avait déjà quitté la place, sans compter ceux qui cuvaient leur vin à des horizons divers. En cherchant bien, on en eût déniché cinq ou six dans la grange à foin, deux dans les écuries, une dizaine sous les tilleuls. Bien qu'ils fussent pris de boisson, tous deux, Angel et François avaient tenu à être les premiers assis devant leur assiette. C'était un encouragement pour le reste des invités. Bientôt, la tablée réclama des discours et des chansons. François Brillat se risqua au

Temps des cerises, d'une voix chevrotante. Adèle expliqua à ses voisins de table que c'était la seule chanson que son mari connaissait et qu'il la servait immanquablement. Athanaïs ajouta que son Angel ne chanterait jamais, même pour le mariage de sa fille. Il possédait un organe grave, déplorable, et simplement entraîné pour ordonner aux chevaux et aux bœufs. Les invités éclatèrent de rire. On avait oublié que monsieur Monestier était un paysan, et qu'il n'avait pas toujours été l'homme qu'on connaissait aujourd'hui, parcourant ses pacages en carriole, et commandant ses fils. Il avait tenu aussi le manchon de la charrue, battu sa faux aux grands étés et moissonné ses arpents à la faucille. Athanaïs regrettait ce temps lointain où la vie était plus simple à la Renaudière, où Angel ne courait pas les foirails ni ne faisait le siège des études de notaire. La folie des grandeurs avait dévoré l'âme de son homme, désormais si distant dans sa carapace d'orgueil.

Chacun nota, sans même poser la question, que les nouveaux mariés étaient absents. Une servante emplit les assiettes de soupe fumante, garnies de fines tranches de pain de seigle. Et lorsqu'elle parvint devant celles de Clémence et Martin, Athanaïs lui fit signe de ne point servir.

— On va leur porter la soupe dans la chambre, s'écria Paul. Dans un jules, si vous voyez ce que je veux dire. Et bien poivrée, que diable. Ça donne du cœur à l'ouvrage.

Monestier fit signe à son fils de se rasseoir. Il s'exécuta sans rechigner. François Brillat fut surpris par sa réaction. Lui, il trouvait que la noce manquait d'entrain, de propos égrillards, d'esprit de gaudriole. Il avait l'habitude de faire la fête, aux mercuriales, de prolonger des repas entre joyeux lurons. Il pensa que Monestier était décidément un homme trop rigide, et que cela compliquerait les relations entre les deux familles. Certes, Athanaïs fera le contrepoids, se dit-il. Et lorsque la crise ira trop loin, du moins compterons-nous sur elle pour arrondir les angles.

La serveuse fit repasser la soupière, et les tranches de pain qui allaient avec. Certains firent chabrol, en versant du vin dans le creux des assiettes. Paul exigea que celui-ci fût servi selon les règles, c'est-à-dire cuillère retournée. Le vin de soif – qui servait à ce rituel des paysans de Corrèze – devait recouvrir le cuilleron. Ainsi, le vin fut versé à ras bord, si bien que Paul éprouva les plus grandes difficultés à boire son assiettée cul sec comme ses voisins. Le liquide se répandit sur sa chemise, aspergea sa voisine. Le désordre s'ensuivit en beau milieu de table.

— Oh ! Paul ! s'écria Monestier. Tu vas te changer.

Le fils voulut fronder son père. Mais Angel frappa un grand coup de poing sur la table. Et Paul se retira aussitôt. C'était ainsi qu'il tenait sa maison, d'une poigne ferme, sans grands discours ni tergiversations.

Aux dernières gouttes d'eau-de-vie versées sur le café, la fête parut gagner ses abîmes de fatigue et de lassitude, malgré les efforts des musiciens. Le violoneux gratouillait ses rythmes de travers, et l'accordéon nasillait dans les aigus. Il se fit des bourrées, comme à l'ancien temps, sur deux rangs se jetant l'un contre l'autre et s'esquivant enfin. Mais la fatigue décimait les ardeurs. Bientôt, il ne resta plus sur le pavé de la grange que trois ou quatre couples endiablés.

Pierre Monestier alla trouver son père en bout de table où il somnolait.

— J'ai à te parler. Dans un endroit tranquille.

Angel écarquilla les yeux.

— Ça pourra attendre demain matin.

— Non.

— Comment non ?

— Demain matin, ce sera trop tard.

Un air grave modela le visage d'Angel.

— Comment « ce sera trop tard » ?

— Tu me rejoins dans le bureau, enjoignit Pierre avant de quitter la grange.

Monestier mit longtemps à se décider. Et lorsqu'il quitta sa table, le pas hésitant, Athanaïs parut s'en inquiéter.

— J'ai bien le droit d'aller pisser, nom de Dieu, dit-il en repoussant sa femme.

Il longea le mur jusqu'à se risquer dans la lumière faiblarde des falots. Au puisard, il s'assit sur la pierre de Casimir. Dans un seau, il trouva assez d'eau fraîche pour étancher sa soif et s'asperger le visage. Puis, il se décida à repartir, non sans laisser quelques giclées de pisse près des rosiers.

Au loin, l'horizon blanchissait déjà. Angel jugea qu'il devait être près de quatre heures. Un souffle d'accordéon lui parvint, encore, comme une plainte. Il entra dans la cour. Les femmes avaient accroché des falots sur les façades. D'un pas rapide, il se dirigea vers sa maison. Cela l'amusa de penser que, pour la première fois de la journée, Brillat n'était point sur ses pas, à le suivre comme un petit chien. En ferons-nous un allié convenable ? Ne me suis-je pas mépris sur lui ? A vouloir trop louer, on est le dindon de la farce. Diable ! J'ai donné de mon argent. Rien à me reprocher. Le mariage sera l'avenir des Monestier. Malheur à ceux qui ne font pas des rêves...

La porte du bureau était restée entrouverte dans sa nuit bleue.

— Pierre ? Tu es là ?

— Je t'attendais, dit une voix.

— Allume donc le bougeoir. On n'y voit goutte.

Pierre alluma les six bougies, et se rassit sur le divan. Angel contourna sa table de travail et se laissa glisser dans le fauteuil avec un grognement de fatigue.

— Tu voulais me parler. Je t'écoute, dit le père.

Le fils joignit les mains, la tête inclinée vers le tapis.

— Père, commença-t-il, j'ai pris une décision lourde de conséquences.

Angel se racla la gorge. Le peu d'eau ingurgité près de la tombe de Casimir n'avait pu étancher sa soif. Il se sentait le gosier en feu. C'était le résultat des gnôles bues à satiété.

— Lourde de conséquences, répéta le père. Ça signifie quoi au juste ?

Un silence se fit, et sur les visages aussi, comme si le temps suspendait sa musique.

— A l'aube, je vais quitter la Renaudière, pour ne plus y revenir jamais, père.

La voix lente et douce de Pierre contrastait avec la violence du propos.

— Ai-je bien entendu ?

— Tu as bien entendu. Je vais partir pour toujours. Je n'ai plus rien à faire ici, père. La vie me pèse. Je sais que si je ne prends pas cette décision, ce sera la mort pour moi. Et je n'ai pas envie de mourir ici. Je veux faire ma vie comme je l'entends.

Angel sursauta comme sous la morsure d'un fouet.

— Mon petit, mon pauvre petit, c'est à cause de Josepha ? Oui. J'ai deviné. Tu voudrais vivre avec cette fille. Elle ne cesse de te hanter. Et le mariage de ta sœur a réveillé cette douleur. Ce désir fou qui te possède. Mon Dieu, non. Josepha n'est pas faite pour un Monestier. Reviens à la raison.

Sur le visage lisse de Pierre, le père ne décela nulle trace d'émotion. Et il en ressentit un trouble profond. Une peur caverneuse.

— Josepha n'a rien à voir avec ma décision.

— Mais alors ? Qu'est-ce donc qui a provoqué... ?

— J'ai longuement réfléchi. Cette vie à la Renaudière n'est pas faite pour moi. Je me dessèche l'âme, comme un fruit sec. Alors, il me faut partir, quitter ma famille, aller vers d'autres horizons où je trouverai peut-être un remède à l'ennui qui me dévore de l'intérieur.

Le patriarche, pris d'un coup de sang, frappa du poing sur sa table. Par ce geste, il croyait reconduire l'ordre en sa maison et disposer des âmes, comme ses ancêtres avaient disposé de lui.

— Jamais un Monestier n'a quitté sa maison sur un coup de tête. Ou alors, tu n'es pas un Monestier. Un fils abâtardi.

Le silence regagna ses domaines. Par-delà la fenêtre, l'aube blanche redessinait les collines. Pierre observait l'horizon, et ses effilochures sanglantes. Il n'est meilleur jour dans ma vie que celui-ci, où je vais partir, pensait-il.

— C'est à cause de Paul ?

— Non. Paul n'a rien à voir avec ma décision. La raison est en moi, profonde et douloureuse, insista Pierre.

Le patriarche se dressa, soudain, tremblotant dans sa chair meurtrie.

— Il est un sang qui a engendré notre lignée, celui des Monestier, dit Angel. Paul a plus de sang que nous tous réunis. Et toi, es-tu digne de ta naissance, de la terre qui t'a nourri ?

Pierre ne voulut pas répondre. Il se fichait du sang des Monestier. Et qu'il fût abâtardi, comme l'avait dit Angel, l'importait peu. Un homme qui s'évade pour être sauf est plus noble que l'esclave qui s'accoutume à ses chaînes.

— Je ne reviendrai pas sur ma décision, dit Pierre.

— Et où comptes-tu aller ? Sans argent...

— C'est mon affaire.

— As-tu seulement pensé à ce que nous deviendrons sans toi ? Et la Renaudière ?

Pierre se mit à sourire. Il avait récapitulé dans sa tête tous les arguments qu'on lui opposerait. Et il n'en avait trouvé aucun qui fût digne d'infléchir son choix.

— Tout cela n'a pas d'importance pour moi. Les terres, la Renaudière, le sang des Monestier... D'ailleurs, nul n'a besoin de moi, ici. A moins que je ne me satisfasse de ma condition de domestique, que je dise amen à toutes les humiliations de mon frère. Peut-être serai-je accepté, au bout du compte. Mais que m'importe. Tu ne souffriras pas de mon départ. Paul n'est-il pas le fils préféré, digne à tes yeux de diriger la Renaudière ? Un fin limier, rit-il. J'ai souvenir, père, d'une saison de chasse à Perguse. Paul et moi devions jouer les rabatteurs. Nous avions dix ou douze ans en ce temps-là. Un jour, nous avons conduit à ton fusil deux chevreuils qui furent abattus. Paul fut fêté, embrassé, cajolé. Et moi ? dis-je, je ne mérite rien ? Sais-tu quelle fut ta réaction ? T'en souvient-il ?

Angel demeura le regard fixe, lèvres pincées. Ténébreux silence.

— Tu dis, cher père, cette parole terrible qui jeta sur moi un trait définitif. Tu dis donc : « Mon bon petit Paul est un fin limier. Mais toi, mon pauvre Pierre, tu ne lèverais pas une belette... »

5

Imperium Cereri (1912)

L'hiver gelait les pierres sur le plateau, et malgré le pâle soleil qui dorait les bois endormis, il restait des ravines et des vallons que le jour ne ravivait pas. Martin poursuivait son ouvrage, allumant par-ci par-là de grands feux sur les flancs des taillis. Sa hache culbutait les baliveaux de chênes, puis les ébranchait. Jour après jour, il avait saigné à vif, d'une poigne ferme, trente arpents de bois. C'était le sort qu'il réservait à ses nouvelles possessions de Salinac : rendre la colline nue pour y ensemencer, l'année future, le blé et le seigle. Les meilleures barres servaient à faire de bons piquets. Le reste allait nourrir les feux. Car de construire des bûchers il avait cessé, par trop-plein de réserves. Les hectares de Salinac étaient trop longtemps demeurés en sommeil. Et à force de temps, la jachère se conforte, par le buisson noir, l'églantier vivace, le fourré rampant, la broussaille conquérante. Partout où la flamme de l'écobuage avançait plus promptement que le bras de l'homme, il n'avait pas hésité, boutant aux épiniers l'incendie. Parfois, il guettait la direction du vent et choisissait celui portant vers les hauteurs. Ensuite, la hache, le croissant, la serpe achevaient l'ouvrage dans la poussière grise d'une lune froide.

Déjà, Martin Brillat avait rendu au pacage une dizaine d'hectares. Il avait bâti les clôtures et s'était ruiné dans la ronce artificielle. Il ne possédait pas un sou vaillant devant lui. Et il n'osait évoquer cette question en famille. Du reste, Clémence ne l'eût sans doute point écouté. Elle portait un enfant qui allait naître au printemps. Voilà une raison suffisante pour que sa vie fût accaparée, et que les difficultés de son mari passent au second plan. Pourtant...

Un matin, alors que le jeune homme fendait aux coins une bille de bois, jetant sa masse à la volée contre les nœuds qui résistaient, une main vint lui toucher l'épaule. Il se retourna, l'œil noir. Le père, François Brillat, avait poussé sa carriole jusqu'à lui, par le chemin du plateau.

— Couvre-toi donc, mon petit, tu vas prendre froid.

Martin rit à belles dents.

— J'ai pas froid, je te le jure. Cette saloperie me crève.

Le père se mit à arpenter la colline. Il restait deux mille mètres de taillis à essarter. A grands pas, il enjambait les barres abattues. Martin avait descendu aussi de fort beaux chênes, entièrement à la cognée, là où le passe-partout eût été nécessaire. Mais pour actionner celui-ci encore eût-il fallu être deux.

— Paul ne te donne jamais la main ?

— Non, dit Martin, appuyé sur le manche de sa masse.

— Pourquoi ?

— Il juge que ce n'est pas son affaire. Moi, je pense qu'il est jaloux.

François Brillat haussa les épaules.

— Tu penses qu'il n'a pas digéré le cadeau de son père, les vingt hectares de Salinac ?

— Il espère que je vais échouer.

— Je le crains, dit François. Un homme seul ne peut arriver à bout de cette tâche. C'est de la folie.

Martin se mit à sourire. Le vent du nord l'amena à s'envelopper dans sa pelisse de laine. Il grelottait déjà.

— Si je m'arrête une minute, c'est le froid qui regagne, fit-il.

— Viens donc te mettre à l'abri. J'ai à te parler.

Les deux hommes descendirent sous la colline, jusqu'au creux d'un chemin. En cet endroit, Martin avait épargné un rang de beaux chênes fort droits et robustes. Les troncs massifs coupaient le vent hurlant.

— Tu ne peux donc rien attendre des Monestier, déplora François. Et moi, je ne puis demander à ton frère de t'aider. Il croule sous la charge. Ah, bon Dieu, ça tombe mal !

Martin fixait ses bottes de cuir.

— Je veux ces terres pour ensemencer.

— Mais elles ne seront pas prêtes ? Il te faudra faire un labour de défrichement.

— Et d'abord enlever les souches, une à une. A la pioche, à la tranche, à la tournée... Les plus faciles, je les arrache avec une chaîne. Mes percherons sont aussi courageux que moi. Parfois, je me demande si je n'ai pas un peu de leur sang dans les veines.

François se mit à hocher la tête.

— Les Monestier te mettent à l'épreuve, mon petit. Le cadeau d'Angel est un cadeau empoisonné.

Martin rajusta sa pelisse sur ses épaules et noua les brides à ras du cou.

— Au printemps, la colline sera ensemencée. J'ai besoin de ce blé. Car je n'ai plus un sou. Toutes mes économies ont passé dans les clôtures. Pour le moment, ça suffira bien. Angel m'a promis dix vaches.

— Dix vaches, répéta le père. Ce n'est pas si mal.

— Il a promis de m'acheter le blé et le seigle.

— Oui, reprit François Brillat, Angel est un homme qui promet beaucoup.

Le jeune homme rajusta son chapeau de feutre, jusqu'aux oreilles. Le vent redoublait sur les hauteurs. Un vent piquant et sec. Le père releva aussi le col de sa canadienne.

— Il ne m'a rien promis d'autre, dit Martin.

— A moi, si !

— Quoi donc ?

Le père hésita à répondre. Il craignait que la colère ne gagnât son garçon et qu'elle ne lui apportât plus de rancune qu'il n'eût souhaité. Mon rôle n'est point de dresser mon fils contre les Monestier, mais plutôt de réfréner la rancœur, songeait-il. Pourtant, il se décida enfin.

— Lors de notre première rencontre à la Renaudière, l'été 1910, Angel a décidé de vendre la coupe de ses chênes au Mas-du-Sartre. Celle-ci fut estimée à cinq mille francs.

— Et de m'offrir cet argent ?

— Oui, dit François.

Martin poussa un grand soupir.

— Voilà qui me mettrait la tête hors de l'eau. J'aurais enfin de quoi payer un ouvrier à trois francs la journée. De quoi finir mes clôtures... De quoi acheter la semence de blé, de seigle, de maïs, de pomme de terre... De quoi réparer les granges de Salinac... Les toitures sont percées, les portes délabrées... Bon Dieu, je rêve enfin d'indépendance. Etre chez moi, à l'abri, avec Clémence, et pouvoir nourrir de mes propres mains cet enfant qui arrive...

François posa la main sur celle de son fils pour l'enjoindre à moins d'exaltation.

— Je doute que cette coupe de chênes du Mas-du-Sartre rapporte autant d'argent.

— Ce ne serait que la moitié, dit Martin. Même deux mille francs. Te rends-tu compte ?

— Si je les avais, je te les donnerais, affirma le père.

— Mais tu ne les as pas. Tu disposes à peine de quoi faire fonctionner Croisille. Je le sais.

— J'ai dû acheter un taureau pour remplacer Tango. Et six vaches suitées.

— Je le sais, reprit Martin. Je sais tout ça depuis toujours. Nous n'avons jamais eu d'argent.

— Tu exagères.

— Les Monestier ne cessent d'acquérir des outils aratoires, des coupe-racines, des faucheuses Albion, des égreneuses à maïs. des semoirs Hurtu, des Brabant doubles... Et si l'on me prête une charrue défonçeuse, je pourrais m'estimer heureux.

— Ils roulent sur l'or, jugea François. Il faut décider Angel à respecter sa parole. Et je vais faire la démarche, tu peux me croire.

Martin ne répondit pas. Parole en l'air, pensa-t-il. Mon vieux père n'osera jamais affronter un Monestier. Et il remonta sur la colline, d'un pas alerte, laissant son père dix mètres à l'arrière, essoufflé par l'effort.

Aux jours de décembre, le vent tourna à l'ouest et le ciel de Salinac se colora d'étain. La fumée tournoyait en tous sens, peinait à s'élever, contrairement aux matins de froid sec. Martin comprit que la neige allait venir, alors il redoubla d'efforts pour gagner la crête, laissant au sol les arbres abattus sans prendre le temps de les ébrancher. Il voulait que tout fût tombé avant Noël.

Un après-midi, sa folle entreprise fut arrêtée par une tempête de neige, si violente qu'on ne distinguait plus le paysage au-delà de cent mètres. Il descendit chercher ses chevaux et les mena aux mors à la grange du vieux Roubaud.

Le petit corps de ferme avait été acquis avec l'achat de la propriété. Angel Monestier avait fait valoir à Roubaud que ses masures ne valaient pas un clou, juste bonnes à la démolition. En vérité, la grange seule offrait des avantages. Cossue, en bonnes pierres de grès rose, Martin projetait de s'y installer un jour, lorsque ses finances le lui permettraient. Pour l'heure, le bâtiment servait à y entreposer des outils, et quelques réserves de foin et de paille. Quant à l'autre bâtisse, elle relevait de la construction insalubre. Le vieux Roubaud y avait vécu ses derniers jours, dans une crasse indescriptible. Une partie de la toiture s'était affaissée, et les murs étaient rongés par l'humidité et le salpêtre. Sans doute Monestier se référait-il, devant notaire, à ce bâtiment, lorsqu'il avait parlé de démolition.

Martin entra par la petite cour et mena ses deux percherons dans la grange. A l'intérieur, il y avait un vieux bac taillé dans la pierre où les chevaux purent se désaltérer. Puis, il fit descendre du fenil un ballot de paille et de foin pour les nourrir. Au-dehors, la nuit commençait à tomber tandis que le tapis de neige s'épaississait. Le vent redoublant faisait claquer les ardoises du faîtage. Et Martin se demanda s'il n'allait pas passer la nuit ici, auprès de ses chevaux.

C'est alors qu'il entendit, distinctement, des déflagrations sourdes. Celles-ci se répétaient par intervalles de deux ou trois minutes. Martin alluma sa lampe à pétrole et se dirigea, sous la bourrasque, vers la masure voisine.

Dans la pièce noircie de fumée, empuantie par la poussière et le moisi, il distingua une silhouette dans l'encadrement de la fenêtre. Brillat leva sa lampe à hauteur de visage et reconnut aussitôt Paul Monestier. Il tenait une carabine et s'apprêtait à faire feu de nouveau.

— Paul, que se passe-t-il ? Tu es devenu fou.

Monestier se retourna juste pour entrapercevoir Martin.

— Je tire les grives, vieux ! Avec cette neige, c'est un jeu d'enfant.

— Les grives ?

— Oui, les grives. Tu ne sais pas ce que c'est que les grives ? Bon Dieu, mais d'où tu sors ?

— A cette heure ?

— Au contraire. Elles se laissent descendre comme des pipes à la fête foraine.

Il sortit de sa poche une poignée de douilles qu'il déposa sur le rebord de la fenêtre ouverte.

— Et puis, tais-toi donc.

Le tir reprit, cinq ou six fois.

— Eteins-moi cette lampe, nom de Dieu. Ça les fait fuir.

Martin s'exécuta. Et la pétarade reprit ses droits. Mais sans succès, apparemment, à en croire les jurons que le tireur poussait après chaque coup de feu.

— Merde et merde. Fais trop nuit, maintenant ! s'écria Paul en jetant sa carabine sur la table.

Martin ralluma sa lampe.

— Gaspillons pas le pétrole, fit Monestier. Et suis-moi.

Dans la neige, sous la bourrasque, les deux hommes allèrent récupérer une douzaine de grives abattues. Elles gisaient dans le hallier, quelques-unes suspendues au cœur de la charmille, d'autres enfouies sous les églantiers.

— C'est pas mal, reconnut Paul.

Alignées sur la table, elles formaient un beau tableau de chasse.

— Depuis quand es-tu là ? demanda Martin.

— C'est comme pour toi, je me suis fait surprendre par la tempête.

Paul alla inspecter la pièce voisine qui avait dû servir de débarras. Par le toit éventré, la neige descendait à gros flocons et recouvrait les literies, les armoires, les nippes.

— Autant aller coucher dans la grange, fit-il.

— En tout cas, on aura de quoi manger, ajouta Martin.

Ils prirent chacun une grive et se mirent à l'ausculter dans le cercle de lumière que diffusait la lampe à pétrole.

— Ce sont des passereaux du Cantal. Les meilleurs à mon goût.

Il se trouvait, parmi les pièces de gibier, deux merles reconnaissables à leur bec jaune et à leur plumage noir. Paul les écarta, sans hésiter. C'était un gibier qu'il n'aimait pas, au goût de fourmi selon ses dires. Mais nul ne saurait jamais ce qu'il entendait par là.

— La grive du Cantal se reconnaît à la couleur de la gorge, un peu blanche et piquetée de roux.

Et il passa ses doigts dans la plume avec délicatesse.

— A Croisille, on les prend au piège, confia Martin.

— Moi, à la carabine, par temps froid de préférence. Et par neige, c'est encore mieux. Les passereaux n'y voient goutte. On les tue avec aisance. C'est un de mes plaisirs. Ça nous changera de la soupe à la citrouille de Mariguitte.

Paul avait commencé à tirer les plumes. Martin voulut s'y mettre aussi. Mais Monestier l'écarta.

— Laisse donc. Allume plutôt le feu.

— Mais où ?

— Dans la cheminée, que diable.

L'âtre était empli de gravats, de papiers et de chiffons brûlés. Il les repoussa du pied pour ménager un endroit où faire du feu.

— Il y a des fagots dans la grange, dit-il.

Et il partit à l'aveuglette dans la tempête qui redoublait. La neige picotait le visage, et le vent froid ajoutait au désagrément.

En attendant que le feu fût allumé et que Martin eût ajouté quelques petites bûches pour faire de la braise, Paul termina sa besogne. Il prit un pique-feu et le posa dans le foyer. Puis, il attendit que le métal fût rougeoyant, et alors délicatement il enfila à la suite les grives évidées. Martin dispersa du talon la braise pour que la flamme ne vînt pas lécher les viandes.

— Ce Roubaud vivait comme un putois, dit Paul.

L'odeur du gibier grésillant ne parvenait pas à couvrir les miasmes qui se dégageaient des murs et des meubles.

— C'était un malheureux.

— Ce genre d'homme ne devrait pas exister.

— La société est faite de diverses sortes de gens. Et nous n'avons pas le droit de les juger sur leurs apparences. Peut-être était-il plus intéressant que nous ne le supposons.

Monestier éclata de rire.

— Je ne comprends toujours pas pourquoi ma sœur t'a épousé.

— Qui aurait-elle dû choisir, selon toi ?

Paul hésita à répondre. Il avait promis à son père de ne jamais se quereller avec un Brillat.

— Un type dans mon genre, fit-il évasif. Un type qui a les pieds sur terre.

— Moi, précisément, je n'ai pas les pieds sur terre ?

— Je crois que tu es un doux rêveur. A te voir défricher comme un forçat ces collines, je me dis qu'il y a de la stupidité. Le jeu n'en vaut pas la chandelle.

Martin s'effaça, quelques pas en arrière, loin du cercle de lumière dansant au milieu de la cuisine.

— J'y suis contraint, si je veux gagner ma liberté. Je n'ai qu'un rêve, venir vivre ici, à Salinac. Je ne ferai jamais ma vie à la Renaudière. A cause d'un type comme toi.

— Tu crois que Clémence va s'installer ici, dans ce trou à rats ? Moi, j'y mettrai le feu avant.

Brillat ne répondit pas. Il serrait ses poings dans le fond de ses poches. Il se disait : Se trouvera-t-il un jour un type pour lui ficher une raclée, faire taire sa morgue ?

— C'est un pays de bons pacages. Il reste seulement à domestiquer la terre. Et j'y parviendrai, fronda Martin.

— Un pays de pauvres, railla Monestier. De moutons et de chèvres... Bèèè ! Bèèè ! fit-il. Roubaud a fini par y crever comme un chien, sans un sou. As-tu envie de connaître le même sort ?

Brillat alla s'asseoir près de l'âtre et tourna le pique-feu pour faire dorer les viandes uniformément.

— Pourtant, ton père a acquis cette terre. Crois-tu qu'il aurait risqué son argent à la légère ?

— Il a voulu jouer au grand seigneur avec les Brillat. Mais il savait au juste ce qu'elle valait. Et du reste, il l'a payée en conséquence. Une misère.

Martin examina les pièces de gibier et jugea qu'elles étaient suffisamment grillées. Il tendit le pique-feu en direction de Paul.

— Tu veux m'embrocher ?

La main de Monestier se posa machinalement sur la carabine.

— Tu es fou, Paul. Je me fiche de ce que tu penses de moi. Cela m'est égal que tu ne m'aimes pas. Certes, j'aurais préféré le contraire. J'aurais préféré que nous soyons de bons amis et que tu viennes me prêter la main pour défricher Salinac. Mais je ne peux te contraindre à l'amitié.

Monestier débrocha une carcasse de grive et l'attaqua à belles dents. Les petits os craquaient sous ses crocs de carnassier. Il crachotait les débris sans précaution, tandis que Martin usait de son couteau pour dégager les parties charnues. Il avait à cœur de manger comme un civilisé. La pauvreté n'empêche point la bonne éducation, pensait-il.

La ferme de Croisille était tout en longueur sur l'aile d'une colline. Elle se déployait en succession de bâtiments dont les hauteurs déclinaient, comme des poupées russes. La maison familiale en était la pièce majeure, puis l'écurie, l'étable, la grange, la porcherie. Cette dernière finissait l'ensemble, minuscule au point qu'il fallait se baisser pour entrer. Ici, rien n'avait changé depuis 1830, date à laquelle on l'avait construite en petites pierres de grès et de calcaire, les deux roches se trouvant mélangées, à l'image géologique du pays, point de contact du tuf permien et du travertin jurassien. A l'arrivée des Brillat, seules les pièces d'habitation avaient été séparées de l'écurie et de l'étable ; à l'origine, compte tenu de la distribution des bâtiments, gens et animaux voisinaient. Puis, on avait percé une entrée à l'opposé des accès domestiques, afin que le bétail ne polluât point les humains. Sage précaution. Les premiers Brillat à Croisille avaient pris soin d'éloigner la fosse à fumier qui était à même la cour. Cette précaution permit la protection du puits et des sources. Par forte chaleur, il se trouvait encore de la dysenterie dans le pays, frappant les enfants en bas âge à cause de ces désordres.

Adèle avait travaillé à embellir son cadre de vie. « Ce n'est pas parce que nous sommes des paysans qu'il nous faut cultiver la laideur », répétait-elle en faisant visiter sa roseraie. Grimpants ou nains, les rosiers couvraient la façade de leur maison, formaient une allée gracieuse. Au pied des murs, elle y avait ajouté aussi des roses trémières, des lys blancs. Et sur les marges de leur cour d'agrément, on avait planté des arbustes singuliers pour l'époque en Corrèze, le pommier du Japon, le sorbier des oiseleurs, l'ailante... Ces raretés botaniques voisinaient avec le lilas, la glycine et le seringat. Adèle était plutôt fière de ses plantations et les montrait à qui voulait les voir. En vérité, il se trouvait peu de gens intéressés dans son voisinage. Le goût des habitants de Croisille se portait plutôt vers les arbres de rapport, les fruitiers en général. L'ornementation n'était pas encore entrée dans les campagnes. Tout juste allait-on sentir ses roses blanches, de toutes les plus odoriférantes. « Ça nous change du fumier », disait-on. Par de telles pratiques, Adèle faisait figure d'étrangère. Mais son mari s'en moquait. Lui, il disait volontiers : « Il faut laisser aux femmes les fleurs, et aux hommes les troupeaux... » Manière de faire comprendre que les épouses ont des toquades que nul ne peut contrarier, au risque de connaître la guerre à la maison.

François Brillat passait à Croisille pour un homme heureux, insouciant, prenant en toute occasion le loisir de vivre à son gré. Il avait la réputation de prolonger les mercuriales par des beuveries et des banquets. C'était son goût personnel de prendre du bon temps avec les amis. On louait son honnêteté en affaires. Et sans doute, par sa manière de vivre, le croyait-on plus fortuné qu'il ne l'était en réalité. Brillat avait l'art de dissimuler ses misères. Il prêtait ainsi l'illusion de posséder les bonnes cartes en main, comme le ferait un joueur de poker. Le mariage de son fils avec une Monestier avait renforcé sa réputation d'homme comblé par les dieux. Et il n'avait rien fait pour contredire ses admirateurs, rien que pour affermir sur sa personne le vieil adage qui veut qu'on ne prête qu'aux riches.

A la veille de Noël, le redoux effaça les dernières traces de neige. L'eau coulait abondamment dans les fossés, par les mille rigoles des collines, les chemins creux, et la Soudoire était au plus haut, à deux doigts de quitter son lit et d'inonder les champs.

Ce jour-là, François Brillat attela son cabriolet et descendit du plateau par Salinac. C'était le chemin le plus long, mais il craignait que la rivière ne fût trop haute à Manoire et au Moulin de Gerbier. Et contournant Saint-Ségur par Grand-Bois, il parvint avec une heure de retard à la Renaudière. Angel Monestier descendit l'accueillir avec sa femme et Clémence sur la cour pavée.

Comme chaque fois que des paysans se rencontrent, ils évoquent l'état atmosphérique de leur petite planète personnelle. En ce début du XXe siècle, nul n'osait croire que l'homme eût quelque responsabilité sur les courants dépressionnaires et leurs effets alarmants. Au contraire, les phases lunaires, les saisons et la durée des jours étaient conformes aux tableaux astronomiques publiés par l'almanach Hachette. Indications précieuses pour planter, semer, arracher, moissonner... Et sans grande surprise.

— La neige, jugea Angel, c'est de la fumure gratuite.

— Et la Soudoire déborde. J'ai dû passer par Grand-Bois, confirma François Brillat.

— Tant mieux. Nos terres seront fertilisées par les alluvions. C'est bon pour le maïs, le tabac et la luzerne.

Athanaïs demanda des nouvelles d'Adèle et des filles. Chaque fois, elle oubliait, sans le faire exprès bien entendu, les garçons, René et surtout le petit Daniel. Clémence alla juste embrasser son beau-père et se retira aussitôt. Elle connaissait les raisons de la visite et ne voulait point s'en mêler.

— C'est pour quand ? demanda-t-il à Athanaïs.

— Mars, répondit Monestier.

François fut amusé par la promptitude avec laquelle Angel avait répondu, somme toute pour une question qui ne s'adressait point à lui.

— Et nous l'appellerons Guillaume... ajouta Monestier.

— Comment peux-tu être sûr qu'il s'agira d'un garçon ?

Le patriarche de la Renaudière fit signe à sa femme de se retirer.

— Guillaume, comme le Conquérant, rit-il en poussant Brillat dans son bureau.

Le visiteur n'en menait pas large. Monestier avait le pouvoir de lui glacer le sang. Il se disait : quand il ne s'agit que d'évoquer des banalités, tout va bien, mais avec notre affaire, ce sera plus coton que je le pense.

— Viendrez-vous à Noël ? posa Angel. Avec toute la famille... La dinde farcie, à la Renaudière, c'est sacré.

— Ne serait-il pas mieux que nous inversions l'invitation ? Adèle et moi, nous souhaiterions...

— N'y songez pas, François. Les fêtes de Noël ont toujours lieu ici, c'est la tradition. Et vous le savez, mon cher, la tradition pour moi, on n'y déroge jamais. C'est le seul jour où je consens à entrer dans une église. Nous avons nos places réservées au premier rang. Et le curé, qui n'est qu'un sot, entre parenthèses, a droit à sa petite enveloppe. Je crois qu'il nous absout ainsi de tous nos péchés, sans simagrées. Et puis, je connais mes défauts, car les péchés proviennent de nos défauts, n'est-ce pas ?

François acquiesçait d'un mouvement de tête.

— Je suis menteur, égoïste, coléreux... poursuivit-il. Il n'y a pas là de quoi fouetter un chat. Et nos défauts, en sommes-nous responsables ? Dieu nous a créés ainsi. Certes, on pourrait s'en guérir. Mais je ne connais pas un seul homme qui ait réussi à se débarrasser de ses imperfections. On ne peut chasser le naturel en nous, à moins de jouer les hypocrites. Mais je ne suis pas hypocrite. Ça non. Et vous ?

François affichait un air absent. Les défauts de son âme n'étaient pas sa préoccupation première, bien qu'il fût à tous égards plus religieux que Monestier. Et sa foi était plutôt une affaire de principe, des principes qu'il fallait conforter dans les grands moments de l'existence.

— Je ne sais pas, Angel. Je dois posséder quelques-uns de vos travers. Et aussi celui de ne jamais oublier les promesses.

Monestier dressa la tête, porta l'oreille en avant.

— Vous disiez ?

— C'est l'objet de ma venue à la Renaudière : vous rappeler une promesse. Et savoir si elle sera tenue ou abandonnée.

Le patriarche quitta son siège pour rejoindre son visiteur près du fauteuil. Parfois, il aimait que certaines conversations délicates fussent tenues à mi-voix. Et celle-ci lui semblait devoir être balbutiée.

— Rappelez-moi mes manquements, Brillat ? Je suis un homme d'honneur. Je n'ai qu'une parole.

François sourit au regard persistant et froid de cet homme qu'il ne parvenait pas encore à cerner.

— Dans votre salon, au cours de l'été 10, alors que nous préparions le mariage de nos enfants, vous avez promis de vendre la coupe de chênes du Mas-du-Sartre, estimée selon vous à cinq mille francs, et d'en céder le montant à mon fils.

— Oui, oui, fit Angel en hochant la tête, je me souviens parfaitement.

— Et que comptez-vous faire ?

— Mais tenir ma parole.

— Quand ?

— Un jour. Un jour, oui. Peut-être pour la naissance de Guillaume...

Brillat baissa la tête. C'était pire qu'un oubli. Une volonté évidente de ne vouloir céder la somme avant ce jour.

— Pourquoi Martin a-t-il besoin de cet argent ?

— Pour voir venir, répliqua Brillat.

— Voir venir quoi ?

— Vous ne pouvez lui reprocher de n'avoir travaillé son aise à défricher Salinac ?

— Bien entendu. C'est parfait. J'ai mesuré l'ouvrage la semaine dernière. Il reste beaucoup à faire.

— Il est seul. Et je ne comprends guère que votre Paul ne lui soit pas venu en aide.

— Et votre René, pourquoi ne lui a-t-il pas prêté la main ?

— Un homme seul ne peut venir à bout d'une telle tâche, poursuivit Brillat. Il a besoin de se faire épauler par des journaliers. Et pour l'heure il ne dispose d'aucun argent. Cette somme promise serait la bienvenue.

Monestier retourna s'installer derrière son bureau.

— On débardera au printemps, fit-il. En attendant, je ne peux rien faire.

Et il s'abandonna à un geste de lassitude.

— Au risque de vous décevoir, je ne crois pas que votre Martin ait besoin d'argent. Je peux mettre deux de mes ouvriers sur le coup. Cette aide le soulagera, n'est-ce pas ?

François Brillat se sentit piégé par la mansuétude de Monestier. A ce stade de la conversation, il ne pouvait avancer plus avant. Et il décida de se retirer.

Angel l'observa attentivement jusque sous le porche de la Renaudière et parut agacé de ses réactions de mauvaise humeur. Croit-il que je suis une vache à lait ? Et abonder à toutes les demandes, n'est-ce pas gâter l'ambition d'un homme ? Si son Martin obtient tout ce qu'il désire, sans contrepartie, l'habitude se renforcera, et à la fin, grand Dieu, je ne serai plus que le banquier des Brillat.

Malgré son mariage et sa grossesse, Clémence avait gardé une âme d'enfant. Le mari attribuait cet état au climat général de la Renaudière. Athanaïs ne cessait de jouer la mère poule. Sa fille, chaque fois qu'il s'agissait de résoudre une question de couple, trouvait refuge auprès d'elle. Et s'il survenait une dispute dans la chambre à coucher, Clémence courait aussitôt dans les jupes de sa mère.

Pendant ce temps, Martin prenait patience. Il se disait : lorsque nous serons installés à Salinac, loin de l'emprise des Monestier, enfin retrouverai-je ma femme... C'était peut-être une illusion, car son épouse conservait envers et contre tout l'esprit des femmes Monestier chevillé au corps. De quel trait s'agissait-il ? Les femmes dans cette maison n'avaient jamais eu à travailler la terre, ni à décider de l'intendance sans l'accord du patriarche. Ce doux cocon qu'offrait la vie à la Renaudière favorisait l'abandon, l'insouciance du lendemain, le repliement sur soi. C'était l'idée que se faisait Angel de ses femmes, l'épouse, les filles, ancrées dans les cuisines, dans les chambres, à façonner des petits plats, à tirer des mètres de broderie. Clémence ne se sentait guère prête à quitter cet univers confortable et douillet, tant il est vrai, tout de même, que la vie conjugale n'enterre point l'éducation filiale d'un trait de plume. Les habitudes s'entêtent et persistent lorsqu'elles se sentent battues en brèche.

Martin enrageait de voir combien sa chère Clémence se faisait, désormais, un devoir de lui résister, de le contrarier, et au pire de le repousser, lorsqu'il voulait la tirer hors de ses limites protectrices. Hélas, là où il eût fallu du doigté, de la psychologie, Martin faisait montre de brusquerie, d'impétuosité. Comme nous l'avons vu le soir de ses noces, le mari n'était pas un modèle de patience. Emporté, combatif, volontaire, c'était là tout ce qu'il pouvait offrir, et ce qui eût passé ailleurs pour des qualités radicales s'avérait dans sa situation plutôt désastreux. Du reste, dans l'intimité, Clémence lui reprochait sans cesse son manque de douceur, de tendresse, d'épanchement.

Depuis sa grossesse, elle se refusait à lui. « Tu n'y penses pas. Et l'enfant, alors ? » Bien que le docteur Martial eût expliqué, en termes choisis, que son état n'empêchait point les relations sexuelles, Clémence se trouvait, soir après soir, mille raisons d'abstinence. Martin épuisait sa vigueur et sa force dans le travail. A peine couché, il tombait dans le sommeil comme une masse, évitant d'affronter ses froideurs répétées qui l'eussent blessé. Bientôt, il finit par se résoudre à l'idée que sa femme ne le désirait plus, tout accaparée par l'enfant qu'elle portait, comme si seul le bébé lui importait, et qu'elle voulût le protéger de dangers imaginaires.

Dans ses rondeurs, Clémence exultait. Dix mains familiales par jour s'en venaient caresser le ventre de la future parturiente. Et il suffisait d'un infime remuement de la chair pour qu'on fondît en cris. « Mon Dieu, disait Mariguitte, comme il est vigoureux. » De ce prochain bébé, on parlait au masculin. Il ne serait venu à l'esprit de personne qu'il pût être une fille. C'était une affaire entendue, classée, puisque le maître de la Renaudière l'avait décidé.

Après les fêtes de Noël, la future maman décida de garder la chambre. On lui avait installé un petit coin repas et lecture, pour sa commodité. Rien ne justifiait cette retirance. Le médecin attribuait les symptômes de fatigue, de vertige ou d'écœurement à des angoisses injustifiées. Aussi le docteur Martial passait-il plus de temps à raisonner sa patiente qu'à l'examiner. L'enfant à naître se présentait sous les meilleures conditions. C'était tout. Et les parents Monestier, rassurés par la science, singeaient une inquiétude qui n'avait lieu d'être. Elle était l'expression même de l'amour filial, dans ses excès bêtifiants.

A côté, nul ne prenait garde à Martin, dont l'épuisement, lui, était bien réel. Pire encore, le doute le dévorait, depuis que son père lui avait révélé les intentions d'Angel. Il attendait toujours les deux ouvriers agricoles qui eussent dû l'épauler dans son ouvrage. Pourtant, il avait commencé, avec quatre chevaux de trait, à labourer en profondeur une terre qui n'avait connu le soc d'une charrue depuis cinquante ans au moins. Les racines profondes et robustes retardaient l'avance, quand ce n'était pas les blocs de tuf qu'il fallait réduire à la masse. Et sur les crêtes, la trame s'avérait si rude qu'il n'était que les griffes de la défonceuse pour la briser. Mais cet engin – qui pesait ses cent kilos – avait l'art d'épuiser son homme. Souvent, Martin était renversé sur le sillon avec sa machine, sous l'œil goguenard de Paul.

— Essaie donc, toi qui es si malin, se défendait Brillat. Je voudrais t'y voir !

— Ça ne risque pas. Jamais je ne me salirai les mains dans la terre misérable de Salinac.

Un jour, de rage, Martin lui jeta des mottes de terre. Il s'ensuivit une altercation violente qui faillit tourner au pugilat. L'algarade des beaux-frères remonta jusqu'aux oreilles d'Angel.

— Tu as des qualités, Paul, que je suis disposé à louer. Et je compte sur elles pour l'avenir de la Renaudière, mais, hélas, tu n'es guère charitable. Je t'engage à présenter des excuses...

— Jamais.

— Alors, je le ferai pour toi. Car Martin est maintenant de notre famille.

Et sans crier gare, Monestier fit claquer son fouet sur l'épaule de son aîné. Paul tomba à genoux devant son père, le suppliant de ne plus jamais le traiter ainsi et de ne rapporter à personne la correction qu'il avait subie. Encore une fois, le patriarche fut touché par les supplications de son fils préféré. Je ne sais pas si le fouet est la bonne méthode pour ôter d'une cervelle la bêtise qu'elle renferme, se demanda-t-il. Néanmoins, Angel se promit de ne plus jamais recommencer.

Au reste, sa violente réaction l'obséda des jours entiers. Elle le rendit plus taciturne qu'à son habitude. Ce n'est point Paul que j'ai voulu corriger, mais Pierre, l'infâme fuyard, songeait-il. Mais ce misérable est désormais hors de portée de ma colère. Où trouverai-je la force de l'oublier à jamais, ce maudit fils ?

L'ombre de Pierre – celui qu'il ne fallait plus nommer, selon les exigences d'Angel Monestier – planait sur la Renaudière, funeste et douloureuse. Il n'était que d'observer, à certaines heures de la journée, le visage d'Athanaïs pour comprendre le poids de cette absence. Elle était d'autant plus lourde que la fuite de Pierre n'avait souffert aucune question. Et la mère s'interrogeait toujours sur les raisons de cette disparition soudaine. Y avait-il eu dispute entre le fils et le père ? Et pour quel motif ? Mais Athanaïs n'osait le moindre mot, et encore moins Clémence. Clémence, tout de même, dont les liens avec son frère absent avaient été si forts.

Au lendemain du mariage, une fêlure s'était installée à la Renaudière, une cassure qu'on ne pouvait attribuer à l'événement lui-même, c'eût été absurde, mais située ainsi dans le temps, aussi paradoxalement que cela eût pu paraître. Par exemple, Athanaïs se disait : Le soir du mariage, notre famille s'est brisée... Et je ne sais rien, et je ne comprends rien. Et je n'ai droit à aucune explication. Elle se répétait : Me dira-t-on ce secret, un jour ? Qui donc sera assez charitable ?

Sans doute cet événement avait-il contribué à endurcir le caractère de Clémence. La robe de mariée remisée dans sa lingère, son caractère s'était soudainement métamorphosé, passant de la candeur à la rudesse. « Elle est devenue autoritaire, intransigeante, constatait Athanaïs. Ne trouves-tu pas, Guitte ? » Son autre fille ne répondait pas. Elle se contentait de hausser les épaules. Signifiait-il, ce mouvement du corps, la lassitude ou l'agacement ?

Mariguitte aussi s'était refermée sur elle-même. Il semblait dorénavant que les jours s'écoulaient dans la méfiance, que les enfants Monestier s'épiaient comme des étrangers. D'où vient-elle, cette toute-puissance du père ? Et par quel prodige s'impose-t-elle, sans un mot, sans un soupir, sans un regard ? Il suffisait qu'il fût là, impérieux, dans le sombre éclat de sa force, pour que les mots fussent verrouillés.

N'eût été la perspective d'une proche naissance, la vie à la Renaudière fût devenue insupportable, tout axée sur le travail, le sacrifice, l'obéissance. La désertion d'un fils, à elle seule, ne pouvait expliquer cette pesanteur. Il n'était que Paul pour se satisfaire de la situation. Son avenir se trouvait conforté. Plus que jamais, Angel voyait en lui le digne continuateur de ses œuvres, l'enfant élu qui serait un jour le seul maître de la Renaudière et de ses cent hectares de terres et de pacages. Il avait exulté en silence au départ de son frère. Le lendemain des noces de Clémence, il avait ressenti le besoin de confier à son père : « Pierre n'a jamais été un des nôtres, père. Pas même capable de garder les vaches... », mais il n'avait osé. Chez les Monestier, il est un âge pour tout, un temps pour chaque chose, et rien ne sert de griller les étapes. Paul n'avait pas encore atteint l'âge où l'on parle à son père des délicates affaires de famille.

Le labour en profondeur acheva les dernières forces de Martin Brillat. Il n'était pas possible, pour un seul individu, de tenir une charrue défonceuse du lever du jour au coucher du soleil. Ce que les chevaux rechignaient à faire, se cabrant plus souvent qu'à leur aise, devant la résistance de puissantes racines, ou l'accroche de trame, un homme le pouvait-il réussir sans dégâts ? Epuisé, Martin s'effondra dans la raie ouverte à pleine terre grasse. Il perdit aussitôt connaissance, plusieurs heures à ce qu'il parut. La langue râpeuse d'un des deux percherons sur son visage le reconduisit à la surface. Alors, le garçon employa ses dernières ressources à décrocher les palonniers de l'outil aratoire. Puis, il s'évanouit de nouveau.

Les chevaux, bien que réunis par les balances d'attelage, mais dressés à marcher de concert, parvinrent à rejoindre la Renaudière. En entendant le bruit des chaînes sur le pavage de la cour, Angel fut alerté. Il comprit aussitôt qu'un incident était survenu à Salinac. Il harnacha les brancards de sa carriole, et partit pour les hautes terres.

Il ne lui fallut guère plus d'une demi-heure pour atteindre les hauts de Salinac. Le vent donnait à plein sur ces collines, et Monestier avait oublié sa pelisse. Il grelottait fort. Mais peut-être n'était-ce qu'un signe de peur. L'angoisse de ce qu'il allait découvrir... Il se força à ingurgiter un peu d'eau-de-vie. Une flasque gainée de peau l'accompagnait toujours. C'était le remède miracle, contre les maux de dents, les coups de froid, les blessures, et même les piqûres de guêpe. Il sentit une bienfaisante chaleur au creux de l'estomac, et força l'allure.

En cette saison, les rigoles dégorgeaient l'eau et engendraient des mouillères sur le chemin. Sans doute eût-il fallu apporter de la pierre pour meubler ces obstacles, mais les affaires de Salinac ne le concernaient point. Il avait assez à faire avec l'Oustalier et le Mournat. Depuis des années, on chargeait les chemins sans parvenir à les rendre praticables à la basse saison. Ainsi, sa carriole fut prise dans la boue jusqu'au moyeu. Angel descendit pour alléger la voiture et tirer son cheval à la bride. Il dut batailler fort pour arracher la carriole au trou glaiseux. Puis, il repartit dans le brouillard qui ouatait le versant de la colline, en veillant cette fois à ne point s'embourber. Si ça pouvait geler un bon coup, pensait-il, ça essorerait ces pluies de février... Mais l'excès de neige avait rendu la terre collante et lourde. Aussi était-ce sans doute une folie que de vouloir la travailler en cette saison, bien que la partie haute où le fils Brillat s'escrimait, jour après jour, fût plus essorée qu'ailleurs.

Il monta sur le plateau au vent portant plein nord. Piquant et vif. Il but une nouvelle rasade, juste pour calmer les tremblements qui lui coupaient les pattes. Et enfin, il distingua Martin, recroquevillé sur le débord de la tranchée.

— Bon Dieu, quelle mauvaise affaire ! marmonna-t-il.

Il lui souleva le buste et dégagea la terre qui lui maculait le visage.

— Oh, Martin ! Martin ! fit-il en le secouant.

Mais le garçon n'avait aucune réaction. Angel écarta ses mâchoires et fit couler une gorgée d'eau-de-vie. L'effet fut immédiat. Brillat se débattit en gémissant. Puis, il vomit aussitôt. Monestier l'aida à se délester des glaires qui l'étouffaient.

— Encore un petit coup, mon petit. Ça va te sortir de là, dit Angel.

— J'ai plus de forces, marmonna-t-il. Je vais crever.

— Mais non, tu ne vas pas mourir. C'est rien, rassura Monestier. Tout juste un coup de fatigue.

Le patriarche parvint à lui faire ingurgiter quelques rasades d'alcool. Celles-ci entraînèrent de nouveau des vomissements. Et quand les spasmes s'estompèrent, la respiration reprit à un rythme accéléré.

— Tu es comme un vieux cheval fourbu, fit Monestier en tenant son gendre contre lui, la tête posée sur sa poitrine. Tu as été jusqu'au bout. Mais pour te prouver quoi, au juste, mon petit ? Tu savais bien que tu n'y arriverais pas.

Angel vit un sourire se dessiner sur le visage du garçon.

— Faut pourtant que j'y arrive, balbutia-t-il.

Il avait les lèvres sèches, la gorge en feu, et les jambes brisées.

— Viens donc jusqu'à la voiture, ordonna Monestier. Ici, on va prendre la mort.

Angel l'aida à se redresser. Mais Martin était si faible qu'il dut le porter, le traîner, comme un poids mort. La terre lourde compliquait le déplacement. Elle collait aux chausses. A deux reprises, ils chutèrent ensemble sur le labour. Mais Angel ne se pouvait résoudre à chercher de l'aide. Il avait compris que le froid avait paralysé ce malheureux garçon, endormi toute volonté.

— Faut que tu m'aides, mon petit. Il le faut, ordonnait Angel.

Mais ces paroles n'étaient destinées qu'à lui-même. Martin était bien incapable de tenir debout, de mettre un pied devant l'autre. Et ainsi, Angel s'encourageait à l'effort, comme si les mots étaient des coups de fouet. Je suis bien puni, pensait-il en le halant vers sa voiture. Pourquoi n'ai-je rien fait pour éviter ce malheur ? Je pensais que le petit Brillat finirait par me supplier de lui venir en aide. Je me répétais dans mon for intérieur :

Faut qu'il mollisse, cet orgueilleux ! Serait-il plus orgueilleux que toi ? Aurais-tu trouvé ton maître ?

Angel parvint à l'installer sur le siège de sa carriole. Ce dernier effort l'épuisa, au point qu'il dut reprendre haleine.

— Maintenant, nous sommes sauvés, dit-il.

Martin hocha la tête. Il entrouvrit les yeux pour observer son beau-père.

— Merci, fit-il dans un souffle.

Monestier lui prit une main et la serra fort.

— Ne dis pas de bêtises. Tout ça est de ma faute. Je me suis conduit comme un imbécile. Et je ne suis pas près de m'en consoler. Paul aurait dû te donner la main. Mais Paul...

Il hésita à poursuivre. L'aveu lui parut terrible dans sa bouche.

— Paul ne t'aime pas, ajouta Monestier. C'est un garçon dur, avare de sentiments. Sec, précisa-t-il. Je ne l'ai vu pleurer que sur son sort. Le reste du monde l'indiffère. Je ne comprends pas. Nous lui avons donné une bonne éducation. Mais c'est le sang qui parle en lui, le sang des Monestier. Comment en corriger les excès ? Sais-tu que lui ai donné le fouet, le jour où vous vous êtes querellés ?

La tête de Martin brinquebalait sur le dossier du siège. Tout son corps semblait détendu, comme si un ressort s'était brisé en lui.

— Est-ce que tu m'entends ?

— Oui.

— Je veux que tu m'entendes, insista Angel. Car je n'aurai plus l'occasion de te dire ces choses. Il faut une situation exceptionnelle pour que ça arrive. Je ne parle jamais, moi. Je déteste les discours. Et livrer mes pensées est une épreuve sans nom. Se découvrir est même, quelque part, ajouta Monestier, une lâcheté. A cet instant, je suis devenu lâche, parce que tu m'as fait peur. Ton père ne me pardonnera pas cette faute.

Les yeux de Martin s'entrouvrirent. Et son visage bascula vers Angel.

— Faut rien dire.

— Tu ne veux pas qu'il sache ?

— Non, je ne veux pas.

Monestier tira sur les brides pour ralentir l'attelage. Les bancs de boue noire l'obligèrent à manœuvrer au plus près du talus, là où le rocher offrait de la résistance.

— Tu es aussi orgueilleux que moi, fit Angel.

— Ce n'est pas ça.

— C'est quoi, alors ?

— Je veux être libre, dit Martin. Ne rien devoir à personne. Et je regrette ce que vous avez fait pour moi. Cette offrande de Salinac. Ça me tue de penser que je vous dois quelque chose.

Angel éclata de rire.

— Je n'ai rien fait. Je n'ai même pas tenu mes promesses. Je t'ai traité comme un moins que rien. Je m'amusais de tes efforts inutiles. Je me disais : Il n'y arrivera pas, à domestiquer cette terre. Et puis, crois-tu que ce soit un grand cadeau, Salinac ? C'est une propriété de merde.

— Mais non, désapprouva Martin. C'est une terre comme les autres. Une terre où la sève n'attend que le signal du printemps…

6

Anne
(1912)

La chambre nuptiale étant devenue la résidence principale de Clémence, on trouva plus pratique et légitime d'installer Martin dans l'alcôve, le temps qu'il recouvrât la santé. Cette nouvelle disposition, prise en toute hâte, fut ressentie par le malade comme une douloureuse mise à l'écart. En effet, la pièce était si minuscule qu'on dut placer le lit sous un escalier. Du reste, le médecin de famille, qui avait décelé chez le jeune Brillat un affaiblissement général nécessitant une immobilisation absolue pour un mois au moins, jugea que l'endroit était trop peu ventilé et éclairé pour constituer une station de repos idéale. Comme chaque fois qu'il se posait un problème à la Renaudière, celui-ci était l'objet d'une réunion de famille. Après avoir consulté sa fille, le patriarche estima que l'alcôve conviendrait parfaitement à son gendre. « Pour la santé de l'enfant à venir, il est préférable que notre fille demeure seule, dans un confort maximal, expliqua Angel. Notre petite ne pourrait supporter, dans le dernier mois de sa grossesse, d'être dérangée sans cesse. Guitte subviendra aux besoins et à la surveillance du malade. C'est ainsi. »

Martin fut soumis à une nourriture plutôt riche, bouillon de poule, foie de veau, viandes rouges... Sans appétit, il rejetait les plats que Mariguitte lui présentait. Au début, elle se voulut plutôt patiente, revenant à la charge dix fois par jour, mais à la longue l'autorité et le commandement prirent le pas sur les bonnes résolutions. Elle disait que le malade ne faisait aucun effort pour retrouver la santé. Martin reprochait à son entourage cette pression de tous les instants. Il avait besoin de se sentir choyé, et la sollicitude dont il rêvait, seule sa femme eût pu la lui apporter. Mais elle s'y refusait. C'était à peine si Clémence prenait des nouvelles de son état.

Dans ces moments, la future parturiente se conduisait en petite fille gâtée. Sait-il combien je souffre ? Les douleurs me paralysent le dos. Et si je bouge un peu, c'est la terre tout entière qui se met à tourner dans ma tête... Oh, comment trouverais-je la force de lui rendre visite ? Je tomberais cent fois. Et notre enfant courrait les plus grands périls.

Une nuit, Martin tenta de quitter son lit et de rejoindre sa femme dans la chambre. Mais il n'atteignit pas l'escalier. Ses jambes se dérobèrent sous lui, et il ne jugea pas même nécessaire d'appeler à l'aide. C'est Mariguitte, la première levée comme à son habitude, qui le trouva recroquevillé sur le carrelage. Athanaïs fit chercher le docteur Martial au plus vite. Les événements de la nuit démontraient enfin que Martin Brillat était beaucoup plus malade qu'on ne voulait le croire ; l'idée qu'il se fût agi d'une affection imaginaire avait couru sur les lèvres des Monestier. Le médecin subodora une anémie du sang, ou chlorose, comme on avait coutume de dire en ce temps-là.

— Perte des globules rouges, dit-il, énigmatique. Cela explique cette fatigue insurmontable.

— Que faire ? s'écria Athanaïs. Nous le nourrissons comme un coq en pâte. Sans compter les infusions de thym, de serpolet, de...

— Il faut analyser son sang. Si la chlorose se vérifie, alors, nous aviserons, dit le médecin.

Le docteur Martial sortit d'une boîte en fer-blanc une seringue en verre et une aiguille. Il demanda à Athanaïs de stériliser ses instruments en portant dans une casserole l'eau à ébullition. Le prélèvement sanguin ne demanda que quelques secondes. Puis, il le versa dans un tube contenant une poudre de polysaccharide dont les propriétés retardent la coagulation du sang.

Dans l'attente des résultats, les femmes se concertèrent pour décider si les Brillat devaient être avisés. Mariguitte opta pour le secret, respectant en cela à la lettre la volonté de Martin. Athanaïs et Clémence souhaitaient le contraire.

— Si le mal empire, vous rendez-vous compte ? insista la mère.

— Il a bien meilleur appétit, rassura Mariguitte. Et je trouve même qu'il a repris des forces.

— Comment cela ?

— Il a commencé à faire quelques pas. C'est la preuve que nos veloutés de veau et de volaille ont des effets miraculeux.

Au repas de midi, la conversation revint sur l'état du malade. Angel fit la moue. Il n'était rien qui l'ennuyait plus que cette affaire. Il se sentait responsable de sa fatigue. Et il se disait, confiant : Dans une semaine notre garçon sera remis sur pied.

— On ne peut tenir une telle charrue plus de deux heures de rang, fit-il. Et la terre de Salinac est la plus mauvaise que je connaisse.

— Alors pourquoi l'avoir laissé faire ? renchérit Athanaïs.

— Je t'en prie, ne réveille pas ma douleur, dit Monestier en haussant le ton.

Paul ricanait. Il avait vu le spectacle, et comment le malheureux avait été secoué des jours entiers derrière l'engin.

— Tout ça, fit-il, c'est à cause de Clémence...

Les yeux se portèrent ensemble sur lui.

— Eh bien oui, elle va accoucher.

— Je ne vois pas le rapport, dit Mariguitte.

— Il nous fait une couvade. Les femmes accouchent et les hommes souffrent. C'est bien connu. On se met au lit, dans son pays d'arriérés.

Angel frappa un vif coup de poing sur la table.

— Tu vas te taire. C'est indigne de nous.

— Mais, père, je voulais plaisanter.

— On ne plaisante pas sur la maladie.

Avant que les résultats d'analyse s'en reviennent – et ceux-ci confirmèrent en effet une anémie –, Martin retrouva quelques forces. On ne savait s'il s'agissait d'une rémission passagère ou d'une guérison, mais maintenant Brillat allait et venait, à pas hésitants, sur la terrasse donnant sur les vignes. Il n'était pas encore monté dans la chambre de sa femme, plus par bouderie que par incapacité physique. Du reste, elle était tout occupée à son accouchement que l'on attendait d'un jour à l'autre. Et il se refusait à forcer sa porte puisqu'elle ne s'était pas souciée de lui. Il se disait, amèrement, en buvant des infusions de salsepareille : Notre amour a vécu un été, puis s'en est allé. Triste constat d'un mari floué, abandonné. L'ange devant naître de ses entrailles ne pouvait expliquer à lui seul l'éloignement de sa femme. Tout au plus était-il un prétexte. Mais alors, pourquoi m'a-t-elle épousé ? Si son amour n'est qu'un déjeuner de soleil...

Martin connut ainsi ses premières larmes, celles que dessine le chagrin sur un esprit sensible. J'aurais dû mourir, se reprocha-t-il. Mourir avant que la haine ne s'installe entre nous. Il médita longtemps cette sombre pensée, le regard scrutant l'horizon où le crépuscule s'aquarellait de rose.

Le lendemain, le garçon s'éveilla au remue-ménage de la maison. Il entendit des cris à l'étage, des cris de gorge. Et il s'enfouit sous les couvertures, lâchement. Mariguitte vint, une heure plus tard, frapper à sa porte. Il alluma le bougeoir. Dans cette pièce infâme, le jour ne venait que petitement.

— C'est une fille, annonça-t-elle, la chevelure en bataille.

Martin éclata de rire, un rire nerveux qu'il ne parvenait à contenir. Pourtant, ce n'était point la réaction attendue d'un père. Qu'il eût exulté de joie eût été plus compréhensible. Mais Mariguitte demeura stoïque, à le contempler dans son halo jaune de pâle lumière qui lui ajoutait, sur un visage grisé de barbe, des traits effrayants.

— Pauvre garçon, balbutia-t-elle.

— Je ris en songeant à monsieur Monestier, dit Martin. Lui qui voulait tellement un mâle, racé, au sang pur.

— Mais c'est une bien jolie petite fille, affirma Mariguitte. Elle ressemble déjà à sa mère. A la différence, ajouta-t-elle, qu'elle a des cheveux noirs, oh mon Dieu, si noirs. Mais ça change si vite, se rassura-t-elle.

La sœur Monestier se tenait les mains, les doigts croisés. Elle semblait prier en même temps que sa joie éclatait. C'est la première fois que je la vois sourire, nota Martin. Il se laissa glisser hors du lit pour mieux l'observer. C'est un miracle. Nous avons enfin réussi à apporter de la joie dans cette sinistre maison, pensa-t-il.

— Permettez que je vous embrasse, Guitte ?

Elle se laissa faire. Il se risqua même à lui prendre la taille, et à l'attirer contre lui.

— Croyez-vous que nous serons heureux, maintenant ?

Mariguitte se détacha de lui, ostensiblement.

— Pourquoi me posez-vous cette question ?

— Parce que votre sœur ne m'aime plus. Et un couple sans amour est une tragédie quotidienne qui s'opère en sourdine.

— Que me chantez-vous là, Martin ? Clémence vous aime.

Elle parut réfléchir.

— En ces jours de grossesse, elle vous a négligé. C'est naturel. Elle a beaucoup souffert, savez-vous ? Non, bien sûr, les hommes ne comprennent rien à ces choses.

Martin enfila une veste sur son pyjama. Puis, il se ravisa.

— Non, je veux me faire beau pour accueillir cette petite fille.

Il passa la main sur sa barbe.

— Peut-être lui ferais-je peur ? Non, vous ne croyez pas ?

— Nous l'appellerons Anne, suggéra Clémence. En souvenir de ma grand-mère Anne-Alexia.

— Anne, c'est un peu court, ajouta Martin assis au bord du lit.

— Comment cela, un peu court ?

— Il est d'usage d'accorder plusieurs prénoms. Moi-même, je me prénomme Martin-Henri-Aimé...

— C'est une pratique en vigueur dans la maison Brillat ?

— Partout ailleurs, insista Martin.

La tête du poupon était appuyée contre elle. On distinguait la couronne brune de son duvet. Elle prenait le sein de sa mère, goulûment. Et la main de Clémence palpait en douceur ce petit être si fragile qui avait tant besoin d'attention. Tellement d'attention que le père n'avait pas encore eu droit de le prendre dans ses bras. « As-tu regardé tes grosses mains ? Elles lui feraient mal sans le vouloir... » avait dit Clémence. Et toute la maisonnée avait renchéri sur cette désastreuse constatation.

— Je pensais y ajouter Marie ? Simplement Marie.

— Marie-Anne, pouffa Clémence. Ça sonne trop républicain.

Angel Monestier, lui-même, n'avait osé approcher le bébé dans ses langes. Il s'était juste risqué à passer le bout de l'index sur les joues roses et rebondies.

« Tu es déçu, père ? » avait dit Clémence.

Le patriarche s'était retiré d'un pas de côté.

« Comment as-tu compris ça, ma petite fille ?

— Il n'est qu'à voir ta mine songeuse.

— La prochaine fois, tu nous donneras un mâle. Voilà tout. Je suis patient. Je saurai attendre. »

Aussitôt, la mère avait fondu en larmes. Pour autant, Angel ne s'était pas senti désemparé. Cet homme n'avait jamais rien compris à la sensibilité féminine. Il jugeait sans doute que les pleurs allaient bien au teint des femmes, qu'ils faisaient partie du rite par lequel elles se rendaient intéressantes.

« Ce n'est pas grave. Tu as un mari qui n'a pas su te faire un garçon, voilà tout. »

Clémence s'était retournée sur le côté pour cacher sa détresse. Mais Angel Monestier avait accompagné son mouvement pour la voir dans sa nudité de l'âme. La déception l'avait rendu férocement irascible. Plus tard, sans doute, il se le reprocherait, mais sans pour autant concéder le moindre petit pas en arrière.

« Comment peux-tu dire ces choses ? »

Angel s'était assis au fond du lit, la main posée sur les pieds de sa fille.

« Notre Paul épouse Alphonsine Lamarque prochainement, comme tu le sais. Elle, peut-être, me donnera le petit-fils que j'attends. »

C'était l'esprit des Monestier, semer la compétition entre frère et sœur, soulever les jalousies, ensemencer des rancœurs. Il était passé maître en cet art. Et nul n'était en mesure, à la Renaudière, de lui tenir tête. Le pouvoir, son pouvoir sans partage, se mesurait à l'aune des mots blessants. Seul Pierre avait eu le courage de lui résister. Mais ça ne comptait guère. Il n'était pas d'usage, ici, de parler des absents.

Plus tard, Clémence raconta la scène à Martin. Il l'écouta la rage au cœur, surtout lorsqu'elle vint à évoquer le proche mariage de Paul.

— Sais-tu, toi, ce que ton père va mettre dans la corbeille de la mariée ?

— Les Lamarque ont du répondant, répondit Clémence.

— Plus que les Brillat, je suppose, se vexa Martin.

Mais sa femme lui fit signe d'approcher.

— Tu vas revenir dormir dans notre chambre. Et abandonne ce ton d'écorché vif, cela ajoute à nos problèmes dans la maison. Même Guitte commence à se plaindre de toi. Je connais ma sœur. Et je ne peux pas lui donner totalement tort. Tu dois être conciliant.

— J'attends toujours les cinq mille francs de ton père.

— Il te les donnera, Martin, à la première occasion, lorsqu'il aura compris, enfin, que tu ne veux pas entreprendre la restauration de la grange de Salinac.

— Sur cette affaire, vous vous entendez bien, tous les deux. Tel père, telle fille !

Clémence ramena la couverture sur elle, à ras du cou.

— Mets donc du bois dans le Godin. Il fait frisquet dans cette chambre.

Martin s'exécuta en dispersant les braises pour faire place aux rondins de chênes. Le feu reprit, vif et crépitant.

— Il faut te mettre ça dans la tête, une bonne fois pour toutes : jamais je n'irai vivre à Salinac. Ma place est ici avec la petite Anne.

— Mais moi, j'étouffe dans cette grande maison. Il me faut supporter les décisions de ton père. Mes avis ne comptent que pour du beurre. Et pour couronner le tout, je ne m'entends pas avec ton frère.

Dans ses moments d'ennui, Clémence comptait et recomptait les lames de lambris qui ornaient le plafond. Elle ne parvenait jamais au même résultat, sans doute par distraction. Heureusement qu'il y avait Anne. Toutes les trois heures, elle lui donnait le sein. C'était l'occasion pour elle de chantonner de vieilles comptines, les mêmes que sa mère lui avait apprises. Elle attendait l'arrivée des beaux jours pour quitter enfin la chambre. Pour l'heure, le temps restait maussade, tourné à la pluie. Il lui semblait que l'hiver n'en finirait jamais, alors qu'il cheminait, peu à peu, à son déclin. La terre avait hâte de verdir, et les bourgeons d'éclore.

Seul Martin ne s'impatientait guère. Il profitait de la moindre accalmie pour repartir à l'assaut de Salinac. Mais cette fois, Monestier lui avait alloué deux de ses domestiques. On se relayait pour tenir les manchons de la charrue. Et lorsque les chevaux mettaient genou à terre, éreintés et époumonés, on les remplaçait aussitôt, sans perdre de temps.

Le labour de défoncement n'était pas aussi régulier que le propriétaire l'eût désiré. Lorsque les socs accrochaient de rudes racines, fortes comme le bras, le rang s'écartait et les billons retombaient dans la raie. En ces endroits, il eût fallu revenir à la charge avec un Brabant ordinaire, mais le temps manquait, aussi les ouvriers agricoles se contentaient-ils de réparer les défauts à grands coups de hoyaux.

Le défoncement terminé, les hommes s'en vinrent ôter de la terre retournée tous les obstacles : fragments de racines, éclats de souches, débris de pierre et de trame. Puis, on attendit le vent sec pour herser les parcelles. Des herses zigzag chargées de poids s'en vinrent briser le labour. Pour gagner du temps, Angel fit monter à Salinac ses trois paires de chevaux de trait. En deux jours, l'affaire fut conclue.

— Du blé, des pommes de terre, des betteraves... expliqua Martin à son beau-père qui portait fièrement sur son épaule un fusil cassé.

— Allons-y donc, fit-il. Ce sera un bon départ.

— Que chassez-vous ?

Monestier montra ses cartouches de petits plombs.

— La perdrix. Pour le banquet de mariage de Paul.

Martin prit place sur le semoir. La boîte était emplie jusqu'à la gueule, prête à déverser la précieuse semence dans la terre meuble.

Angel souleva le couvercle du magasin et en prit une poignée.

— C'est du Poulard blanc, fit-il.

Martin montra quelques signes d'impatience. Il connaissait à l'avance les critiques à encourir.

— Trop tard, jugea Monestier. Ça donnera moyennement.

— On verra bien, rétorqua Brillat.

Et il fouetta son attelage. Monestier observa la manœuvre. Son semoir en lignes avait l'avantage de couvrir deux mètres de rang. Cela demandait de l'habileté mais Angel ne craignait rien de ce côté-ci. Ses percherons étaient dressés pour qu'un seul homme suffît à la tâche.

Le soir même, le patriarche de la Renaudière ramena dans sa gibecière six perdrix rouges et un lièvre.

— Tu feras des terrines, ordonna-t-il à Athanaïs en jetant le gibier sur la longue table de la cuisine. Et Mangein me vendra bien deux ou trois belles truffes. Ce sera divin pour le mariage.

La maîtresse femme ne répondit pas. Elle n'avait guère envie de se mettre en cuisine parce que son diable d'homme l'avait décidé. A vrai dire, elle avait d'autres occupations, autrement prenantes, et qu'elle n'eût abandonnées pour rien au monde : la broderie du trousseau d'Alphonsine. Son crochet piquait sans répit la toile pour y tracer les initiales ML.

— Je n'ai pas perdu la main depuis 1910. Et toi, Mariguitte, te marieras-tu un jour ?

— Je ne trouverai jamais un homme convenable, déplora-t-elle.

— Tu es trop difficile, dit Clémence qui couvait du regard sa petite fille dans son berceau en osier.

Depuis le retour des beaux jours, Clémence se risquait à quelques promenades du côté de l'Oustalier. Elle longeait les vignes, montait à la petite cabane et s'asseyait sur un banc de pierre taché de sulfate de cuivre, face au village de Saint-Ségur incrusté dans le versant voisin. Puis, elle revenait à la Renaudière en chantonnant. Comme Martin avait réussi son pari, cultiver les terres nouvelles de Salinac, il était redevenu l'homme accort qu'il n'aurait jamais dû cesser d'être. Les rivalités et querelles dans le couple s'étaient aplanies dans l'admiration béate de leur petite Anne. Et qu'importe que les rêves de filiation d'Angel Monestier fussent un temps contrariés, Clémence et Martin avaient décidé de vivre leur bonheur présent, avec ce que le destin leur offrait par ces jours sereins.

7

Les illusionnistes (1912)

Paul Monestier avait commencé à fréquenter Alphonsine à la fête-Dieu de Saint-Ségur. Le jeudi de mai suivant l'octave de Pentecôte, l'usage voulait qu'au sortir de la messe, la population se rendît en pèlerinage sur les bords de la Soudoire. Il existait une petite grotte tapissée d'ex-voto cachant une statue de la Vierge. Les pèlerins montaient les ultimes degrés d'un chemin escarpé, sur les genoux. Les garçons ne se mélangeaient guère aux filles. Celles-ci formaient la première vague du défilé, avec leurs bouquets de roses qu'elles allaient déposer bien sagement au pied de la statue. Et les garçons venaient ensuite, nonchalamment, le revers du veston orné d'un colifichet jaune et rouge. Le curé Lacotre, entouré des deux enfants de chœur en aube, l'un portant la bible ouverte et l'autre l'aspergès dans son réceptacle d'eau bénite, psalmodiait les paroles du Christ à ses disciples : « Toute-puissance m'a été donnée dans le ciel et sur la terre... » Comme les hommes tardaient à s'agenouiller, le prêtre leur fit un geste énergique de commandement. Mais l'ordre demeura sans effet. Et Lacotre poursuivit sa lecture de l'Evangile, tantôt en français, tantôt en latin.

Après que le curé eut béni la foule, il prit le gobelet d'argent posé sur la pierre et le présenta à l'embouchure de la gargouille. Une fois empli, il but l'eau sacrée et tendit le récipient à l'enfant de chœur pour qu'il fît de même.

Paul Monestier était aussi peu religieux que son père. Il allait à la fête pour faire comme tout le monde. C'était l'usage, depuis que le pape Urbain IV avait institué la fête-Dieu, de boire un peu de l'eau de source qui coulait aux pieds de la Vierge. On disait que cette eau avait des vertus purgatives. On disait qu'elle guérissait tous les maux et préservait du malin. Les plus dévots de Saint-Ségur emplissaient des bouteilles, des gourdes, afin de se garantir toute l'année des maladies. Quand ce fut le tour de Paul, il but à peine une rasade et versa le reste sur la pierre. L'eau n'était point de son goût. Et pour tout dire, il ne croyait guère qu'elle possédât la moindre vertu. Du reste, l'eau de Saint-Ségur était l'objet d'une plaisanterie récurrente avec son père. Nous savons que Monestier ne se séparait jamais de sa flasque d'eau-de-vie. Et lorsque la fatigue les prenait au labeur, Paul disait à son père : « Passe-moi donc un peu de l'eau de Saint-Ségur. »

Au retour, le fils Monestier s'attarda sur le pont de pierre qui enjambait la rivière. Les berges étaient protégées par de hautes murailles sur lesquelles retombaient en fouillis des paquets de lierre. Et là où la terre s'était accumulée, au fil du temps, par les crues de la Soudoire, des saules, des platanes, des frênes avaient prospéré à l'étroit. Et leurs troncs torturés semblaient suspendus sur l'eau verte qui filait en remous. Quelques embâcles, branches d'arbre déchiquetées, ramures éclatées, troncs brisés, s'étaient agglutinés contre les piles du pont.

— Restes d'orage, dit-il à la jeune fille qui passait.

Elle se retourna pour rire. Pourtant, il n'y avait rien de risible. On avait connu dans le village des ruptures de digue, la place submergée, les caves inondées. Souvent, la foudre faisait un mauvais sort aux peupliers, à deux doigts des maisons hautes. Quand ce n'étaient pas les troupeaux qui étaient foudroyés pour avoir choisi la protection d'un vieux chêne rouvre.

— Vous aussi, vous avez bu de l'eau de Saint-Ségur ?

Paul fit quelques pas vers la jeune fille coiffée d'un fichu bleu. Il l'examina effrontément. Elle trouva sa curiosité plutôt insensée. Et l'envie la prit de passer son chemin. D'autres garçons étaient plus mal élevés encore : propos grossiers, sifflets appuyés, gestes indécents.

— Vous pouvez ôter votre foulard, jeune fille, la procession est finie.

Elle ne sut pourquoi elle lui obéit. Et il ressentit son geste comme une invite à poursuivre la conversation. D'autant que la jeune fille était assez bien de sa personne, un front haut, une belle chevelure noire, une poitrine haute et serrée dans son corset de tissu gris. Ce n'est que plus tard qu'il vit un nez disgracieux, mais ce défaut ne sembla guère le décourager. Car Paul prisait les filles de haute taille, et ça ne courait pas les rues. Celle-ci accepta de l'accompagner sur la place aux platanes où des vieux jouaient aux quilles. Ils cherchèrent un peu d'ombre. Le soleil de mai était déjà vif, et incitait à s'asseoir à même le gazon des berges.

— Je suis le fils Monestier, avoua Paul.

— Je vous connais.

— Et moi je ne vous connais pas encore.

— Je me nomme Alphonsine.

Elle n'aimait guère son prénom. Du reste, on l'appelait plutôt Fonsine. C'était plus affectueux à son goût.

— Vous dites que vous me connaissez ?

— Oui, tout le monde, ici, connaît les Monestier. La Renaudière.

Paul fut saisi par un sentiment de fierté. Quel bonheur d'être un Monestier, pensa-t-il. Il suffit de dire son nom et les visages s'éclairent.

— Et si nous parlions de vous ? reprit-il.

Alphonsine baissa la tête. En comparaison des Monestier, sa famille représentait peu d'importance. Les Lamarque avaient été de petits métayers à Vieubois, avant d'acquérir leur ferme et les lopins environnants. La jeune fille glissa vite sur ces détails scabreux, du reste Paul s'en fichait. Ce ne fut qu'à la cinquième rencontre que leur relation devint sérieuse, précisément à la fête de la Saint-Jean où ils se promirent l'un à l'autre.

Lors de cette soirée, non loin du feu que les garçons du village avaient allumé et alimenté, les amoureux s'étaient trouvé une grange à foin. Un repli idéal pour des amants. A la différence qu'Alphonsine se refusa à lui, malgré ses gestes pressants.

— Je ne veux pas le faire avant nos fiançailles, dit-elle.

La réflexion fit sourire Paul. « Je ne veux pas le faire », le sous-entendu ne manquait pas de sel. Lui, il avait envie de « le faire » sans attendre, fiançailles ou pas.

Tard dans la nuit, alors que les fêtards de la Saint-Jean s'étaient retirés un à un, et que le feu s'amenuisait sous la cendre, Paul évoqua les possibilités d'un mariage. Alphonsine l'écouta, sans mot dire. Une promesse ne vaut pas contrat, pensait-elle. C'était tout ce qu'elle avait appris de la vie.

Le fils Monestier lui brossa alors les avantages qu'elle aurait à tirer de cette alliance. A cet art, il n'avait rien à envier à son père ; Angel lui avait appris qu'on ne vend sur la terre que du vent et des illusions.

— Notre famille demeure à la Renaudière depuis le XVe siècle. Nous avons des papiers, ma chère, qui attestent cette lointaine possession...

La jeune fille ne possédait pas sur la lignée des rois de France une érudition suffisante pour se représenter mentalement les origines des Monestier en terre corrézienne. Mais elle retint surtout les cent hectares de terre, de pacages, de jardins et d'enclos. Et le corps de ferme, avec ses granges, ses écuries, ses étables, avait de quoi faire rêver. Elle se disait : Trop beau pour être vrai. Et s'il veut m'avoir avec ses beaux discours, il repassera. Paul aimait à se croire irrésistible avec les femmes. Il lui était arrivé déjà d'en conquérir quelques-unes avec la promesse d'un mariage. Sur ce point, Angel avait été formel : « Je ne veux pas voir défiler à la Renaudière tes maîtresses. Lorsque tu seras fixé, alors nous aviserons. »

En fait de maîtresses, il n'en avait courtisé à ce jour aucune qui fût digne de franchir le portail de la maison. De petites paysannes sans importance. Des filles de ferme. Des laiderons qui l'eussent plutôt desservi. Fonsine – ainsi qu'il la prénommait désormais – était sans doute la première de ses conquêtes qui correspondît aux souhaits de son père. Elle avait belle figure, bonne constitution, le caractère affirmé. Bien qu'elle fût d'extraction modeste, l'aîné des Monestier avait compris que ce ne serait jamais un handicap.

En quittant Fonsine, la nuit de la Saint-Jean, il monta vers la cité haute de Saint-Ségur par les ruelles étroites. Les caresses prodiguées à sa future promise l'avaient excité à un point tel qu'il lui fallait se soulager au plus vite. Ce n'était pas la première fois qu'il recourait aux services de Maria Loubières. Veuve d'un agent voyer qui s'était assassiné à la bouteille, elle monnayait ses charmes à la petite semaine. Paul traversa le jardinet et repéra, avec ravissement, la petite bougie allumée sur le bord de la fenêtre, signe pour les initiés que la place était libre. Il alla gratter à sa porte et attendit en s'asseyant sur le balcon, dans la lumière de la pleine lune. Enfin, la porte s'entrouvrit.

— Il n'y a pas que les chats qui sont amoureux, dit-elle.

Paul assaillit son hôtesse, sans tambour ni trompette. L'affaire s'accomplit en quelques minutes. Car Maria Loubières n'était pas regardante, surtout avec les jeunes hommes de Saint-Ségur. Elle les connaissait presque tous, et ne s'embarrassait guère de discours préliminaires.

Après l'amour, Monestier demanda à rester un peu. Il était fort tard. Sans doute n'attendait-elle plus de visiteurs, si bien qu'elle accepta en regagnant son lit après une toilette sommaire. Paul s'allongea auprès d'elle, en ôtant juste ses chaussures.

— Je vais finir par me marier, dit Monestier en fixant le plafond gris de la chambrette.

— Oh là là, rit Maria, c'est un gros chagrin qui se prépare.

— Mais je viendrai te voir de temps en temps.

Maria Loubières se tourna sur le côté, la tête au creux du coude. Elle possédait un visage agréable de femme mûre, les cheveux grisonnants, le sourire engageant.

— Si ta future femme le veut bien. Car tu le sais, mon petit Paul, je n'aime pas les embrouilles. Sinon, il y a longtemps que ma chandelle serait morte.

Tous ses amants étaient des Pierrot, à ses yeux. Elle les traitait avec des égards maternels, même les plus âgés. Devant l'amour, l'homme retrouve ses manies d'enfant, disait-elle. Et son charme résidait dans ce jeu singulier de domination. Paul, lui-même, tout fier et viril qu'il fût dans la vie, redevenait un petit garçon dans les bras de la veuve Loubières.

— Je te le promets.

— Pas de mensonge.

Il ne répondit pas.

— Quelle est l'heureuse élue ?

— Tu ne la connais pas.

Il se rassurait ainsi, car il n'avait pas envie de lancer son nom en pâture. Pourtant, il ne put résister lorsqu'elle avança sur lui sa main caressante de sorcière. Elle le réveilla de nouveau, mais juste pour le plaisir, car elle le réfréna aussitôt.

— Dis voir ?

— Alphonsine Lamarque.

— Bien sûr que je la connais.

— Je ne pourrai la posséder qu'une fois la bague au doigt.

— Pas folle, la guêpe, ricana Maria.

Elle reprit sa position initiale, sur le dos, sa position favorite lorsqu'elle accueillait les hommes. Maria Loubières n'aimait point la gymnastique compliquée. Ses cuisses s'ouvraient à toutes les détresses du monde. Parfois, elle accompagnait la vague qui la submergeait, parfois elle s'en retirait promptement, jugeant sans doute que la bonté a des limites. Elle fit signe à Paul de s'en revenir. Il ôta son pantalon.

— Tu n'es pas pressé, idiot. Sinon, comment voudras-tu rendre ta femme heureuse ? Avec moi, ça n'a pas d'importance.

Yeux clos, il lui semblait caracoler sur un nuage. Dans cette chair épandue, il s'inventa une violence qui ne lui ressemblait pas. Puis, il s'allongea à côté d'elle, cherchant la main maternelle de son enfance. Les femmes avaient guidé ses premiers pas, sa mère, ses tantes. Il avait espéré dans la douceur des jupons que la dureté de la vie lui serait épargnée longtemps. Mais Angel en avait décidé autrement.

— Pourquoi tu es si triste ? demanda-t-elle.

— Je pense sans cesse à Josepha. Je ne l'aurai jamais.

— Tu aimes Josepha ? Cette petite garce qui fait courir tous les garçons ?

— J'enrage de penser que mon frère l'a possédée. Qu'a-t-il de plus que moi ?

— Pierre est un ange, fit Maria. Il appartient à ce genre d'homme auquel une femme ne peut rien refuser. Toi, tu es une petite brute, dans ton genre. Regarde la façon dont tu fais l'amour.

— Quelle façon ?

— On dirait que tu te bats contre le corps qui s'offre à toi. Alors que l'amour est une fusion totale. Il suffit aux amants d'accorder leurs gestes, et la pleine douceur les envahit.

Paul sentit sa gorge se serrer. Peut-être son père l'avait-il sevré trop tôt du contact des femmes. Il avait voulu faire de lui un homme avant l'âge. L'aîné doit montrer le chemin, les autres ensuite peuvent s'égarer. Ainsi Pierre était-il resté, lui, dans le voisinage d'une mère protectrice, sans attirer les foudres paternelles.

— Je ne savais pas que Pierre était l'amant de Josepha, reprit Maria.

— Mais leur mariage ne se fera pas. Car père ne supporte pas les Paulien.

— Je parie que tu as mis de l'huile sur le feu, saligaud.

Monestier resta silencieux. Et la main de Maria passa sur le visage du garçon, s'égara sur sa poitrine, jouant avec ses poils.

— Josepha, mon petit Paul, ce n'est pas du mouron pour ton serin.

Et elle éclata de rire. Cette réflexion la faisait toujours rire. Elle l'utilisait à chaque occasion. Toutes les femmes ne sont pas faites pour tous les hommes. Il est des corps qui s'opposeront à jamais, par l'odeur, le grain de la peau. Elle lui montra ainsi qu'elle n'appréciait point tous ses visiteurs, qu'il en était pour lesquels elle éprouvait la plus vive répulsion.

— Après la mort de Jean, j'ai passé une année dans la solitude. Sans voir personne. Je me disais : maintenant, tu dois choisir. Etre nonne ou putain... Et j'ai choisi, comme tu le vois. Ils sont tous venus réclamer à ma porte. Ils savaient que j'étais disponible pour leurs petites affaires. Il en fut des généreux et des avares. Je veux dire dans l'amour même. Ceux qui dépensent plus qu'on ne leur demande, et d'autres qui s'économisent. Les généreux m'auraient bien prise pour femme. Les avares ont toujours quitté mon lit honteux et coupables. C'est ainsi.

— Tout le monde, dis-tu ? Ce n'est pas vrai.

Maria sourit. Dans ces moments d'aveu, elle se rêvait princesse. Sa main courait sur son ventre. Elle se disait : ils sont tous venus sur moi, et je leur ai donné ce qu'ils n'ont pu trouver dans leur chambre à coucher.

— Tous ! s'écria Paul.

— Quoi, imbécile, tu croyais être le seul ?

— Non, bien sûr.

— Même ton père.

— Mon père ?

Paul se dressa, abasourdi.

— Ce n'est pas possible ?

— Il y a deux mois, à peine. Un Monestier, ça ne vous regarde pas dans les yeux. Il aura fallu que je ferme les volets et que je tire les rideaux.

— Pourquoi m'as-tu dit ça ? C'est blessant.

— Et toi, tu ne te sens pas blessé de venir me voir, et de te soulager entre deux portes ? Crois-tu que si ton Alphonsine savait cela, elle te tresserait des lauriers ?

Paul Monestier mit du temps à révéler enfin à son père qu'il voulait épouser Alphonsine Lamarque.

— Tu as bien réfléchi ?

— Oui, fit-il, timide et hésitant.

Ça ne lui ressemblait guère. Et Angel fut surpris par son attitude. Il avait formé son aîné à l'autorité conquérante, à la décision prompte.

— Ce n'est pas pour imiter ta sœur ?

— Comment peux-tu croire ça de moi ?

— Une résolution de cette sorte ne se prend pas à la légère. L'aimes-tu, au moins, cette fille ?

Le garçon ne sut répondre. Il ne savait au juste ce qu'était l'amour. Peut-être l'avait-il effleuré avec Josepha ? Puis, la haine avait pris le dessus. A moins que ces deux sentiments ne fussent très proches ? Mais il se tut, cette fois encore. Puisque Josepha appartenait à la race honnie par les Monestier, rien ne se pourrait envisager dans ce domaine.

— La famille est pauvre comme Job, plaida Paul. Mais la fille est parfaite.

Le père éclata de rire.

— Je me fiche que les Lamarque n'aient pas un sou. Au moins n'aurai-je pas à aligner une dot. Connais-tu cette histoire ? Un père estime la valeur de sa fille avant de la confier au mari. Elle n'est point coquette, ça vaut bien vingt mille francs. Et de surcroît, économe, même un brin ladre, ça vaut bien trente mille francs. Et ainsi de suite, le père parvint à démontrer que les qualités de sa fille se montaient à cent mille francs. Ainsi se chiffre, mon cher Paul, la dot d'une fille sans dot.

Les démarches se firent selon l'ordre habituel. Paul alla demander la main de Fonsine, tandis que son père attendait dans le cabriolet. Quand il eut obtenu l'accord, il revint chercher Angel Monestier. Et le patriarche entra enfin dans la cuisine. Ainsi fit-il connaissance de la jeune fille qu'il trouva parfaite, sans bien la regarder. Cela lui importait peu, hormis les hanches larges. Elle nous fera des petits costauds, se dit-il. Le père Lamarque lui parut débile. Angel en profita pour l'assommer de chiffres. Léon Lamarque fut ébloui d'entrer ainsi de plain-pied dans la carrière des grands.

— Je ne pourrai rien donner, marmonna-t-il. Ma fille, et ce sera tout. Bien vrai.

— Bien vrai, admit Angel.

Ils partagèrent sur le coin de table un verre de vin aigrelet. Monestier demanda à saluer la mère. Mais cette dernière s'était cachée dans sa chambre, de honte ou de peur. Fonsine alla la chercher. Et Angel s'avança pour embrasser une petite bonne femme maigriotte, la peau du visage tannée comme une vieille pomme d'hiver. Elle ne sut dire trois mots. C'était son rôle de baptiser les silences par des mouvements de tête, tant l'acquiescement à toute chose faisait partie de son quotidien. Une femme de peine, docile et domestiquée, pensa Angel avec émotion. Bien que d'une nature rugueuse, il était sensible à l'expression vive des douleurs intérieures. Et son regard se déporta vers Fonsine, qui était tout sourire. Comment a-t-elle pu échapper à son destin ? se demanda-t-il. Au point de séduire mon fils, et ainsi sauver son existence ?

Léon Lamarque conduisit Monestier sur ses terres. Trois hectares pentus, et quatre vaches maigres. L'étable touchait la maison. Une cloison de bois séparait les animaux des hommes. Ils montèrent au jardinet où Lamarque montra ses choux, ses poireaux, ses betteraves rouges.

— Voilà, résuma-t-il, trois hectares et mes yeux pour pleurer.

Angel posa la main sur l'épaule du petit homme dans son habit en coutil noir

— Nous ne demandons rien, fit-il. Un mariage simple. A la Renaudière. Je vous promets que votre fille sera heureuse et qu'elle ne manquera de rien.

Le rituel des noces s'accomplit dans la simplicité en mai 1912 avec un banquet prévu sous les platanes du jardin Casimir. Mais un orage violent éclata en soirée, et il fallut transporter tables et couverts en catastrophe dans la grange.

Le repas terminé, Fonsine déposa sa robe de mariée et donna la main aux femmes de la Renaudière. Athanaïs en fut choquée, mais Angel ravi. C'était exactement l'idée qu'il se faisait de sa bru, une femme simple, courageuse, comme dans la fameuse histoire de la dot d'une fille sans dot.

S'il n'est aucun fait notable à relever du mariage de Paul Monestier et d'Alphonsine Lamarque, la réunion de famille permit cependant à François Brillat de prendre sa revanche sur les années passées. Lui qui apparaissait dans le cercle Monestier comme la branche inférieure, une pièce rapportée, une « greffe stérile » – selon les mots même d'Angel –, profita du banquet pour annoncer par un bref discours son intention de briguer le poste de maire à Croisille. Il se fit un grand silence. Tous les regards se déportèrent vers le patriarche de la Renaudière. On attendait une réaction. Et si, pour une fois, Brillat et Monestier n'étaient pas assis l'un à côté de l'autre, la raison se trouvait dans le mépris même que le maître de maison réservait à son invité.

Angel se leva pour le congratuler avec force tapes dans le dos. C'était une annonce qui avait du panache, à haut risque aussi, rien ne prévoyant qu'il serait élu haut la main.

— Le courage est une vertu française, s'écria Monestier. De l'audace, il en faut pour gravir les marches du pouvoir.

C'était simple. D'abord maire, ensuite conseiller général, et puis député. Qui sait ?

François Brillat fut le premier surpris par la réaction d'Angel. Il s'attendait à quelques railleries. Et voici qu'il levait le verre à son succès, prenant les convives à témoin. Puis les deux hommes se retirèrent dans le bureau, s'installant vis-à-vis sur des fauteuils. L'endroit rappelait à Brillat des moments difficiles, le rappel à l'ordre des promesses non tenues, par exemple.

— Vous me faites plaisir. Nous avons besoin d'un élu dans notre famille.

— Je ne le suis pas encore. Mon adversaire est redoutable.

Monestier connaissait le maire sortant de Croisille, Alix Franchet. Un pépère de la République, comme on les aimait à la campagne, la terre collant aux sabots, ignare mais roué.

— Pick-Franchet est vieux. Son avenir est derrière lui, s'écria Angel.

Il l'appelait Pick, comme on avait coutume de le surnommer dans le pays, avec des jeux de mots assassins du genre : Pick-le-grigou, Pick-petits-pieds, Pick-tourne-veste...

— Il possède l'expérience. Et les vieux, ça rassure.

Monestier lui fit un clin d'œil.

— Autrefois, j'admirais Briant. Je le trouvais efficace sur la scène internationale. Du panache, du cran, de la fantaisie. Mais le politicien se gâte à l'usage. Du briandisme, nous sommes passés au brigandisme, voilà mon opinion.

— Moi, je veux faire une campagne à ras des pâquerettes. La haute politique, ça décourage les suffrages.

Monestier branla la tête, ostensiblement. C'était une formule qu'il n'aimait pas. Son intérêt pour la République reposait sur des idées simples, le progrès, la justice, le franc fort, et la démographie. Il rêvait d'une France où la famille nombreuse serait sanctifiée, la terre protégée par des lois favorisant l'exploitation moyenne.

— Ne prenez pas les gens pour des idiots, conseilla Angel. Ils veulent qu'on les rassure sur l'avenir. La terre reste notre prospérité principale. Trop de paysans envisagent de la quitter pour les mirages de la ville. J'en sais quelque chose...

Il se racla la gorge. Il songeait à Pierre, dont il avait effacé le nom de sa mémoire.

— Prenez la SFIO, par exemple, leurs gens criaillent sans cesse « Vive la sociale » parce qu'ils veulent une France d'ouvriers, enchaînés au salariat. Le paysan chérit trop sa liberté pour devenir un ouvrier, lui aussi. Et sa propriété est son maître. Ce n'est pas comme avec les confédérations, les syndicats, les comités... Dans ces cercles frondeurs, on organise les désordres de demain. Du gratin social émergeront les élites révolutionnaires, comme ce Jaurès. La raison devrait nous inspirer la plus vive méfiance : toutes les révolutions passées ont engendré des dictatures. Pourquoi la prochaine devrait-elle différer de cette vérité ? La dictature sociale serait pire encore que la monarchie, pire que l'Empire. Et de toute évidence, la dictature sociale serait unie contre le paysan, contre la terre.

Brillat écoutait, les bras croisés sur sa poitrine.

— Je doute que les paysans deviennent les héros du XXe siècle. La France a besoin aussi de ses ouvriers pour produire les machines qui accélèrent notre rythme de productivité. Je trouve que nos communes ne s'adaptent pas assez vite au progrès. Ce sera mon credo de campagne, mon cher Monestier : ouvrir les routes, construire le chemin de fer, redéfinir les points d'eau et améliorer les captages, installer le courant électrique... Il faut que nos campagnes se mettent au diapason des villes. Sinon le fossé se creusera inexorablement entre la ville et la campagne, et nos enfants finiront par se désintéresser de la terre nourricière. Faire de la politique, c'est aussi terrasser les illusions mortelles.

— Lesquelles ?

— Que nos familles pourront toujours prospérer sur leurs propriétés. Il est des misères indignes. Et vous, le souhaitez-vous vraiment, Angel, que l'ordre présent demeure éternellement ?

— Je souhaite que rien ne change, dit Monestier. Parce que la fuite aveugle et insensée dans le progrès sonnera le tocsin de nos rêves. Nous y perdrons notre liberté. La dette, le crédit, l'emprunt, voilà qui ruinera nos droits sur la terre. Si nous n'y prenons garde, les banquiers deviendront nos employeurs et nous serons leurs salariés.

Monestier brandissait son index pour donner encore plus de force à son propos. Il sentait François Brillat plus mesuré que lui sur cette question, et cela l'enrageait qu'il fût un paysan intelligent, si proche de lui, influencé par les illusions de l'avenir. Mais il se tut, soudain. Il ne sert à rien de marteler des opinions lorsqu'elles ne rencontrent aucun écho. Les leçons de la vie sont plus profitables, elles corrigent les chimères, mais à quel prix... N'est-il d'autre éducation que celle qu'offrent les souffrances, les drames et les malheurs de la société ? Se peut-il que l'homme se corrige avant que les épreuves adviennent ? Et ainsi, les éviter ? Mais, rêve utopique, pensa-t-il, ce serait alors la fin de l'histoire.

— Et le fameux capitaine Dreyfus, repartit Angel, coupable ou innocent ?

— Evitons les sujets de discorde. Nous sommes trop intelligents, l'un et l'autre, pour tomber dans cette querelle.

Monestier fronça les sourcils.

— Votre opinion ne changera en rien mes relations avec vous, mon cher François.

Brillat croisa les doigts, et reprit son souffle.

— Je le crois innocent.

— Et moi, je le crois coupable, dit Monestier. Voilà ce qui nous sépare. Vous possédez une vision angélique de l'homme. Et moi, plutôt pessimiste.

— On ne fonde la vérité que sur l'intime conviction. L'état-major a tellement brouillé les cartes que nul ne parviendra jamais à démêler ce salmigondis.

— Un seul homme ne peut avoir raison contre l'ordre militaire.

— Je crois qu'un ordre militaire comme le nôtre est capable de bâtir un complot, si ce complot peut lui servir à renforcer sa position, défendit Brillat. Parfois, l'explosion de la vérité présente plus d'inconvénients que la perpétuation du mensonge et de la calomnie.

— Vous êtes un idéaliste, plaisanta Monestier en sortant de son placard deux verres et une bouteille de cognac. Nous allons trinquer à votre élection.

— Pourtant vous ne voteriez pas pour moi ? rit François.

— Qu'en savez-vous ? Je sais faire la part des choses entre un homme honnête et une crapule. Je crois que vous serez un bon maire à Croisille. Vous en possédez la stature.

Ils burent religieusement, comme ils l'avaient fait tous deux lors du mariage de Clémence et Martin. De cette mémorable journée, il demeurait, au mur, dans son cadre doré, un daguerréotype. Ce leur fut l'occasion de mettre un nom sur chaque visage. Déjà, la vie avait effacé quelques figurants, dans les rangs des Pestourie, des Cramier, un grand-père foudroyé dans son sommeil, une grand-mère emportée par une méchante bronchite, et même une petite fille chez les Ciblat, terrassée par la méningite.

— Aujourd'hui, vous n'avez pas convoqué le photographe ?

Monestier tendit un cigare à son voisin et l'aida à l'allumer. Ils regardèrent s'évanouir dans la lumière jaune de la pièce les volutes de fumée.

— Et le père Lamarque, vous semblez le tenir loin de vous, comme s'il n'existait pas ?

Brillat leva son verre de cognac dans la lumière ombrée de fumée.

— Il ne mérite point le petit verre de la concorde ?

Angel passa la main sur le noyer de son bureau, caressa les veines moirées.

— Je n'ai rien à lui dire.

— Au fond, vous appréciez les gens en fonction de leurs qualités intrinsèques. Aux petits esprits les cuisines, aux grands esprits les salons.

Le patriarche de la Renaudière éclata de rire.

— Vous vous trompez. J'apprécie beaucoup Fonsine. J'éprouve même, pour elle, de l'affection. Et en comprenez-vous la raison, vous, mon cher, qui devinez tout ?

François afficha une moue dubitative.

— Elle est une perle. Il semble que la misère des Lamarque n'ait pas déteint sur elle. Cela m'intrigue. Tout la destinait au limon des âmes mortes.

François Brillat parut soudain touché par ces paroles singulières. C'était un des aspects du caractère de Monestier qu'il n'avait pas soupçonnés.

— Mon fils a réussi ses premiers semis. Il a domestiqué une terre rebelle. Et vous n'avez pas eu le moindre mot pour lui.

Angel posa la main sur l'épaule de Brillat.

— Croyez-vous qu'il ait besoin de mes louanges ? Surtout qu'il ne m'aime guère. Vous l'aviez remarqué, sans doute ?

— Non, se défendit Brillat, décontenancé.

— Martin a besoin de se battre contre moi, contre tout ce que je représente. C'est ainsi qu'il s'affirme, dans ce duel. J'en comprends les raisons. Et je ne le blâme pas.

— Je crois que vous ne faites rien, Angel, pour vous faire aimer. Il semble même que cette défiance vous authentifie, parfois. Vous choisissez vos ennemis. Vous ne permettriez à personne d'en décider autrement.

François vit un large sourire s'afficher sur le visage de Monestier.

— Nous avons tous deux plus d'idées qui nous rassemblent que de différends qui nous éloignent. Cela est bien, mon cher Brillat. Buvons un peu de ce cognac des

Charentes, douce saveur pour sceller l'amitié des hommes véritables.

Ils trinquèrent de nouveau, puis sortirent dans la cour, à pas tranquilles. L'odeur d'herbe mouillée et de terreau avivé flottait dans l'air. Les pluies avaient cessé, et chuintaient encore les murmures d'eau dans les rigoles. Au creux des fossés, des mares et des serves, les crapauds coassaient à la lune.

Au café des Deux-Tantines, François Brillat conquérait ses dernières voix, par des serrements de mains, des bourrades, des congratulations. Sa campagne avait été vive et acharnée, face à un adversaire coriace. Il avait visité tous les foyers, discuté avec les paysans, battu les foirails, et payé plus de canons de rouge qu'il n'en boirait jamais.

— Tu tiens Pick, sacré nom de Dieu.

— Pas encore, fit Brillat à Testounet.

— Mais si, mais si, rigolait Ernest sous son chapeau des dimanches, garni de plumes de faisan.

— Maintenant, il raconte que tu es payé par Monestier, de l'Action française, dit Edouardin.

Brillat éclata de rire. Il se forçait un peu. A la vérité, ça l'avait touché une histoire pareille.

— Moi, je ne suis pas de ce bord, se défendit Brillat. Vous me croyez, les gars ? Qu'est-ce qu'un cultivateur comme moi aurait à faire avec Brunetière ou Maurras ? C'est des idées pour les gens qui dirigent les banques.

Un des partisans de Pick, Capelin, scieur à Glandon, s'écria :

— T'as bien marié ton fils à Monestier ? C'est pas pour rien. Alix a raison. Il te finance en sous-main.

— Balivernes ! s'écria François. Et en plus, Monestier est radical, comme moi. C'est un ami de Briand. Ça ne te dit rien ?

— Briand, Brillat, c'est du pareil au même, dit Capelin.

Les gars se mirent à rire. Les élections au pays, ça ressemblait à une fête, pourvu que les candidats s'étripent.

Pourtant, François prenait soin de répondre aux attaques personnelles. Cela lui pesait de s'entendre sans cesse reprocher d'être du cercle des Monestier.

— Pick est radical, lui aussi ? demanda Testounet.

— Il est pour les intérêts communaux, fit Landrette près du vieux poêle. Radical, socialiste, libéral, communiste, on s'en fout. On veut un gars qui s'occupe de la commune.

— Mais je n'ai fait que ça, nom de Dieu, reprit Brillat, de parler des intérêts communaux. Les captages d'eau, les routes, et le tramway régional... C'est quoi, sinon les intérêts communaux ? Mais il n'est pire sourd que celui qui ne veut pas entendre.

Brillat alla s'adosser au comptoir, tira sur la cravate qui lui enserrait le col. C'était signe de guerre, chez cet homme.

— Mais pour faire ça, les gars, faut un type qui soit entendu en haut lieu. J'ai des accointances du côté de la préfecture. Où sont les sous ? Le pognon ne viendra pas tout seul. Faut aller les chercher, les subventions. Et moi, j'ai des amis là-bas, le député Roussier, le sénateur Bordenave. Ce sont des gens fort sollicités. Et ça donne pas l'argent au premier venu. Faut les convaincre avec des dossiers bien ficelés. Alix Franchet ne sait pas aligner trois mots l'un devant l'autre. Notez, les gars, que ça n'enlève rien à ses qualités. Mais, aujourd'hui, faut plus qu'un Franchet pour tenir une commune. Si vous ne le comprenez pas, alors les aides nous passeront sous le nez. Et le tramway ira se faire voir ailleurs. Croisille restera sur la touche. Moi, j'aime Croisille, c'est pourquoi je me bats pour lui.

Les types applaudirent, sauf les affidés de Pick, qui ricanaient. Surtout Capelin. C'était un des rares à avoir réussi dans le pays avec sa scierie. Franchet l'avait aidé à s'installer sur la Soudoire, en faisant bâtir une digue. Ça méritait bien quelque reconnaissance.

— Franchet a autant la main que toi, flambard ! s'écria-t-il. Et s'il sait pas écrire, je te dis qu'il sait compter.

Tout le monde se mit à rire. La radinerie de Pick était légendaire. Sur le coup, Brillat douta de ses arguments. Se pourrait-il qu'un vilain défaut fût un argument de campagne ?

— La gestion d'une commune, les amis, ce n'est pas d'économiser, d'économiser, sou à sou, alors que les chemins vicinaux sont abandonnés, la place du village embourbée les jours de pluie, et les bâtiments communaux vétustes... Pick fait de la commune ce qu'il fait de sa ferme. Il n'a jamais su faire autrement. Comment lui en vouloir ? L'homme le mieux intentionné du monde ne peut donner ce qu'il ne possède pas. En fait de défendre les intérêts communaux, il endort son monde avec des histoires anciennes sur les vieilles familles.

D'un bon pas, Brillat alla faire la sortie de la messe. La « séparation » avait laissé des traces profondes dans les curies. Et les prêches de l'abbé Servais n'étaient pas favorables à Brillat. Il voyait en lui un aventurier de plus, radical comme le petit père Combe.

— Vous me ferez réparer le toit de l'église ?

— Parfaitement.

— Menteur.

François Brillat était accompagné de son futur adjoint, Adrien Ferney. C'était un cultivateur comme lui, plutôt attiré par les thèses des socialistes sur le remembrement des terres.

— Heureusement que les femmes ne votent pas, fit Brillat à son ami.

— Oui, mais elles influencent les maris.

— Alors, il nous faut leur parler.

— Regarde, mais regarde donc !

Elles passaient devant eux, à marche forcée, tête baissée. Le curé leur avait bien recommandé de ne point parler à ces prédicants sataniques. Seule Adèle, qui n'eût manqué une messe pour rien au monde, fit signe à son mari de déguerpir.

— Pourquoi ? Je fais ma campagne. En toute tranquillité.

— Ce n'est pas du goût de notre curé. C'est une honte de venir relancer les gens à la sortie de la messe. Tu perds la tête, François. La politique te rend fou. Oh mon Dieu, je ne croyais pas vivre ça.

Adrien Ferney se retira sur la pointe des pieds. Il ne voulait pas être témoin d'une scène de ménage.

— Ta femme n'est pas d'accord, à ce que je vois ?

Brillat se mit à sourire.

— Au début, ça l'amusait. Mais les attaques de Pick l'ont désorientée. Elle voudrait que je retire notre liste des élections municipales.

— Ce n'est pas bon d'abandonner au milieu du gué. Tu nous as emmenés dans cette affaire, alors tu tiendras, jusqu'au bout.

François soupira d'agacement.

— Qu'est-ce qui te prend ? Tu n'as plus confiance en moi, nom de Dieu ? Je n'ai qu'une parole. Cochon qui s'en dédit !

Le curé tirait les portes de son église, la rage au ventre. Dans son ample habit, il ressemblait à ces marionnettes qu'une main habile fait virevolter dans la fenêtre d'un castelet. Ferney ne put s'empêcher de rire. Servais se tourna vers eux, rouge de colère.

— Menteur ! Menteur ! criait-il.

Ferney se retira vers le café des Deux-Tantines. Il jugeait que forcer la main d'un électeur, c'était prendre un vrai risque. Et son ami Brillat sur ce terrain avait toutes les audaces. Une telle rage ressemblait assez peu aux radicaux, plutôt bons enfants, partageant le haricot de mouton et le canon de rouge. Lui, il s'acharnait à développer ses arguments, avec l'opiniâtreté propre aux extrémistes.

— Vous ne pouvez dire que je suis un menteur.

L'abbé le toisa avec amusement.

— Vous aurez une chance d'être élu, fit-il. Mais je crois que vous ne serez pas à la hauteur. Adèle est de cet avis, aussi.

— Quoi ? Adèle vous a dit ça ?

— Elle est ennuyée. Et je compatis à sa peine.

— Je vous jure que je referai le toit de l'église. Pour la bonne raison que le bâtiment est un bien communal, comme les autres.

Servais haussa les épaules. Il fouilla dans la poche de sa soutane, sortit un missel et l'ouvrit au hasard devant Brillat.

— Jurez-le sur la parole de Dieu !

— Je le jure, fit Brillat en posant la main sur le livre.

L'abbé lui tapota la joue.

— Peut-être n'irez-vous pas griller en enfer !

Le 12 mai, les cent derniers suffrages dépouillés des urnes donnèrent, contre toute attente, la victoire à François Brillat. En apprenant la nouvelle, Pick-Franchet fut pris d'un coup de sang. Il fallut que le médecin lui pratiquât une saignée. Le nouveau maire de Croisille se porta à son chevet. Pick refusa de le recevoir. Brillat n'insista guère.

— Te rends-tu compte, Adèle, fit-il la tête dans les mains, si Franchet venait à mourir ? J'aurais ça sur la conscience.

— Allons, mon petit François, tu n'as pas volé ton élection. Ce n'est pas de ta faute si monsieur Franchet est malade. Cela prouve juste qu'il n'est pas en bonne santé et que les gens de notre commune ont bien eu raison de lui épargner cette tâche.

François n'en revenait pas. Comment Adèle, si chrétienne, pouvait-elle s'abandonner à de tels calculs ?

— Tu es pire que moi. Sous tes airs de bonne paroissienne, tu caches bien ton jeu. Je le dis, Adèle, s'il arrive malheur à Pick, je démissionne dans l'heure...

Adèle fronça les yeux. Dans les moments d'intense passion, elle offrait ce regard de fouine.

— Tu as voulu être maire, alors tu le restes. Ecoute-moi donc. Tu m'obéiras, parce que je suis la seule à posséder un peu de bon sens dans cette maison.

Alix Franchet recouvra la santé au bout d'une semaine. François n'eut donc pas à démêler son cas de conscience.

Il se répandit même, à Croisille, que Pick avait exagéré les symptômes de son malaise pour inspirer du remords à l'ensemble de la population.

A peine installé à la maison commune, Brillat mesura l'étendue de son travail.

— J'ai fait tant et tant de promesses que je ne pourrai les tenir, confia-t-il à Adrien Ferney.

— Ma conviction est faite, mon pauvre François, que tu es plus radical que socialiste.

— Pourquoi ?

— C'est dans les habitudes des radicaux de ne pas tenir leurs engagements.

Brillat haussa les épaules.

— Je croyais naïvement que Pick nous avait laissé un bon pécule. Je vois que nous disposons de peu de trésorerie. Cet homme a été plus menteur que moi.

Il allongea ses jambes sur le bureau, desserra sa cravate qui lui enserrait le col.

— Je vais devoir faire les poches du sénateur.

— Ce ne sera pas un handicap pour toi, puisque tu le connais si bien, répliqua Ferney

— Moi ? se redressa François. Je lui suis aussi étranger que le premier venu de nos administrés.

L'adjoint se mit à hocher la tête d'écœurement.

— Tu n'as cessé de répéter durant la campagne qu'il était de tes amis, Jules Bordenave...

— Que voulais-tu que je dise aux électeurs ? On n'attrape pas les mouches avec du vinaigre.

Ferney allait et venait dans le grand bureau de la mairie. Il sentait une sourde angoisse monter en lui.

— Tu es encore plus radical que je ne le pensais.

Brillat éclata de rire.

— Qu'est-ce qu'ils t'ont fait, les radicaux ?

— Tu es aussi démagogue qu'eux, asséna l'adjoint.

8

Les petits princes (1913)

Tout à la douceur des jours, à la vie paisible, à la tranquille assurance du lendemain, les Monestier négligeaient les prières. Il eût suffi d'un rien pour que l'ordre parfait se détraquât. Pourtant, le ciel, Dieu ou le destin, comme on voudra, était dispendieux à la Renaudière. Les récoltes étaient bonnes, la terre riche, les troupeaux prolifiques. Seule Athanaïs s'interrogeait parfois. Elle se disait : n'est-ce point trop de chance sur les mêmes têtes ? Mais ces sinistres nuages passaient comme des ombres. Noirs fantômes de la superstition. La petite Anne avait fait ses premiers pas sur le pavé de la cour, en temps et en heure. Angel avait le sommeil de plus en plus léger, si bien qu'il ne ratait jamais la naissance d'un jour. Il se répétait en faisant claquer ses bretelles sur sa poitrine : Je ne me lasserai jamais de les compter. Et Clémence jouissait en l'étroit cocon de l'amour de son mari et de la protection des siens.

Il suffisait de se faire petite souris et d'entrer subrepticement dans le cercle familial pour mesurer ce qu'était le bonheur de vivre en ce début de siècle où monsieur Poincaré venait d'être élu président de la République et promettait à tous un franc fort et du travail. Monestier et sa femme occupaient les deux bouts de la table. Fonsine et Mariguitte servaient à tour de rôle. Le maître ouvrait le ban en claquant dans ses mains. Les conversations étaient rares parce qu'il était plus de sujets interdits que de bons échanges. Par exemple, nul ne se serait risqué à évoquer la disparition de Pierre, fils cadet des Monestier désormais illégitime. Et encore moins l'installation de Clémence dans la petite ferme de Salinac. Deux sujets tabous, à jamais gommés des conversations de table. Le fils Brillat avait tiré un trait sur les cinq mille francs de la vente de Mas-du-Sartre. Et Paul continuait à éviter le regard de son beau-frère. Exigence absolue du maître : ne jamais se quereller en famille. Mais qu'importe. Pour l'heure, le fils aîné des Monestier avait d'autres raisons de fanfaronner. Le ventre de Fonsine s'arrondissait à vue d'œil. Et Angel avait consulté ses oracles personnels : cette fois, ce serait un garçon. Un beau petit prince.

Si les sujets de discorde étaient bannis de la table familiale, on pouvait s'en donner à cœur joie sur les petitesses et les platitudes du voisinage, comme ce jour où Athanaïs évoqua les dernières nouvelles de Croisille, car la commune proche de Saint-Ségur était entrée dans les conversations quotidiennes des Monestier. Un peu de leur puissance et de leur gloire nichait désormais sur ces terres, jadis ignorées.

— Le maire de Croisille a entrepris de refaire la toiture de l'église.

C'était l'unique fierté de Martin, que son père eût conquis la commune. Et s'il s'élevait une voix critique contre l'édile, le fils prenait fait et cause, toutes griffes dehors.

— L'église ! s'esclaffa Angel. Toujours tout pour les curés. Et les routes, et les captages d'eau, et l'électricité ? N'ai-je point rêvé, Athanaïs ? N'as-tu pas entendu, comme moi, ces belles promesses ?

— Mais il ne peut tout faire d'un coup, défendit Martin. Et s'il commence ses grands travaux par l'église, cela prouve bien qu'il n'est pas l'homme sectaire qu'on a bien voulu dire...

Angel éclata de rire.

— Tu vois bien qu'on te taquine, le rassura Clémence.

— Tous ces élus républicains sont pareils. Ils bouffent du curé à tout bout de champ, mais leurs églises sont bien entretenues, reconnut Angel en posant la main sur l'épaule de son gendre.

Mais les repas ne s'éternisaient pas plus que nécessaire, surtout à la belle saison. Tant de travail les attendait qu'on ne savait où donner de la tête. L'économie de la ferme exigeait toutes les cultures qui se pratiquaient en Corrèze à cette époque : blé, maïs, tabac, pommes de terre, betteraves, primeurs, fruits. Paul conservait la haute main sur son élevage de bovins, auquel il fallait ajouter celui des veaux de lait – occupation réservée de Fonsine. Elle avait acquis la patience nécessaire dont son mari était dépourvu.

Martin possédait aussi le sien à Salinac. Un modeste troupeau en comparaison de celui des Monestier : tout juste une vingtaine de têtes. Du reste, l'élevage des veaux de lait avait été un sujet de discorde avec Clémence. Martin reprochait à sa femme de n'avoir pas le talent et le courage de Fonsine. La jeune femme se refusait à travailler la terre et encore plus à faire téter les veaux. L'odeur du lait la rebutait tout autant que le fumet des litières. C'était une question d'éducation. Les Monestier avaient élevé leurs filles dans l'idée qu'elles n'auraient jamais à s'échiner sur un carreau de haricots verts ou sur une planche de semis de carottes.

Chaque jour, après le repas de midi, alors que les chevaux piaffaient d'impatience en tapant du sabot sur le pavage de la cour, les hommes partaient chacun de leur côté. Martin montait à Salinac et Paul descendait vers la Soudoire. Ils n'avaient que peu l'occasion de travailler ensemble. Les domestiques faisaient le lien entre les deux hommes. Tantôt ils œuvraient pour le fils, tantôt pour le beau-fils. C'était un accord passé par Angel. Mais il fallait qu'il fût informé comme un général de la position de ses troupes. D'autant que la Renaudière avait accru ses effectifs : cinq ouvriers agricoles payés cinq francs par jour. C'étaient de jeunes garçons, à peine sortis du service militaire, sans grande instruction, mais besogneux. Monestier avait passé beaucoup de temps à les former à la tâche. Il s'en trouvait même deux d'entre eux qui savaient greffer les arbres fruitiers. Le plus ancien, Glandand, faisait office de chef lorsque les maîtres étaient absents. L'homme, qui ne savait ni lire ni écrire, était chargé de nourrir les porcs, de nettoyer les étables et les écuries, et s'il lui restait un peu de temps, de s'occuper du tabac, qui exigeait des soins constants.

Aux vendanges, aux moissons, à la fenaison, aux cueillettes des fruits, Angel engageait des saisonniers. Il se trouvait, au pays, des Italiens, des Espagnols, et même des Polonais qui se louaient à la journée. Des hommes ou des femmes, cela importait peu, pourvu que le travail se fît selon un programme bien tracé.

A l'heure où les biches et les sangliers descendent boire à la digue de la Soudoire, Angel Monestier veillait encore sur ses terres. Dans son cabriolet, il parcourait les chemins de sa propriété, surveillant les travaux. Rien ne lui était étranger. Qu'un greffon fût abîmé par un oiseau, et l'ordre était transmis de le refaire. Ses commandements claquaient comme un coup de fouet. Les ouvriers ne l'aimaient guère, mis à part Glandand peut-être, parce qu'il se révélait plus autoritaire et coléreux qu'il ne l'aurait voulu. La terre lui avait forgé ce caractère, comme il avait forgé le relief de son domaine, sans pitié. Et s'il maintenait avec son gendre un semblant de sociabilité, c'était parce qu'il lui reconnaissait de nobles qualités. Dans son for intérieur, il jugeait que Martin eût pu être son digne fils, même si le sang qui coulait dans ses veines n'était pas le sien. Angel n'était pas loin de croire que l'esprit de la Renaudière l'avait influencé dans le bon sens, estimant que sans ce mariage il n'eût été qu'un petit paysan chez son père.

Un matin de mars, Fonsine était occupée à malaxer, par pleines brassées, la pâtée des cochons. Elle y mettait beaucoup de cœur et d'énergie, écrasant les pommes de terre cuites entre ses doigts, pulvérisant les copeaux de betteraves. De temps à autre, elle ajoutait un seau de son à la mixture, pour lui apporter de la consistance. Soudain, la jeune femme fut prise d'une douleur au ventre. Pliée en deux, elle s'affaissa contre une pile de la chaudière. Glandand, occupé à emplir les auges des cochons, accourut à son cri. En voyant Fonsine dans les douleurs, il demeura un long moment immobile, ne sachant quelle décision prendre. Peut-être n'était-ce qu'une crise passagère ?

— Va donc chercher la belle-mère ! ordonna-t-elle. Dis-lui que je perds les eaux.

Mariguitte et Athanaïs l'aidèrent à s'allonger dans la petite chambre du rez-de-chaussée. C'était la pièce dévolue aux accouchements, facile d'accès, proche de la cuisine où l'on pouvait quérir aisément des bassines d'eau chaude.

— Va chercher le docteur, commanda Mariguitte à Clémence.

— Et qui va s'occuper d'Anne, pendant ce temps ? Vous le savez, je ne veux pas la perdre du regard. En ce moment, elle ne fait que des bêtises.

— Mon Dieu ! Mon Dieu, s'écria Mariguitte, quelle égoïste celle-là !

Lorsque le docteur Martial arriva, l'enfant était déjà né.

— Regarde son petit robinet ! dit Athanaïs. Un garçon... C'est un garçon !

Le médecin n'eut plus qu'à couper le cordon ombilical et vérifier que le placenta avait été évacué. En prévision de difficultés, Athanaïs avait apporté deux bassines d'eau chaude qui gênaient plutôt la manœuvre. Et l'excitation qui possédait la grand-mère occasionnait plus de désagrément que d'assistance. D'un geste autoritaire, le médecin fit évacuer la chambre.

Dans la cuisine, les femmes reprirent leur conversation animée.

— C'est Angel qui va être aux anges ! jubila Athanaïs.

— Un garçon, mon Dieu, un garçon, quelle aubaine ! répétait Mariguitte en fixant sa sœur.

Soudain, elle changea de ton, reprenant sa voix grave :

— Les filles, on en a de reste.

Clémence était assise contre la cuisinière, sa petite Anne sur les genoux.

— Dis-moi que je devrais l'emmener perdre celle-là. Dans les bois de Perguse. Pour que les loups la dévorent.

Athanaïs se sentit blessée.

— Regardez notre Clémence. Elle est jalouse. Mais n'aie crainte, toi aussi, tu l'auras ton garçon.

Clémence se redressa sur son siège, posant Anne à terre. Ensuite, elle se mit à palper son ventre dans un accès de nervosité inhabituel.

— Je le sens. Ce sera encore une fille !

Mariguitte saisit sa main et l'éloigna de ce ventre que Clémence martyrisait de rage.

— Tu ne peux pas penser à autre chose ? Et moi, que devrais-je dire ?

— Toi, s'exclama Clémence, tu n'auras jamais d'enfant. Ça ne peut pas te faire de peine. Tu ne sais pas ce qu'est une maternité.

— Pour faire un bébé, il faut être deux, répliqua Mariguitte. Mais l'homme de ma vie n'est pas près de me rencontrer. Existe-t-il, seulement ?

— Vous aurez bientôt fini de vous chipoter toutes les deux ? s'interposa Athanaïs.

Les criailleries s'éteignirent. Dans la pièce voisine, le petit prince chantait à sa façon.

— Il a de la voix. Comme son père, remarqua Athanaïs.

Il n'était meilleure époque qu'un printemps pour annoncer à Saint-Ségur la naissance de Félix Monestier. Au café Principaud, le patriarche paya des tournées générales jusqu'à plus soif. Et même à l'hôtel Poumier, il rendit ses politesses, en tenant table ouverte pour ses amis du bourg, tard dans la nuit. Tant de générosité avait de quoi amuser ses ennemis – Angel n'en manquait pas – et ravir ses affidés. Mais tous pensaient que Monestier avait un grain de folie, se prenait pour le dernier des maharadjas.

— Il y a eu Paul, mon fils, marmonnait-il au sortir de l'hôtel, devant le dernier cercle des fidèles, tous plus gris les uns que les autres. Je l'ai dressé pour reprendre la Renaudière. Dois-je le cacher ? Que vous ne me croiriez pas... D'une main de fer...

Et il joignit le geste à la parole.

— Au fouet, parfois. Oui, parfaitement, au fouet. C'est une éducation que mon père m'a infligée. Pourquoi ? Mais oui... Pourquoi ne l'ferais-je pas sur mon fils ? Après tout, nom d'Dieu, c'est une médication qu'a porté ses fruits. Moi, j'suis devenu le premier des éleveurs du pays. Le premier ! Et ça continuera avec Paul. Toujours premier. C'est la vocation des Monestier. Et ceux qui me critiquent, je les emmerde. Proprement. Je les emmerde, répéta Angel en se vidant la vessie contre le portail des Poumier.

Les autres joyeux drilles l'imitèrent, tout en l'écoutant religieusement.

— Pourquoi t'énerver, Angel ? Personne te dit le contraire...

— Je sais ce qu'on raconte dans mon dos.

Les types se regardèrent, toujours en silence.

— Il est tard, fit l'un des gars qui portait fièrement un grand béret noir. On va aller se coucher.

Monestier se rebraguetta, en chancelant sur ses jambes. Il avait bu plus de cognac que pour le mariage de sa fille. Ce jour de 1910, il avait tenu à conserver un peu de lucidité pour ne pas offrir le triste spectacle d'un homme ivre. Aujourd'hui, il s'était abandonné, plus que de raison. Et il se disait que son cheval le reconduirait à la Renaudière, sans qu'il eût à scruter le bord de route. Même endormi sur le banc de sa voiture, il n'avait rien à craindre. Sultan était le cheval le plus rusé et le plus fidèle qu'il eût jamais possédé.

Comme les hommes allaient se disperser, Monestier les rattrapa par la manche. Il avait encore quelque chose à leur dire, des choses qu'il n'aurait osé avancer sans le trop-plein d'alcool.

— Mon Paul tiendra la Renaudière, comme je l'ai tenue, repartit-il. Et plus tard, ce sera le tour de Félix.

Les gars se mirent à rire.

— Le petit vient juste de naître et tu le charges déjà d'une tâche, dit l'un des fêtards. Comment sais-tu ce que sera le métier de paysan dans vingt ou trente ans ? Peut-être que ton petit Félix aura envie d'aller vivre à la ville ? T'es incroyable, Angel.

— Et Pierre ? demanda l'homme au béret. Tu ne nous en parles jamais. Qu'est-ce qu'il est devenu ?

Monestier se figea dans une posture d'orgueil, tous muscles bandés. Le silence se fit, lourd et menaçant. Puis, Angel partit en arrière, comme si l'on venait de lui asséner un coup. Ses compagnons crurent qu'il allait tomber, ainsi, comme une masse. Mais le portail le retint, à temps. On l'entendit soupirer dans la nuit. Les hommes se rapprochèrent pour mieux voir son visage. Tous, ils avaient cru entendre une plainte. Mais le visage du patriarche était tel qu'à son habitude, sec et froid.

— Mort ! fit-il.

— Comment ? questionna l'un des hommes.

— Il est mort pour moi, répéta Monestier dans un geste, comme s'il repoussait devant lui quelque obstacle.

— Ce n'est pas bien, Angel, de dire ça de son fils, lui reprocha l'homme au béret.

Monestier rajusta sa veste, releva le col, et partit sans un mot, sans un salut, vers sa voiture.

Clémence reprit les mauvaises habitudes de sa première grossesse. Au grand désespoir de Mariguitte.

— Celui-ci passera comme une lettre à la poste, pronostiqua-t-elle. Tu n'as rien à craindre. La première fois, je comprends qu'on prenne peur.

— Ma pauvre Mariguitte, tu parles sans savoir. Je ne suis pas Fonsine, moi. As-tu vu ses hanches larges ? Elle est faite pour nous en pondre une demi-douzaine. Et tous des garçons.

Alors qu'elles eussent dû s'améliorer, les relations des deux femmes s'étaient au contraire dégradées. A la vérité, Fonsine n'était pour rien dans ces querelles. Elle ne répondait jamais aux piques assassines que sa belle-sœur lui adressait ; pas plus qu'elle n'entrait dans la sempiternelle conversation sur le sexe des anges. Angel avait accueilli cette nouvelle grossesse avec indifférence. Il se fichait, désormais, que sa fille accouchât d'une fille ou d'un garçon, puisque le petit prince était né. La descendance était pourvue.

Athanaïs broyait du noir. Elle déplorait que ses filles, comme elle disait, fussent en bisbille. Malgré tout, elle avait besoin de se convaincre que l'adversité finirait au moment de l'accouchement. Dans ses rêves, elle voyait quelquefois ses fils morts, et s'en alarmait auprès d'Angel d'une façon énigmatique. Elle disait :

— Crois-tu que nous serons toujours protégés par Dieu ? Il ne nous envoie que des mariages et des naissances. Je crains que nous ne le payions un jour...

Monestier écartait par des coups de colère ces angoisses infondées. Dieu lui était aussi indifférent que sa première chemise.

— Tu vas à toutes les messes. Tu pries. Tu supplies. Il nous protège, voilà tout.

— Mais, Angel, nous avons commis une grande faute. Et cela, le ciel ne nous le pardonnera jamais.

— Ah oui. Laquelle ?

Il posa la question distraitement. Son orgueil d'homme et de maître lui assurait qu'il n'avait jamais failli. Au contraire, à ses yeux, sa vie était exemplaire. Il l'avait rêvée, droite et longue, et elle s'avérait conforme à ses vœux.

— Nous sommes un exemple pour les gens du pays. Il n'est que les imbéciles et les médiocres qui nous jugent.

Un jour, Athanaïs décida de rompre son silence intérieur. L'abbé Lacotre, son confesseur, lui avait conseillé de parler de la façon la plus directe. « Si Angel ne vous écoute pas, alors vous avez un mari insensé », avait-il dit d'une voix grave et forte.

— La faute que nous avons commise tous les deux finira par nous étouffer, fit-elle un jour qu'Angel comptait et recomptait ses bénéfices.

Elle se tenait droite, devant son bureau, l'œil rivé sur la photo de mariage de Clémence et de Martin. Et dans le groupe qui avait posé devant l'appareil d'Antonin elle fixait un seul visage, celui de Pierre.

— La faute, quelle faute ? marmonna Angel. Tu deviens folle. Nous sommes irréprochables. Sauf sur un point. Je n'ai jamais donné à Martin les cinq mille francs que je lui avais promis.

— Je me fiche bien de ça ! répliqua Athanaïs. Tu ne veux pas comprendre. Tu es sourd et aveugle. Dieu n'a pas voulu que nous soyons innocents par nature. Dieu a voulu que nous conquerrions notre innocence par nos actes. Et sur ce point, nous ne gagnerons pas le paradis, parce que nous avons fauté. Nous en serons comptables, mon pauvre Angel.

Le maître balança la tête d'exaspération.

— Il faut rappeler Pierre, dit-elle dans les larmes.

— Il est mort pour moi, s'écria Angel.

— Tu es immonde. C'est toi qui l'as chassé. Tu l'as chassé parce qu'il refusait ton autorité.

Angel se dressa, en proie à la colère.

— Quitte immédiatement cette pièce. Je ne veux plus te parler.

Mais Athanaïs demeura immobile, comme un roc dressé face à la vague obstinée.

— Je ne te crains pas. J'ai autant de droits que toi dans cette maison. J'ai mérité un peu de respect. C'est donc là tout l'amour qui te reste ?

Monestier se laissa tomber sur son siège. Pour la première fois de sa vie, il se sentait impuissant à renverser l'ordre des choses. Longtemps, le départ de Pierre l'avait hanté, puis il avait fini par s'inventer de bonnes raisons pour le soustraire de son existence. Cette fois, son ombre revenait, comme un crime impuni qui éveille le remords.

— Il ne reviendra jamais à la Renaudière. Du moins, le temps que je vivrai, ajouta-t-il. Jamais !

Ses mains tremblaient de colère. Et son regard furetait de droite à gauche, cherchant quel objet il pourrait sacrifier pour atténuer sa rage. Un encrier alla s'écraser contre le buffet, étoilant d'une tache rouge le bois vernissé. Puis une flaque s'agrandit sur le parquet, comme une lente coulée sanglante. Athanaïs se mit à crier de terreur. Elle avait vu, instantanément, dans cette tache, un signe funeste du destin.

Le parquet de chêne avait tellement absorbé l'encre que la trace demeurerait à jamais indélébile. Et chaque fois que le regard d'Athanaïs ou d'Angel se porterait sur elle, chacun se souviendrait de la scène, comme d'une tragédie personnelle. Dans les jours qui suivirent, le maître de maison envisagea même de faire changer les lames de parquet, mais il renonça finalement. C'eût été reconnaître que la marque portait en elle la coloration même de l'infamie. Tandis qu'Athanaïs ne souhaitait que cela, qu'elle restât en l'état gravée dans les profondeurs fibreuses du bois, pour signifier à tout moment qu'elle n'avait point rêvé.

Par-delà l'anecdotique geste et son funeste signe, la querelle s'envenima des jours et des semaines durant, par le silence. Athanaïs ne parlait plus à Angel, ne répondait à aucune de ses injonctions, fussent-elles brutales ou provocatrices. Elle avait décidé de tenir cette posture jusqu'au bout, c'est-à-dire jusqu'au retour de Pierre. Il suffirait donc que le fils maudit franchisse de nouveau le portail de la Renaudière pour qu'elle se délivrât enfin de son serment.

Dorénavant, Clémence captait toutes les attentions. On attendait l'arrivée de l'enfant. C'était un dérivatif idéal pour Athanaïs. Elle passait de la douleur au ravissement, la douleur confortée par l'attitude froide et sèche de son mari, le ravissement engendré par l'attente d'un second petit prince. Lorsqu'un être se trouve ainsi pris entre deux affectations contradictoires, son esprit se sépare en deux dans une confusion des gestes et des mots. Du reste, lors de sa visite mensuelle, Adèle Brillat découvrit une Athanaïs en proie à la plus vive confusion, les rires faisant soudain place aux larmes. Elle répétait qu'elle n'avait jamais été aussi malheureuse, que son ménage battait de l'aile, et qu'elle envisageait de quitter la Renaudière. Si Pierre n'était jamais nommé, chacun avait compris qu'il était au centre du chagrin intime. Mais la minute d'après, la même Athanaïs traçait les nouvelles dispositions qu'elle allait prendre pour accueillir le futur enfant, comme si elle venait d'oublier ce qu'elle avait annoncé par force larmes. Elle disait : « Je sens que ce sera un garçon. Un petit rebelle qui saura tenir tête à son grand-père ! » Le trouble singulier de madame Monestier était tellement apparent que les petites Brillat elles-mêmes, plutôt têtes en l'air, en décelèrent la présence.

— Qu'a-t-elle donc, maman ? Je ne saisis plus le sens de ses propos, dit Rosalinde.

— Nous ne sommes pas autorisées à nous mêler des affaires personnelles des Monestier. Croyez-vous que j'aie toujours été heureuse, moi aussi, avec votre père ?

— Mais, maman, tant d'incohérence nous a mises mal à l'aise, ajouta Adeline.

— C'est à cause de Pierre, expliqua Adèle. Il paraît qu'Angel l'a chassé de sa maison.

— Et pour quelles raisons ? questionna Adeline.

— Faut-il que ce soit grave… renchérit Rosalinde.

— C'est un mystère. Nous ne le saurons peut-être jamais.

— Et papa, crois-tu qu'il est au courant ? demanda Rosalinde.

— Si votre père le sait, il ne nous le dira jamais.

— Je ne le comprends pas toujours, déplora Adeline.

— Vous ne savez rien de la vie, expliqua Adèle. Il est une chose que vous ne devrez jamais perdre de vue, c'est que les hommes forment une puissante association par laquelle ils se protègent, se couvrent, se préservent de la gent féminine. Toute femme est une étrange et énigmatique ennemie pour eux.

Rosalinde accueillit cette réflexion avec désinvolture. Sans doute ne se sentait-elle pas encore en âge de partir à l'assaut de la citadelle masculine. Mais telle n'était point la disposition d'esprit d'Adeline. La sentence maternelle avait éveillé, soudain, une sourde crainte. Elle aimait, secrètement, l'instituteur de Croisille, un homme qui avait dix ans de plus qu'elle. « Je crois que maman désapprouverait notre liaison, répétait-elle à Alexandre Victorin. Je tremble déjà à l'idée qu'elle puisse découvrir notre amour... »

Un soir de juin, Sylvère vint au monde. Un beau bébé joufflu. Le médecin le tendit à Angel qui le prit dans ses grosses mains. Le grand-père l'ausculta attentivement. Et une larme dévala sa joue.

— Nous sommes gâtés, fit-il. Des mariages, des naissances... C'est ce qui s'appelle la prospérité d'une famille.

Et à cette seconde, la parole revint à la maîtresse de maison. Ce fut d'une voix forte qu'elle exprima, de nouveau, la crainte qui la déchirait depuis des mois :

— Tais-toi donc, Angel. De tels propos finiront par nous porter malheur.

— Que veux-tu qu'il advienne ? répliqua Monestier. Que l'un de nous disparaisse ? Selon toute logique, ce devrait être moi, le premier, à partir. Puisque je suis le plus vieux de nous tous. Mais pourquoi y songer ? Par moments, je me sens immortel.

La famille fit cercle autour du patriarche. Il lui avait suffi d'évoquer les oripeaux de la mort pour que la crainte se dessinât sur les visages, et que l'unité se refît autour du commandeur. Athanaïs en ressentit de la rage. Dieu punira son orgueil, un jour, se dit-elle. La mère alla se réfugier dans le couloir pour verser quelques larmes. Immortel, marmonna-t-elle, comment peut-on défier le destin de la sorte ? Faut-il être stupide pour ne croire qu'au ciel bleu, et à la fuite des merveilleux nuages... Il suffit d'un éclair. Et d'un coup de tonnerre. Il suffit d'un rien pour défaire les certitudes.

Angel Monestier n'avait jamais conçu l'idée de se rendre à la ferme des Brillat, sise au sortir du bourg de Croisille. Depuis le mariage de sa fille en 1910, les naissances d'Anne et Sylvère, en 12 et en 13, il n'avait pas voulu connaître le berceau de la famille. En toute chose, le maître de la Renaudière se faisait une idée, et rien ne pouvait plus l'en faire démordre. Il disait : « Les Brillat sont nos alliés, certes, mais rien ne nous oblige à leur égard. Et leur bicoque ne saurait m'impressionner. D'ailleurs, qui ne peut offrir un pécule convenable à son fils est insignifiant... Le domaine des Brillat est donc insignifiant. » Paul aimait chez son père ces jugements à l'emporte-pièce. Il aimait ces idées simples. C'était à ses yeux le propos même des hommes supérieurs.

En 1913, on pouvait encore s'accrocher à cette idée de la supériorité, à ces illusions du pouvoir et de la puissance. Plus tard, l'histoire révélerait ce qu'est la vraie fortune, celle des empires industriels, des consortiums bancaires, des compagnies coloniales. La fortune des Monestier, au regard des seigneurs du commerce et de l'industrie, n'était qu'une poussière dans l'océan, un grain de sable dans le désert. Mais ils baignaient dans leurs chimères depuis des décennies, parce qu'ils n'avaient jamais dépassé les frontières de leur canton. Ils prêtaient à rire, comme prête à rire l'acharnement d'une mouche sur une vitre pour échapper à sa réclusion. Elle s'épuisera, en vain, sur l'étroit espace où elle est recluse, sans jamais connaître l'immensité de l'univers qui se dérobe à elle. L'ignorance conforte le bonheur, tandis que la connaissance encense mille désirs et frustrations.

Les Monestier, princes de leur canton, pouvaient rêver en toute tranquillité à la puissance et à la gloire, puisque la complexité du monde ne les effleurait point.

L'occasion leur fut enfin donnée de connaître la bicoque de Croisille où les Brillat avaient prospéré. Le mariage de René fut sans doute à leurs yeux un événement insignifiant, mais ils y coururent avec l'assurance d'un seigneur qui condescend à honorer son valet. Détestable visite, s'il en fut, que celle qu'offrit le propriétaire. Celui-ci n'avait qu'une qualité, aux yeux de Monestier, être maire de la commune. Tandis que François montrait ses vignes, ses vergers, et son étable, Angel le questionnait sur les captages d'eau potable, la tenue des chemins vicinaux.

D'un même pas égal, ils descendirent dans les profondeurs d'une cave voûtée à l'ancienne. Là, Brillat entreposait ses barriques. Il fit goûter son vin. Angel le trouva un peu piqué. Manque de sucre. C'était le reproche qu'on pouvait faire aux vins de Corrèze, à tous les vins de soif de cette époque. On ne pouvait espérer les garder plus d'un an, au-delà ils se détérioraient à vue d'œil. Les gnôles lui parurent de meilleure qualité. Surtout la prune de dix ans d'âge.

Soudain, Angel fut intrigué par un bruit qui montait des profondeurs de la roche. On y avait taillé au pic cette belle cave voûtée. Elle sentait la pierre à briquet, le soufre, le salpêtre, le remugle des sous-sols.

— Qu'est-ce donc, ce murmure ?

— Elle chante, ma cave, ne trouvez-vous pas ?

— Un murmure d'eau lointain, précisa Angel.

— Il est une source, ici, qui bouillonne dans les entrailles de la terre. Elle chemine dans son antre.

— Ne craignez-vous pas quelques regrettables surgeons ?

François caressait ses barriques, tapotait du plat de la main sur les douelles pour juger des niveaux.

— Au plus fort de l'été, il se trouve quelques remontées d'humidité. Rien d'autre.

Angel hocha la tête. La cave de la Renaudière était sèche et froide, comme un tombeau. Et c'était au fond ce qu'il regrettait le plus, de ne posséder une cave vivante, fleurant le nitre. Ses barriques s'y desséchaient et les vins ne trouvaient pas respiration à leur gré. Le visiteur se mit à caresser la roche dans laquelle les anciens l'avaient taillée, puis son regard se porta à la voûte où se trouvait regroupée une colonie de pipistrelles. François éleva le bougeoir pour que la lumière s'y diffusât mieux. Mais Monestier lui fit signe de le rabaisser.

— Ne dérangeons pas les chauves-souris.

Brillat reposa le bougeoir sur une tablette et souffla la bougie.

A peine remontés dans le cellier, Monestier se tourna vers son hôte avec un large sourire :

— J'envie votre cave, mon cher Brillat. Elle est parfaite.

— Plaignez-vous, mon cher Monestier, répliqua François sur le même ton, vous possédez une demeure de caractère.

— Oui, admit le visiteur, mais il y manque une belle cave pour conserver mon vin.

— O homme à jamais insatisfait... clama le propriétaire de Croisille.

Le lendemain, la cérémonie fut simple. René, fils cadet des Brillat, épousait une fille sans dot ni fortune, dont les mains calleuses révélaient l'état de paysanne. Du reste, la pauvre petite Josée laissait les Monestier indifférents, sans doute parce qu'elle était sans grâce aucune, les attaches des poignets et des chevilles épaisses, le nez fort et la taille lourde.

Après la cérémonie religieuse, les chasseurs de Croisille firent une haie d'honneur aux mariés. Curieuse tradition. Surtout lorsque les coups de feu partirent en l'air, effarouchant les pigeons du voisinage. Cette mise en scène barbare attisa les critiques de Clémence, que l'odeur de la poudre importunait. Mais les Brillat parurent accueillir ce cérémonial avec un certain amusement.

Ce fut bien le seul, en vérité, car la suite s'avéra sinistre. Le repas tourna court avec les pleurs de la maman Lormois. Elle perdait sa fille, et surtout des mains précieuses pour la tenue de la métairie. Le père n'était pas d'une meilleure santé, les reins brisés par le travail.

— J'aurais tant voulu la garder dans not'maison... répétait-elle. Mon Joseph n'est plus bon à rien. Et l'maître est exigeant. Faudra main'nant que j'travaille pour deux.

Ces propos faisaient rire les petites Brillat, malgré le regard furieux d'Adèle. Rosalinde et Adeline se demandaient comment la cohabitation allait se faire à Croisille avec l'étrangère. Elles avaient voulu entreprendre une conversation, mais celle-ci avait tourné court. « Notre bru est un peu timide, avait justifié Adèle, comme ces filles de ferme qui n'ont rien connu d'autre que le travail forcené. » Mais qu'importe, René paraissait heureux. Il avait choisi une fille sans terre et s'en félicitait. « Elle me secondera à Croisille », disait-il en la serrant dans ses bras. Josée avait pour elle son sourire, qui lui prêtait, malgré tout, un certain charme.

François Brillat se voulait optimiste sur l'arrivée de Josée. Il voyait son fils heureux, et cela lui suffisait. Il voyait que le couple s'entendait bien et c'était un signe encourageant. « Il y a place pour tout le monde sur la terre, là où le soleil brille », disait-il. Sur ce jugement sommaire, Monestier l'approuvait. Il comparait un peu Josée Lormois à Fonsine. A ses yeux, elles se ressemblaient côté caractère. « Nous n'avons pas besoin de brus trop émancipées. Parfois, des diablesses à la maison, c'est la mort », soutenait-il. En l'écoutant, Athanaïs pensait : Notre Angel se fiche de cette union dans les grandes largeurs. Et pourquoi, du reste, livrerait-il son sentiment ? En quoi cette affaire nous regarde ?

A la nuit tombante, les invités se retirèrent un à un. Adèle retint madame Monestier dans sa cuisine pour un brin de conversation. Dans le feu de l'action, la maîtresse de maison n'avait pas eu un moment à elle. Et il lui importait plus que tout de faire connaître son opinion.

— Nous avons retardé le mariage le plus longtemps possible. Je ne vous cacherai pas que j'ai prié cent fois pour qu'il ne se réalise point. Mais notre fils était entiché de cette petite. Il ne voyait aucune autre fille sous un jour favorable.

— Cela s'appelle l'amour, dit Athanaïs.

Adèle fit la moue. Elle ne pouvait plus longtemps cacher sa désillusion. Elle avait espéré un tout autre parti pour son fils. Ce lui eût été aisé de citer à la suite une demi-douzaine de prétendantes dans le proche voisinage qui eussent convenu.

— Mais Josée est parfaite. Que lui reprochez-vous ?

— Vous savez, ma chère, ces Lormois, ce n'est pas bien intéressant.

Madame Monestier se retira dans une sorte de recueillement personnel, le visage fermé, les lèvres pincées. Visiblement, elle ne voulait pas poursuivre le tête-à-tête.

— Ces Lormois, repartit Adèle, ne nous méritent pas. Les parents sont en guerre avec leurs voisins. Ça chaparderait plutôt...

Pour appuyer ses dires, Adèle fronça le regard. Et sa main décrivit un cercle pour se rapprocher de sa poche.

— Comprenez-vous ?

Athanaïs fit mine de ne rien voir de cette accusation.

— Le propriétaire, monsieur Santini, ne cesse de les surveiller. Tout ce qui est volé au bailleur est pur bénéfice.

— Parfois, il arrive que les bailleurs exagèrent, défendit Athanaïs. Et les métayers n'ont que cette ressource.

— Allez ! Vous me comprenez, n'est-ce pas ? Mais vous êtes trop bonne. Vous, ma chère Athanaïs, vous ne voyez le mal nulle part. Mais chez les petits, il est aussi des manières que rien ne justifie.

Madame Monestier quitta aussitôt la cuisine pour rejoindre Angel dans la salle à manger. Les reliefs du banquet ornaient encore la longue table. Les Lormois s'étaient assis près du buffet, dans un recoin obscur. Ils ne se doutaient point d'être devenus ainsi le centre d'une conversation scabreuse. Joseph offrait un air satisfait. Sa fille avait fait un bon mariage. Elle était tirée d'affaire, elle. A côté, Léontine Lormois avait les yeux rougis par le chagrin. Jamais je n'aurais cru que notre petite trouve à se marier, pensait-elle, le regard perdu dans le vide.

9

La république des femmes (1915)

Il ne se passait pas un jour sans que madame Monestier allât à l'église de Saint-Ségur. Elle s'y rendait de bonne heure, après l'angélus, après le chant du coq. C'était plus confortable pour elle ; ainsi ne risquait-elle point de croiser quelques commères, de s'attarder en palabres inutiles. A peine la lourde porte franchie, elle faisait une génuflexion appuyée, parfois même son corps s'allongeait sur les dalles froides. Dans sa tenue noire, elle ressemblait à une chauve-souris géante, ailes déployées. Puis, Athanaïs s'agenouillait devant le maître-autel. Invariablement, elle répétait la même prière, suppliant Dieu de préserver ses fils Paul et Pierre, et son gendre Martin. « Mon Dieu, faites qu'ils me reviennent, sains et saufs, et que ces maudits Allemands épargnent leur vie. Ce sont de bons enfants, sans haine ni méchanceté... De bons enfants, que vous avez accueillis en baptême et qui méritent de demeurer sur la terre encore quelques années... »

Ainsi retrouvait-elle un peu de paix et de sérénité. Elle allait ensuite allumer un cierge près de la statue de la Vierge au regard doux. Sa main se risquait à caresser les dorures de la Madone, et le visage cérusé de Marie, son front haut et bombé. Elle caressait la statue, les yeux fermés, en récitant sa prière : « Je vous salue Marie, pleine de grâce... »

Et d'un pas alerte, elle s'en revenait à la Renaudière, par le chemin des vignes. Il suivait la crête de la colline un bon moment, à découvert, jusqu'aux premiers chênes où les pies, les merles et les geais menaient sarabande dans les ramures. Pourtant, Athanaïs passait entre les arbres en faisant le moins de bruit possible, comme si elle avait souci de ne pas réveiller le monde à l'heure matinale de son pèlerinage journalier. Elle eût voulu n'être qu'une ombre fugitive, dans la pointe du jour. Heure sacrée où l'âme espère la miséricorde divine. Car sa supplique se poursuivait toujours, tout intérieure, au rythme de son pas et de sa respiration. Parfois, elle sacrifiait à de honteux rites. Si nul oiseau ne s'envole de la chênaie, alors aujourd'hui encore le facteur nous oubliera, défiait-elle... Hélas, s'il se trouvait un volatile pour s'échapper du bosquet, bruyamment, et faire outrage à son souhait, les larmes lui venaient au bord des paupières. Sera-ce Paul, le premier, ou Pierre, ou Martin ?

Pour Mariguitte, il n'était plus profonde prière que celle qui ne s'affiche point. Elle ne croyait pas qu'il suffisait d'aller à la messe, en ces temps de regain de piété, pour que Dieu sauvât tous les enfants de France. « Ils sont des milliers et des milliers sur les champs de bataille, déclarait Mariguitte, face à face, corps à corps. Crois-tu qu'il en réchappera beaucoup ? » Athanaïs pleurait, doucement. Les visages de ses fils s'imposaient dans la clarté naissante de la cuisine. Il lui semblait entendre leurs pas, leurs rires. Le claquement d'une porte la glaçait jusqu'au sang. « Guitte, comment es-tu faite ? déplorait sa mère. D'où tires-tu cette force redoutable ? » Mais elle ne répondait jamais, s'activant aux dernières vaisselles. Ce qu'elle avait à dire, sur le moment, était plus cruel encore que les questions de bon sens, et toute lucide qu'elle fût, elle préférait taire ses angoisses. La guerre ne nous épargnera pas, songeait-elle. Seuls ceux qui tirent le bon numéro passent au travers. Mais les nôtres ont tiré les mauvais. Et à cela, ni Dieu ni la raison ni personne ne peut rien.

A cette heure matinale, Angel Monestier s'était déjà retiré dans l'atelier. Il avait avalé un peu de soupe, avant que sa femme fît ses dévotions à Saint-Ségur. Elle lui avait parlé de Pierre, dont tout le monde était sans nouvelles depuis 1910. Elle lui avait dit une fois encore : « Et s'il venait à disparaître au front, sans que nous ne l'ayons revu ? Je ne te le pardonnerais jamais... » Le patriarche ne savait que répondre. Toute autorité avait abdiqué en lui, depuis que les femmes avaient pris la direction de la ferme. C'était une république nouvelle qui avait vu le jour, dans toutes les maisons, à la Renaudière comme ailleurs. Il appelait cela : la république des femmes. Au début, le bon mot fit sourire. Mais la réalité prit corps peu à peu. Et pourquoi s'en plaindre puisqu'il était le seul homme à la Renaudière ? Il ne pouvait tenir la propriété, seul. Au contraire, on revendiquait même sa mise en quarantaine. Tout avait commencé durant l'automne 14.

Ce jour-là, au repas de midi, Fonsine s'était inquiétée de voir les noix et les châtaignes répandues sous les arbres.

— Les laissera-t-on aux écureuils ?

— C'est fâcheux, dit Athanaïs.

— Moi, déplora Angel, je ne peux abandonner mes vaches. Sans compter que je dois refaire les clôtures de Mournat. Par ces temps de malheur, je compte bien laisser les troupeaux le plus longtemps possible au pré. Ça économisera nos réserves de foin.

C'était la première fois que le maître de la Renaudière condescendait à évoquer ses difficultés. D'ordinaire, il ne réservait ses ordres qu'à Paul et Martin, et toujours en dehors du cercle familial, jugeant sans doute que les femmes n'entendaient rien aux affaires de la ferme.

— Nous t'avons posé une question, reprit Mariguitte. Et tu n'apportes pas de réponse.

— Je ne peux pas être au four et au moulin. Tant pis pour les fruits de l'hiver. Il nous faudra sacrifier quelques revenus, répliqua Angel.

— Père, ajouta Clémence, tu dois nous laisser prendre des initiatives.

Angel se dressa, rouge de colère.

— Vous me faites rire. Le sacrifice est pour tout le monde. Nos fils sont à la guerre. Et les fermes tombent à l'abandon. Comment pourrait-il en être autrement ?

— Nous allons travailler la terre, nous en sommes capables, affirma Fonsine.

— J'en doute, marmonna Angel.

Les femmes s'observèrent, en silence. Puis, soudain, les yeux se braquèrent sur Athanaïs. Elle hésita. Ce n'était pas faute de courage, mais elle savait que le patriarche ne céderait pas un pouce d'autorité sans éclat.

— Fonsine a raison, dit Athanaïs. C'est nous qui allons prendre les rênes de la Renaudière. Tu sembles croire que rien n'est possible Nous, les femmes, nous pensons le contraire. Et ie compte diriger, puisque tu te défausses.

Angel tapa du poing sur la table.

— Vous êtes ignorantes de tout ça.

— Nous apprendrons.

— Je ne vous laisserai pas mener la Renaudière au désastre.

— Nous en prenons l'engagement. Et nous le tiendrons.

— On va voter, s'écria Clémence.

— Mais les femmes ne votent pas. Ce serait un comble.

— A la guerre comme a la guerre, ajouta Mariguitte.

— Toi aussi, déplora Angel. Toi, si mesurée d'ordinaire, si prudente, tu te rebelles ? Qu'ai-je fait au ciel pour connaître un tel désaveu, dans ma propre famille ?

— Ta loi nous pèse, père, jugea Clémence. Et on va la changer. Je propose que nous prenions la direction de la Renaudière, lança-t-elle en levant le bras. Qui est pour ?

Toutes les mains se dressèrent. Angel fixait son assiette, dépité.

— Maintenant, tu n'as plus à nous commander. Va donc réparer les clôtures. Et aussi celles de Salinac, déclara Athanaïs.

D'un geste rageur, Monestier expédia son assiette à travers la pièce. Mais il se découvrit aussitôt ridicule. Sa réaction n'avait pas entraîné le moindre cillement. Au contraire, les femmes l'observaient comme un roi déchu. Ce qu'il savait, du reste, ce qu'il soupçonnait grandement, depuis le départ de Paul et de Martin.

De ce jour d'automne, le patriarche se retira dans ses quartiers. Il fit ce que les femmes avaient ordonné, les clôtures de Mournat et de Salinac. Avec les jours, avec le temps, Angel découvrit que son exil intérieur avait du bon. Désormais, je ne me sens plus responsable de rien, pensait-il. Les femmes dirigent et moi je me laisse porter sur les ailes de cette nouvelle république.

La scène, ainsi rapportée, fit grand bruit dans le pays. Au début, on s'amusa de la disgrâce de Monestier. Puis on réalisa, par la force des choses, qu'il n'était d'autre solution pour l'économie familiale : la prise de pouvoir des femmes. Surtout après l'offensive allemande de février et mars, qui mena les troupes de Falkenhayn aux portes de Paris : les derniers bras valides des campagnes françaises furent enrôlés. Les villages ne comptaient plus alors que vieillards, femmes et enfants. Les conseils de révision veillaient à ce que l'épreuve du feu fût répartie, usant, si c'était nécessaire, des troupes de gendarmerie pour contraindre les réfractaires. Angel Monestier échappa à la conscription grâce à une intervention du maire de Croisille auprès du sénateur Bordenave. Ainsi se trouvait-il quelques notables passant au travers des mailles du filet. Ceux-ci étaient jugés sévèrement par la population, traités à tout bout de champ d'embusqués. Aussi, le patriarche – qui avait déjà offert deux de ses fils à la mobilisation – n'échappait guère aux critiques. Il ne sortait plus de son domaine, caché sur ses terres, comme un proscrit, amer et blessé de se découvrir ainsi honni par la vindicte populaire.

En juin 1915, les femmes de Saint-Ségur tinrent conseil à la mairie. « Unies, clamèrent-elles, nous viendrons à bout de la fenaison. Désunies, nous perdrons la partie. Et l'hiver jettera la famine sur nos troupeaux. » Ainsi parla Fonsine, contre toute attente, une Fonsine chez qui personne jusqu'alors n'avait soupçonné une telle énergie. « Faisons taire nos querelles. Et travaillons ensemble, de ferme en ferme, jusqu'au bout de la besogne. » Elle avait pris la tête de ce mouvement nouveau qui proclamait que les femmes luttaient aussi sur le front, à leur manière. Que la guerre fût aussi la cause de l'arrière était une idée nouvelle, et si forte que les journaux s'en firent l'écho. Il sembla même que Saint-Ségur innovait à sa manière dans un genre nouveau : la résistance intérieure. Car le front avait besoin de chevaux de trait, de viande, de lait, de vin, le front ne pourrait tenir si les campagnes se délitaient. Le sénateur Bordenave et le député Roussier rendirent visite à ces courageuses fourmis.

— Je voudrais parler à madame Alphonsine. Où pourrions-nous la trouver ?

— Madame Alphonsine ? s'interrogèrent les femmes de Saint-Ségur.

Le député Roussier avait oublié son nom. Pourtant il l'avait noté quelque part sur ses tablettes. Mais tout était dans un tel désordre...

— Vous voulez dire Fonsine. Fonsine Monestier, dit l'une des femmes qui faisaient cuire le pain au four banal.

— C'est cela, confirma le sénateur Bordenave.

— Vous la trouverez à Verdier, dans le pré des Bernaud.

Le sénateur retira sa veste qu'il plia sur son bras.

— Il fait chaud par chez vous.

— La chaleur est pire devant la bouche de notre four, s'exclama la boulangère de circonstance.

L'une des femmes tendit un grand verre d'eau aux parlementaires. Bordenave but le premier et donna le verre à son collègue.

— Mon Dieu, quelle bonne eau rafraîchissante ! C'est un bonheur, une source comme celle-ci, dit Roussier.

— Et du pain tout chaud, ça vous dit pas ? proposa l'aide boulangère.

Elle rompit une tourte et en offrit un morceau aux politiciens.

— A cette heure, nous n'avons pas très faim, déplora Bordenave.

Roussier fit signe au sénateur de le prendre. Au restaurant Poumier, où les deux hommes avaient fait halte avant d'affronter les chemins de campagne, ils avaient dégusté une poularde farcie aux champignons et terminé par une fine champagne. Aussi, ce pain, tout chaleureux qu'il fût, tout symbolique aussi, leur parut soudain une épreuve insurmontable. Néanmoins, pour ne demeurer en reste, ils se forcèrent à avaler quelques bouchées, à la hâte, et, manquant de s'étouffer, réclamèrent un nouveau verre d'eau.

— Je vois que le moral est bon à l'arrière, dit Bordenave.

— Ce sera consigné, renchérit le député.

Ils traversèrent Saint-Ségur par la route du petit pont enjambant la Soudoire, puis s'attaquèrent à la grimpette qui longeait les ruines du château. Des hauteurs, on jouissait d'une belle vue sur le cingle de la rivière, couleur jade. Le sénateur montra les champs travaillés sur les rives, réservés au tabac et au maïs.

— Vu du clocher, soupira Bordenave, on ne dirait pas que nous sommes en guerre. Et pourtant...

« Vu du clocher » était une de ses expressions favorites, signifiant qu'il y avait deux manières de voir la France : celle par le petit bout de la lorgnette et celle du perchoir de l'Assemblée. Lui, bien sûr, situait l'intelligence au sommet de l'Etat, et la bêtise à hauteur des petits maires incultes et des curés bornés. Ces deux visions lui paraissaient à jamais inconciliables, ce qui rendait l'art de la politique d'autant plus élevé. Si le député Roussier aimait batailler dans sa circonscription, convaincre et influencer, le sénateur jugeait, quant à lui, l'ouvrage des plus douteux, si bien qu'il avait rodé deux sortes de discours, l'un pour le village et l'autre pour la haute politique radicale qu'il avait faite sienne.

Essoufflés, les parlementaires prirent un peu de repos à l'ombre d'un néflier, sur l'herbe haute. Une herbe à chiens, pensa Bordenave. Il prit un beau brin bien large et le porta à ses lèvres, entre les deux index. Il souffla et obtint ce qu'il avait désiré, un petit son de vielle à roue.

— Tu vois, camarade, je n'ai pas perdu la main. Ça me vient de l'enfance. Du temps où mon père me plaçait chez les Porchier à Saint-Salvadour. J'ai acquis la haine de la campagne, au cul des vaches. Une haine indéfectible.

— Tais-toi donc, on pourrait t'entendre, rigola le député.

Les femmes râtelaient les meules d'herbe sèche. Elles étaient une dizaine au moins, activées à la tâche. Roussier admirait le mouvement des rouleaux de foin, comme des vagues, courant d'un bord à l'autre du champ.

— Je décrirai ça, à la Chambre, dit Roussier la main en visière suspendue à son front haut.

— Quoi donc ?

— Cette grande espérance. L'arrière qui œuvre comme si de rien n'était. Quelle leçon de courage et de civisme !

Bordenave glissa les mains dans son pantalon de toile blanche.

— J'y vois un symbole de l'unité nationale.

— La République des femmes, ajouta le député. Un jour, il faudra que nous leur donnions le droit de voter. Car elles auront mérité, elles aussi, de la patrie reconnaissante.

Le sénateur se mit à balancer la tête de droite à gauche.

— Tu as raison. Mais crois-tu que Viviani soit disposé à une telle proposition de loi ?

— Attendons la victoire, fit le député d'une voix claironnante.

C'était plus fort que lui, le mot « victoire » avait l'art de le mettre dans tous ses états. Il se mit à brandir les bras comme un sémaphore. Il est rare que les hommes parviennent à s'envoler même lorsqu'ils imitent les grands oiseaux, pensa Bordenave. C'était une de ses pensées iconoclastes du jour. Une de celles qu'il noterait, à la fin de la journée, sur son carnet d'aphorismes.

A l'approche des visiteurs, les râteaux s'abattirent. Et la mer se figea, soudain, dans une singulière immobilité.

— Qui est Fonsine ? cria le député.

L'une des femmes sortit des rangs. Sa chevelure noire était ramassée sous un fichu bleu noué aux quatre coins. La sueur ruisselait sur son visage hâlé. Les hommes n'avaient d'yeux que pour la belle poitrine offerte, fort décolletée. C'est Marianne, pensèrent-ils. La Marianne de Delacroix. Car il eût fallu un rien pour que les seins s'échappent du tissu lâche qui les retenait à peine.

— Je suis le sénateur Bordenave.

— Et moi, le député Roussier.

Les voix des parlementaires s'entrechoquèrent. D'un commun accord, par un seul flash du regard, ils décidèrent que Bordenave serait le porte-parole.

— La République nous a chargés d'une mission hautement importante. Visiter l'arrière. Et faire état du moral de la population. Je vois, ici, que la cause est entendue.

Fonsine avait posé ses mains sur ses hanches larges.

— Nous vous félicitons, repartit le sénateur. Nos poilus ne peuvent rien sans cette solidarité de la France tout entière. Nous dirons ce que nous avons ressenti. Nous dirons ce que nous avons vu. Nos campagnes au travail. Bravo. Vous portez sur vos épaules une part de la grandeur française.

Les femmes s'étaient attroupées, le visage grave. Quelques-unes reniflaient d'émotion.

— Dites-nous plutôt, messieurs, quand la guerre finira. Nous avons hâte de retrouver nos maris, si Dieu le veut.

Les parlementaires s'observèrent, en silence. Bordenave ne se sentait plus en état de répondre. Il avait jeté ses dernières forces dans le petit discours. Et la question le laissait sans voix. Elle contredisait ses plans. C'eût été tellement mieux que chacun se mît à genoux, pour la prière républicaine.

— Nos hommes se battront, hélas, jusqu'à la victoire. Ce sera dur et terrible, encore, prévint Roussier.

— Dites en haut lieu, recommanda Fonsine, que nous détestons la guerre. Nous la jugeons inutile et stupide. Croyez-vous que nous ne servions qu'à ça, nous, les femmes, mettre des enfants au monde, avec notre chair et notre sang, pour les sacrifier sur des champs de bataille ? Quelle honte ! Faites la paix. De grâce, messieurs, faites la paix. Cessez les combats. Nous ne voulons plus que nos enfants, nos maris, nos pères meurent. Nous ne voulons plus mener en terre nos martyrs. Pitié, messieurs, s'il vous reste encore dans la cervelle un peu de raison.

Les femmes se mirent à applaudir, même celles qui pleuraient en silence.

— Nous ne pouvons rien promettre, reconnut Roussier. Ce sont des questions qui nous dépassent. Le pays a été attaqué par les hordes allemandes, alors il nous faut le défendre.

— Allez donc le défendre vous-même, lança Fonsine. Vous et tous vos amis, tous ceux qui réclament le sang des autres et refusent de verser le leur.

Alors, d'un mouvement unanime, ainsi qu'un ballet bien réglé, les femmes repartirent vers les vagues immobiles. Elles avaient ce pouvoir, quasi divin, de remettre l'horloge du jour précaire en marche. Les rouleaux se redessinèrent sur le pré jaune. C'était signe que la vie reprenait, dans l'espérance des temps meilleurs.

Les premières gelées furent précoces en Corrèze. Les arbres perdirent d'un coup leur feuillage d'or et de flammes. L'herbe grillée par les gelées blanches répétées offrait plus de désolation encore. Les femmes de la Renaudière avaient travaillé dur pour éviter les reproches d'Angel et mériter le titre fort disputé de cultivatrices. On leur avait prédit la perte des récoltes, la venue des friches, l'échec des vêlages. On avait cru que la terre ne se laisserait pas dompter, ainsi, par les mains des femmes de Corrèze. Mais elles avaient prouvé qu'ordre et détermination feraient plus que désespoir et affliction.

Pourtant, les nouvelles du front étaient décourageantes, les nouvelles publiées dans les journaux sous la forme de communiqués militaires, le reste demeurant soumis à la censure. Tantôt on annonçait des percées victorieuses, tantôt des reculs stratégiques. Il fallait lire entre les lignes pour comprendre que les combats acharnés en Artois, en Champagne, ne promettaient nulle victoire et nulle défaite. Et il y avait les autres nouvelles, les courtes lettres énigmatiques, dans lesquelles Paul et Martin assuraient être en excellente santé et conserver bon moral. Mais, déjà, on avait enterré quatre jeunes de Saint-Ségur, André Butel, Yves Maisonneuve, Auguste Lenoir, Alain Neuvialle… Et deux autres, Clément Morissey et Octave Serin, étaient portés disparus.

Les familles vivaient dans la crainte des télégrammes. Lorsque le facteur approchait des maisons, les grand-mères, les mères, les filles se signaient. Et les regards se levaient vers le ciel. Les prières fusaient des lèvres angoissées. Chacune avait sa manière de conjurer le sort, en faisant ses visites à la sainte Vierge, en jetant le sel à la porte des demeures, en implorant ses divinités personnelles, en évitant certains mots, certains gestes, certains visages, qui eussent porté malheur. Madame Morissey prétendait que son fils avait été tué parce qu'elle avait croisé le vieux Pompidouste, un sorcier maléfique et braconnier de première.

Dans son appentis, Monestier ne savait que faire de ses dix doigts. Il tuait le temps avec ses rabots, ses varlopes, ses scies, ses ciseaux à bois, réparant sans fin les brouettes, les manches des outils, les tables, les chaises, les commodes. Seule l'ébénisterie le tirait de l'angoisse. Même le travail aux étables et aux écuries ne le distrayait pas suffisamment. Il lui fallait un ouvrage qui exigeait de lui l'observation, le savoir-faire, la réflexion, sans quoi les larmes le gagnaient. Coup de bambou ! disait-il pour expliquer ses crises à Athanaïs.

De même, madame Monestier reprisait sans fin des chaussettes perdues, rapiéçait des fonds de pantalons usés, brodait des alphabets, des arabesques, sur des pièces de tissu inutiles. Les rares messages de Paul et de Martin étaient alignés sur le buffet, certains étoilés de larmes. Elle les connaissait par cœur. Et les mots qu'ils contenaient valsaient dans sa tête, se mélangeaient aux prières. Parfois, elle emportait à l'église les photos de ses garçons, comme elle disait – et bien que Martin ne fût pas de sa chair et de son sang, il était devenu aussi proche que Paul et Pierre. Parfois, au milieu de la nuit, elle se réveillait en sursaut, la chemise mouillée de sueur. « J'ai vu le visage de mon Paul, s'enfonçant dans la boue... » Angel ne l'écoutait plus. Le récit des rêves prémonitoires l'avait rendu sourd et aveugle, indifférent parfois. Il se disait : Dieu n'existe pas. Alors le destin des hommes n'est écrit nulle part. Tout est affaire de hasard... Mais il se surprenait à ne pas passer sous une échelle ou à jeter des coups de botte aux chats. Lui aussi évitait le *mal jovent* de Saint-Ségur. Lui aussi prononçait des paroles secrètes. S'il doit m'en revenir un, faites que ce soit mon Paul... Affreux pari dans lequel Monestier sacrifiait Pierre, par haine, et Martin, parce qu'il n'était pas de son sang. Je les donnerais tous les deux si j'étais sûr que Paul soit sauvé. Dans les moments de lucidité, il se reprochait ses noires espérances. Voilà ce que la peur a fait de nous, des monstres et des lâches, de veules caricatures d'homme.

Après le ramassage du maïs, les femmes tinrent conseil. Monestier évitait leurs conciliabules. Il avait compris combien il était devenu indésirable. La République des femmes est comme une secte où l'on parle à mots couverts, par profonds silences et subtils regards.

— Nous allons effeuiller, dit Fonsine. Toi, toi, et la petite.

Elle avait ainsi désigné de l'index Clémence, Athanaïs et Anne. La petite, seulement âgée de trois ans et demi, savait faire comme une grande.

— Moi, j'égrènerai les épis.

Le lendemain, les femmes se mirent à l'ouvrage, dans la grange, malgré le vent froid qui s'insinuait par les ouvertures. Avec les fanes, on emplit des sacs de jute et l'on fit des tampons efficaces pour obturer les lucarnes. Si le vent fut coupé, on gagna en obscurité. Clémence alluma trois lampes-tempête.

Les plus petits, Sylvère et Félix, jouaient dans les fanes. Ils s'y cachaient, s'y débattaient, parfois y somnolaient. Paradis d'enfants. Les gros tas de feuilles étaient une mer où s'épandre en brassées, et la barbe grise des épis l'écume du voyage. Anne s'en faisait une barbe, et les garçons l'imitaient. Les rires et les cris des enfants sonnaient comme l'espoir dans le ventre du monde. Clémence disait, la larme à l'œil :

— Qu'ils ne sachent jamais ce que nous avons souffert...

Athanaïs lui fit signe de se taire. Elle ne supportait pas que l'on conjugue le moment présent au passé.

— Tant que les cloches de Saint-Ségur ne sonnent pas le glas, nous avons le droit d'espérer.

Clémence ne voulait pas croire que son Martin serait du lot, un jour.

— Nous en avons donné six, déjà. C'est assez.

— Six morts, six héros.

— Et tous ceux qui vont encore s'ajouter à la liste, murmura Fonsine.

Elle porta les mains à ses seins. Elle se mit à les triturer, à se faire mal. Elle allaitait encore Félix, sans savoir s'il y trouvait son compte. Mais l'enfant réclamait le sein, et ce besoin, même s'il se situait au-delà du sevrage, la rassurait plus que tout au monde.

— Je voudrais tant un autre petit, fit-elle.

Clémence l'observa avec attendrissement.

— Il n'est plus aucun homme au pays.

— Mais, idiote, je veux le mien. Il me suffit.

Athanaïs éclata de rire. Elle pensa à Angel, et soupira.

— Je n'ai jamais connu une si longue séparation. Comme ce doit être douloureux de voir ainsi les jours et les nuits s'enfuir, sans l'odeur d'un homme, sans le contact de sa peau...

Clémence ferma les yeux, effeuillant les épis d'un geste machinal. Elle eût pu dessiner le moindre contour de son visage. Et parfois, dans ses rêves, elle entendait son pas dans le couloir. Elle se dressait d'un seul élan, prononçait une parole terrible : « Martin ? C'est toi ? » Et la trouble sensation de sa présence continuait de la hanter le reste de la nuit.

— Ça fait plus d'un an qu'ils sont partis, dit Athanaïs. Et seulement quelques lettres. Nous ne savons rien de ce qu'ils vivent. Ils n'ont le droit de ne rien dire. Leurs messages sont surveillés. Je l'ai bien compris. C'est l'avis aussi d'Angel.

Anne vint se réfugier dans les jupons de sa mère. Elle était un peu jalouse de son frère, surtout au moment où Sylvère réclamait le sein. A la vérité, Clémence l'avait sevrée bien plus tôt, à cause de Martin qui lui avait demandé d'arrêter.

— Peut-être que dans six mois au moins tout sera fini, pronostiqua Fonsine.

— Crois-tu que le sénateur t'a entendue ? interrogea Clémence.

— Tu n'aurais pas dû le haranguer de la sorte, reprocha Athanaïs. Maintenant, Brillat ne pourra plus rien faire pour les faire revenir.

— Nous ne sommes pas de leurs amis, se défendit Fonsine. L'ajournement, ce n'est pas pour nous. On réserve ça aux notables, à ceux qu'on juge indispensables à l'arrière. Comme les fils Andrieux à la Société laitière de Curac.

— Si le maire de Croisille ne peut rien pour son fils, c'est qu'il n'a pas le bras aussi long qu'il le prétend, déplora Clémence. Mais j'en ai pris mon parti. Je me dis que s'il n'est rien arrivé à Martin depuis le début de la guerre, c'est plutôt bon signe...

— Comment ça ? demanda Fonsine.

— Ce sont les premiers mois de guerre qui sont les plus meurtriers. Après, les soldats sont aguerris. Ils évitent de trop s'exposer.

Fonsine haussa les épaules.

— Tu crois ça ? Chaque minute constitue un danger. Ils sont exposés tout le temps. Sauf ceux qui sont à l'arrière, dans l'intendance, les bureaux, ou même dans l'artillerie. Mais les fantassins n'ont pas cette chance. Ce sont eux qui montent à l'assaut. Et sur cent qui attaquent, il n'en redescend peut-être que la moitié, peut-être plus, peut-être moins...

— En tout cas, Paul et Martin sont toujours redescendus, fit Clémence en serrant sa petite fille contre elle.

— Moi, je pense à Pierre, dont je suis sans nouvelles. Il est malheureux qu'on ne puisse prononcer son nom dans cette maison. J'en mourrai, à la longue.

Athanaïs se dégagea vivement des spathes qui l'envahissaient, comme une mer montante. Et à l'écart, dans le recoin de la grange, près du pressoir, elle se mit à sangloter. Madame Monestier cachait ses larmes. Se pourrait-il qu'il fût honteux, son chagrin de mère ? Pourquoi tant de silence autour de Pierre ? Et l'indifférence de Clémence pour son frère cadet la hantait encore plus. Sans doute sa fille se rangeait-elle ainsi, docilement, à l'autorité du père. Mais cette obéissance n'était-elle pas une infamie de plus ? Et si Athanaïs avait choisi de n'en parler jamais, c'était pour conserver envers et contre tout l'unité de la famille à la Renaudière. Elle avait compris que la défense du fils maudit eût entraîné contre elle une coalition terrible.

Fonsine tira une caisse garnie près de l'égrenoir. Elle se trouvait assez robuste pour tourner le volant de la machine. Et il en fallait, de la force, pour broyer les forts épis de maïs jaunes. Les grains chutaient dans un cuvier de bois, en jets réguliers. Puis, reprenant son souffle,

Fonsine en prit une petite poignée et laissa filer, lentement, les grains entre ses doigts.

— Bonne récolte, fit-elle. Trente hectolitres à l'hectare.

Les femmes ne répondirent pas. Athanaïs n'avait pas le goût à ces calculs. Et Clémence ne savait rien des rendements moyens. Elle n'avait jamais eu à se soucier du travail de la terre.

— Monsieur Monestier pourrait bien venir nous encourager, ajouta Fonsine.

Silence, de nouveau. Pourtant, il était plutôt drôle que la bru nommât ainsi son beau-père. D'ordinaire, elle disait « Angel », sauf quand elle avait maille à partir avec lui. Elle disait alors : « monsieur Monestier », d'un ton condescendant qui avait l'avantage de le piquer au vif. Le volant de l'égreneuse repartit de plus belle, avalant à la suite les longs épis jaunes. Bientôt, le baquet déborda, et il fallut le verser dans un sac. Les femmes se mirent à trois pour cette opération qui exigeait de la force et de la méthode.

Athanaïs proposa un vin chaud. C'était le milieu de l'après-midi, et le vent glacial avait gagné la grange. Seule Fonsine transpirait son aise.

— Ça nous réchauffera, dit-elle en refermant la porte.

Les enfants s'étaient recouverts de feuilles. Il n'était que les frimousses qui émergeaient du magma végétal.

Clémence alla récupérer sa petite Anne pour lui tirer la morve qui lui encombrait le nez.

— De qui tient-elle ces beaux cheveux bouclés ? demanda Fonsine. Des Brillat ou des Monestier ?

— De ma grand-mère Anne-Alexia, répondit Clémence. A ce qu'il paraît plus blonde encore que ma petite.

— Le mien a les cheveux raides, comme son père.

Fonsine passa sa main sur le visage du petit Félix qui somnolait.

— Et regardez cet épi sur le front, indomptable ? C'est la signature des Lamarque. Je ne sais comment faire pour le coiffer.

— Tandis que Sylvère est le portrait craché de son père. Le visage aussi fin.

— Vous avez de la chance, dit Fonsine adossée au poteau de refend de la charpente. Une fille et un garçon. C'est l'idéal. Je voudrais tellement que mon prochain soit une petite fille.

Fonsine soldait ainsi un vieux différend qui avait empoisonné leurs rapports, avant la naissance de Sylvère. Désormais, Clémence semblait amendée de ces vifs reproches. Et elle avait découvert, en sa belle-sœur, une fidèle alliée.

— J'ai été une petite peste pour vous, reconnut-elle. Capricieuse et irréfléchie. Je vous ai détestée dans les premiers temps, à cause de Félix. Tout ça est de la faute de mon père. Il a joué avec nous, avec ma bêtise d'enfant gâtée. Mais la vie m'a donné une leçon. Il y a plus grave.

Et leurs yeux s'abaissèrent ensemble.

— Nous n'avons pas fini de souffrir, je le crains, dit Fonsine. Et la raison veut que nous nous serrions les coudes.

— Oui, murmura Clémence. Je le crois aussi.

Fonsine s'en revint à la machine.

— Voulez-vous que je vous remplace ? proposa Clémence.

— Non. C'est assez dur comme ça.

— J'ai aussi de la force. Qu'est-ce que vous croyez ?

Elle tâta ses biceps.

— Je le sais. Mais vous n'avez jamais eu à vous en servir, dit Fonsine. Il faut vous économiser.

Athanaïs apporta le vin chaud dans une cafetière émaillée et le servit dans des tasses en porcelaine. Chacune but en silence, soufflant sur le liquide pour le refroidir.

— Ça va nous donner un peu de courage, dit Clémence.

— A moins que ça nous enivre, ajouta Fonsine.

— J'ai fait brûler l'alcool, rassura Athanaïs.

Les enfants eurent droit à un lait chaud. Anne pleurait à cause de la peau qui s'était formée sur le lait. Mais personne n'attacha d'importance à ses caprices, si bien qu'elle se consola toute seule de ces petites misères de l'existence.

— Et Angel, lui avez-vous porté son vin chaud ? demanda Fonsine.

La mère soupira en pinçant les lèvres. Clémence sentit que la question de sa belle-sœur n'était point innocente.

— Je ne sais pas ce qu'il fait. C'est un homme absent que nous avons à la Renaudière. Tant que son fils sera loin de lui, il ne retrouvera pas sa gaieté habituelle. Parfois, il se lève la nuit, fait le tour de ses étables, va parler à ses chevaux. Je crois qu'il en veut à François Brillat de n'avoir pas réussi à exempter Paul de ses obligations militaires. Il n'admet pas qu'un maire ne puisse rien pour lui. Pourtant, ce que François n'a pu faire pour Paul, il ne l'a pas fait pour Martin. Ça devrait le faire réfléchir. Tout de même...

A cet instant, madame Monestier devina que sa fille la désapprouvait. Décidément, il restait des questions inabordables à la Renaudière. Dans son for intérieur, Athanaïs ne comprenait pas non plus qu'Angel n'eût songé à associer Pierre dans son projet d'exemption. Et cela la taraudait que Clémence ne sentît l'injustice qui perçait sous ce dessein : sauver l'un et ignorer l'autre...

Fonsine se proposa d'aller le servir dans l'atelier au milieu des copeaux de bois où il œuvrait sans se soucier du temps qui passe. Mais Athanaïs refusa.

— Laissez-le donc. Il a besoin d'être seul. Un rien pourrait le mettre de mauvaise humeur.

— Tu es injuste, mère. Te rends-tu compte, parfois, comme tu peux être dure avec lui ?

La mère se releva en se tenant les reins. Elle grimaçait de douleur. Le froid, les pluies de l'automne, les courants d'air réveillaient ses vieilles blessures.

— Je n'ai jamais fait de différence entre vous. Et si je me sens, aujourd'hui, plus proche de Pierre, c'est parce que je sens qu'il a besoin de moi. Il a besoin que je le défende contre l'oubli.

— Qui parle d'oubli ?

— Son nom n'est jamais prononcé dans notre maison. Et si l'on pouvait, on effacerait sa présence sur nos photographies de famille. On le rayerait de notre histoire. C'est cela l'oubli, cette mort affective dans nos cœurs et dans nos âmes.

Clémence caressait du bout des doigts la chevelure de sa fille, enroulant les mèches brunes autour de ses phalanges. Si je désobéis à la parole du père, songea-t-elle, il me reniera aussi. Et pour rien au monde je ne voudrais vivre une telle disgrâce. L'amour d'un père est comme une blessure lancinante, qui se maintient en éveil. Pour m'en défaire, il me faudrait partir, loin de la Renaudière. Mais ce n'est point ce que je désire. Il me faut ses colères, ses excès, ses réprimandes. Il me faut entendre sa voix grave dans le corridor de mes nuits. Ainsi suis-je toujours des siens, si proche de lui, dans son royaume protecteur, sous sa loi.

— Je pense aussi à Pierre, fit-elle, le sanglot dans la voix. Parfois, son ombre passe dans mes rêves. Et si je lui parle, il s'enfuit. Comme si j'étais devenue une étrangère.

— Oh non, ce n'est pas vrai, reprit Athanaïs, nous ne serons jamais des étrangers pour lui, et si tu le vois ainsi dans tes rêves, c'est que son absence t'irrite bien plus que tu ne le voudrais.

10

Evocation des morts (1917)

Tombé au champ d'honneur... Au champ d'honneur. La nouvelle sonna comme un glas, irrépressible. Ce lui fit l'effet de l'air qui, soudain, se retire. Un étouffement. Une suffocation. Plus rien. Pourtant, la vie s'en revint, peu à peu, goutte à goutte. Sur elle, qui n'était que l'ombre portée de sa voix disparue. Elle eût tant aimé crier, hurler, griffer, mordre. Il se trouvait tant d'ennemis invisibles autour d'elle. Les éléments constitutifs du monde. Tout lui était devenu étranger, hostile, glacé. Sa voix, elle-même, brisée, détachée comme le tintement de la cloche de Saint-Ségur, plus tard, à l'instant de mettre en terre. Ses yeux grands ouverts fixaient le ciel d'été, bleu comme au premier jour du monde. Il se fit sur ses lèvres un dessin de mot inaudible. Mort, déjà. Ce lui fut une occupation étrange, celle de compter les années. Elle les énonça, une à une, les égrena comme un chapelet consacrant l'ordre des prières. Elle alla buter sur la dernière, l'ultime, comme elle eût fait face à un mur. Vingt-trois... Vingt-quatre, à peine commencée. Ça ne comptera plus ces deux ou trois mois supplémentaires, en sursis.

Plus tard, les Monestier firent cercle dans le salon. Pas un mot. Pas une larme. Un silence de mouches obstinées sur les vitres. Le cercle s'était resserré sur la mère et la bru. Fonsine tenait la tête dans ses mains. Le zézaiement lancinant des mouches ajoutait à sa souffrance. Elle gardait les yeux secs, pour avoir trop pleuré déjà.

Mariguitte, seule, laissait épancher ses larmes. Elles coulaient sur ses joues creusées comme sur le granit gris de la fontaine Casimir. C'était dans sa nature d'intérioriser le chagrin. Elle se disait que les prières matinales de la mère n'avaient pas suffi à écarter le malheur, et que ni Dieu ni la Sainte Vierge n'avaient consenti à écouter son appel.

Clémence tenait ses enfants contre elle, serrés dans ses bras, si fort qu'ils n'osaient bouger, partageant l'incompréhensible frayeur qui avait gagné toute la famille. Le petit Félix n'avait pas encore réalisé qu'il ne reverrait jamais plus son père. Athanaïs lui avait simplement dit que son papa était au ciel. Et l'enfant avait montré, du doigt, un petit nuage esseulé. « Dis-lui de descendre, mémé ! » L'enfant avait imaginé que ce qui séparait les vivants et les morts était une simple échelle, qu'il suffisait de gravir. « Je vais monter le voir. J'ai pas peur, mémé. » Bien qu'on lui eût expressément interdit de monter au fenil où l'on entreposait des sacs de blé, plusieurs fois, déjà, et en cachette, il s'était aventuré sur ces hauteurs. Il pensait : mon papa Paul va m'envoyer son échelle pour le rejoindre. Et au-dehors, il guettait ce signe étrange. Il surveillait le bleu du ciel, dans l'attente. Il se disait : Ce ne sera pas pour aujourd'hui. Il se disait : Peut-être mon papa Paul a peur que je tombe. Mais alors, pourquoi ne descend-il pas, lui ? Pourquoi ?

Seul Angel refusait de se joindre au cercle de douleur. Il s'était retiré dans son bureau, avait fermé les volets. Lumière insupportable d'un été tragique. Il avait posé devant lui un portrait de son fils. Sa main effleurait ce visage lointain, tout sourire. Et parfois, il écartait le portrait en gémissant. Les plaintes s'estompaient comme un vent qui mollit dans les ramures. Le chagrin, son chagrin, aimait à se repaître du doute. Il lui semblait que Paul n'était pas mort, que la vie à la Renaudière allait repartir. Il répétait : Je t'attends, mon petit. Tu le sais bien que je t'attends... Et puis, un instant après, la tempête se levait de nouveau, ravageuse et implacable. Il murmurait : Tu ne peux pas me faire ça. Tu ne peux pas m'abandonner, mon Paul, j'ai besoin de toi, ici. Tu es ma force et ma lumière. Tu es toute mon ambition. Si j'ai tant œuvré, c'est pour toi, et toi seul. Mais la réclusion à laquelle il se condamnait dans son alcôve n'était-elle pas le signe qu'un drame était advenu, sans appel ?

A la fin du jour, Angel traversa le salon où les femmes veillaient autour d'une lampe à pétrole. Athanaïs alla se jeter dans ses bras, mais il la repoussa vivement.

— Je vais aux étables. En attendant...

— En attendant quoi ?

— Son retour, grand Dieu. Je ne me résignerai jamais.

Athanaïs poussa un grand cri.

— Il devient fou. Notre Angel devient fou.

— Laisse donc, maman, intervint Clémence.

— Toi, tu as encore un mari, s'écria Athanaïs.

Mariguitte prit sa sœur dans ses bras.

— Pour combien de temps, murmura Clémence. C'est tout juste si on ne me reproche pas que mon Martin soit encore vivant.

Fonsine écarta les mains qui lui couvraient le visage, et les maintint devant elle, comme dans les images saintes.

— Ton Martin vivra, fit-elle d'une voix rauque. Il le faut. Et je le sens qu'il vivra. Je le sens. C'est une certitude. Dieu ne permettra pas qu'il meure.

Mariguitte partit sur les pas de son père, dans le soir. Elle le trouva dans l'écurie, appuyé à l'encolure de son cheval.

— Parle-moi, papa. Dis-moi quelque chose pour me rassurer, supplia-t-elle.

Le père caressa doucement la chevelure de sa fille. Elle était maintenant sans larmes. Le regard froid.

— Toi, tu n'as pas besoin d'être rassurée. Tu es une Monestier. Solide comme un roc. Comme mon Paul.

Aucune balle, aucun éclat d'obus n'ont pu l'anéantir. Je sais de quelle chair il est fait, mon fils.

— Pourtant, papa...

Angel tapota le flanc de son cheval. Puis, sa main remonta jusqu'au crin auquel il s'agrippa avec force.

— Nous restons aussi forts, unis, et décidés. Paul nous reviendra, tu verras.

— Mais non, papa. Il est mort, notre Paul.

Monestier éclata de rire.

— Paul ? Ce n'est pas vrai. Je l'ai choisi pour commander la ferme. En attendant, vous faites bien les choses. Vous formez une sacrée république. Tous nos greniers sont pleins, de maïs, de blé, de foin... Il ne reste plus qu'à attendre le retour de Paul. Et il reprendra la Renaudière en main. Nous nous rangerons à ses ordres. Moi, la force me quitte. Je ne suis plus bon à rien. Bientôt, je serai au cimetière. Je danserai avec les miens. Bon Dieu de sarabande. Nous nous souviendrons du bon temps. Quand la grand-mère Alexia faisait sa lessive dans la Soudoire, et le vieux Joseph, si fort qu'il assommait un cochon avec ses poings réunis. Tu n'as pas connu ce temps-là. Ils nous ont quitté, mais ils demeurent dans nos cœurs aussi vivants que toi et moi. Ils sont de notre race. Ils ont forgé l'âme de la Renaudière. Et souvent, j'en viens à penser – même si je ne crois pas à toutes les bondieuseries qui encombrent l'esprit de ta mère – qu'ils veillent sur nous. Alexia, Joseph, et Amélie aussi, la tante qui n'avait pas sa pareille pour préparer les confits d'oie et de canard, et Justin, l'oncle Justin, dans ses vignes de l'Oustalier qui faisait un baco envié dans tout le voisinage, tous veillent sur nous, l'âme en paix. Ils n'auraient pas permis que mon Paul meure. Un tel sang ne saurait se perdre sans que la terre tremble à Saint-Ségur. Voilà ce que je crois, ma petite Mariguitte. Il reviendra parmi nous.

— Oh, mon pauvre papa ! s'écria Mariguitte.

Elle voulut se réfugier contre lui, se serrer contre sa poitrine, il s'écarta vivement. La tempête enflait de nouveau sous son crâne. Ses mains d'homme se détachèrent du crin auquel il s'était accroché, comme un noyé emporté par les remous. Angel glissa sur la litière. Le cheval se mit à piétiner autour de son maître, à hennir. Elle retint l'animal à l'encolure pour calmer sa fougue. Angel se traîna dans un recoin obscur, parmi les gerbes de paille entassées. Mariguitte l'entendait pleurer comme un enfant, mais n'osait l'approcher. Une douleur au ventre la taraudait. Elle se disait : Mon pauvre père ne survivra pas à notre malheur. Elle se disait : Il attendra le retour de notre Paul jusqu'au bout de ses forces. Et puis, l'espérance finira par l'abandonner. Ainsi meurent les chênes géants, imperceptiblement, feuille à feuille, ramure après ramure. Le bois sec gagne sur la sève. Et un jour de grand vent, un jour d'orage, ils s'abattent dans un fracas épouvantable. Elle se disait : Notre père mourra ainsi qu'un chêne, dans la solitude.

L'été 1917 s'étirait à la Renaudière, telle une punition. Mariguitte et Clémence menaient aux marchés les melons, les poires et les prunes. La production était abondante. Fonsine s'activait au ramassage, du point du jour à la montée du soir. Elle s'activait pour ne plus penser à Paul, dont le corps leur reviendrait à l'automne. Elle appréhendait le moment où il faudrait le porter en terre. Elle eût cent fois préféré qu'il ne revînt jamais ; c'était l'espérance d'Angel qu'elle voulait ainsi protéger. « Tant que je ne l'aurai pas vu dans sa boîte, je ne le croirai pas », répétait-il. Et nul à la Renaudière n'osait le contredire. On s'enfermait plutôt dans cette folie. On se surprenait parfois à dire, devant le maître : « Lorsque Paul reprendra les rênes... » C'était un genre singulier de prière, où chacune des femmes communiait à sa façon. Il n'était que Clémence pour désapprouver cet entêtement. « Notre attitude renforce la folie du père, disait-elle. N'est-il pas plus sage de s'en tenir à la réalité ? » Même le petit Félix avait fini par renoncer. Il ne croyait plus au miracle de l'échelle. Quelquefois, il suivait du regard la course d'un nuage et murmurait doucement · « C'est mon papa ! »

Athanaïs ne prenait plus part au travail de la ferme. Elle ne quittait guère sa cuisine. Elle avait même renoncé aux messes, aux prières. Elle en voulait à Dieu et à la Vierge. C'était sa façon de se révolter. Et le curé, qui lui rendait quelquefois visite, ne sut guère trouver les mots d'apaisement. Il était trop de morts et de martyrs à Saint-Ségur pour que la parole divine eût encore un sens. Et Fonsine, qui avait jadis rabroué le sénateur et le député, conservait une colère muette, une haine farouche contre la République qui avait consenti cette épreuve. Elle disait : « Tous ces morts finiront par les étouffer, nos politiciens ! »

Après le passage de la batteuse, il y eut quelques violents orages sur la Soudoire. Deux platanes du jardin Casimir furent foudroyés. On n'avait vu pareil sacrilège depuis un demi-siècle au moins. L'événement bouleversa Angel tout autant que la mort de son fils. C'était un signe hostile des temps, que l'ordre mémorial et sacré fût menacé. Il décida de planter en lieu et place deux tilleuls. « Je ne les verrai pas grandir, mais au moins l'outrage sera réparé. »

Pour l'événement, Athanaïs consentit à jeter, elle aussi, sa pelletée de terre au pied des baliveaux.

— Nous ne savions pas encore que le malheur s'abattrait sur nous, dit-elle à Fonsine.

— Ici, nous avons marié Clémence et Paul, murmura Mariguitte.

Elle fit un signe de croix. Et les femmes arpentèrent d'un pas lent l'ombrage du jardin.

— Notre tablée occupait toute cette longueur, montra Clémence en étendant ses bras. Avec notre père, en tête de table. Vous souvient-il de son petit discours ?

Mariguitte baissait la tête. La reconstitution des noces mémorables était un instant douloureux. Athanaïs alla se placer sous l'un des platanes et dit :

— Mon Paul était assis en cet endroit. Je m'en souviens comme si c'était hier. Et là, à côté…

Les sanglots enflèrent en elle, mais elle eut encore le courage de poser sa main sur le sol, et de saisir une poignée de terre.

— Mon petit Pierre. Vous souvenez-vous ? Ne me dites pas que vous avez oublié… Il était là, le regard triste. Je ne comprenais pas pourquoi il était aussi sombre.

Athanaïs se redressa, la main emplie de terre. Elle la montra à ses filles. Fonsine s'était détournée pour cacher ses larmes.

— Vous n'avez pas vu qu'il était triste, mon petit Pierre ? Mais moi, ce détail ne m'a pas échappé. Oh, certes, sur l'instant, je n'ai rien compris. Je me disais : il pense à Josepha.

Mariguitte poussa un cri.

— On ne doit pas parler de cette traînée.

Clémence prit sa mère par les épaules. La main d'Athanaïs se détendit et délivra la terre qui se mit à couler entre ses doigts.

— Tu as le droit de parler de Josepha, maman.

— Pierre nous a quittés parce qu'il aimait cette petite. Mais votre père n'a jamais admis cet amour. Et Paul non plus. Votre père a été injuste. Je le lui ai dit.

— Que lui as-tu dit, maman ?

— Je lui ai dit que cette injustice nous porterait malheur.

Le bruissement des feuilles dans les platanes fit comme une ombre qui passait, furtivement. Athanaïs dressa les yeux vers les ramures hautes. Son regard s'attarda sur la trouée, là où l'orage avait frappé.

— Mon Pierre a quitté la table, sans un mot. Je l'ai suivi dans la cuisine. Je voulais lui parler. Mais je n'ai pas su trouver les mots. Alors, il est monté dans sa chambre. Plus tard, votre père l'a rejoint. Je ne sais pas ce qu'ils se sont dit. Mais, le lendemain, Pierre avait disparu.

Clémence et Fonsine allèrent piétiner la terre meuble autour des tilleuls, puis Mariguitte arriva avec un arrosoir empli d'eau. Elle mouilla abondamment la plantation.

— Ils resteront longtemps protégés par leurs voisins, dit Athanaïs, le temps qu'ils profitent et atteignent enfin une bonne hauteur. Le tilleul ne craint guère l'ombrage des autres arbres. Il finit toujours par se frayer un passage vers le ciel. Et si on ne lui coupe pas bêtement la tête, comme ça se fait, parfois, chez nous, il s'élance haut, avec majesté.

— Faudra bien quinze ans, dit Clémence qui tenait ses enfants par la main, Sylvère à droite et Anne à gauche.

— Ou vingt ans, rectifia Fonsine.

— Où serons-nous à l'été 40 ? s'interrogea Athanaïs.

Elle n'osa calculer son âge. Chez les Ferrère, on ne dépassait guère la soixantaine. Il y avait des angines de poitrine, des morts subites, en pagaille. Le cœur restait le point faible.

— Nous nous souviendrons de ce jour où nous les avons plantés, dit Fonsine. Chaque fois que je viendrai caresser les troncs, je songerai à Paul.

Les femmes se retirèrent, une à une, vers leurs occupations. Clémence et Fonsine avaient commencé à arracher les aulx du jardin. Mariguitte entendait bien emplir trois sacs de haricots blancs avant la nuit, des soissons aux gousses longues et rebondies. Et Athanaïs irait se réfugier dans sa cuisine, au milieu de ses souvenirs. A deux pas, Félix s'amusait avec un cheval en bois que son grand-père lui avait fabriqué. Il chantonnait une des vieilles comptines de sa tante Clémence, en mangeant la moitié des mots. La grand-mère l'observait fréquemment, cherchant dans les mimiques de l'enfant le petit Paul du temps jadis. Il nous a donné un fils avant de partir, un beau petit qu'il ne verra jamais grandir, songeait-elle en caressant un coussin brodé qu'elle pressait souvent contre son ventre. Et là, dans le ronronnement du silence, elle trouvait un peu de repos, de tranquille apaisement. Elle rêvait qu'elle était enceinte, qu'elle portait un enfant depuis si longtemps, un enfant qui refusait de naître. Reste bien au chaud, mon petit, murmurait-elle, il ne t'arrivera rien. Mais le temps des rêves n'est pas le temps des choses. On peut enjamber en un souffle des années, ou suspendre le balancier des pendules, on peut ramener à soi des ombres effacées, les disposer dans un semblant d'éternité. Hélas, au réveil, tout se rompt, se dissipe et s'évanouit. Vive douleur que l'évocation des morts, lorsque leur image s'en vient hanter nos âmes. Athanaïs croyait entendre le pas de ses fils dans le couloir. Elle se levait de son fauteuil pour les appeler, comme une confirmation. Mais ce seul mouvement de son être avait le pouvoir, soudain, de tout dissiper. Elle se rêvait gisant, près d'eux, fixée à l'immobilité des morts. Elle se rêvait dans leur chair défaite. Elle se disait, ensuite : A quoi bon vivre ? Elle se disait : Pourquoi Dieu permet-il que je vive s'il n'est plus d'espoir ? Combien de larmes encore me faudra-t-il verser pour qu'il m'exauce ?

A six heures de l'après-midi, Adeline Brillat allait rejoindre son amant. Elle contournait les préaux de l'école et descendait à la cave à bois. L'homme l'attendait derrière une des piles en brique, dans la sombre et fraîche atmosphère.

— Mon Victorin, s'écriait-elle. Es-tu là ? Ho, mon loup ? Loup y es-tu ?

C'était devenu une habitude que l'amant se cachât encore quelques minutes et qu'elle dût le chercher dans les recoins obscurs où voletaient quelques chauves-souris affolées. Puis, il surgissait comme un diable, s'emparant d'elle à bras forcés. Elle se débattait dans les griffes du loup, où elle s'était laissé prendre.

— Pourquoi tu m'appelles Victorin ? C'est une drôle d'habitude.

— Tu es mon loup Victorin.

— Et jamais Alexandre ?

— Ça fait vieux.

Ils allaient vers le jardin, derrière les halliers et les charmes. Il la prenait aussitôt, en relevant juste sa robe. Elle portait toujours, comme les vieilles femmes, une culotte fendue. C'était une pruderie qui lui tenait à cœur, de ne se point dévêtir.

— Tu ne me verras jamais nue, promettait-elle. C'est bien mieux de m'imaginer.

— Pourquoi je ne te verrai jamais nue ? interrogeait l'instituteur de Croisille.

— Parce que tu ne me voudrais plus, après...

— C'est une crainte absurde.

— J'en conviens. Mais il faudra t'en contenter.

Sa main avait le droit de palper les seins de la jeune fille. Il avait l'art d'augmenter son désir. Il avait la manière de la porter au paroxysme, d'éveiller ses cris et ses soupirs. Et si vite, ensuite, leurs corps se mêlaient et se séparaient. Elle disait, les yeux abaissés :

— Tu me fais jouir rien qu'en m'effleurant, Victorin. Car ton sexe m'effraie. Il pourrait m'arrondir le ventre et c'en serait fini de nos taquineries. Comprends-tu ?

— Non, répliquait Alexandre. Un homme ne peut se satisfaire de si peu. Il me faut entrer en toi. Cela m'est aussi nécessaire que de respirer.

Ce soir-là d'été 17, il lui fit de nouveau l'amour, un peu vite, à son goût. Il se retirait promptement pour n'abuser de la situation, car il craignait de laisser en elle un peu de sperme. Et son contrôle personnel était opérant pourvu qu'il gardât la tête froide. Cela nuisait à leurs élans. Du reste, Adeline se préparait à le fuir, sentant la marée venir dans la pulsion ultime de ses tressaillements. Parfois si promptement qu'il lui fallait achever la besogne, honteux, dans son coin. Il lui en voulait, il s'en voulait à lui-même. Et cela le rendait d'une humeur massacrante.

— Va donc voir la mère Loubières. Elle craint pas les marmots, elle.

— Je te suis fidèle comme un pigeon ramier, assura Alexandre.

L'homme releva les bretelles de son pantalon et les ajusta, puis il ferma un à un les boutons de métal de sa braguette. Adeline ramena sa robe sur ses jambes. Un peu d'herbe sèche s'était accrochée à sa chevelure bouclée. Le garçon en ôta les brins, délicatement.

— Pourquoi n'es-tu pas parti comme les autres ? questionna-t-elle.

Alexandre détourna le regard. C'était une question qu'on lui avait posée cent fois. Il était un des rares hommes à Croisille. Tous les autres étaient au front ou dans les services de l'arrière.

— J'ai été ajourné par décision du sénateur, dit-il.

— C'est une drôle de chance.

— Je ne sais pas.

— Tu n'en as pas marre de te faire traiter d'embusqué ?

— Je ne suis pas un embusqué.

La main d'Adeline s'insinua dans la chemise de l'instituteur. Elle aimait à caresser les poils drus qui ornaient sa poitrine. Mais lorsqu'elle s'entêtait à lui pincer la pointe des seins, il la repoussait. La jeune fille ne comprenait guère que les hommes ne fussent pas aussi sensibles que les femmes en cet endroit. Elle pensait : il n'est décidément que leur sexe de sensible à la caresse. Ces réflexions innocentes avaient l'art de faire hurler de rire Alexandre.

— Je ne t'en veux pas d'être resté à Croisille. Tu es mon amant. Mon bel amant. Et peu de femmes ont la chance d'être aimées par ces temps horribles de guerre.

Alexandre se dressa à hauteur du hallier. Il jeta un regard vers la cour de l'école, puis vers le jardin. Adeline n'admettait point ses craintes. S'il est quelqu'un qui doit s'inquiéter d'être vu en galante compagnie, c'est bien moi, se disait-elle.

— Tu veux déjà me quitter. Il est à peine sept heures. Le jour décline sur le plateau de Salinac. Regarde, c'est tout rose.

— Je dois rentrer.

— Tu es si seul, Victorin. Tu aimes donc ta solitude à ce point ?

Il haussa les épaules. Un homme ne craint point la solitude avec des livres. Mes compagnons sont des héros de papier, des créatures de chimères, pensa-t-il.

— Tu es seul parce que personne à Croisille ne t'adresse la parole, reprit-elle. Et moi, je n'entends que des critiques à ton encontre.

— Je m'en fiche, dit Alexandre.

— C'est à cause de la guerre. On voudrait que tu ailles mourir là-bas, dans les tranchées. C'est tout le sort qu'on te souhaite. Et parfois, j'ai mal pour toi.

— Tu es gentille, Adeline. Tu es si gentille. Mais futile. La vie, pour toi, n'est qu'un jeu. Notre amour aussi, sans doute.

Elle parut se livrer à une intense réflexion, fixant la pointe de ses sandalettes. Elle les fit mouvoir de droite à gauche, se toucher, se séparer. Elle portait des socquettes blanches en coton, roulées sur la bride.

— Je ne veux pas grandir. C'est un fait. Nous avons décidé, ma sœur et moi, de demeurer en l'état. Nous avons même formé un vœu.

— Quel vœu ?

— Je ne te le dirai pas. C'est un secret.

Alexandre se retira, deux pas en arrière, l'air détaché. Il voulait chasser en lui les idées tendres qui l'assaillaient parfois, comme partir loin de Croisille avec Adeline, au bord de la mer, dans une station balnéaire à la mode, où il n'y aurait que des embusqués et des plaisirs frivoles.

— Je suis resté à Croisille pour m'occuper des affaires de la mairie, tenir le secrétariat de ton père. C'est aussi utile à la nation que d'aller se faire trouer la peau, plaida l'instituteur avant de disparaître, en se faufilant sous les charmilles.

Il a des manies de chat, cet homme, pensa Adeline en remontant sur la place par le petit escalier bordé de fusains. Le vent du soir transportait les odeurs des champs que le soleil avait chauffés à blanc tout le jour. Vers Laplénie, les troupeaux de vaches que l'on menait à l'abreuvoir martelaient les galets du chemin creux. Cela faisait comme une cacophonie de pierres entrechoquées. Rituel du soir. Puis, les animaux s'en retourneraient aux prés, dans le galop précipité et les brefs coups de sifflet des paysans. Dans le remuement d'air, des odeurs de purin et de bouse s'entêtaient aussi dans le vent portant.

Adeline rajusta sa chevelure avant d'escalader les dernières marches qui menaient à la mairie. A cette heure, son père avait l'habitude de s'attarder au bureau. Le couloir était déjà éclairé par des lampes à huile qui charbonnaient le plafond. Le bleu foncé de la nuit colorait les vitres des fenêtres. La porte du cabinet était restée entrouverte. Nulle lumière n'en filtrait, ce qui intrigua la jeune fille.

— Papa ? C'est ta fille, Adeline...

Elle entendit juste un reniflement.

— Oh, papa, tu pleures. Qu'est-il arrivé ?

François Brillat serra sa fille contre lui, si fort qu'elle poussa un cri.

— Notre René, balbutia-t-il, nous ne le reverrons plus.

Ils traversèrent Croisille, en silence. Et de même, lorsque le père tendit le télégramme à Adèle, il n'eut pas un mot, pas un soupir. La mère courut dans sa chambre et claqua la porte derrière elle. En entrant à son tour dans la cuisine, Josée comprit aussitôt. Les filles voulurent l'entourer, mais elle les repoussa.

— Je savais qu'il ne reviendrait pas, dit-elle.

Chacun alla se prosterner dans son coin, cachant ses larmes. Adèle priait à genoux, devant sa commode, les yeux rivés sur un crucifix. Les filles s'étaient allongées sur le tapis du salon, fixant la rosace du plafond, et le jeu des ombres sur le blanc de la nuit. Seul, François fumait un cigare devant la porte de sa maison. Il parlait à son fils qui ne l'entendait plus, énonçait des mots étranges qu'il n'avait jamais su lui dire. Au plus haut de l'été, la Voie lactée étirait ses constellations d'un bord à l'autre du ciel. C'était une impression apaisante que le monde fût si vaste et mystérieux, et que la vie d'un homme demeurât si minuscule devant l'immensité du ciel. « Tu retourneras poussière », balbutia-t-il. Mais avons-nous cessé d'être une poussière d'homme un jour ?

Plus tard, Josée vint le rejoindre sous la tonnelle. Elle portait une lampe à pétrole à bout de bras. Il lui demanda d'éteindre la flamme, ce qu'elle fit à regret. C'était une habitude d'allumer des feux, lampes ou bougies, dans les maisons où la mort rôdait. Elle avait sacrifié au rite, elle aussi.

— Tu n'as pas eu le temps de porter un enfant de lui, ma pauvre petite Josée, dit François d'une voix blanche.

Il distinguait à peine son visage, mais c'était mieux ainsi. Josée n'avait encore pas versé une larme. Elle était d'une famille où les états d'âme sont proscrits. A Bordieu, on naissait et on mourait, depuis des générations, sans y attacher la moindre importance. Traces incertaines des vies minuscules.

— René n'a pas voulu, dit Josée.

— A cause de la guerre ?

— Oui. Il disait : je ne veux pas d'un orphelin.

Le père hocha la tête.

— Je ne sais pas pourquoi il t'a épousée, ma pauvre petite.

— Pourtant, nous étions tout l'un pour l'autre, fit-elle. Mais ce sont des choses qu'on ne dit pas. Les sentiments... C'est des phrases en l'air qui donnent du regret, ensuite.

— Et dire que nous avons retardé votre mariage, déplora François. Peut-être que nous aurions un enfant, aujourd'hui ?

— Vous ne m'aimez pas beaucoup.

— Comment peux-tu penser ça, ma pauvre Josée ?

François lui tendit la main, dans la nuit. Mais elle ne la prit pas. Elle n'aimait pas, non plus, son beau-père, mais comment lui en vouloir, puisqu'elle ne s'aimait pas elle-même ? Néanmoins, il insista pour que le contact s'établît entre eux. Il avait besoin de ce lien qui le reliait encore à son fils. René avait sans doute aimé cette femme, en silence, sans vive démonstration. Il se souvenait du mariage, et des Monestier qui étaient venus pour la première fois à Croisille. René était resté tel qu'en lui-même, lointain et taciturne, menant sa femme à la bénédiction, sans joie. Comment un mariage se peut-il faire sans l'éclat du bonheur dans les regards ? Et malgré les meilleures intentions du monde, ces noces avaient soulevé plus de pleurs que de rires. Les parents Lormois, entre autres. La mère surtout. On eût mené sa fille en terre qu'elle n'eût éprouvé plus de peine. Soudain, le mariage l'avait rendue étrangère à ses yeux, étrangère à Bordieu, étrangère à ses desseins.

Ils longèrent le sentier qui passait au milieu de la roseraie. Le couple avait été installé dans la partie ancienne de la bergerie. Les pièces y étaient minuscules, mais du moins y gagnait-il en indépendance. François avait tenu à ce que René et Josée fussent indépendants. Les familles se doivent de l'intimité, au risque d'accroître les querelles, pensait-il. Tandis qu'Adèle eût autant préféré qu'ils demeurassent à demeure, et que Josée fût la domestique de tout le monde. Mais, sur cette question, le patriarche de Croisille avait tenu ferme sa promesse.

— Maintenant que mon René est parti, dit Josée, que vais-je devenir ?

François sursauta de surprise.

— Tu fais partie de notre famille, ma petite Josée.

Elle parut ne point comprendre, poursuivant dans sa tête une pensée qui la taraudait depuis la seconde où elle avait appris la triste nouvelle.

— Je peux retourner à Bordieu.

— Jamais de la vie, répliqua Brillat.

Un silence se dessina entre eux, dense comme la nuit.

— Je suis veuve, sans enfant. Inutile à votre famille...

Elle énumérait ainsi sa solitude nouvelle. Et son renoncement. Elle se voyait déjà chassée de Croisille, comme si les jours passés avec René n'avaient plus aucune importance. François sentit les larmes qui lui venaient au bord des paupières.

— Plus que jamais, nous avons besoin de toi. La mémoire de notre René vivra à travers toi. Tu conserveras toute ta place parmi nous.

Josée parut accueillir la nouvelle avec indifférence. Quels mots, quelles paroles pourraient l'atteindre ? se demandait Brillat en observant sa silhouette noyée dans la nuit. Il chercha encore sa main. Enfin, il la saisit, molle et froide.

— Nous t'aimons, Adèle et moi. Et les filles aussi. Et Daniel, malgré ses grands airs. Nous t'aimons, tous. Comme si tu étais notre propre fille.

Elle disparut dans son appartement, comme une ombre qui s'esquive. Les sentiments, ce n'était pas son fort. Cela lui faisait peur qu'on l'aimât, elle qui n'avait connu que le dur travail, les remontrances, l'égoïsme d'une mère, l'indifférence d'un père. Cela lui faisait peur qu'une nouvelle famille s'ajoutât à l'autre, maintenant que René n'était plus là pour la comprendre.

Le petit train de onze heures amena six cercueils plombés à Saint-Ségur. Ce fut un jour d'automne et de grand vent. Les platanes avaient perdu leurs feuilles, et les bois alentour étaient de rouille et d'or. La Soudoire était haute et roulait ses épaves. Et le ciel accordé au malheur était tendu de gris et de blanc. Une lessive de jour sale et triste.

Angel accueillit son fils, au pied du wagon, en grande tenue, le chapeau noir au large bord fiché sur la tête. Son regard accompagna la manœuvre des soldats et des gendarmes portant le cercueil sur leurs épaules. Ils le déposèrent à l'arrière de la carriole. Puis, l'un des hommes claironna la sonnerie aux morts. Tous se figèrent dans l'empois du cérémonial dû aux morts pour la France. L'un des gendarmes épingla sur le drap tricolore qui recouvrait la dépouille deux médailles. Et ce fut tout.

Lorsque les hommes se furent retirés, Monestier ôta ses gants noirs. Il monta sur la plate-forme et s'assit à côté de son fils. Ses mains s'attardèrent à caresser le bois nu. « Voilà comment tu nous reviens, mon pauvre petit... » balbutia-t-il. Une plaque de zinc portait le nom gravé de Paul Monestier. Il la regarda fixement un long moment. Il éprouva alors un étrange malaise, de ne pas se reconnaître dans ce patronyme. Il lui semblait que le nom ainsi poinçonné dans le métal ne le concernait point. Avec un mouchoir, il l'essuya fermement, comme si les lettres allaient s'effacer d'elles-mêmes. Il eût tant préféré que la bière fût anonyme. Un mort n'a plus de nom, plus d'identité, un mort est rendu à la multitude. Et son effacement le rend indistinct dans l'ordre civil. Mon Paul est ailleurs. Non point dans cette boîte ridicule, pensa-t-il en fixant le couvercle du ciel. Je pourrais tout aussi bien l'ouvrir, cette caisse. Et qui sait ce que j'y découvrirais ? Un étranger, peut-être, un Paul Monestier puisé au hasard dans le grand charnier des martyrs anonymes.

A la Renaudière, les femmes portèrent le cercueil dans le salon. Elles avaient préparé la pièce pour le recevoir : des draps blancs tendus sur les murs, les miroirs, les meubles. Un gros cierge brûlait à côté d'une tablette sur laquelle on avait posé une soucoupe d'eau bénite et un rameau de buis. Les femmes s'étaient vêtues de noir, et les enfants aussi. Angel avait insisté pour que la bière demeurât couverte du drap républicain, malgré l'avis de Fonsine. Mais, en contrepartie, elle avait obtenu du patriarche le droit d'ôter les médailles pour les glisser dans un tiroir d'où elles ne sortiraient jamais plus.

Le soir, une pluie violente s'acharna sur le domaine, une pluie d'automne cinglante, comme on n'en avait connu depuis longtemps. Les femmes s'assirent en cercle autour de la dépouille, Fonsine à la tête, le visage collé au bois, les bras étendus sur le cercueil. Clémence reconnut dans cette posture un ultime cri d'amour. Et cela lui fit verser plus de larmes qu'elle n'aurait voulu. Elle s'était habituée à la disparition de son frère, à accepter qu'il fût un habitant des limbes. Ce retour réveillait son chagrin à un moment de sa vie où elle espérait enfin le bonheur. Elle était assurée que Martin s'en reviendrait vivant, maintenant que la famille avait payé son dû.

Félix erra un long moment dans la pièce. Il avait trop imaginé son père heureux sur un nuage pour accepter que la boîte vulgaire renfermât ses restes.

— Mais non, mon petit Félix. Ce n'est pas ton père. C'est rien, cela. Rien, affirma sa mère.

Angel et Athanaïs durent se réfugier dans la cuisine pour cacher leurs larmes. Le mensonge parfois protège les rêves des enfants.

— Nous lui dirons plus tard, assura Mariguitte.

— Laissons le temps accomplir son œuvre, ajouta Clémence. Félix doit grandir avec ses illusions. Protégeons ce petit cœur des horreurs de la vie.

Monestier approuva aussi, puisque l'assemblée des femmes en avait décidé ainsi.

Les Monestier veillèrent leur fils deux jours et deux nuits, sans quitter la chambre mortuaire. Le jour de l'enterrement, seul le curé fut admis pour une oraison funèbre. La cérémonie se fit dans la maison même où Paul avait grandi. C'était un souhait du patriarche. Il voulait que son fils fût enterré dans le jardin Casimir, auprès du héros. Angel, lui-même, versa la terre dans la fosse. Ensuite, il ordonna aux femmes de planter sur le môle deux lilas, l'un blanc, l'autre parme. Ce qui fut fait. Plus tard, on songerait sans doute à y adjoindre une pierre de granit simple.

11

L'éternel retour (1920)

L'épeautre sur le plateau, et le poulard sur le flanc des collines, ainsi se résumait l'œuvre de Salinac, tout en froment doré sous le soleil dardant. Le propriétaire, luimême, n'en revenait pas. Il avait réussi à transformer ce pays voué à la friche, selon les vieux dictons. Mais le courage et la machine font plus que mille discours.

Sur son cheval, Martin Brillat allait par les larges chemins qu'il avait tracés de ses mains. Maintenant, toutes ses parcelles étaient accessibles aux outils aratoires. Les pacages étaient séparés des terres à blé par de robustes clôtures. Avec ses ouvriers agricoles, il avait effacé les haies et les boqueteaux inutiles. Les champs étaient désormais d'un seul tenant. Ce qui ne s'embrasse pas d'un seul regard ne mérite pas le titre de propriété. Ainsi, Salinac était devenu son domaine.

D'un coup d'éperon, il talonna sa monture qui le mena d'un trait à la crête. Puis, il se laissa glisser contre le flanc de son cheval. Le silence régnait sur ses terres, dans la limpidité du ciel d'août. Il fit quelques pas dans son champ où le vent doux ondulait les épis. Il pluma quelques grains qu'il fit sauter au creux de sa main. C'est mûr, jugea-t-il. Bien mûr. Le vieux a raison. Il suffirait d'un orage pour tout gâcher. Martin retourna auprès de son cheval et le mena à la bride vers les pruniers de plein vent qui formaient des taches d'ombre sur l'or des collines.

La main placée en visière sur le front, l'homme se mit à ausculter sa récolte. Trente hectolitres l'hectare, jaugea-t-il. Un rendement plus qu'honorable. Alors que le vieux me prédisait quinze hectolitres. Un Brillat vaut autant qu'un Monestier. Il se laissa choir dans l'herbe sèche qui bordait le chemin, sous l'ombre du prunier. Le sang se mit à battre à ses tempes, et il flaira instantanément la montée d'une suée. Cela lui rappela les tranchées, et les cris des fantassins montant à l'attaque. Il plaqua les mains sur ses oreilles. Le plus insupportable, n'était-ce pas la musique des balles, leur sifflet discontinu ? Ça faisait des ricochets d'air jusque dans les oreilles. Et alentour, le paysage changeait de forme, d'une heure à l'autre, sous le pilonnage des marmites. L'argile humaine se confondait à la terre, comme au sortir d'une moulinette. Hachis de soldats dans la puanteur des cloaques.

Martin fixait obstinément une longue coulée rouge dans l'or de ses blés. Elle était intense en son départ, puis semblait se disperser aux contours, comme une éclaboussure de sang. Il éprouva un haut-le-cœur, et ferma les yeux. Dans les plaines de Champagne, durant l'été 14, les morts en culotte garance ressemblaient aux coquelicots de ses champs de blé. Mais il n'était plus ici, à Salinac, que profond silence et limpidité de l'air. Nulle odeur de soufre, de poudre et de chair brûlée.

Quand l'image obsédante se fut dissipée, Martin aspira l'air à pleins poumons. Cette oxygénation forcée apaisait ses angoisses. Il retournait ainsi dans son paradis, chassant la nausée qui le poursuivait. Tu es un homme nouveau, se disait-il. Le mal est derrière toi. Et tu dois t'en séparer. L'oubli est le salut des âmes. Tant pis pour tous ceux qui sont tombés, tant pis pour ce pauvre René qui fut ton frère, tant pis pour Paul qui ne t'aima guère. Tant pis. Tu dois te séparer d'eux, résolument. L'avenir n'est point avec les morts. Et si leur sacrifice fut inutile, qu'importe. Tu sais ce que fut leur détresse. Et tu ne peux plus rien pour eux. Sinon les prières. Mais les prières sont les nausées de l'âme pour quelqu'un qui n'espère rien du ciel. Libère-toi des ombres obsédantes qui chassent dans tes souvenirs. Partout, le monde n'aspire plus qu'à la paix, à l'amour, à la fête.

Angel Monestier l'attendait au petit pont de la Soudoire, juché sur le banc de sa carriole. Il portait un chapeau de paille et un mouchoir blanc noué autour du cou. Il fumait tranquillement son cigare, en écoutant le bruissement de la rivière. C'était un de ses lieux favoris, où il aimait s'attarder. Les bois de Perguse, forcis de châtaigniers et de chênes centenaires, se dressaient devant lui comme un rempart infranchissable. La masse végétale apportait la fraîcheur dont il avait besoin à cette heure de la journée.

Il entendit le trot du cheval, et son visage s'inclina vers le débouché du chemin creux. Martin amena sa monture près de l'attelage.

— Demain, nous attaquons la moisson, dit-il. Trente hectolitres l'hectare. Ne vous en déplaise, monsieur Monestier.

Angel releva son chapeau d'une chiquenaude, dégageant un front haut, dégarni, luisant de sueur.

— Ça ne te passera pas, Martin.

— Quoi donc ?

— Tes piques détestables.

Le cavalier éclata de rire. Et le vieux lui répondit par trois fortes bouffées de fumée qu'il expédia en l'air.

— Je te prêterai les Italiens.

— Combien ?

— Trois. Et les plus vaillants. Batistella, Muracci et Pescola.

— Merci, mon bon maître.

— Le vent souffle du sud, ça nous fera bien une semaine de beau temps. De quoi faire, ajouta Angel.

Martin tapota du plat de la main l'encolure de son cheval.

— Il faudra bien que vous admettiez un jour, monsieur Monestier, que je suis le seul homme digne de tenir votre domaine. La Renaudière a besoin de mes mains et de mon savoir-faire. Et si vous m'avez donné Salinac, c'est bien dans l'espoir que j'y boufferais mon aise de vache enragée, n'est-ce pas ?

Le vieux reprit les rênes de sa voiture et amorça un demi-tour. Il avait entamé sa visite avec la ferme intention de monter à Salinac pour voir les blés, comme il disait. Mais il avait renoncé en approchant de la Soudoire. Trop d'orgueil. Trop de fierté. Trop de vanité. Au reste, Martin lui en voulait d'être resté en chemin. Cela justifiait en grande partie sa mauvaise humeur et ce ton railleur dont il usait volontiers.

Néanmoins, ils cheminèrent côte à côte. La carriole de Monestier avançait cahin-caha. Elle semblait accordée au rythme de sa pensée, lent et lourd. Le vieux Monestier n'était plus l'homme pressé et actif qu'il avait été avant-guerre. La mort de son fils l'avait abattu comme un vieux chêne. Il doutait de tout, des jours et des récoltes, du travail, de l'opportunité d'innover. Il se voulait, ainsi, replié sur lui-même, accroché à son passé, arc-bouté sur ses espoirs perdus. Au grand désespoir d'Athanaïs. Elle ne reconnaissait plus l'homme d'autrefois, déterminé et autoritaire. Et lorsqu'elle lui en faisait reproche, il tournait les talons, sans éprouver le besoin de s'en défendre. A ses yeux, il n'était plus de bataille digne de lui à engager. Cela lui faisait grand peine de songer que Martin serait le futur maître de la Renaudière.

A la fontaine d'Eyssartie, le vieux mit pied à terre et fit signe à son voisin de le rejoindre. Martin hésita. Il craignait les conversations avec son beau-père. Chacune d'elles finissait par des aigreurs. Le vieux prit sa gourde et porta le goulot au fil d'eau. Ils burent en silence.

— Tu te souviens du jour où je t'ai ramassé à Salinac, au soc de la charrue ?

— C'était de la gnôle, beau-père. Dois-je vous remercier, une fois encore, de m'avoir sauvé la vie ?

— Arrête donc. Ce n'est pas ce que je voulais dire. Pour moi, tu es comme un fils. Mais tu ne remplaceras jamais celui que j'ai perdu.

— J'aurais pu y passer aussi. Et vous seriez bien avancé. La République des femmes aurait régné longtemps encore. Clémence m'a raconté comment elles se sont liguées contre vous pour diriger la Renaudière.

Le vieux montra un court instant l'éclat de ses dents. Un sourire plutôt grimacier.

— Ce sont elles, en effet, qui ont sauvé notre ferme. J'étais au désespoir, sans goût, incapable d'entreprendre. Aujourd'hui, tu es devenu ce que Paul aurait dû être. Je ne dis pas que tu possèdes ses qualités. Mais tu t'en sors plutôt bien. Mon cher Martin, tu ne dois pas oublier que cette délégation de pouvoir est toute provisoire. Il y a du sang neuf pour demain. Félix, Sylvère, voilà notre avenir. Nous les formerons à ce grand dessein, toi et moi.

Martin leva les bras en poussant de hauts cris. Le vieux voulait déjà décider de l'avenir de ces pauvres enfants, alors que Sylvère et Félix n'avaient que sept ans. En vérité, il n'était rien qui l'exaspérait plus que l'évocation du sang des Monestier. C'était une vieille lune, à ses yeux, une illusion de l'ancien monde.

— Vous vous prenez pour Philippe le Bel, railla Martin. Le sang des paysans ne vaut pas tripette dans notre monde. Je l'ai vu couler, comme cette source, dans la terre de Champagne et d'Artois. Celui des Monestier s'est mélangé à celui des Brillat, et à celui de tous les pauvres diables que l'on a menés à l'abattoir en rangs serrés. Cette putain de guerre en a décidé ainsi pour l'avenir du sang français, qu'il n'a aucun prix.

Monestier renversa la gourde à ses pieds, éclaboussant les dalles de calcaire blanc. La chaleur avait grillé les prés alentour. Même ceux qu'il avait réservés pour son troupeau. Ce qui l'avait contraint à le faire pâturer dans la plaine, là où la fraîcheur et l'humidité des mouillères conservaient l'herbe verte. Tant pis pour le regain. Décidément, 1920 aurait été une saison d'herbe ordinaire, par défaut des pluies de printemps, celles, bénéfiques, qui relèvent le niveau des puits et des sources.

— Je suis dégoûté de tout, marmonna le vieux. Tu ne ressembleras jamais à mon Paul. Lui, s'il était revenu de la guerre, il n'aurait point geint, comme toi. C'était un garçon qui savait endurer. Toute la grandeur du paysan repose dans cette évidence, qu'aucune adversité ne saurait l'abattre. Celui qui pleure sur son sort ne mérite pas d'être paysan. C'est un fait, on entend de plus en plus geindre autour de soi. Ça n'existait pas avant guerre. Le monde a changé. Et cette maladie finira par tous nous contaminer.

— Quelle maladie ? interrogea Martin.

— Le pessimisme. C'est un mal moderne. Une décadence de la volonté. Pourvu que je ne vive pas trop longtemps... Je finirais par m'ennuyer.

Les moissons de Salinac mobilisèrent l'équipe des Italiens une semaine. Et on passa au blé de Leyfourchie, propriété des Monestier. Une semaine encore de fort labeur. La récolte fut à la hauteur des prévisions, malgré le déficit d'eau du printemps. Et pour fêter l'événement, Athanaïs dressa une longue table dans le jardin Casimir. On y servit des œufs mimosa, du rôti de veau froid, des poules farcies au pot, accompagnées de riz gras. Et en dessert, la flognarde. Angel fit goûter ses vieilles eaux-de-vie à ses ouvriers, le geste généreux. Batistella évoqua la grappa de son pays, surtout celle des Abruzzes.

— Le Montepulciano, insista-t-il.

La question souleva dans le rang des ouvriers italiens une vive controverse. Pescola – que ses camarades nommaient Pescolanino parce qu'il était de petite taille – devint rouge de colère.

— La grappa du Montefiascone, jura-t-il en battant des mains. *Grandissimo vino*. Colli Albani !

Les femmes n'en crurent pas leurs yeux, qu'on pût se disputer pour un vin. Et surtout de la grappa. Monestier tenait cet alcool de résidus de pressoir pour négligeable. Et bien que Muracci lui en eût fait goûter, il le trouvait bien inférieur à l'alcool de marc tiré de ses vignes. Du reste, ici, en Corrèze, on ne l'utilisait que pour flamber les viandes et les gibiers, surtout le sanglier. Angel jugeait que sa prune, pourvu qu'elle eût dix à douze ans de cave, était d'une qualité hautement gustative, mais bien moins, sans doute, que sa poire, qu'il faisait distiller en petite quantité. En Corrèze, il y avait la william, qui offrait une eau-de-vie de bon niveau, à condition qu'elle fût racée, comme la william rouge. Mais aussi, la duchesse d'Angoulême qui était pour le maître de la Renaudière le nec plus ultra. Fine, fruitée, elle donnait une eau-de-vie incomparable que le propriétaire faisait vieillir en tonnelet, et après que la part des anges se fut envolée, il la mettait en bouteille, la cirait avec précaution. Ce noble alcool était réservé aux connaisseurs, et non point à ces idiots qui le jetaient au feu en grimaçant, comme il l'avait vu faire une fois ou deux.

Néanmoins, ce soir-là, comme Monestier voulut départager ses ouvriers sur la question de la grappa d'Emilie ou du Latium, il ordonna à Clémence de descendre en chercher un flacon dans sa cave. Elle remonta aussitôt. L'étiquette était rongée par l'humidité. Cependant, on pouvait encore lire *Duchesse 1904*. Du manche en corne de son laguiole, il fit sauter à petits coups la cire rouge qui protégeait le bouchon de liège. Il s'en versa une rasade, goûta et parut satisfait.

— Pour moi, dit Athanaïs, toutes les gnôles se ressemblent. Des tord-boyaux.

— Tais-toi donc, ignorante. C'est affaire d'hommes.

Les Italiens se mirent à hocher la tête en chœur. Pescolanino avait la réputation d'un coureur de jupons. Et il semblait d'accord sur l'idée que les femmes doivent se réserver pour d'autres plaisirs que celui des vins et des alcools forts.

Angel servit chichement ses ouvriers. Il voulait vérifier leur jugement. Celui-ci fut sans appel. Chacun reconnut par des hochements de tête que c'était là une bien grande liqueur que celle de la *Duchesse 1904*. Alors, le maître consentit à verser une seconde rasade.

Pendant que les Italiens devisaient sur les qualités de l'eau-de-vie de poire duchesse d'Angoulême, les femmes desservaient la table. Les lampes à pétrole suspendues aux arbres attiraient les papillons de nuit. Ils menaient sarabande dans l'air parfumé du soir. Ça sentait la paille sèche, l'herbe coupée, l'écorce de platane. Ça sentait l'écurie aussi, par instants, selon que l'air portait de l'est avec la mare faucardée. La nuit exsudait mille odeurs fugitives portées par le vent invisible. Et Angel goûtait cette quiétude par une sorte de ravissement imprimé sur les traits de son visage. Lui, il eût dit : « Ça sent la Renaudière », sachant par ces mots qu'il exprimait ainsi une sensation aussi ancienne que les bâtiments de sa ferme. Du reste, le temps les avait imprégnés de ces mille exhalaisons, aussi errantes que les âmes de ses ancêtres, dont elles semblaient messagères elles-mêmes, par une secrète alchimie. Il pensait que les vivants laissent ainsi derrière eux la trace de leur passage avant de se fondre dans les limbes. Il lui suffisait de s'attarder sur le quai de son étable, au soir mourant, pour entrer en communion avec ses fantômes, la petite mère Alexia trayant ses vaches, Jules-Sévère Monestier, cachant sous le foin ses pommes d'hiver. Ici, le temps est sans prise, se disait-il en fixant la tombe de Paul. Et les lilas eux-mêmes sont nourris de son essence, le blanc et le parme aux sucs entêtants. Il but patiemment une nouvelle rasade et reconnut à la brûlure l'âme de sa terre nourricière. Au reste, sa cave renfermait d'autres trésors, comme une eau-de-vie de figue de 1842. Le temps ne saurait altérer les alcools, couchés à même le rocher dans leur long repos. Ces trésors étaient l'héritage des

Monestier, des reliques sacrées auxquelles personne encore n'avait osé toucher. Serait-il, un jour, un événement si grand dans l'histoire de la Renaudière qui justifiât d'en déboucher une ? Peut-être, lui-même, laisserait-il à ses lointains descendants quelques fioles de sa *Duchesse 1904*, que l'on ouvrirait dans cent ou deux cents ans ? Qui sait ? Ce qui est éternel seul mérite attention. Tel se perpétue le suc de la terre Monestier, comme une offrande précieuse, se dit-il en avalant l'ultime rasade.

Longtemps après que les Italiens s'étaient retirés dans leurs pénates, Angel rêvait encore, les yeux vers les étoiles. Le vent s'était levé dans les platanes de Casimir. La fraîcheur descendait de l'épaisseur des feuillages, et les papillons de nuit épuisés rasaient l'herbe du jardin où ils finiraient par se rendre. Agonie des éphémères. C'était une idée obsédante sur la brièveté de la vie que lui inspirait cette course d'ailes brisées. Il songeait que son existence, elle aussi, courait à sa fin, du même mouvement d'ellipse raccourcie. Imperceptible chute, comme la source qui s'épuise, goutte à goutte, avant que le rocher nourricier ne s'assèche. Ce qui suinte encore, des jours et des nuits, semble perpétuel, mais fou qui ne sait que la terre meurt aussi, comme le reste.

Monestier s'était à peine assoupi, devant la table désertée, sous la pâle lumière des lampes, que déjà une rumeur sembla enfler du lointain. Etait-ce un rêve ? Il ouvrit les yeux, en sursaut, et vit un rai de lumière qui montait sur la colline, entre les chênes. Il avançait lentement, longuement, dans le ronflement de batteuse qui le nourrissait. Déjà mort ? pensa-t-il. Mais l'idée lui parut saugrenue. Angel avait cette angoisse à l'instant de sombrer que la mort pouvait être aussi voisine que le sommeil. Il se dressa, pourtant, sur ses jambes, fit trois ou quatre pas chancelants sur le parc. Le faisceau de lumière avait gagné les portes de sa maison, tandis que le ronflement s'éternisait encore. Soudain, plus rien. L'éclairage s'était effacé d'un coup. Il avança vers le portail, rajusta son pantalon qui avait glissé de côté, entravant sa marche.

Que je suis bête, mon Dieu, à bouffer de la paille, marmonna-t-il. Tout ça, c'est une voiture automobile. Il en avait vu à Brive, de tels engins, et même à Saint-Ségur, deux ou trois fois. Sans y prêter guère attention, du reste. Mais chez moi ? Que fait-elle ?

Angel se porta à ses devants. C'était un bel engin, rutilant sous la lune. Et à côté, une ombre silencieuse, fichée comme une sentinelle, immobile.

— Qui est là ? s'écria-t-il.

La silhouette ne répondit pas. Angel avança encore. Un visage se dessina dans la nuit. Et lorsqu'il le reconnut, Monestier faillit s'évanouir.

— Ce n'est pas possible. Non. Ce n'est pas possible, murmura-t-il.

La maison fut rapidement en émoi, les lampes, les bougeoirs circulant d'une pièce à l'autre. Cela formait une étrange impression vue de l'extérieur, une farandole de feux follets, sautant d'une fenêtre à l'autre. Puis, la lumière se concentra enfin dans une des parties de la demeure, le salon. La famille se trouvait ainsi réunie autour de la table. Et l'auteur de ce remuement, lui, avait pris place le dos au vaisselier. Il regardait attentivement, d'un œil las, tous les visages. Il s'attardait plus souvent sur celui de Clémence qui était baigné de larmes. Athanaïs était venue s'installer à côté du visiteur, pour le toucher, le palper. A trois reprises, elle l'avait serré dans ses bras, une fois brève, et deux fois plus intensément. Maintenant, elle n'osait plus. Le seul mot qu'elle avait prononcé en l'apercevant avait été : « Un revenant ! » Puis, elle avait répété ce mot, à plusieurs reprises, sur tous les tons. Seule, Fonsine restait à l'écart dans l'encadrement de la porte. Pour elle, le revenant restait un étranger. A peine reconnaissait-elle les traits de Paul, plus adoucis, dans ce visage. Mais il n'avait pas cette manière en souriant de creuser les fossettes. Et l'implant des cheveux ne laissait planer aucun doute. Il y avait sur cette figure, bien plus que du Monestier, plutôt la douceur molle des Ferrère.

— Dix ans, hasarda Athanaïs. Dix ans d'absence. Mais où étais-tu pendant tout ce temps ? questionna-t-elle.

Le garçon ne répondit pas. Il y avait trop de monde à son goût. Et puis, sa visite ressemblait à un renoncement. Du moins, telle était la pensée d'Angel. Il se disait : C'est lui qui a cédé le premier.

— Oh, mon Pierre ! Je te croyais perdu, dit Athanaïs en se prenant la tête dans les mains. J'ai cru que tu ne nous reviendrais jamais plus.

Mariguitte se leva pour lui porter une assiette, un verre, une fourchette, un couteau. C'était l'habitude. Un geste d'accueil. Pourtant, rien n'était plus absurde que ces couverts posés devant lui, comme si le repas l'attendait depuis hier, comme si Pierre faisait partie des retardataires, dans la fête générale des moissons. Elle dit :

— Tu as faim, sans doute ?

Pierre fit non d'un mouvement de la tête.

Angel avait croisé les bras et regardait son fils intensément. Il n'éprouvait pas l'envie de lui parler. Pourtant, tant de questions demeuraient en suspens. Mais il avait compris que leur histoire personnelle ne se pourrait reprendre au moment où elle s'était interrompue. Tant d'années d'absence avaient laminé leurs sentiments réciproques. Ils s'observaient comme deux étrangers, un père et son fils, comme des inconnus. Peut-être avaient-ils fini par oublier ce qui les séparait, et les mots par lesquels renouer le lien. Sans doute Angel éprouvait-il dans son for intérieur le sentiment que le temps avait fini par lui donner raison. Mais cette impression lui parut dérisoire. Un sursaut d'orgueil inutile.

— Pierre, tu nous dois quelques explications, dit Angel.

— Non ! s'écria Athanaïs. Ça ne va pas recommencer...

Un sourire se dessina sur le visage du garçon.

— Tous les matins du monde ne suffiraient à expliquer mon départ, dit Pierre d'une voix blanche.

Athanaïs et Clémence se saisirent de ses mains et se mirent à les embrasser, l'une et l'autre de chaque côté. Elles formaient déjà un rempart contre le père, assis en face de la table. Mariguitte avait apporté des restes de volailles et un petit bol de mayonnaise. Mais on lui fit signe de les remporter dans la cuisine.

— Que faisais-tu, Pierre, pendant tout ce temps ? demanda Clémence. Tu n'es pas devenu muet. Oh, je t'en prie, mon Pierre, nous avons tellement envie de savoir.

La mère comprit qu'il ne voulait pas parler. Elle retrouvait son fils tel qu'en lui-même, secret et taciturne. Le garçon promenait son regard, longuement, sur les objets du salon, les assiettes et les plats en faïence, le serviteur muet, les cruches ouvragées à l'ancienne mode, les mesures en étain, les bassines et les casseroles de cuivre. L'ancien uniforme de Casimir, derrière sa vitre, et, au-dessous, les fusils rangés au râtelier. Aux murs, quelques parchemins encadrés, titres de propriété de l'antique terrier. Rien n'avait changé. Les objets étaient restés en lieu et place, malgré les années, immuables.

Le jeune homme soupira en fixant au-dessus de sa tête la lampe à huile sous son abat-jour de jade. Et sa main caressa le bois de noyer de la table, repoussa le napperon, pour retrouver les loupes ambrées qui l'intriguaient tellement dans son enfance.

— J'ai fait un long voyage, dit-il. Jusqu'en Malaisie où j'ai travaillé dans une plantation.

— Et la guerre en Europe ? Nous pensions que tu étais au front ? interrogea Angel. Comme ton frère...

— Tu sais qu'il est mort, ajouta Athanaïs.

Pierre Monestier baissa les yeux. Imperceptible émotion sur le visage.

— Et nous avons craint pour ta vie. Nous pensions que tu avais disparu dans la guerre, ajouta Clémence.

Pierre hocha la tête.

— Mariguitte va préparer ta chambre. Tu sais, nous l'avons conservée, dit Athanaïs. Tu la retrouveras comme le jour où tu es parti.

— Et où as-tu trouvé l'argent pour acheter une voiture ? demanda Angel.

Le fils se dressa sur sa chaise, fit mouvement vers le couloir. Le patriarche se leva aussi et l'accompagna un pas en arrière. Pierre se retourna et prit la main de son père. Mais le vieux la retira, vivement. Et le fils comprit alors que le patriarche n'avait pas changé, malgré les années. Il se dirigea vers sa mère et fit de même.

— Je ne suis pas revenu pour m'installer à la Renaudière. Juste pour cette nuit. Et demain...

— Tu repars déjà ? s'écria Clémence.

Athanaïs poussa un cri de surprise.

— Non. Je compte m'installer à l'auberge de Saint-Ségur en attendant.

— En attendant quoi ? demanda Angel.

Pierre Monestier ne répondit pas. Je n'ai pas de réponse à toutes les questions, pensait-il. Et rien ne m'oblige à subir, de nouveau, les lois du domaine.

— Une chambre d'hôtel, ça coûte de l'argent, fit Mariguitte.

— Mais ne vois-tu pas que ton frère en a suffisamment, grosse bête ? dit Athanaïs.

La Pierce Arrow était une voiture sortie des usines de Buffalo, équipée d'un moteur six cylindres en ligne à refroidissement par eau, d'une puissance de soixante-quinze chevaux à la vitesse de deux mille cinq cents tours minute. Comme toutes celles sorties cette année 1919 dans la firme new-yorkaise, elle était vert et noir. La carrosserie vert de hooker et les garnitures (marchepieds, garde-boue, calandre) noir d'ivoire. Seul le radiateur était jaune cuivre. Et les sièges en cuir, ainsi que la capote, gris de Payne. De retour de Kuala Lumpur,

Pierre Monestier avait acquis ce bijou pour dix mille dollars en regagnant l'Europe.

L'idée de rentrer en France lui était venue, soudain, après avoir acheté une nouvelle plantation d'hévéas à Kuala Terengganu. Le cours du latex s'étant envolé à partir de 1915 en Extrême-Orient – deux shillings rapportant soixante-dix shillings et enregistrant des dividendes de 375 % –, Pierre Monestier avait investi tous ses gains dans de nouvelles exploitations de « *stump* ». Sa situation assise, le mal du pays fut plus fort que ses ambitions de planteur. Il installa donc un gérant à la tête de sa firme caoutchoutière, et prit en février un billet de retour à la compagnie Straits Steamship.

Faute de garage disponible, Pierre dut laisser sa Pierce Arrow devant l'hôtel Poumier. L'automobile devint la curiosité de tous les habitants. Les enfants d'abord, et les familles ensuite, s'en vinrent en procession visiter le monstre. L'engin avivait toutes les rumeurs, et les plus folles, sur la bonne fortune d'un Monestier. Certes, le nouveau héros de Saint-Ségur se fût bien passé de cette notoriété. Il avait besoin de tranquillité et de calme, et ne parvenait à les trouver que dans l'univers clos de sa chambre du premier étage. Au pays, on ne comprenait pas que le fils Monestier ne fût point resté à la Renaudière. On disait qu'Angel n'avait pas varié d'opinion sur son fils et qu'il l'avait chassé, à peine les valises posées.

Pourtant, le nouveau héros ne faisait rien pour infirmer ces bavardages. Il saluait à peine ses anciennes connaissances, et se dispensait de soutenir la moindre conversation. « Un ours », disait Pascal Poumier, le propriétaire de l'auberge. Pourtant, il n'avait guère à se plaindre de son client, qui lui avait versé six mois de location d'avance. Fait rarissime dans un commerce.

A tous égards, Monestier était un pensionnaire modèle avec ses habitudes de vieux garçon. Il prenait ses repas, à midi et à sept heures, sur une petite table proche de la cuisine, toujours seul. Jamais il ne s'inquiétait des menus, tout au plus réclamait-il quelques vins de Bordeaux de bonne facture. Le reste du temps, l'homme se retirait dans sa chambre où il avait installé un bureau près du lit, face à une fenêtre qui donnait sur la place du village. Monestier lisait, écrivait, rêvait. Deux fois par semaine, le facteur lui apportait des télégrammes dont les origines relançaient les interrogations parmi le personnel de l'établissement : Singapour, Londres, Philadelphie... Les lettres étaient aussi mystérieuses. On murmurait dans les alcôves que le fils Monestier était devenu un des grands magnats du commerce international, dans l'import-export. Pierre feignait de ne pas comprendre ces chuchotements sur son passage.

Le jeudi, invariablement, le pensionnaire de l'hôtellerie Poumier quittait Saint-Ségur de fort bonne heure. Au volant de sa Pierce Arrow, il se rendait à Brive où il avait noué quelques connaissances dans le milieu des compagnies consulaires du commerce et de l'industrie. A vrai dire, il passait plus de temps au siège de la Société générale, à surveiller, à commanditer ses titres, à passer ses ordres de Bourse.

Au vingtième jour de sa nouvelle installation, Clémence vint lui rendre visite, à sa demande. Pierre était assis derrière son bureau, où trônait un ouvrage en anglais sur l'industrie du caoutchouc. Il le glissa dans un tiroir, effaça de même une pile de dossiers contenant les états de sa trésorerie, les plans de ses possessions malaises.

— Ma chère petite sœur, comment se porte-t-elle ? fit Pierre la larme à l'œil.

Elle se jeta dans ses bras. Il la serra contre lui.

— J'ai souvent pensé à toi. Tu es restée mon seul lien avec la Renaudière. Tout le reste m'est devenu indifférent.

— Et notre mère ? s'offusqua Clémence.

Pierre fixait la pointe de ses doigts, caressant ses ongles avec le pouce. Elle reconnut une de ses anciennes marottes et en fut troublée. Il hésitait à répondre.

— Je lui en veux de ne pas m'avoir soutenu. Contre le père, précisa-t-il.

— Pourtant, elle a toujours été de ton côté.

Il exprima un doute par une moue dubitative.

— Tu peux me croire, Pierre ?

— Je ne sais pas. Et puis, je m'en fiche, après tout. Si tu connaissais ma disposition d'esprit à présent... Comment peut-on être aussi stupide que je le fus, avant mon départ. Le sang des Monestier. L'amour de la terre. Les exploits de Casimir. Les reliques de l'ancien temps. Je ne me sentais pas chez moi à la Renaudière. D'ailleurs, je ne me sens chez moi nulle part, si tu veux le savoir. Je suis un déraciné, un apatride. En Malaisie, j'ai cru à la force du dépaysement. J'ai fréquenté tous les milieux. Quelques rajahs en fin de règne, énuméra-t-il, la communauté sikh, les Tamils, les Bengalis, le cercle des résidents britanniques, la fête du Ti-vali. Est-il un coin sur la terre où je puisse me poser et me dire, enfin : Ici est ton royaume !

Clémence ôta son chapeau, avec précaution, évitant de disperser sa chevelure. Elle prit place sur le bord du lit, ce qui signifiait qu'elle entendait, elle, prendre ses aises dans cette chambre, ultime refuge de son frère. Avait-elle le choix ? Aucune autre chaise ne s'y trouvait pour accueillir le visiteur. Signe, tout de même, que Pierre n'y recevait personne, et que sa solitude était encore plus grande qu'il ne voulait le laisser croire.

— Tu as le mal du pays, pourtant ?

Monestier, le visage tendu en avant, par-dessus sa table de travail, contemplait la place de Saint-Ségur. A cette heure, le soleil écrasait les ombres. Les rares passants rasaient les murs. Et, plus loin, on distinguait le pont sur la Soudoire, les bords enrochés tapissés de lierre et de lambruche. Il avait voulu retrouver l'Europe au plus fort de l'été pour ne pas se sentir en décalage avec les moiteurs de la forêt vierge. Pourtant, lui manquaient déjà l'odeur des bougainvillées et des hibiscus, son bungalow en bois peinturluré de couleurs vives, sa terrasse suspendue sur le Terengganu, les mélopées des coolies et des boys... N'est-ce point le paradoxe du voyageur de s'imaginer toujours proche du départ, à croire qu'il n'est aucun lieu sur la terre où s'attarder ?

Ils demeurèrent longtemps immobiles, dans le silence.

— J'ai deux enfants, Anne et Sylvère. Ils ont neuf et sept ans, dit-elle. Et Paul laisse une veuve avec un petit garçon, Félix.

Il se mit à hocher la tête.

— Les futurs maîtres de la Renaudière, ironisa-t-il.

— Tu peux revenir parmi nous. Tu as toute ta place.

— Je ne l'ai jamais eue. Mais ça ne revêt aucune importance. C'est ce que je désire, au fond, que la Renaudière me rejette.

— D'où cette réclusion, ici, à l'hôtel. Pourquoi ?

Pierre fit le tour de son bureau et alla s'asseoir à côté de sa sœur. Elle portait une robe à fleurs, comme Athanaïs autrefois. Son visage était resté fin et délicat. Peut-être la taille s'était-elle alourdie. Mais il ne savait plus, au juste. La dernière image qu'il avait emportée d'elle, c'était une Clémence en robe de mariée, l'été 1910, sous les ombrages du jardin Casimir.

— Tu as évité la guerre, dit-elle. Ce fut si terrible, cette boucherie.

— Je sais, dit-il.

— Martin ne s'en est pas encore remis. Parfois, il se réveille en sursaut, au beau milieu de la nuit. Parfois, il rêve à ses camarades. Ce sont toujours les mêmes noms qui s'en reviennent dans ses cauchemars.

Clémence vit qu'il ne l'écoutait plus, tout absorbé par ses pensées.

— As-tu fait l'enquête que je t'ai commandée ? demanda-t-il.

Le visage de la jeune femme s'assombrit, tout à coup. Elle redoutait qu'il ne repartît vers la Malaisie, sur un coup de tête. Pour toujours.

— Oui, je l'ai faite pour toi. Mais je ne crois pas t'apporter de bonnes nouvelles.

Les poings de Pierre se crispèrent sur ses genoux. Il avait tout imaginé, même le pire. Mais le pire n'advient pas toujours.

— Tu veux dire qu'elle est morte ?

— Oh non, se rebiffa Clémence. Elle est parmi nous, dans le pays.

— Alors, je vais prendre mes dispositions pour la voir

— Tu ne peux pas.

— Comment donc ?

— Josepha est mariée. Elle a deux enfants. Un garçon et une fille. André et Florine. Ils ont l'âge des miens. A peu près.

Pierre se mit à réfléchir.

— Ça signifie qu'elle s'est mariée juste après mon départ. Pourquoi ne m'a-t-elle pas attendu ? Nous nous aimions tellement.

Clémence alla tirer les volets. Trop de lumière à son goût.

— Tu es revenu la chercher ? demanda-t-elle. Après toutes ces années. Dix ans ! Te rends-tu compte ? Il n'est aucun amour qui résiste au temps.

— Je l'avais cru, fit Pierre tristement. J'avais cru que tout pourrait recommencer.

— Les hommes sont incroyables ! s'exclama-t-elle. Ils disparaissent sans un mot, sans un message, sans une lettre, sans rien. Et lorsqu'ils s'en reviennent, après toutes ces années, ils voudraient que leur histoire reprenne comme si de rien n'était. Josepha avait le droit de faire sa vie. Elle avait le droit de ne plus espérer en toi, de ne plus croire en tes promesses.

Les reproches de sa sœur ne semblaient pas le toucher. Il était dans son rêve, comme un fantôme de ses désirs, immortel en son royaume, promeneur invétéré sur la mer de Chine, le Pacifique, le golfe du Bengale... Il avait porté en son cœur cette si vaste espérance, sans jamais croire qu'elle pût être dévastée.

— Je veux la voir, lui parler, balbutia-t-il. Qu'importent le mari, les enfants. Cela ne me regarde pas. Il n'est aucune vie, aucun destin écrit d'avance. Ce qui a été fait peut être défait.

— Pierre ! protesta Clémence. Tu ne peux pas dire ça. Tu es fou.

— Je suis lucide. La passion ne se connaît point de limite.

— Dix années vous séparent. Dix annees, répéta-t-elle. Josepha a changé, toi aussi.

— Moi, je n'ai pas changé.

— Admettons. Mais elle, crois-tu qu'elle t'aime encore ?

— Je veux le vérifier. Donne-moi son adresse. Je t'en prie, Clémence ?

Elle serra contre elle le sac de toile qui renfermait le secret. Cela lui posait un cas de conscience de livrer l'adresse de Josepha.

— Tu vas semer le malheur et le désespoir autour de toi, Pierre.

Il éclata de rire.

— Donne-moi son adresse.

Elle ouvrit son sac précautionneusement et lui tendit une feuille de papier pliée en quatre. Son geste ressemblait à une démission. Mais pouvait-elle lui refuser cette grâce ?

Pierre Monestier demeura immobile sur le bord du lit longtemps après que Clémence fut partie, si longtemps que la nuit finit par le surprendre, toujours immobile. Tant de pensées contradictoires l'assaillaient qu'il ne parvenait pas à dénouer le nœud gordien. Les arguments de sa sœur l'avaient touché plus qu'il n'y paraissait. Le chemin des passions est à haut risque. Et ce que l'on croit aisé de prime abord peut s'avérer un terrible piège, se disait-il en imaginant Josepha avec un mari et deux enfants. Puis-je faire comme s'ils n'existaient pas, ces éléments perturbateurs ?

Les cloches se mirent à battre l'angélus. C'était une heure où les dernières charrettes traversaient la place, où les fermiers remontaient les troupeaux des prés à la fontaine publique. Des voix lui parvenaient des ruelles obscures. Des rires d'enfants, aussi. C'était la première fois, depuis son retour à Saint-Ségur, qu'il attachait autant d'importance à ces bruits. Autant qu'il pouvait se souvenir, ces murmures villageois ne lui avaient laissé aucune trace, et pourtant, il se sentait ému jusqu'aux larmes. A la vérité, Pierre Monestier se sentait peu enclin à la nostalgie. Il avait passé trop de temps à voyager. La découverte du vaste monde avait occupé son esprit, stimulé son imagination.

Sans doute était-ce Josepha qui lui inspirait ce spleen. Il n'avait pas encore déplié le message de Clémence. Sur ce point, il voulait en retarder le moment. A peine lu, plus rien en lui ne saurait arrêter le processus de reconquête. Il le savait.

Monestier descendit au bar pour dîner. Le repas l'attendait à sa place habituelle. Et, au comptoir, les mêmes visages. A son entrée, les voix se turent. Il salua les gens d'un geste machinal. Et les conversations reprirent.

Avant de regagner sa chambre, Pierre flânait du côté de la Soudoire. Il longeait la rive jusqu'à la jetée, où les pêcheurs amarraient leurs barques. Ce soir-là, il se dirigea vers le jardin public. L'endroit était fort animé le dimanche. On y jouait aux boules et aux quilles. Il s'assit sur un banc, face aux remparts du vieux château infestés de lierre. Les maisons bordant la rivière s'allumaient une à une. Les feux, disait-on, pour dénombrer le nombre des habitants. Il en compta une trentaine au moins. Cette occupation le rassurait, apaisait ses angoisses. Il ne savait pas quand il retournerait en Malaisie. Présentement, Ismaïl dirigeait sa plantation de Kuala Terengganu ; c'était ce qu'il avait voulu, qu'un homme de confiance le remplaçât pendant sa longue absence. Il recevait des rapports réguliers sur l'activité de son exploitation. Tant d'hévéas saignés ; tant de tonnes de latex récoltées. On ne manquait point aussi de lui faire un bilan complet sur l'activité de ses séchoirs. Et suivait l'état des comptes : ventes du caoutchouc brut, frais de personnel, de transport, de commissions...

Monestier se décida enfin à déplier le message de Clémence. Il gratta son briquet pour lire les mots qu'il contenait. C'était simple. Une adresse : *Josepha Semenou, à la ferme de Cirgues.* Sa sœur avait pris soin d'y adjoindre un petit plan sommaire. Il respira profondément l'air de la nuit. L'odeur des platanes lui rappela le mariage de 1910. Et la gifle magistrale de son père à l'instant où il avait quitté son bureau. « Si tu pars, tu ne remettras plus jamais les pieds à la Renaudière... » avait-il dit. Mais Pierre s'interrogeait encore. L'avait-il réellement prononcée, cette phrase ? La gifle, oui. Il en conservait un souvenir cuisant. A vingt-cinq ans, on ne se résigne pas à se faire corriger par un père. Il y avait eu aussi les coups de son frère. Paul l'avait rossé au bois de Perguse. Et pire encore... Les infâmes propos tenus contre Josepha. Mais Paul était mort, et cela l'indifférait qu'il fût disparu. Il n'avait même pas visité sa tombe dans le jardin Casimir. Il est des haines tenaces entre frères, qui n'appellent aucun pardon. Histoire ténébreuse des familles, pensa-t-il, où s'exacerbent les passions. Clémence avait voulu lui confier une petite photo de son frère, en troufion dans une tranchée de l'Est. C'était la dernière image que les Monestier conservaient de leur fils. Pierre l'avait repoussée. « Non. Ce n'est pas la peine... » Clémence s'était offusquée : « C'est notre frère, tout de même... »

Le lendemain, aux aurores, Pierre Monestier descendit de sa chambre. Ça ne lui ressemblait guère. Il était plutôt du genre à faire la grasse matinée.

— Que vous arrive-t-il, monsieur Pierre ? s'étonna madame Poumier. Nous ne sommes pourtant pas jeudi...

— Je dois me rendre à un rendez-vous.

— Oh, monsieur Pierre, quelle sorte d'homme êtes-vous ? Secret. Si secret. Tout le pays s'interroge.

— Que désirez-vous savoir, madame Poumier ?

— Je suis trop curieuse.

— En effet.

L'hôtelière retourna derrière son bar pour y ranger des bouteilles. La recette principale se faisait à petits coups de canons de rouge. A Saint-Ségur, la tradition s'avérait immuable, l'habitant buvait du matin au soir la piquette de Juillac et de Voutezac. On aimait surtout le vertougit, un vin âpre et fort tannique. Il s'en éclusait des litres. Tout était prétexte à boire : les moissons, les marchés, les fenaisons, les batteuses, le ramassage du maïs et des pommes de terre, les labourages, les semailles... Les paysans de Saint-Ségur s'entraidaient de ferme en ferme, et par le canon de rouge s'affirmaient les ententes, les coups de main, les complicités... Jusqu'à la nuit, on remettait les tournées, en se racontant des histoires, des bobards, en médisant sur l'un ou sur l'autre, en jaspinant sur la voisine, en querellant l'étranger, l'ouvrier agricole, le misérable.

A l'instant où Monestier allait quitter l'établissement, la dame Poumier le questionna de nouveau. Même si son pensionnaire ne lâchait rien, n'accordait aucune révélation qui fût digne d'intérêt, elle escomptait, petit à petit, par mille allusions, mille familiarités, gagner sa confiance.

— Monsieur Angel n'a pas toujours été correct avec vous, dans le passé, fit-elle. C'est ce que dit mon mari : à quoi sert de faire des enfants si on doit les élever comme des chiens ?

Pierre éclata de rire.

— Je ne suis plus un enfant. Et je me fiche du passé.

L'hôtelière l'accompagna jusqu'au pas de porte. Elle attendit qu'il eût démarré sa voiture et amorcé le départ pour se retirer enfin. Cela lui parut bizarre, soudain, à dame Poumier, que monsieur Pierre se dirigeât vers le plateau. Y a rien à refrire de ce côté-ci pour un Monestier, se dit-elle. Là-haut, c'est misère et compagnie, le pays des châtaignes et des glands. Le pays des culs-noirs.

A Salinac, Monestier arrêta sa voiture, au plus haut du pays, pour jouir d'une belle vue sur les collines environnantes. L'été avait été sec et cela se voyait à la couleur des champs. En certains lieux, on distinguait même, sur le jaune des prairies, les taches vertes des sources et des mouillères. Il fallait une canicule pour distinguer une telle singularité, c'est-à-dire tous les cinq ou dix ans, peut-être. Dans ce contraste des couleurs, les lignes des parcelles se dessinaient d'elles-mêmes, sombres haies, halliers, boqueteaux. Les paysans avaient domestiqué leur terre en fractionnant les espaces ; les uns livrés à la culture, les autres au pacage. Mais Pierre connaissait assez le pays pour deviner que sa promenade allait le mener vers des territoires ingrats. On entrait ici dans le pays du granit dur, à fleur de peau, du gneiss rude. Ça changeait du tout au tout. Les maisons, les hommes, les caractères. Il chercha encore la propriété de Martin, et vit les masures basses. On avait rafistolé une grange avec de la tôle ondulée. Ça ne sentait guère la richesse. Et si Angel Monestier a offert ces brandes, si généreusement, à mon beau-frère, pensa-t-il, c'est bien dans le but pervers de le mettre à l'épreuve. Et moi, grand Dieu, se dit-il, que m'aurait-il offert si j'avais épousé Josepha ? Des lopins de bruyères ! La comparaison le fit rire aux larmes. Depuis son retour de Malaisie, chaque jour, chaque heure le renforçait dans la certitude qu'il avait eu raison de fuir la Renaudière. Sinon, je serais devenu un homme aigri, bourrelé d'amertume et de haine, se dit-il. Pourtant, malgré la fuite, les grands espaces, la réussite, ne suis-je point encore haineux à l'endroit des Monestier ?

Il reprit la direction de Limoges, bifurqua vers Cirgues. La route serpentait entre les châtaigneraies. Il était plus d'un arbre bicentenaire en ces endroits, noueux et calleux. L'écorce trahissait l'âge, une écorce épaisse, lamellaire, aciculaire, torturée par les vents, les pluies, les gels. Avant d'atteindre le hameau, il arrêta sa voiture dans un chemin de traverse. Pierre avait conservé des sous-bois corréziens un souvenir ému d'enfance. Ce n'était point comme en Malaisie l'exubérance des forêts primaires où la lumière est absorbée jusqu'à la lie dans une moiteur pesante, étouffante. Il traversa les champs de fougères, butant dans les hampes de ronces qui s'étalaient sur la mousse. Puis, il alla vers un vieux chêne fatigué, à moitié nu. Les hautes branches étaient sèches. Il mourait lentement. Pierre s'assit contre le tronc pour écouter les geais, les merles et les grimpereaux. Les bois alentour, touffus en diable, étaient envahis de baliveaux. Les paysans n'y venaient chercher que la fougère sèche pour leurs litières. La dernière coupe datait d'une dizaine d'années. On y avait préservé les grands arbres, dégarni le reste. Mais le fouillis avait repris ses domaines, en cépées et écrues, rendant le passage difficile. Qu'importe, les propriétaires ou les chasseurs ou les métayers avaient tracé multitude de chemins étroits pour s'y mouvoir. Tout est à mesure d'homme, se dit-il, les forêts, les futaies, les garennes. Pays domestiqué, pensa-t-il, où l'homme a mis la nature à sa portée. Il l'exploite, l'abandonne à la jachère, puis la reprend. Mouvement perpétuel.

Plus loin, il stoppa de nouveau pour observer un troupeau de culs-noirs dans un enclos, sous une chênaie labourée en tous sens. Les cochons fouaillaient la terre noire, déchiquetant les racines tendres, pour se gaver de glands et de faines. Il reconnut à leur goinfrerie la race mi-sauvage mi-domestiquée de ces porcs robustes blancs et noirs. Alentour, il se trouvait sans doute quelques hardes de sangliers qui s'en venaient rôder, la nuit, auprès de leurs frères domestiques, sans espoir de les reconquérir à leur liberté.

Pierre reconnut le plan et situa dans un repli des collines la ferme Semenou. Le toit de la maison en tuiles rouges semblait engoncé dans la combe, sous trois sapins. Et plus bas, la grange, couverte d'une misérable tôle grise. Il remonta dans sa voiture et coupa le moteur. Les Semenou étaient-ils aux champs ? Cette hypothèse l'incita à avancer sur la route de pierres grises. Le soleil montait sur le plateau, chassant les rideaux de brume de la nuit. A l'entrée de la ferme, il s'arrêta. La cour était peuplée de volailles. Près d'une serve, des canards et des oies caquetaient leur aise. Du reste, ce fut le jars qui donna l'alerte. Pierre enfonça sur sa tête un grand chapeau de paille. Il n'était pas pressé qu'on le reconnût. Son approche se voulait plutôt exploratoire. Terrain hostile ou hospitalier, il ne savait au juste. Semenou était-il un de ces sauvages qui peuplent les fermes isolées du plateau ? Toujours prompt à tirer le fusil de son étui. Deux enfants coururent dans sa direction. C'était bien ce que Clémence lui avait dit : une petite fille et un garçonnet. La petite fille avait les yeux noirs de sa mère. Elle lui sourit.

— Tu ne voudrais pas appeler ta maman ? dit-il.

Elle resta immobile, à se contorsionner sur place, comme si elle ne parvenait pas à comprendre ce qu'il attendait d'elle.

Et puis, Josepha sortit sur le pas de porte. Elle fixa l'homme, hésitant à lui adresser la parole. Les visiteurs étaient rares à Cirgues, hormis les voisins, le facteur, et quelques vendeurs de draps et de chaises.

— Oh mon Dieu ! s'écria-t-elle.

Et elle s'en retourna dans sa cuisine. Suis-je le diable ? Un revenant, tout juste, se dit Monestier. Il l'appela. Elle tarda à sortir de nouveau de sa tanière.

— Je suis Pierre, cria-t-il. Pierre Monestier.

Cette fois, Josepha avait ôté son tablier, mais gardé sur la tête un fichu à carreaux bleus. Elle avança jusqu'à lui, sur le chemin, après avoir demandé à ses enfants de rentrer dans la maison.

— Tu n'aurais jamais dû faire ça, dit-elle en l'observant.

— Je voudrais te parler. Seul à seul.

Josepha se décoiffa. Elle avait coupé ses longs cheveux, et son visage buriné accusait les années, bien qu'elle ne fût pas plus âgée que son visiteur.

— Tu es toujours aussi belle, dit-il en la contemplant de pied en cap.

— Tais-toi donc. Tu n'as pas le droit de me dire ça. Après tout ce temps…

Il avança la main pour lui toucher le visage, mais elle recula d'un pas.

— Je suis mariée.

— Je sais. Mais je m'en fiche. Je veux te voir, insista-t-il.

— Ce n'est pas possible.

— A cinq heures, au croisement de Cirgues.

Jusqu'à la dernière seconde, Pierre Monestier douta de l'attachement de Josepha.

Sur cette question, Clémence avait exprimé ce qu'une femme raisonnable peut dire : ne rien espérer et encore moins un douloureux sacrifice. Mais c'était compter sans les égarements de la passion.

Lorsqu'il entendit son pas sur le tapis de feuilles de la forêt, il comprit que tout était redevenu possible. Il courut vers elle, se griffant aux hampes de ronces. Et au moment de la prendre dans ses bras, Josepha tomba à ses genoux, enserrant ses jambes. Il voulut la relever, mais une force la tirait vers le sol.

— Tu ne dois pas me forcer, sinon j'en mourrai.

— Je ne veux pas te forcer, Josepha.

Il s'abaissa jusqu'à terre, pour la rejoindre, pelotonnée dans la fougère. Elle ressemblait à un animal blessé qui supplie sa grâce. Pierre caressait ses cheveux noirs du bout des doigts. Elle avait enfoui son visage dans ses jupes. Et comme il voulut relever sa tête pour lire dans ses yeux, elle se raidit encore plus. Ce n'était plus que boule de nerfs. Alors, il écarta ses bras et lui dit :

— Si tu ne m'aimes plus, alors il te faut partir. Regarde, Josepha, je ne te retiens pas. J'ai ouvert la cage. Tu peux prendre ton envol.

Mais elle demeura immobile, fixée au sol, dans sa prière personnelle qu'elle énonçait du bout des lèvres, et dont il ne comprenait pas un traître mot. Pierre reflua en arrière, sur les genoux, toujours les mains ouvertes vers les hautes ramures de la forêt. Il n'entendait plus que le vent doux qui desséchait l'air, le craquement des écorces, le pépiement des pinsons dans les charmes. Et sa respiration oppressée qui se mélangeait aux plaintes de Josepha.

— Je t'ai tellement attendu, souffla-t-elle dans le tissu gris de sa parure de paysanne.

Elle s'en était fait, ainsi, un paravent, pour ne pas se laisser voir, approcher, capturer peut-être. Elle se disait qu'elle n'aurait pas la force de lui résister si jamais leurs regards venaient à se croiser.

— Dix ans, dit-il.

— J'ai pleuré, tempêté, crié, des nuits entières. Et petit à petit, je me suis rendue à la raison que tu ne reviendrais jamais plus. Oiseau de triste augure.

Pierre porta les mains à son visage. Les griffures de ronces avaient arraché à sa chair des perles de sang. Et elles lui faisaient des larmes sanguinolentes sur la figure.

— Je suis revenu pour toi.

Josepha se mit à gémir comme un chiot abandonné sur une terre étrangère et hostile. L'homme posa la main sur sa tête, et caressa encore ses longs cheveux dénoués, ses frêles épaules tressaillantes.

— Je veux te regarder.

— Non, défendit-elle, tu ne dois pas me regarder. Je suis laide. La vie m'a brûlé le cœur.

Pierre parvint à glisser une main dans l'étau de ses bras serrés contre sa poitrine.

— Mais non. Je le sens battre la chamade. Comme le mien. Tous deux battent à l'unisson. Ne vois-tu pas, Josepha, que nous sommes faits l'un pour l'autre, comme le jour pour la nuit et la nuit pour le jour ?

Soudain, Josepha releva la tête et offrit un regard éperdu de douceur. Il lui prit le visage entre ses mains et l'amena contre sa poitrine.

— Nous avons connu des jours heureux, Pierre. Nous les avons brûlés l'un l'autre. Maintenant, le destin ne peut plus rien pour nous. Il ne nous accordera plus rien. Sinon le malheur. Tout ce que nous ferons de nos jours et de nos nuits à venir sera voué au malheur.

Une ride s'était dessinée sur ce front aimé, dénonciatrice des désirs étouffés, des soirs d'ennui, des attentes vaines. Il passa le pouce sur elle, comme pour l'effacer d'un coup. Il lui prit les lèvres. Il sentit qu'elles se refermaient sur son désir, puis cédèrent enfin. Josepha ne se voulait pas offrir, pour tout le mal que son amant lui avait fait. Elle se disait : Tu ne dois pas accepter de tirer un trait sur son silence. Tu ne dois pas lui pardonner. Il ne suffit pas qu'il revienne pour que tu lui appartiennes. N'as-tu pas donné ta parole, déjà, à un homme ? Et pourquoi le trahir ?

Josepha parvint à l'écarter de nouveau. Elle se sentait forte, à cet instant, résolue à l'éloigner. Elle se promettait de demeurer maîtresse d'elle-même, quoi qu'il advînt. Et pour lui montrer que sa force était reconquise, elle se dressa de toute sa hauteur, rajusta sa robe, arrangea ses cheveux. Pierre était resté assis dans la fougère, le dos appuyé contre un hêtre. Il la contemplait, grave et triste. Il se disait : Elle ne t'aime plus.

— Le cœur brûlé, dit-elle encore.

C'était une phrase qu'elle avait mûrement réfléchie et qui résumait parfaitement son état. Mais Pierre n'en voulait rien croire. La vie a des ressorts insoupçonnés. Tout semble perdu et pourtant, il demeure une lueur, quelque part, qui ne demande qu'à trouver du combustible pour l'alimenter. Longtemps, il avait cru ne jamais revoir Josepha, et juste en conserver le souvenir dans un recoin obscur de sa mémoire. Mais son image s'en était revenue, comme un orage, un foudroiement inexpliqué, irraisonné. Désormais, comment vivre sans elle ?

— Je veux vivre avec toi.

— Ce n'est pas possible.

— La passion est un sentiment trop précieux pour le gaspiller.

— Ne l'as-tu pas mise entre parenthèses pendant dix ans ?

— Je m'en veux. J'ai été inconstant, méprisable, stupide, confessa-t-il.

— Trop tard, hélas. Quel gâchis.

— Ne dis pas ça, Josepha. C'est trop cruel. Laisse donc ton mari. Puisque tu ne l'aimes pas.

— Qui te dit que je ne l'aime pas ?

— Tu m'aimes, moi, et moi seul. On ne peut aimer deux êtres en même temps.

Josepha fixait les sombres profondeurs du sous-bois. Elle y voyait des ombres s'agiter, comme celles qui lui torturaient l'esprit, divisé entre le désir et la raison.

— Il te faut partir, maintenant, dit-elle.

La main plaquée sur la poitrine de son ancien amant, elle le tenait à distance.

— Je t'attendrai aussi longtemps qu'il le faudra, jura Pierre. Je t'attendrai dix ans, vingt ans, s'il le faut. Désormais, pour moi, le temps ne compte pas. Tu es devenu le sens premier de ma vie.

Josepha recula, horrifiée.

— Tu me fais peur, Pierre.

— Pourquoi ?

— Tant d'amour me fait peur.

— Un jour, tu seras libre. Tes enfants auront grandi. Et ton mari aura peut-être disparu. Et ce jour, nous nous retrouverons. A moins que l'existence n'en décide autrement. Mais ça vaut la peine d'attendre.

Elle partit en courant dans les profondeurs de la forêt. L'homme suivit son ombre jusqu'à ce qu'elle se fût évanouie. Alors, de lassitude et de désespoir, il se laissa glisser à terre, le dos contre le hêtre. La nuit ne tarderait point à descendre, et il l'attendait comme un salut. Une heure de bonheur avec elle, se promit-il, une éternité...

12

Le tournant (1924)

A Croisille, le temps ne faisait rien à l'affaire. L'ombre de René planait encore. Adèle était inconsolable. Et il ne se passait pas un anniversaire sans qu'elle commandât une messe pour le repos de son âme. Elle avait installé dans une pièce de la maison une sorte d'autel du souvenir, avec ses reliques. C'était là, dans ce sanctuaire funèbre, qu'elle priait, la mère éplorée, là qu'elle interrogeait les limbes. Mais le pire, sans doute, c'était de ne point trouver une oreille compatissante à son désespoir. Chacun à Croisille avait ses morts à pleurer sans s'occuper des autres. Ainsi s'était-il établi dans le malheur une sorte d'égalité entre les familles. Les survivants n'étaient pas mieux lotis. Combien avaient sombré dans la folie ? Combien de gazés, d'éclopés, de mutilés ? Et les autres, les plus chanceux, portaient sur le visage les stigmates de l'horreur, quand ils ne se reprochaient pas d'être sortis indemnes de l'enfer.

Pourtant, il semblait que le vieux monde fût à un tournant, à Croisille comme ailleurs. Chacun avait envie de tourner la page, maintenant que dans chaque village se dressait un monument à la mémoire des « morts pour la France ». Les noms des martyrs étaient gravés dans la pierre ou dans le marbre. Ces listes impressionnantes donnaient un aperçu du sacrifice consenti pour la victoire. Il était peu de familles, en vérité, où ne s'affichaient aux murs des cuisines ou des salles à manger, dans leur cadre noir, les médailles des disparus. Parfois s'y ajoutaient les portraits. Combien de temps faudrait-il encore avant qu'on se résignât à les décrocher ? Les disparus manquaient cruellement, à l'affection des leurs, certes, mais aussi dans le travail de la ferme. Tant de vies bouleversées, de projets abandonnés, de maisons désertées signalaient le désordre que la saignée avait engendré.

Josée appartenait au club des veuves de guerre qui entendaient tirer un trait sur le passé. Adèle ne comprenait pas que sa belle-fille voulût exister, maintenant que la période de deuil était accomplie. La mère avait espéré un veuvage éternel, une pénitence sans faille, une attrition scrupuleuse. Et voici qu'elle entendait refaire sa vie, repartir d'un bon pied.

— Ne vois-tu pas, François, qu'elle cherche un homme, cette traînée ? jugea Adèle un jour.

Brillat se prit la tête dans les mains. Il avait perdu, à l'usure, la force de contrer les violences verbales de son épouse. Il semblait transparent dans ces moments où le caractère d'Adèle se livrait. Il se disait : Elle est entière, ma chère épouse, encline au sacrifice et à la flagellation. Mais ce qu'elle exige d'elle-même, pourquoi veut-elle l'imposer au reste de la terre ?

— Et alors ? répliqua-t-il dans un soupir. La nature parle en elle. Elle a envie de refaire sa vie. Pourquoi y trouverais-je à redire ?

— C'est bien là une idée d'homme, répliqua Adèle. Pour vous, il n'est rien qui vaille, pas même un serment d'amour.

François voulut se retirer sur la pointe des pieds, mais sa femme s'en revint à la charge par piquées successives. C'était sa manière, le harcèlement. Elle y excellait avec vigueur, à croire qu'elle y trouvait quelque plaisir personnel.

— Penses-tu à notre fils ? S'il voit, de là-haut, du très-haut, insistait-elle, la trahison de sa femme, comme il doit être malheureux, en proie aux pires tourments.

Adèle joignait les mains pour énoncer sa prière personnelle, que Dieu la fît mourir plutôt que de la laisser dans l'adultère.

— Veux-tu connaître le fond de ma pensée ? dit Brillat.

— Oui. Cela m'aiderait à comprendre.

— Josée n'a jamais vraiment aimé notre René. Ce fut un mariage de circonstance. Ainsi a-t-elle échappé à sa condition misérable. Voilà la vérité.

Du reste, la petite Lormois n'avait jamais fait montre d'un grand chagrin. Elle avait accueilli la mort de son mari dans cette sorte d'indifférence qui reste la pudeur des misérables. Elle l'avait suivi au cimetière sans qu'une larme parût sur son visage, froide et hautaine. Les pauvres ont cette dignité, parfois, de n'implorer point le ciel, sachant sans doute qu'il n'est pas de leur côté.

Par ailleurs, les Brillat ne pouvaient que se louer de leur bru. Elle travaillait à la ferme comme un homme, fournissant son content de peine. De ce côté-ci, Adèle ne lui plaignait guère ses efforts ; elle jugeait même qu'elle n'en faisait pas assez. Et sans la mansuétude du maître de Croisille, Josée ne se fût découvert aucun allié de poids. Le veuvage la jetait en terre ennemie, à la peine et à la disgrâce.

Un soir, Adèle – qui la surveillait comme le lait sur le feu – la surprit dans la grange à foin en galante compagnie. L'homme disparut comme un voleur, avant même que la belle-mère pût mettre un nom sur un visage. A ce qu'elle put en juger, il s'agissait d'un ouvrier agricole, un de ces trimardeurs qui se louaient à la journée.

— Faire ces horreurs sous mon toit est un scandale, reprocha Adèle aussitôt. Je ne le supporterai pas.

— Je suis chez moi, se rebiffa-t-elle. Et sans mon courage, que deviendrait Croisille ? La ferme irait à la dérive. Etes-vous aveugle à ce point ? Je fais tout, ici. Comme un homme. Ce n'est pas Martin qui viendra prêter la main. Il a bien assez à faire à Salinac.

— Ça ne vous donne aucun droit. Maintenant que mon regretté fils est parti…

— Je reste sa femme. Et je le resterai. Sinon, vous me jetteriez à la rue.

— Oh, vous avez une drôle de conception de votre veuvage. A vous donner au premier venu. Quel mauvais sang vous habite ?

— Quoi ? Méchante femme. Il me faut un homme. Et dans ma situation, je ne peux pas faire la fine bouche.

Josée la narguait, les poings suspendus à ses hanches larges. Les boutons de sa chemise étaient restés défaits. Elle offrait ainsi sa gorge, effrontément ; attitude qui ne lui ressemblait guère en vérité, Josée étant d'un genre effacé. Mais, poussée dans ses ultimes retranchements, elle se rebiffait comme une chatte acculée, toutes griffes dehors.

— Oh mon Dieu que j'ai honte, que j'ai honte, se lamentait Adèle.

— L'amour, l'amour ! s'écria Josée. Quelle sorte d'amour pensez-vous que nous vivons, Pijoine et moi ? Moi, reprit-elle, qui ne suis tout compte fait qu'une domestique dans la maison de mon défunt mari, et lui, le misérable Pijoine, qui se loue au plus offrant comme les chiens sur la route cherchant par on ne sait quel instinct la porte hospitalière...

Dès cet instant, Adèle flaira une force rebelle, d'un genre nouveau, et s'interrogea. Se pourrait-il que cette nouvelle manière d'être, cette défense inédite, eût puisé sa sève dans sa fraîche liaison ? Parfois, l'amour inspire des ambitions nouvelles, révèle des vues insoupçonnées. Madame Brillat médita longuement cette crainte. Elle poussa son observation bien au-delà de ce que la décence exige, tout en faisant ses rapports à son diable de mari. Lui, il conservait, envers et contre tout, une haute opinion de sa belle-fille.

— Que notre Josée se dévergonde est fâcheux, mais qu'y pouvons-nous ? A moins de lui trouver un nouveau mari convenable...

L'esprit des Brillat s'affirmait dans ce dessein. Apportons une solution à notre problème, puisqu'il s'impose à nous et que nous ne pouvons le détourner. Adèle accueillit cette idée fraîchement.

— Tu penses à qui ?

— A Noël Maudoire.

— Maudoire ? Ce vieux garçon ! Crois-tu que la traînée se satisferait d'un vieux bonhomme, seulement parce qu'il jouit d'une coquette retraite du Comptoir des Tabacs ? Tu n'as rien compris, mon pauvre François. Notre bru a bien caché son jeu, toutes ces années. Elle a le vice dans la peau, te dis-je.

L'enquête d'Adèle finit par porter ses fruits. Elle découvrit enfin qui était Pijoine, l'amant de sa bru. Employé de ferme à Labrunie, sa réputation n'était plus à faire : coureur de jupons, buveur invétéré, bonimenteur et rebelle à ses heures. Tout pour plaire. François écouta le rapport de sa femme, l'air effrayé. Sur l'instant, il cacha son désarroi. De toute évidence, on ne pouvait ajouter de l'huile sur le feu. Et participer à la cabale, c'était envenimer les relations avec Josée et les rendre explosives.

Comme chaque soir, Brillat s'attardait dans son cabinet de travail à la mairie de Croisille. Il était plus d'un dossier qui lui donnait du souci, dont celui de l'électrification des campagnes. On avait fondé un syndicat de communes pour gérer cette affaire. Et la programmation des travaux, par tranches successives, provoquait des conflits : jalousies, surenchères, rivalités, discordes. François avait accepté la présidence de cette association, poussé et soutenu par les gérants de l'usine d'électricité La Force. Une campagne, savamment orchestrée par ses détracteurs, tentait de prouver que le maire de Croisille touchait des subsides en sous-main. A la vérité, Brillat se sentait trop républicain pour s'adonner à ces manœuvres. Mais le mensonge et la calomnie laissent toujours des traces indélébiles sur les hommes ; ils les fragilisent et, pire encore, découragent leur œuvre salvatrice. Mais les temps étaient ainsi faits, marqués par l'ingratitude publique, que tout élu de la nation, du plus humble au plus grand, était soupçonné de s'adonner à la malversation. Le progrès engendrant des industries nouvelles semblait porter sur lui toutes les fautes de l'époque, la concussion, le favoritisme, la corruption. Plus tard, on y verrait le seul avantage qui vaille, une énergie nouvelle et propre à demeure, et l'on finirait par oublier le nom des pionniers qui en furent les artisans.

Brillat méditait sur ce paradoxe du pouvoir, le regard perdu dans le vague, lorsque ses filles firent irruption, selon leur habitude, en ouvrant la porte brutalement. Le maire avait fini par se lasser de leur répéter que la bonne éducation exigeait qu'on frappât avant d'entrer.

Elles tirèrent les fauteuils près du bureau et s'en vinrent poser les coudes sur le cuir.

— Notre père est triste. Tant de soucis, dit Adeline en caressant les chemises toilées.

— Qui sont ces méchantes gens qui te veulent du mal ? ajouta Rosalinde.

Le père s'abandonna aux mains tentaculaires qui l'envahissaient.

— Vous ne grandirez jamais ?

— Oh, si tu savais... dit Adeline énigmatique.

François Brillat fronça les sourcils. Il ne prisait guère qu'on lui parlât, ainsi, par sous-entendus. Ses filles, bien qu'approchant la trentaine, usaient encore de cette manie enfantine fort troublante. Toutes deux restaient, envers et contre tout, soudées, complices, secrètes, et fort rétives à entrer de plain-pied dans le monde adulte.

— Quand vous marierez-vous ? Il ne serait donc pas un seul parti enviable dans le voisinage ?

Le patriarche espérait encore que l'une de ses filles offrirait à la ferme de Croisille un garçon digne de travailler les terres, et de remplacer son René. Un solide paysan à l'esprit vif et entreprenant. Mais une telle greffe tardait à prendre, bien que la sève fût disponible. Et souvent, le père, envieux des ventres qui s'arrondissaient dans son entourage, tempêtait en lui-même contre le destin. Mais il avait compris que son désir profond ne se pouvait exprimer que par allusions, par boutades, au risque de dresser contre lui la colère des filles. Elles ne se voulaient point donner à un homme pour la vie, comme si le calvaire de Josée leur avait montré tous les périls du mariage. « Pourquoi faudrait-il que l'histoire se répète ? défendait François. Nul n'est voué au malheur par avance. Il y a plus de hasard dans l'infortune des hommes que de fatalités. La vie a horreur du vide. Une mort se doit d'être comblée par une naissance. Songez, mes petites, qu'il est un temps pour tout, et que vous avez l'âge où l'on met des enfants au monde. » Adèle exultait en général à cette vision optimiste, mais les filles demeuraient sur leur réserve, surtout Adeline, que ces propos rendaient plus rêveuse encore.

Ce fameux soir, dans le bureau du maire, Adeline annonça qu'elle allait prendre une grande décision. Le père la titilla un peu pour la faire avouer. Mais rien n'y fit. Elle attendrait son moment.

— Je suis inquiète pour notre Josée, ajouta François.

Les visages des sœurs se figèrent, le regard suspendu aux lèvres du patriarche.

— Elle a un amant, ajouta Brillat.

Les filles éclatèrent de rire.

— Mais, papa, rien de plus naturel, dit Rosalinde. Josée ne va pas se racornir dans le veuvage. C'est une preuve de bonne santé. Elle travaille comme un homme. La vie n'est pas gaie à Croisille. Tu ne vois pas cela ? Il faut bien qu'elle s'accorde quelques plaisirs.

Le père balança la tête dans un geste de réprobation.

— Notre mère ne peut pas comprendre, dit Adeline. Mais toi, papa, tu es un moderne.

— Connaissez-vous Pijoine, l'ouvrier agricole de Labrunie ? demanda François. Eh bien ! C'est lui.

— Lui, quoi ? questionna Rosalinde.

— L'amant, fit Adeline en fronçant les sourcils. Grosse bête. Tu ne comprends pas. C'est un matamore, buveur et grossier. Et si nous n'y prenons garde, il sera bientôt sous notre toit. Oh, mon Dieu ! Quelle horreur !

Le père parut ravi de la réaction de sa petite Adeline. Elle avait déjà mesuré les conséquences de cette liaison sur le quotidien de la ferme.

— Qu'y pouvons-nous ? dit Rosalinde. C'est son affaire après tout.

— C'est notre affaire à tous, rectifia Adeline.

Elle parut réfléchir.

— Papa ? Voudrais-tu que je la mette en garde ? Elle m'aime bien, Josée. Et je saurai trouver les mots.

— Je ne sais pas, dit le père en se prenant la tête dans les mains. Un mot de travers, une interprétation hâtive, et tout sera perdu, prévint Brillat. Notre Josée est susceptible. Et qui sait ? Peut-être l'aime-t-elle, ce Pijoine ?

— En effet, reconnut Rosalinde, s'il y a du sentiment, tout sera plus compliqué. Josée se cabrera sur ses positions.

Le père repoussa la pile de dossiers qui encombrait son bureau. Tout lui semblait oppressant autour de lui, les affaires du syndicat, de la commune, de la famille. Il se sentait pris au collet par des décisions à haut risque. Et à voir le visage décomposé de ses filles, il éprouva une solitude qu'il n'avait jamais ressentie encore.

— Il nous faudrait marier Josée au plus vite, suggéra François.

Un silence monta dans la pièce assombrie par le soir. Adeline et Rosalinde se regardèrent ; elles éprouvaient le même sentiment, qu'il ne saurait exister de bonnes unions arrangées. Puis, le père avança un nom, celui du candidat, le seul qu'il eût à offrir dans les circonstances.

— Ce petit homme rabougri, sinistre, déplora Adeline.

— Lui-même est-il d'accord ? interrogea Rosalinde.

— Je le sens prêt à offrir ses services, dit François.

— Mon Dieu, comme tu en parles ! C'est d'un mépris… reprocha Adeline.

Une semaine plus tard, la proposition fut accueillie par un grand éclat de rire. Josée imaginait ce que serait une photo de mariage avec Noël Maudoire. Un ridicule accompli, malgré les rentes du bonhomme, une petite maison tout confort à Croisille. Pourtant, François Brillat avait cru, jusqu'au bout, que les arguments d'Adeline auraient fait mouche. Un terrain mal dégrossi, pensa-t-il. Mais c'était compter sans le caractère de Josée, forgé dans l'épreuve, le chagrin, sans qu'il y parût.

— Pour qui me prenez-vous, beau-père ? railla Josée. Une profiteuse ! J'ai épousé votre fils par amour. La guerre me l'a pris. Je ne me remarierai jamais plus. C'est ainsi. Un pacte entre nous. Une parole sacrée par-delà la mort, les nuages, le néant, les tempêtes... Comprenez-vous ?

— Quel pacte ?

— Avant de partir, en 14, nous nous sommes juré, quoi qu'il arrive, de ne jamais nous séparer.

— Maintenant, les corps...

Il hésita à poursuivre. L'idée lui parut, soudain, comme une vérité qui saute aux yeux, d'une cruauté incroyable.

— Nos corps sont séparés. En effet. Mais nos âmes ?

— Les âmes ? interrogea Brillat.

— Les âmes sont immortelles. La sienne comme la mienne. Un jour, nos âmes se retrouveront. Si je me parjurais, d'aventure, alors, oui, l'une serait au ciel et l'autre aux enfers.

— Mais Pijoine ? N'est-ce pas, vous en conviendrez, Josée, une sorte de trahison... ?

— Que nous soyons amants, quelle importance ?

Brillat baissa les yeux. Il éprouvait, soudain, ce sentiment du vide par où la raison s'effondre, parfois.

— Je ne veux point me remarier, ni avec votre Maudoire ni avec Pijoine.

François reçut cet aveu comme un coup de poing à l'estomac. Il pensa : Elle est sincère et honnête, et je n'ai point à mettre sa parole en doute, bien qu'elle soit pauvre et misérable, sans autre éducation que celle que l'on donne là-haut, sur le plateau, aux gamines pour qu'elles deviennent des filles de ferme, résignées et dociles.

Pijoine habitait dans une cabane, près de la carrière de sable à Labrunie. Du reste, c'était son véritable métier, carrier. Il avait exploité le filon jusqu'au bout, puis s'était résigné à se louer faute de commandes dans les fermes du voisinage. Homme à toutes mains. C'était sa principale qualité. Saigner les cochons, les veaux, curer les fosses à fumier, hongrer les taurillons, les chevaux. De haute taille, musculeux, l'homme portait fièrement de belles bacchantes. D'ordinaire, il passait pour un ours avec ses manières de ne jamais répondre aux questions, de considérer les gens de haut. Du reste, bien des propriétaires de Croisille l'eussent volontiers mis en quarantaine s'ils n'avaient eu besoin de ses services. Aussi, dès le travail accompli, on le congédiait, sans ménagement. Et l'homme à toutes mains s'en repartait sur les routes, se vendre à la journée, à la semaine.

Josée Brillat avait été séduite au moment des moissons, en 1921. Par manque de bras, une entraide s'était établie entre les propriétaires des villages. Ainsi, Pijoine avait été prêté par un de ses employeurs à la ferme de Croisille, où il n'était plus un seul homme pour les grands travaux. La bru et le journalier s'en furent donc ensemble avec un attelage de bœufs et une moissonneuse mécanique. En deux journées, l'affaire fut bâclée. Cependant, pour respecter le contrat passé avec l'employeur de Pijoine, il fut décidé que Josée rendrait les deux journées. Le couple se rendit donc à Brunerie, chez un gros propriétaire, où l'on devait abattre cinq hectares de blé et deux de seigle. Il fut entendu que le journalier s'occuperait de la parcelle de seigle. Josée menait l'attelage et Pijoine s'occupait de la machine. Un engin capricieux, si capricieux que l'ouvrier devait sans cesse interrompre la manœuvre pour réparer les défauts, liens lâches ou gerbes déliées. Aussi la cadence s'en trouvait-elle ralentie. A la visite du patron, les reproches fusèrent. Herbeneau avait espéré que son seigle serait moissonné dans la journée. C'était loin d'être le cas.

Les mains glissées dans son ceinturon de fantassin, Pijoine essuya les remontrances sans un cillement de regard. Ce diable d'homme en avait vu d'autres au Chemin des Dames. Néanmoins, il apporta les explications nécessaires à sa défense.

— C'est la faute du noueur, fit-il. Ça rate une gerbe sur quatre. Mieux vaudrait regarder ça de près plutôt que de chercher querelle.

— Y a pas de mauvaise machine, s'écria Herbeneau. Seulement de mauvais ouvriers.

Soudain, les yeux du propriétaire s'abaissèrent sur la croupe de Josée. Ce n'était pas une jolie femme, mais elle portait fièrement ses attributs. Une croupe large et généreuse et des seins fermes rachetaient des attaches, poignets et chevilles, plutôt grossières.

— Je vois où t'as passé ton temps, Pijoine.

— Mais c'est qu'on voudrait me faire passer pour un saligaud, releva le journalier. Ma pauvre Josée, on t'insulte aussi.

Pijoine marcha sur Herbeneau d'un pas conquérant. Il se fichait après tout qu'on lui contestât ses heures. C'était l'habitude de payer au prix de huit heures dix à douze heures de labeur. Mais il lui était insupportable qu'on crût qu'il passait son temps à courir le guilledou. Surtout la bru du maire. Tout de même. Pour qui se prenait-il, ce pécore ?

— T'es un vaurien, Pijoine. Un communard.

Et le paysan de Brunerie fit mine de le mettre en joue.

— Et toi, Herbeneau, un planqué. On t'a attendu au front. Mais t'as préféré te cacher dans ton étable, en soudoyant les gendarmes pour qu'ils t'oublient. Sinon, con comme t'es, tu serais six pieds sous terre, à bouffer les pissenlits par la racine. Bon Dieu, oui, y a pas de justice. C'est les embusqués qui viennent nous faire la leçon. Main'nant que les meilleurs sont couchés sur les monuments aux morts, y a plus que la racaille pour la ramener.

Herbeneau éclata de rire. Du bout des doigts, il fit signe au journalier de reculer, comme si c'était rien de plus qu'une raclure, un déchet d'homme.

— Même que le boche aurait été bien inspiré de te trouer la peau, ajouta Herbeneau. M'est avis que t'serais sur le monument que ça m'ferait plutôt rigoler.

Pijoine défit son ceinturon et le fit mouliner comme une corde de potence.

— Je vais te corriger, andouille.

Josée s'interposa.

— Arrête, Pijoine. Laisse donc. Je me sens pas insultée. J'ai l'habitude. Je connais ce genre de citoyens. Et si tu savais comme je les méprise !

D'un geste vif, le cuir alla cingler le visage du paysan. Herbeneau y porta la main. Le sang dégoulinait par le nez à grosses gouttes.

— Raisiné du soir, rigola Pijoine, désespoir. Vieux dicton de communard.

Puis il se mit à siffloter « Le Temps des cerises ». C'était son hymne favori, ici sur la terre des autres, et jadis dans les tranchées. Pijoine avait tant vu la mort de près, la grande faucheuse, comme il disait, que ça ne lui faisait plus rien d'affronter la haine ordinaire.

— T'en veux encore ? Et cette fois, macchab, côté boucle. Ça cisaille la peau comme un rasoir, vieux ! J'en ai vu partir en bouillie, comme je respire.

Herbeneau recula, défiguré par la peur.

— Y m'tuerait, ce con. A Biribi ! Communard. A Biribi !

Pijoine leva de nouveau son ceinturon. Cette fois, il était décidé à finir la besogne. Une gifle maousse. Mais Josée le lui retira des mains.

— Ouais, reconnut Pijoine. Ça va. J'arrête la corrida. C'est pas un spectacle pour les petites femmes, ça !

Le propriétaire se sentit reprendre courage.

— Fous-moi l'camp, Pijoine. Et sans un rotin.

— Tu m'dois mes dix heures. Ou alors...

— Tu peux faire une croix dessus, fainéant !

Pijoine hocha la tête. Il avait compris que sa journée était à ranger au compte des pertes. Une de plus qui finirait en carambouille. De rage, il tira de sa poche un laguiole aiguisé comme un rasoir et, main basse sur les harnais, se mit à trancher les lanières, une à une, libérant les deux percherons. D'une claque ferme sur la croupe, il les fit gambader leur aise dans la moisson.

La nuit même du fameux exploit, Josée et Pijoine devinrent amants. Elle s'abandonna à lui, de fureur et de colère, ainsi qu'on quitte par dépit l'étroit et droit chemin de l'honorabilité.

« Un petit dernier, un retardataire, avait dit Rosalinde, ça a droit à toutes les faveurs. » Ainsi, Daniel était, des trois enfants Brillat, le plus gâté. Du reste, si intelligent, si pertinent, on l'avait poussé vers l'école normale de Tulle où l'on formait les instituteurs. Le père avait suivi attentivement cette marche triomphale, fêtant au café des Deux-Tantines le moindre diplôme obtenu. « Nous en ferons un hussard noir de la République ! promettait-il. Après tout, les paysans ne sont pas plus bêtes que les bourgeois. Pourquoi faudrait-il que leurs enfants demeurent enchaînés aux manchons de la charrue ? Moi-même, ne suis-je pas devenu maire de Croisille, alors que tout le monde me promettait une veste mémorable contre Pick ? Sans oublier que je préside, désormais, le syndicat de l'électrification. Que la lumière soit, mes amis... »

A la vérité, côté études, rien à dire. Daniel était bien l'enfant prodigue tant attendu. L'élu des Brillat. L'honneur incarné du patriarche. Mais, côté âme, il était possédé d'un mal si profond que sa vie entière en serait bouleversée. Cette langueur avait pris naissance sur le cercueil d'un frère tué à la guerre et rendu comme un trophée avec médailles et citations. Malgré le temps, les prières maternelles, le culte des deuils, le lien ne s'était pas défait en son esprit. A chacun de ses retours à Croisille, le jeune homme allait se recueillir sur la tombe de son frère. Et la douleur ne s'interrompait pas, comme on eût pu le croire, à la porte du cimetière, elle l'accompagnait jour et nuit, jusque dans ses rêves. L'absence de René pesait sur lui comme une chape de plomb. Aux couchers de soleil, aux automnes arlequins, aux neiges de décembre, aux flamboiements des étés, il se répétait inlassablement ces mots cruels : « Lui, il ne voit plus ces merveilles du monde, et pourtant j'existe. Je me repais de ces petits bonheurs, de ces prodiges de l'aube et du crépuscule, et lui, il en est privé. La mort est un buvard où s'impriment les souvenirs perdus. Une nuit sans fin et sans commencement. Et chaque seconde de ma vie me semble une éternité volée à son silence et au néant. »

A l'heure de prendre son premier poste de maître d'école, l'enfant prodigue fit son examen de conscience. La révolte était forte en lui pour qu'il concédât à la société de se fondre dans un moule. « Demain, j'apporterai le savoir à des générations d'enfants, se dit-il. Je leur enseignerai que la liberté est le bien le plus précieux, et qu'il n'est plus beau combat que le triomphe de la justice. O mensonges. Avec ces vérités, on mena une génération entière à l'abattoir. Le sang versé n'a point ouvert des droits nouveaux aux peuples. Quelle leçon naquit des tranchées ? Il est toujours des princes belliqueux qui préparent les guerres de demain. Et l'argent règne sur les sociétés où la misère des humbles insulte l'avenir. »

François Brillat fut le premier de la famille à comprendre les tourments de son fils.

— Avec ces idées, prévint-il, tu te prépares une existence douloureuse. Ce n'est pas ce que nous avons rêvé pour toi. Les études t'ouvrent des horizons nouveaux. Toi, tu es sauvé, mon petit. Tu es passé, quoi qu'on dise, à travers les mailles du filet. Pourquoi faudrait-il tout gâcher ? Notre René ne reviendra pas. Et qui sait ce que sera le nouveau siècle ? Peut-être un siècle de raison. Finies les guerres, les haines, les souffrances. Peut-être que ton frère n'est pas mort pour rien. Et tous ceux qui ont connu ce martyre, que nous diraient-ils, aujourd'hui, s'ils revenaient parmi nous : faites que toutes ces horreurs ne se reproduisent jamais ! Voilà ce qu'ils nous diraient. Et toi, tu n'as pas le droit de les décevoir.

Daniel écouta son père jusqu'au bout, jusqu'au silence. Le fils prodigue avait l'art de mener ses interlocuteurs jusqu'à la limite de leurs pensées profondes. Ce qui l'intéressait dans une conversation, c'était l'instant où les mots s'en viennent buter à l'indicible. Il se disait : la vérité est au-delà du discours de convention. D'abord les lieux communs, les pensées usuelles de convenance, et ensuite, l'abyssale sincérité par où l'esprit se délivre.

— Je n'ai aucune confiance en l'avenir. La haine qui a déchiré les peuples de l'Europe n'est pas éteinte. Elle couve sous la cendre. Il suffit d'un vent mauvais pour rallumer le brasier. Et il ne sera jamais assez de vigilance pour en dénoncer la résurgence. C'est notre mal de croire que la raison puisse contrarier les volontés de puissance. Elles sommeillent dans nos têtes, dans nos gènes. Peut-être jusqu'au tréfonds de nos cultures, lorsque nous nous plaisons à croire que le Français ou l'Allemand est supérieur à tout le reste et qu'il peut dicter ses règles.

Le père détourna le regard. A cet instant, il contemplait de grands nuages blancs sur l'azur d'été. Il pensait à Angel Monestier et à ses idées sur la supériorité du sang, à l'ordre des familles qui perpétue les valeurs ancestrales, à la mémoire des ancêtres et à la souveraineté des racines par lesquelles les peuples se forgent une histoire et un devenir.

— Ne vois-tu pas ce que le progrès nous a apporté ? dit le père. Aujourd'hui l'électricité, la TSF, demain l'aéronautique, et qui sait, tant de découvertes nouvelles qui vont rapprocher les hommes.

— Le progrès ne nous protège pas de la déraison. Au contraire, il éveille de nouvelles ambitions belliqueuses. Ce qui vaut pour le bonheur de l'homme vaut aussi pour son malheur. Le progrès, c'est aussi des armes de plus en plus perfectionnées pour faire la guerre. Et s'il permet à une nation de s'en doter face à une autre qui en est dépourvue, alors il apporte le goût de la tyrannie et de la domination.

François Brillat quitta le banc de pierre où ils s'étaient installés, face aux collines enluminées de Salinac. Daniel le rejoignit sur le sentier, longeant une haie de seringats.

— Jaurès était en train de gagner son pari lorsqu'il a été assassiné, dit le jeune homme. Il avait compris que la solution résidait dans l'âme des peuples. Il suffisait que les ouvriers allemands et français fassent grève pour stopper la machine de guerre. Et c'eût été la fin des ambitions des marchands de canons. Là était la raison, dans la résistance des peuples. Et elle ne triompha point. Au contraire, nos politiciens de droite et de gauche inventèrent cette belle idée stupide : l'union sacrée devant la patrie en danger. Une fois Jaurès mort, ses amis n'ont rien pu faire. Ils eussent voulu poursuivre son œuvre, pourtant. Au contraire, les gens de la SFIO votèrent les crédits de guerre comme un seul homme. Quelle belle leçon pour l'avenir ! Ne rien attendre des politiciens. Et tout attendre des peuples. Mais il est peu de guides pour leur montrer la voie.

Chemin faisant, ils atteignirent le sommet de la colline. Par-delà, les vignes verdoyaient sur le coteau.

— Le XXe siècle, dit François, sera celui des idées. La guerre aura été une terrible leçon. Elle poussera les peuples à s'entendre plutôt qu'à se quereller.

— Bel optimisme.

— Tu n'es pas devenu communiste, tout de même ?

— J'ai beaucoup d'amis communistes, mais je crains que cette belle idée ne soit un nationalisme de plus. Lors du Congrès de Tours, j'ai vu comment Léon Blum a récusé les vingt et une conditions posées par les bolcheviques d'URSS. Si l'adhésion à l'Internationale doit être conditionnée par de tels diktats, alors autant dire que nous y perdrons notre âme.

François prit son fils par les épaules.

— Tu es un utopiste. Je ne sais d'où te vient ce caractère. Des temps modernes, sans doute. Chaque époque invente ses nouveaux héros. Il n'est rien de plus fragile que l'espérance lorsqu'elle se heurte à la réalité.

— C'est ce qu'a dû comprendre Blum.

— Et les élections de mai, la victoire du Cartel des gauches, que d'illusions perdues en perspective...

— Le peuple est incorrigible, reprit Daniel. Il croit qu'il suffit d'élire des factions pour que les idées avancent. Ça nous vient de la Révolution française, ces divisions et ces querelles de boutiques. C'est à chacun de prendre ses responsabilités et non point de s'en remettre aux élites. Les élites pensent pour nous, et elles pensent de travers, comme chaque fois.

Ils descendirent au milieu des vignes, levèrent les grives qui picoraient les grappes. Le vent roulait des ondées de lumière.

— Ce pays est béni des dieux, dit François en caressant les feuillages. Nous avons tout pour être heureux. Et nous passons nos journées à inventer des problèmes.

Daniel devint soudain grave, triste et grave. Et chaque fois, une ride épaisse lui barrait le front.

— C'est René qui a planté ce merlot ?

Le père hocha la tête.

— Les hommes passent, et leurs œuvres demeurent.

— Je sens parfois sa présence, ici ou ailleurs. Elle me hante. Je me dis que tout ce que je ferai dans ma vie sera lié à lui, sous sa dictée en somme.

— Tu dois prendre du champ, mon petit. On ne fait rien avec les morts. On les vénère, certes, mais ça ne sert pas à grand-chose. Si leur exemple nous porte, alors tant mieux.

— René m'a tout appris. Même le braconnage.

Ils s'observèrent en silence. Puis, ils reprirent leur promenade par le chemin des vendangeurs, jusqu'à la cabane aux pierres bleuies par le sulfate.

— Tu ne seras pas maître d'école, déplora François.

Daniel sentit de l'étranglement dans sa voix. Une émotion à fleur de peau. Toutes ses espérances semblaient se briser d'un coup, lui qui avait promis à Croisille le baptême, un jour de septembre, du hussard noir de la République.

— Non, reprit Daniel, je ne serai pas instituteur.

— Et quoi donc, alors ?

Le fils prodigue contempla son père, longuement.

— Journaliste, fit-il. Journaliste à *La Corrèze sociale et républicaine.*

— Où donc ?

— A Brive, rue de la Fontaine-Bleue.

— C'est décidé ?

— Décidé.

Adeline Brillat n'avait connu qu'une seule passion, celle d'un homme de dix années de plus qu'elle, secret et solitaire. Il avait exigé qu'elle tût leur amour, comme s'il était devenu au fil du temps une plaie honteuse, un vice de la nature, une infamie.

Un jour, elle osa enfin lui poser la seule question qui lui tenait à cœur et pour laquelle elle craignait de tout perdre :

— Qu'est-ce qui te retient à moi ?

C'était après l'école, face au tableau noir qui portait encore les traces des exercices de la journée. L'instituteur ne répondit pas. Pourtant, Adeline avait espéré, secrètement, que son interrogation le ferait sortir de ses gonds. Elle attendit, au fond de la classe, comme une petite élève punie. Alexandre se mit à arpenter l'estrade où il avait l'habitude de dominer la situation. Il marchait d'un pas régulier, un peu voûté, la tête fixant le parquet. Enfin, il alla près de la fenêtre. Les arbres avaient perdu toutes leurs feuilles en deux journées de gel intense. Un froid précoce de novembre. C'était une saison qu'il aimait bien, avec ses odeurs de cendre et de fumée, ses horizons gris et bas, ses lunes froides, et ses murmures de bise aux doigts glacés. Alexandre Victorin avait la passion des hivers interminables, comme sur le plateau de haute Corrèze où il avait passé son enfance.

— Dois-je répondre ? Ou bien...

Il se tut, soudain, pensant qu'il est parfois des mots blessants que la raison ravale.

— Ou bien ? reprit Adeline.

— M'en tiendra-t-on rigueur ?

— Tu crains de payer ton silence au prix fort ? C'est bien cela ?

— Je crains, ajouta l'instituteur, que tu me juges pour ce que je ne suis pas. Un irresponsable.

Adeline alla s'asseoir sur la dernière des tables, au fond, celle qui servait d'ordinaire aux punitions. Il la suivit des yeux avec un sourire. Un sourire quand même, si rare. Elle le prit pour un encouragement, tant l'espérance dans l'amour est stupide.

— Est-ce que je compte pour toi ?

Il baissait la tête, le dos appuyé contre le tableau noir.

— Ou ne suis-je qu'un corps disponible, apte à satisfaire un besoin naturel ? Une machine sexuelle ? Un vagin accueillant ?

La colère affleurait dans sa voix. A peine contenue. Il eût suffi d'un rien pour qu'elle éclatât, dévastatrice. Mais elle aimait cet homme, trop encore pour qu'elle s'autorisât plus de familiarité.

— Je t'en prie, releva Alexandre. Tu es tout, pour moi, sauf un jouet de plaisir.

— A la vérité, enchaîna Adeline, la romance sexuelle est ce qui nous rapproche. Mais si nos corps exultent, nos âmes dépriment. La mienne, du moins, n'y trouve guère son compte.

Alexandre applaudit, mollement, la beauté du mot. La jeune femme ne prisa guère cette manifestation, toute de cynisme et de froideur.

— Tu appelles et j'accours. Un geste, et je suis là, jambes ouvertes. Qu'est donc cette relation ? Elle pourrait tout aussi bien se passer dans un bordel. A croire que je ne suis, pour toi, qu'une putain personnelle.

— Pourtant, je te suis fidèle.

— Je le crois, en effet.

Alexandre se glissa entre les pupitres, comme un chat, à pas feutrés. Adeline crut que son amant voulait fuir en catimini, mais ce n'était qu'une impression fugitive. Il vint s'asseoir auprès d'elle, tête basse, mains jointes. Alexandre adoptait souvent cette posture d'homme absorbé par une pensée plus lourde que sa conscience. Nul ne savait ce qu'il était, en vérité, sinon un maître d'école sévère et pointilleux. Dans Croisille, on ne l'aimait guère, ce hussard noir hautain, promenant sa supériorité par les rues.

— Cela fait sept ans que nous nous voyons en cachette, ajouta Adeline. Et mon père, lui-même, ignore tout de notre relation.

— Que voudrais-tu entendre ?

— N'est-il pas possible de vivre un amour au grand jour ? Ou alors te fait-il honte à ce point ?

L'homme accueillit ces paroles pressantes, la lippe en avant. Cela lui donnait une attitude méprisante, comme si rien ne pouvait l'atteindre sur ses hauteurs. Elle le prit par la manche de sa veste pour le secouer. Il sembla de marbre, figé dans sa pose.

— De quel bois es-tu fait ? Noueux et inflexible ?

Il sourit à peine. Un plissement des lèvres, imperceptible. Mais trop encore, aux yeux d'Adeline. Elle se sentit blessée. Il voulut tendre la main vers elle. Geste apaisant de circonstance, jugea-t-elle. Et ce fut pire encore que s'il était demeuré immobile. Il croit s'en sortir avec une caresse de chien, se dit-elle.

— Dois-je te rappeler, Adeline, que c'est toi, et toi seule, qui as souhaité cacher notre relation ? Je m'y suis conformé. Et aujourd'hui, tu viens m'en faire le reproche.

Alexandre Victorin eût souhaité ne jamais utiliser cet argument. Il le rendait plus fragile qu'il n'eût désiré. En son temps, par son silence, n'avait-il point souscrit lui aussi au singulier pacte ?

— Mon pauvre Victorin, les temps ont changé. Je ne suis plus la petite gamine capricieuse que tu as connue. J'ai trente ans. Te rends-tu compte, trente ans...

Il opinait de la tête. Il voulait lui rendre cette grâce que leur amour avait traversé bien des épreuves, et qu'Adeline avait porté sa part d'embarras.

— Que souhaiterais-tu de moi, désormais ?

Elle hésita, lèvres tremblantes. C'était l'instant de vérité. Jusqu'alors leur vie s'était déroulée en pointillés, de rendez-vous en rendez-vous, de cachotteries en cachotteries.

— Je voudrais que tu m'épouses, dit-elle.

Il se releva, ébahi.

— Je suis trop vieux pour toi.

— Trop vieux ? Quel mauvais argument ! Décidément, Victorin, tu aurais pu trouver mieux.

L'instituteur se remit à déambuler dans sa classe. Le mot redouté et redoutable, « mariage », avait été prononcé. Et maintenant, comment s'en défaire ?

— Je suis ridicule, avoua-t-elle. Oh mon Dieu, comme tu dois me trouver ridicule.

— Non. Je ne trouve pas.

— Il est ridicule qu'une femme demande un homme en mariage. Cela ne s'est jamais vu, soutint Adeline.

Alexandre remonta sur son estrade. C'était l'endroit où il se sentait le plus à l'aise. Son périmètre d'autorité.

— Le mariage, répéta-t-il, et quoi encore ? Des enfants, peut-être. Je hais les enfants, je hais le mariage. Je hais les contraintes de la vie conjugale. Je veux être libre, dégagé de toutes les contingences. Depuis tout ce temps, comment n'as-tu pas compris que je suis un vieux garçon, indécrottable ? Il n'y a rien à attendre de moi. Et encore, le voudrais-je que je ne supporterais pas ton père, un homme autoritaire dans sa crasse ignorance, et ta mère, pire encore, dans sa bigoterie...

— Je t'en prie. C'est assez. Mettons un terme à tout ça.

Elle courut vers la porte et la claqua derrière elle. Alexandre alla à la fenêtre pour accompagner du regard son effacement. Il soupira profondément. Comment ai-je fait pour trouver des mots aussi durs ? Il s'étonnait lui-même, au point d'en éprouver une sorte de ravissement. Personne ne me contraindra à la servitude du mariage, se dit-il. Je veux être poète, poète reconnu. Et ce destin ne souffre aucune entrave. Qu'importent les reins et les cœurs ?

Il alla se replacer derrière son bureau, ouvrit le tiroir du bas où il cachait ses manuscrits. Il en sortit un petit dossier noir. Comment un cœur sec comme le mien peut-il chanter l'amour et la passion ? Belle énigme en vérité. Puis, il plongea la plume dans l'encrier. Il lui vint des mots, d'un seul jet, sans biffure ni rature.

en corset de soie,
blanc et rose,
comme les fleurs jadis,
aux lacets mélangés
du désir vénéneux,
tu ne sais où le fil s'égare
de la destinée…

13

Tentations (1925)

Depuis leur enfance, les filles Brillat partageaient tous leurs secrets. Cette complicité avait décuplé en elles une force de caractère peu commune. Le spleen de l'une se trouvait compensé par l'insouciance de l'autre et vice versa. Ainsi traversaient-elles toutes les épreuves, sans dégâts. Mais avec le temps, Adeline et Rosalinde avaient fini par comprendre que la vie, tôt ou tard, les séparerait. Un temps, elles s'étaient promis de ne jamais se marier. Toutefois lorsque Adeline connut son premier amour – l'instituteur de Croisille –, elle en garda le secret plusieurs mois, honteusement. Elle croyait avoir trahi le pacte conclu avec sa sœur et mériter de celle-ci toutes les disgrâces. Par un pur hasard, Rosalinde découvrit la liaison de sa sœur avec Alexandre et, forcément, en voulut à mort à la traîtresse. Il fallut encore quelques mois pour que les filles se réconcilient. Ce retour en grâce se fit singulièrement par des questions : « Comment est-ce, l'amour ? demanda Rosalinde. – Pourquoi ne veux-tu point essayer ? Tant de garçons tournent autour de toi. Ils ne demandent que ça, pauvre innocente », répondit Adeline. Pourtant, la cadette des Brillat n'était pas la pauvre innocente qu'on voulait imaginer. Souvent, Rosalinde avait flirté au bal de la Saint-Jean, à la fête des moissons et au saint-cochon de carnaval, et partagé avec de beaux garçons un peu niais quelques émotions fortes. Jamais elle n'avait été jusqu'au bout. « Ça fait mal la première fois ? – Essaie donc, tu verras bien, répliqua Adeline. – Un soir, le fils Baudet m'a relevé la jupe. J'ai crié. Ça l'a fait plutôt rire, tu penses. – Et alors ? – Il m'a touchée. Tu sais, comme nous faisons parfois, quand le sommeil tarde à venir. – Tu as eu du plaisir ? – Non. C'est mieux quand je le fais moi-même. » Adeline éclata de rire : « La première fois, ça n'est guère plaisant. Mais après, mon Dieu, on oublie vite. – Tu veux dire que ça ne fait plus mal ? – Même qu'on n'a qu'une envie, c'est de recommencer, tout le temps. Avec Alexandre, nous le faisions deux fois de suite. C'est recommandé. Car le premier assaut est un peu bref. Nous n'avons pas le temps de jouir. Mais la seconde fois, le garçon prend son temps. C'est la loi de l'amour. Un garçon et une fille ne jouissent pas pareil, et rarement ensemble. Notre plaisir vient progressivement, tandis que celui de l'homme est rapide et violent. Tout n'est pas parfait dans la nature. Aussi nous faut-il ruser, ma chère. »

Adeline mit trois mois à révéler sa rupture. Durant tout ce temps, elle se joua la comédie, et prit plaisir à abuser Rosalinde. Elle poussa l'absurdité à lui raconter des rendez-vous imaginaires. L'aînée des filles Brillat ne pouvait admettre sa défaite, elle qui avait rêvé que son instituteur serait l'homme de sa vie. Et au milieu des larmes, Rosalinde lui dit : « Pourquoi te mettre dans tous ces états, tu ne seras pas en peine d'en dégoter un nouveau. – Oui, mais comme Alexandre, jamais plus », déplora-t-elle.

Au banquet du premier de l'an 1925, Adeline flaira, dans l'aréopage des bonshommes qui buvassaient, une bonne tête. Ni beau ni laid. Un mâle ordinaire, comme il s'en trouve partout. Un brin timide. Elle s'arrangea pour se placer à côté de lui, à la table des agapes.

— Pourquoi vous intéressez-vous à un homme comme moi ? Je n'ai rien pour plaire.

— Oh si, rassura Adeline. Des épaules larges. Et un front haut.

— Ce qui signifie ?

— La force et la bonté. C'est tout ce que je désire

Au passage, elle songea qu'elle avait déjà trouvé l'intelligence et la veulerie en un seul homme. Et cela lui était resté sur le cœur, comme une tache indélébile.

— Et vous, estima l'homme au front haut et aux épaules larges, vous êtes d'un genre racé, tout à fait à mon goût. Je dirais même au-dessus de mes moyens.

Adeline lui prit la main et caressa ses gros doigts qui portaient encore la trace récente d'une alliance.

— Vous êtes marié ?

Il ne répondit pas. On sentait que la question l'embarrassait plutôt. Mauvais point.

— Je l'ai été.

— Et vous ne l'êtes plus.

L'homme prit un air grave et la jeune femme se sentit rassurée.

— Je suis veuf. Une triste histoire.

— Vous me la raconterez une autre fois, suggéra Adeline.

Il suffoqua de surprise. Quelle effronterie... Un homme peut-il raisonnablement être heureux avec une femme audacieuse ? Cette question le tarauda jusque sur la piste de danse. Mais il n'était plus chatte à ses heures que la petite Brillat lorsqu'elle voulait gagner la partie. Alexandre lui avait tout appris sur les hommes, leurs faiblesses et leurs lâchetés. Celui-ci était cuirassé de principes. Le deuil, déjà ancien, lui tenait lieu de paravent. Il lui suffisait de songer à sa Léonie, morte de phtisie galopante, pour s'écarter, soudain, du corps lascif qui s'en venait coller à lui. Mais la bête qui sommeille n'a que faire des prières et des regrets. La vie appelle par tous les pores de la peau.

— Voudriez-vous que nous prenions un petit cordial à Glandon ? suggéra-t-il.

— Glandon ?

C'était un trou paisible dans un cingle de la Soudoire, sur la rive gauche de Croisille. Un endroit sinistre peuplé de bois touffus et de falaises menaçantes. Jadis, on y avait tiré des tonnes de pierre dans les carrières hautes.

— C'est là que vous habitez ?

— J'y tiens la scierie. Je me nomme Capelin.

Elle hocha la tête.

— Fernand Capelin, précisa-t-il.

Le visage d'Adeline prit des couleurs.

— C'est une sacrée affaire.

Capelin parut offensé. Se moquerait-on, par hasard ?

— Une très belle affaire qui fait vivre vingt compagnons.

Pourtant, Adeline refusa de suivre son « cavalier », comme elle disait. Une femme honnête ne se donne pas le premier soir. C'était une règle de stricte observance. Avec son Alexandre, elle s'était abandonnée promptement, et ça ne lui avait pas porté chance. Celui-ci avait besoin de mijoter dans le jus du désir. Nous suivrons la route habituelle du pays de Tendre, se promit-elle. Echange épistolaire, pour la première étape. Ensuite, rendez-vous manqué. Enfin, bouderie. Et, pour finir, rencontre torride. Rosalinde exultait à la découverte de ce programme. Tellement et tellement, qu'elle prit part au jeu, à sa façon. C'était elle qui lui lisait les lettres de Capelin. Et, lorsque le prétendant adressa sa photographie, la cadette le trouva si laid et vulgaire qu'elle en voulut à sa sœur.

— C'est un bœuf, cet homme-là. Un violeur de petites filles.

— Mais non, défendit Adeline. Tu n'as rien compris. C'est un brave garçon plein aux as. Un oiseau rare. Une espèce à protéger.

— Un veuf ! s'écria Rosalinde. Sa femme est morte d'ennui. Et tu subiras le même sort. Oh, ma petite sœur, je ne veux pas qu'il t'arrive malheur.

— Lorsqu'il aura glissé entre mes jambes, nous en ferons un doux chaperon. Tu peux me croire. De ce côté-là, je suis une anguille, ma chère. Il n'a point fini de courir. Tu sais, à ce jeu, si-je-cours-tu-m'attrapes… Il courra comme un dératé. Les hommes, nous les tenons là où ça chatouille le plus. Celui-ci est chatouilleux, comme un bon chat.

Adeline s'accorda un mois de fâcherie. A cette attente, Fernand Capelin connut les pires tourments du cœur. Nous l'aurons assez amolli pour qu'il ne prie plus sa Léonie, pensa-t-elle en se préparant à sa nouvelle étape sur le sentier de Tendre.

Les retrouvailles furent enflammées. La passion gagne à ces titillements. Monsieur Capelin avait envoyé sa voiture automobile, une Torpédo, avec chauffeur, pour la conduire à Glandon. Elle trouva le geste délicat. Et ce n'est point sans quelques dernières hésitations qu'elle se résolut à franchir le seuil de sa maison. Une femme honnête, jugea Fernand. Et dire que je l'avais prise, au premier abord, pour une aventurière...

Le maître du logis avait fait dresser une table dans son salon. Fines porcelaines, bougeoir à cinq branches, couverts en argent.

— Je sais que vous aimez les lys, ma colombe. Voyez ce que j'ai fait préparer pour vous.

Et il lui montra son bouquet dont il était si fier, lui l'homme de la scierie, peu délicat, descendant de trois générations de misérables scieurs de long, qui avaient roulé leur bosse de ferme en ferme. Adeline ne prêta guère d'attention à ce geste. Son regard s'attardait sur les trophées de chasse qui ornaient les murs de sa maison. Il était tant et tant d'animaux naturalisés qu'elle en éprouva un haut-le-cœur. Pourtant, Capelin était fier de ses trésors. Il fit même preuve d'une certaine science dans ses longues explications sur les civettes, les martres, les belettes, les fouines et autres hermines qui peuplaient les grands bois de Glandon tristes à mourir.

— Qu'en pensez-vous ?

— Des nids à poussière, dit-elle avec un sourire éclatant.

— Mais n'ayez crainte, j'ai des domestiques qui s'occupent de ça.

— Ne trouvez-vous pas un peu morbide tout cet étalage, mon ami ?

— Si ça vous déplaît, je les ferai monter au grenier.

— Vous êtes le meilleur des hommes, accorda Adeline en passant sa main gantée de soie sur le visage de Fernand.

Au dessert, elle se rapprocha de lui, tandis que sa capeline de soie rouge avait glissé de ses épaules. Elle portait une robe fort décolletée. Une tenue de circonstance. Puisqu'il lui fallait s'abandonner, autant que ce fût somptueux. Et vérité, ce le fut tant et tant que Fernand perdit la tête, ce soir-là. A jamais.

La chambre était une tanière de garçon avec ses odeurs d'eau de Cologne de pacotille. Elle voulut taire quelques excès de lumière, et sa main heurta un cadre qui contenait le visage d'une femme.

— Ma Léonie, dit Capelin. Cela fait un an que...

— Le temps des vivants n'est pas celui des morts, ajouta Adeline en plaquant le portrait sur le marbre de la commode.

Fernand voulut le redresser, mais la main de sa conquête s'y opposa.

— Je ne pourrais pas... Oh non, Fernand, ne m'obligez pas devant elle. Ce serait un sacrilège.

— Savez-vous, je vous aime fort, mon Adeline cherie, mais ma Léonie restera dans mon cœur...

Adeline éclata de rire.

— Je n'ai point l'intention de rivaliser avec votre pauvre femme, mais il vous faut tout de même, en ma compagnie, l'éloigner un peu. Dressez-lui un autel, si vous voulez, dans une pièce de la maison, où nous n'aurons point à nous croiser, elle et moi. Comprenez-vous ?

Capelin offrit une mine boudeuse. Ce n'était guère dans ses prévisions qu'une femme s'en vienne tout bouleverser dans sa demeure. Est-ce que l'amour, la pure passion, peut s'accorder avec autant de reniement et de désaveu ? Adeline avait déjà dégrafé sa robe pourpre. Et sous la soie voyante se cachait une autre peau, fine et élégante, de soie blanche celle-ci, ajourée et dentelée comme une pelure de nuit. Emu et troublé, l'homme perdit d'un coup ses principes. Le portrait glissa dans le tiroir de la commode.

Aux aurores, le maître scieur de Glandon mena sa dulcinée au pied des machines. Les ouvriers s'affairaient à manœuvrer les billes de chêne sur le portique. L'apparition de cette fée, émergeant dans la poussière de bois, les tint cois, plusieurs minutes. Le patron cria quelques ordres dans le mugissement des lames attaquant le bois noir. Puis, il l'amena dans la cabane qui lui servait de bureau, un lieu peu confortable, mais isolé du bruit.

— Mes scies sont actionnées par la Soudoire. Voyez la retenue d'eau et sa digue en amont. Une force motrice incroyable, dit-il. Ça dégage deux mille chevaux-vapeur grâce à des roues Poncelet.

Ils allèrent au bord de la jetée, dans la brume qui flottait sur la rivière comme des flocons d'ouate. Capelin parlait haut et fort pour dominer le bruit de l'eau qui s'engouffrait dans les chenaux. Mais la princesse n'écoutait point.

— Nous nous marierons dans deux mois, dit-il. A la saison creuse.

Elle lui sourit en tirant sur ses épaules les pans d'une canadienne qu'il lui avait prêtée.

— Vous n'avez pas changé d'avis ?

— Pourquoi ?

— Vous ne dites rien. Et je suis comme un jeune amoureux transi à guetter la moindre de vos réactions.

— Nous nous marierons, répéta-t-elle, le regard lointain.

Capelin se sentit porté aux anges. La fille du maire de Croisille, songea-t-il, quelle bonne affaire ! Si mon vieux père voyait ça. Dans le frisquet de l'aube, il se frotta les mains.

Lorsque Adeline annonça la nouvelle à Rosalinde, celle-ci parut défaillir. Déjà ! pensa-t-elle. Et un long silence se dessina entre elles, comme un mur d'incompréhension.

— Je vais devoir y songer, moi aussi, murmura-t-elle.

D'un commun accord, les Brillat fixèrent le mariage de leurs filles au premier dimanche d'août. Rosalinde avait jeté dans l'urgence son dévolu sur un garçon de Juillac, Benoît Rivière. Un employé du chemin de fer.

— L'aimes-tu vraiment ? demanda Adeline.

— Je ne sais pas, dit Rosalinde. Mais nous verrons bien. Il est gentil, aimable, doux et attentionné.

Ainsi résumait-elle sa conquête, pour ne pas demeurer en reste. Elle avait compris que, sa sœur mariée, il lui faudrait rompre avec les anciennes habitudes, et partir enfin, elle aussi, pour la vie.

François enfila sa belle écharpe tricolore, ému jusqu'aux larmes. Et il reçut, tête baissée, l'accord des mariés. Il avait dit : « Profitons-en tant que je suis encore maire, car la prochaine fois, je serai étrillé… »

Pour l'événement, on invita à Croisille, à la table du banquet, les Monestier. Dans un premier temps, Angel avait refusé. « Les mariages me rendent mélancolique », avait-il dit. Mais Athanaïs avait fait le reste, comme d'habitude, d'une poigne ferme. Heureuse décision, car Martin n'eût point compris cette défection méprisante.

Cependant, l'accord du vieux Monestier fut assorti d'un caprice singulier.

— Capelin possède une voiture automobile, François Brillat aussi, et moi ? Je n'ai qu'une voiture à cheval. C'est humiliant, jugea le patriarche.

Clémence trouva la réponse que son père attendait et qu'Athanaïs réprouvait :

— Achète-toi une Torpédo. C'est assez commun maintenant.

Un matin, flanqué de ses deux petits-fils, Félix et Sylvère, Angel prit le tortillard de Brive. C'était un événement, un tel voyage, car le vieux Monestier ne quittait guère le périmètre de ses terres. Et pour ses petits-fils, l'aventure n'en avait que plus de charme, ils découvraient pour la première fois les plaines de Brive avec leurs vastes prairies, leurs champs de maïs et de blé, leurs grands jardins, leurs carrés de tabac.

A l'approche de la ville, les garnements ne décollaient pas leur tête de la vitre. Ils s'amusaient à compter les maisons, mais comme le train accélérait parfois sa vitesse, ils en perdaient le fil. Le grand-père expliqua qu'il y avait près de trente mille personnes, ainsi, agglomérées dans les maisons.

— Ces gens vivent à l'étroit, dit-il avec une moue de dédain. Et au train où vont les choses, il n'y aura bientôt plus d'habitants à la campagne.

— Tu veux dire que nous resterons les seuls à ne pas partir ? demanda Sylvère.

— Alors toutes les terres seront à nous ? ajouta Félix

Le vieux grimaça en desserrant sa cravate de soie noire. Le col en celluloïd lui faisait des marques au cou, sans doute la perte d'habitude. Il ne s'endimanchait guère pour ses vieux jours, trouvant que l'habit débraillé du paysan lui convenait mieux. Ce qui reste de bourgeois en moi n'est que le résidu du vieux propriétaire terrien que je suis, se disait-il. Je n'ai pas besoin de plastronner, de me hausser du col, la Renaudière suffit à combler mon orgueil. Et la tenue de mes terres, de mes troupeaux, témoigne de ma réussite.

— Les jeunes sont attirés par la ville, comme vous le serez sans doute un jour. Mais, prenez garde, c'est un mirage. On n'y est guère plus heureux que sur nos collines.

— Pourquoi la ville attire-t-elle ? demanda Félix.

— On croit y trouver un travail moins dur et mieux payé. Mais œuvrer pour un patron n'est guère enviable. C'est lui qui gagne le plus, et son ouvrier le moins. Et puis, on y habite dans des maisons, des appartements, qui ne vous appartiennent pas. Il faut payer le droit de les occuper. Ça coûte aussi. Et ça rapporte beaucoup aux propriétaires.

— Moi, j'aimerais bien vivre à la ville, dit Sylvère. Maman dit qu'on y est plus heureux qu'à la campagne, où la vie est dure.

Le patriarche haussa les épaules.

— Ta mère a tort de te mettre ces idées-là en tête. Il n'est rien de mieux que de travailler sa propre terre.

— Je le crois aussi, dit Félix.

— Et si on n'a pas envie de devenir paysan, comment on fait ?

— On va à la ville, répliqua Angel, pour s'y faire rouler.

Félix éclata de rire. Il trouvait la répartie de son grand-père épatante. Et la moue de Sylvère ne faisait que lui confirmer son opinion. C'était fascinant de voir, déjà, jusque dans leurs attitudes, leurs mimiques, combien les deux cousins étaient différents, bien qu'ils eussent à peu près connu la même existence et subi la même éducation. Félix prisait plutôt l'aspect matériel des choses de la vie : la terre, l'argent, tandis que Sylvère préférait les fruits de l'imagination et du rêve. Le grand-père avait fait la même découverte. Sans que sa préférence fût marquée outrageusement, il avait un faible pour le fils de Fonsine. Il voyait déjà percer sous la chrysalide de l'enfance le futur paysan qui redonnerait vie au domaine de la Renaudière. L'autre ne serait, tout compte fait, qu'un enfant rebelle attaché à sa liberté, prêt à prendre la poudre d'escampette à la première occasion. Sans doute le jugeait-il plus intelligent et adroit, avec ses manières de vouloir tout démonter, les pendules, les postes de TSF, mais Angel Monestier avait une vision pessimiste du progrès et méprisait un peu tous ses adorateurs curieux et insatisfaits. « Mon petit Félix sera à l'image de son père, un homme de la terre, répétait-il. Et l'autre, un fuyard comme son oncle. » Ce genre de jugement, plutôt hâtif et définitif, avait l'art de mettre Athanaïs dans tous ses états. « Ce qui compte, répliquait-elle, c'est la qualité d'âme. »

A la sortie de la gare, Monestier emmena ses petits-fils au bar de l'hôtel Terminus pour leur payer une limonade.

Lui, il prit une fine à l'eau. La ville lui donnait des goûts de grandeur. Et machinalement, il passait la main sur son veston pour vérifier la présence de son gros portefeuille de maquignon bourré de billets. Il avait pris vingt mille francs, au moins. Une fortune. De quoi intéresser les pickpockets. C'était sa hantise, les mœurs dissolues de la ville. Brive était devenue à ses yeux un repaire de brigands et d'aigrefins. « L'honnêteté, ça ne se voit pas sur les visages. » Et il semblait se méfier de tout le monde. A croire qu'à sa mine de campagnard, on ne songeait plus, par les rues, qu'à le filouter. Cette phobie lui venait de ses années de service militaire à Metz, où il s'était fait voler, un soir, tout son argent par des apaches. Ainsi, l'ambiance populeuse de la cité réveillait sa vieille peur, à ses yeux inconnue à la campagne où l'homme simple et pur, si proche de la nature, vénère les valeurs ancestrales, faute d'avoir été corrompu par la fourmilière humaine.

— Tu as toujours tes sous ? s'inquiéta Félix.

— Oh oui. De gros billets pour acheter notre automobile.

— Tu prendras la plus chère, grand-père, recommanda Sylvère.

— Pourquoi la plus chère serait-elle la meilleure ? Qui t'a mis ces idées dans la tête ?

Clémence a toujours eu des goûts de luxe, songea le patriarche en commandant une seconde fine à l'eau. Aujourd'hui, ça déteint sur la progéniture. Et demain, si nous n'y prenons garde, il dépensera, cet enfant, sans compter. Mais je n'ai à m'en prendre qu'à moi-même, car j'ai élevé ma fille dans cette adoration des biens matériels. Je me disais alors qu'une fille doit avoir de grandes ambitions si elle veut trouver un bon mari. Je rêvais pour elle du meilleur parti. Tout ça pour un Martin Brillat. Il soupira en ébouriffant d'une main la chevelure de son Félix.

— Nous achèterons la voiture qui nous conviendra le mieux. La meilleure qualité au meilleur prix, telle est ma devise.

Sylvère insista sur cette affaire qui lui tenait à cœur.

— La qualité d'une automobile, c'est sa puissance. A moins de cinquante chevaux, ça ne vaut pas le coup. Tu devrais m'écouter, grand-père, j'ai étudié la question.

— Toi ? Tu as étudié la question ? reprit Angel. Ça ne m'étonne pas.

Félix eut un air moqueur. Monsieur Je-sais-tout, c'était ainsi, parfois, qu'il surnommait son cousin.

— Et ça ne brûle pas n'importe quoi. La motrocine, c'est ce qu'il y a de mieux. C'est nerveux, ajouta Sylvère.

— L'avoine n'est pas ce qui convient le mieux aux chevaux. Ça les rend nerveux, intrépides. C'est pareil pour les automobiles. Un bon carburant utilitaire, ça nous suffira.

— Mais, grand-père, nous ne sommes plus à l'époque du cheval. Maintenant, c'est la force motrice qui règne. Et bientôt, il n'y aura plus besoin de chevaux et de bœufs. On aura des machines plus puissantes, toujours plus puissantes...

Sa bouche moulina un son de moteur, comme lorsqu'il jouait avec une pièce de bois, mal dégrossie, sur quatre rondelles de tilleul.

Le vieux baissa la tête, le front las. Il n'avait pas envie de s'engager dans ce débat, sachant sans doute que l'avenir lui donnerait tort, à lui qui n'avait connu que ses percherons pour tirer la charrue.

— Je parle à mes bêtes pour les encourager au labeur. Comment ferais-je avec un tracteur ? interrogea Monestier.

— Tu ajouteras des gaz. Et ça apportera toute la puissance désirée, répondit Sylvère.

— Des gaz !... marmonna Angel. Quel ennui. Ce sera la course à la vitesse, au travail salopé.

— Dis, grand-père, nous garderons notre Sultan ? Même si nous achetons un tracteur, s'inquiéta Félix.

— Mais oui, mon petit, n'aie crainte. Ce n'est pas demain que je changerai mon fusil d'épaule. Sultan n'a pas son pareil pour obéir à la bride, au sifflet. Et si je devais le tenir à l'enclos, je crois que je deviendrais aussi fou et désespéré que lui.

Ils prirent le boulevard de ceinture, jusqu'au Salan. Le garage Lorance occupait un pâté d'immeubles au moins. Félix fut intrigué par les distributeurs d'essence. Ça ressemblait à des figures humaines, surmontées d'un globe de verre.

— Tu devras remplir le réservoir avant de partir, sinon nous n'arriverons jamais à la Renaudière, dit Félix.

— J'ai les sous pour ça. Le pétrole, ce n'est pas donné, expliqua le patriarche, mais à quoi nous servirait une automobile sans carburant ?

Sylvère éclata de rire. Puis il courut au-devant des mécaniciens en bleu de chauffe. Dans le garage, il était toutes sortes de voitures, des Torpédo, des Panhard Levassor, des Peugeot Bébé à deux places, des Citroën B2, des Renault 9 litres, une Delage D8 – qui était du reste l'objet de toutes les convoitises. Sylvère s'en vint caresser la carrosserie noire, effilée.

— Viens voir, grand-père ! s'écria-t-il.

Mais le vieux passa devant le bijou sans lui jeter un regard. Mes vingt mille francs n'y suffiraient pas, se dit-il. Et pour quoi faire, grand Dieu, un engin pareil ? C'est une voiture de ministre ou de rupin.

Le vendeur leur montra les derniers modèles. Mais lorsqu'il incita ses visiteurs à apprécier le confort, seul Sylvère essaya les sièges. Félix se tenait à distance, comme s'il était effrayé par ces machines toutes plus rutilantes les unes que les autres.

— Je n'ai que dix mille francs à mettre, dit Angel.

Le vendeur se gratta les cheveux.

— Combien de places ?

Monestier se vit alors à la noce Brillat, remontant le chemin bordé de chênes. Il compta machinalement sur ses doigts : Athanaïs, Clémence, Martin, les trois enfants, et lui.

— Six, sept places ? proposa-t-il. Les enfants prennent peu d'espace.

Soudain, il réalisa qu'il avait oublié Fonsine et Mariguitte.
— Huit places.
— C'est une Chevrolet qu'il vous faudrait, ironisa le vendeur.
— Ça vaut combien ?
— C'est américain, dit l'homme du garage. Nous n'avons point ce modèle.
— Si c'est américain, ce n'est pas pour moi.
— Dix mille francs ! reprit le vendeur. C'est un peu court.
Ils arpentèrent les allées du garage, allant d'un modèle à l'autre. Il n'en était guère de satisfaisants pour accueillir sept passagers.
— Tous nos modèles courants, précisa le vendeur, ne contiennent que cinq places.
Monestier se tourna vers ses petits-fils et leur dit :
— Mon cabriolet à cheval servira encore. Voyez, les enfants, le progrès, le progrès !
Et il préjugea que Martin, Clémence et Fonsine se contenteraient du vieil équipage.
— Nous avons une Torpédo à cinq places. Mais faudra faire un effort.
Angel commença à marchander. Le vendeur l'arrêta aussitôt.
— Nos prix sont définitifs.
— Pas même une petite remise ? Je paye comptant.
— Je vous la fais sortie d'usine à seize mille francs, proposa-t-il.
Le vieux passa la main sur son portefeuille. Il eût pu le sortir de sa poche intérieure, d'un geste décidé. Mais il hésita encore.
— Il n'y a pas que le garage Lorance sur la place de Brive.
— Si vous voulez réfléchir... Mais, ajouta le vendeur, nous sommes les seuls à posséder autant de modèles. Et les prix ne sont pas négociables. Sortie d'usine, répéta-t-il. On ne peut pas faire mieux.

— Quinze mille, proposa Angel.

L'homme déclina l'offre d'un mouvement de tête.

— Quinze mille cinq cents ?

— Vous n'êtes pas de la ville, vous ?

— Pourquoi ?

— Il n'y a que les paysans pour marchander de la sorte.

Monestier releva la tête, fièrement. Il n'était plus grand compliment qu'on pouvait lui faire. Alors il sortit son gros portefeuille de cuir et compta les billets de mille et de cent, un à un.

— Vous ne voulez pas l'essayer ?

— A ce prix-là, sourit Angel, ça doit dévorer les kilomètres.

— D'accord pour quinze mille cinq cents, dit le vendeur.

L'entrée de la Torpédo à la Renaudière fut accompagnée de coups de Klaxon fort appuyés.

Monestier s'était hâté pour revenir avant la nuit. Il était même passé par Saint-Ségur, avait accompli deux ou trois fois le tour de la place pour qu'on le vît de partout. Du reste, l'opération fut plutôt réussie puisque en moins de trente secondes l'hôtel Poumier fut vidé de ses occupants. On entendit même Bordenas s'écrier : « Il reprend goût à la vie, notre Angel. Voyez comme il est fier dans son char à bancs à moteur ! » Des bruits avaient circulé sur la neurasthénie du vieux, sur son effondrement prochain. On disait et répétait que le retour du fils maudit le minait de l'intérieur, qu'il était dévoré par le remords et la haine.

Athanaïs sortit la première et s'en vint examiner l'engin, les mains sur les hanches. Sylvère partait déjà dans de longues explications sur la puissance du moteur, et le nombre des vitesses, et les palonniers de freins... Mais le vieux fit taire l'excitation d'un vigoureux coup de Klaxon.

— Ce n'est rien d'autre qu'une automobile, s'écria-t-il. Un engin sans âme qui fait du bruit et qui sent mauvais. Ça brûle du pétrole. Et à pleine vitesse, soixante à l'heure au moins, ça vibre de partout.

— Soixante à l'heure, s'étonna Mariguitte. Et vous n'avez pas eu peur ? ajouta-t-elle en prenant les enfants par le bras.

— Votre grand-père est un inconscient. Il aurait pu vous tuer, déplora Athanaïs.

— Mais non, s'offusqua Sylvère. Cette voiture peut aller bien plus vite. Mais grand-père n'a pas voulu forcer la mécanique. Elle est en rodage.

— Un jour, dit Clémence en passant la main dans la chevelure de son fils, il faudra que tu m'expliques tout ça.

Fonsine et Martin furent les derniers à courir aux nouvelles, sans grande passion pour l'automobile et les engins motorisés. Martin pensait que le vieux avait voulu se faire plaisir, par orgueil, par vanité, et plus encore...

— Combien ça nous a coûté ? demanda Athanaïs.

Le patriarche annonça un montant fantaisiste.

— J'ai discuté jusqu'au dernier sou.

— Mon œil ! ricana Fonsine. Vous étiez trop entiché de cette guimbarde pour garder l'esprit clair. Je vous connais, beau-père.

Discrètement, Athanaïs pinça le bras de sa belle-fille.

— Nous avions mieux à faire que dépenser nos sous pour ces bêtises, ajouta-t-elle, regonflée à bloc par l'appui inattendu de Fonsine.

— Allons, maman, sois gentille avec notre vieux père, plaida Clémence. Ne lui gâche pas son plaisir.

La grand-mère alla s'installer sur le siège arrière, et poussa plus loin son examen.

— C'est du tissu courant, fit-elle. Et les coutures sont plutôt lâches. Pour le prix, ils auraient pu faire un effort. Du point de piqûre bien serré.

Clémence éclata de rire devant la mine déconfite de son père.

— C'est la mécanique qui importe, reprit-il. Et là, ce n'est point ta partie. Conviens-en. Tu n'iras pas jeter un œil sous le capot pour voir comment fonctionne ce bijou. Mais pas un raté. Le moteur tourne comme une horloge. Et sans attendre, je vais aller la garer dans notre grange, bien à l'abri. Venez, les enfants, suivez votre grand-père. Nous autres, nous sommes de véritables connaisseurs.

Le vieux actionna la commande des gaz et ordonna à Félix de lancer le moteur à la manivelle. L'automobile démarra aussitôt.

— Lorsqu'elle est chaude, c'est un jeu d'enfant, expliqua Martin. Mais à froid, ce sera une autre paire de manches.

— Il y en a avec un démarreur électrique, expliqua Sylvère, mais ça coûte plus cher.

Le grand-père lui fit signe de monter le rejoindre et à Félix aussi.

— Si ça venait à exploser ? dit Mariguitte, les mains sur le visage.

— Ne sois pas bête, dit Fonsine.

Angel Monestier revint aussitôt, en tenant ses petits-fils par la main. Athanaïs l'attendait, de pied ferme. Cela faisait des jours et des jours qu'elle mijotait sa vengeance. Et cette fois, c'était le moment ou jamais.

— C'est une petite automobile que tu as achetée là, mon pauvre Angel. Il n'y a pas de quoi pavoiser. Celle de ton fils, c'est autre chose. Une américaine. Il est vrai que tu n'as pas voulu la voir. Tu es tellement jaloux. Même de ton propre fils. J'enrage de voir que Pierre demeure à cinq kilomètres de chez nous, à vol d'oiseau, et que tu n'es pas fichu de lui rendre visite. Et moi, pourquoi je t'obéis ? Je suis bête à manger de la paille.

Les propos acerbes de la grand-mère jetèrent chacun dans le désarroi. Même Clémence ne trouva pas les ressources pour soutenir sa mère.

— A la soupe ! lança le vieux en prenant les devants.

14

Les phagocytes (1928-1929)

Les années passant, Pierre s'était retiré sur les hauteurs de Juillac, où il avait acheté une maison bourgeoise. Retiré était bien le mot juste, car on ne le vit jamais reparaître à Saint-Ségur une fois qu'il eut quitté l'hôtellerie Poumier. Sa demeure devint un sanctuaire de vieux garçon épris de solitude. Angel ne chercha jamais à le revoir, forçant son épouse à agir de même. Hélas, Athanaïs n'osa braver l'interdit, bien qu'elle fût tentée souvent de renouer les liens maternels.

Dans les années d'après-guerre, à la Renaudière, la République des femmes fut bannie, laissant place au retour de l'ancien régime, celui du patriarche. Les bonnes vieilles habitudes avaient donc repris le cours tranquille des saisons, à la grâce de Dieu.

— Ce qui fait notre bonheur, répétait Angel Monestier qui courait déjà sur ses soixante-six ans, c'est que le temps ne semble pas avoir de prise sur nous. La terre nous préserve des vaines agitations des villes. Il suffit de lui confier la bonne graine, et le soleil, la pluie, le vent et la lune font le reste. Tandis qu'ailleurs, dans les usines et les manufactures, ce sont les concurrences qui décident, celles des pays étrangers, et la couleur du franc. Que nous importe tout ceci ? Le paysan échappe encore aux contraintes, et s'il n'est pas trop bête, il mène ses affaires, rondement. Voyez, mes enfants, je n'ai pas connu une vraie crise depuis la guerre. A peine la mévente de 1921. Mauvaise année entre toutes.

— Tu devrais te taire, relevait Athanaïs. Tant de confiance en l'avenir ne nous a jamais porté chance. Souviens-toi de 1910. Jamais nous n'avons été aussi heureux, tous réunis autour de la table. Je ne cessais de te dire qu'un si grand bonheur finirait par se payer. Et puis, soudain, le coup de tonnerre. Ça a commencé le soir des noces de ta fille. Le départ de Pierre... Et puis la guerre, la guerre que nous n'avons pas vue venir, comme ces orages secs qui surgissent par surprise...

— Toi, tu te défies de tout, même des jours tranquilles, protestait Monestier. A croire que tu lis l'avenir dans le marc de café. J'ai acquis la certitude, à force de temps, que notre destinée est liée au hasard, au pur hasard. Et qu'il n'est rien d'écrit d'avance.

Pourtant, Athanaïs brodait sous la lampe, comme en 10, comme en 15, comme en 20. Elle brodait pour passer le temps, car il n'y avait pas de trousseau à garnir, ni de mariage en vue ni de naissance. Temps immobile, disait Angel, qui n'était pas sorti encore du vieux siècle précédent, malgré les rumeurs et les tempêtes de l'actualité. Cela ronronnait dans le poste de TSF, en litanies interminables. L'actualité égrenait ses comptes et ses mécomptes : l'évacuation de la Sarre par les troupes françaises, la loi d'un an du service militaire, le congrès radical de Wagram, l'arrestation de députés communistes... Les chroniqueurs vantaient la fermeté de Poincaré, l'homme du franc fort, l'homme qui effacerait le déficit de la nation.

Autrefois, Angel lisait les journaux, mais, sa vue baissant, il leur préféra la membrane du poste de radio. Ces voix d'ailleurs qui s'en venaient investir son univers clos et douillet fascinaient le patriarche. Il occupait ses soirées à écouter les émissions de Radio Paris ou de Radio Toulouse, où l'on retransmettait des entretiens avec les vedettes du cinéma, du théâtre, du music-hall, alternant avec des concerts de musique savante. Souvent, Clémence venait le rejoindre dans le salon, Martin aussi, lorsqu'il ne tombait pas de fatigue. Mais le reste de la famille, Athanaïs en tête, ne prisait guère cette occupation, parce qu'on n'avait pas le droit de parler, de bouger, de soupirer. Toute vie intime se trouvait de fait accaparée par cette nouvelle machine magique qu'un rien pouvait détraquer. Mariguitte voyait dans cette occupation « la disparition de la vie familiale ».

— A force de vouer un culte à cette intruse, de sacrifier au pouvoir des ondes, nous ne serons plus qu'une oreille géante, expliquait-elle en se réfugiant dans la cuisine.

La réflexion amusait Clémence. Au contraire, la TSF, à ses yeux, était une découverte qui allait révolutionner la société.

— Nous saurons tout sur la vie de la planète, dans l'instant. Les catastrophes, les guerres, les mariages princiers, la vie quotidienne des gens. Et plus nous respirerons cet air-là, de liberté, et plus nous aurons le désir de comprendre, de juger, d'imaginer où va le monde. Pensez donc, poursuivait-elle, la voix que nous entendons dans le poste nous vient de plusieurs milliers de kilomètres, et de même la musique. Comment cela se peut-il ? Cette mystérieuse transmission s'opère à travers les toits des maisons, des murailles, franchit les montagnes, suit la courbe des vallées. Et quels que soient les obstacles, rien n'arrête la propagation des ondes, que cette petite boîte, ce récepteur, capte et nous rend aussi fidèlement que possible. Et nous n'avons qu'à choisir entre Paris, Lyon, Toulouse, Londres, Vienne.

Les interrogations de Clémence avaient à leur heure éveillé la curiosité de son fils, Sylvère. Il avait étudié la question si profondément que la TSF n'avait plus de secrets pour lui. Il connaissait sur le bout des doigts le fonctionnement des détecteurs d'ondes, des bobines de « Self » et des condensateurs, de la lampe à trois électrodes, des alternateurs à haute fréquence, de l'amplification par lampes à vide, etc., etc. Il lisait sans difficulté un schéma de poste récepteur, au point de vouloir en confectionner un qui fût bien à lui, dans sa chambre. Et souvent, il gavait son grand-père d'explications sur le détecteur à galène, le variomètre, le rhéostat réglable, le potentiomètre, et autre commutateur inverseur.

— Mais, moi, mon petit, je me fiche de toutes ces techniques, répliquait Angel qui ne voulait pas laisser paraître son admiration. Le seul intérêt de la TSF, c'est le journal parlé depuis la tour Eiffel, les informations des PTT, les causeries, les sketchs, les chansonnettes, les valses, les fox-trot et les récitals d'orgue. Savoir comment tout ça fonctionne me dépasse. Je suis un vieil homme, déjà, et le monde moderne éveille en moi plus de crainte que d'admiration.

Le garçon – qui approchait les quinze ans – semblait déçu de ne pas trouver une oreille plus attentive. De même auprès de sa sœur Anne, et encore plus du côté de son cousin Félix. Clémence disait de son fils qu'il serait le génie de la famille. Cette assertion faisait rire Fonsine. Ce n'était pas nouveau, pour elle, sa belle-sœur avait toujours eu la folie des grandeurs. « Ton fils sera un ingénieur électricien, et le mien un paysan. Cela est entendu ! »

Cette réflexion teintée d'amertume cachait en fait un irréfutable constat. Le fils de Fonsine avait obtenu avec difficulté son certificat d'études et se destinait, déjà, aux travaux du domaine. Il passait ses journées avec son oncle Martin, à tailler les arbres, semer le blé, le maïs, panser les chevaux, traire les vaches... Tandis que le fils de Clémence, compte tenu de ses bons résultats scolaires, avait été admis à entrer à la grande école technique à Brive. Sylvère rêvait d'électricité, de mécanique, de physique... Martin, beau joueur, justifiait cette inégalité par un argument simplet : « Il faut de tout pour faire un monde... » Et Athanaïs disait, pour calmer les jalousies des deux belles-sœurs : « Qu'importe que nos petits soient plus ou moins intelligents, nous les aimons tout autant. »

Bien qu'il fût touché par des douleurs sans nom, aux hanches et aux genoux – privilège de l'âge, disait le docteur Martial –, Angel ne manquait pas de visiter ses terres, avec une régularité qui confinait à l'obsession. Sa vieille carriole brinquebalait sur les chemins, par tous les temps, jusqu'au plateau de Salinac, tant honni jadis, et que son gendre avait civilisé d'une main de maître. Souvent, il tirait un bout de chemin vers les confins de Croisille, sans oser franchir les frontières, comme si celles-ci possédaient la moindre importance. Lubie d'original, en somme. Ses rapports avec les Brillat prenaient des tours souvent inattendus. Des disputes, des bouderies, des cachotteries. A croire, selon le vieil adage, qu'on ne se hait bien qu'en famille. Peut-être le vieux Monestier avait-il besoin de ces vaines querelles pour justifier ses crises d'autorité, chez lui et dans le cercle plus large de la famille par alliance, comme il disait – par alliance, il entendait tout ce qui n'est point né de sang direct. Quand le maire de Croisille le boudait par trop longtemps, il était rare qu'Angel ne trouvât point matière à relancer les hostilités. Cela tournait autour de Martin, des enfants de Clémence ; il reprochait à son gendre d'accorder trop de journées à Croisille où l'on manquait de bras, de laisser accaparer Anne et Sylvère par leur vieille bigote de grand-mère Adèle. Et il suffisait qu'au cours des mercuriales de Juillac ou d'Objat, il apprît quelques autres nouvelles scandaleuses sur les amours de Josée et de son amant, pour qu'il se fît plus concierge que la pire des viragos.

— Comme tu es devenu avec l'âge ! lui reprochait Athanaïs. Tu fais le contraire du vin bouché, tu te gâtes, mon pauvre vieux...

— Quoi donc ?

— Aigri, vindicatif, mauvaise langue, énumérait-elle. Toi qui ne souffrais jadis pas le moindre ragot, voilà que désormais tu deviens le premier des médisants dans le pays.

Mais Monestier était incorrigible. Surtout aux moments des grandes douleurs du corps, comme il disait. Celles-ci, par trop intériorisées, à ce qu'il semblait, avaient peut-être le pouvoir d'influer sur son caractère, tout le moins d'en accentuer les mauvais côtés, comme s'il tenait la terre entière pour responsable de ses débâcles physiques. Pour en adoucir les effets, il avait enrôlé son petit-fils Félix qui lui massait les articulations des genoux avec de l'huile camphrée. Il prenait aussi dans les périodes de crise des décoctions d'orties blanches ou des russules charbonnières vert-de-gris foisonnant à l'automne dans les bois de la Renaudière et qu'il était le seul au pays à chercher et à consommer. Il prétendait que ces tisanes et ces champignons lui purifiaient le sang. Considérations toutes personnelles, en vérité. Le docteur Martial n'entrait point dans ses vues, et recommandait plutôt un régime maigre, sans sucre et sans sel, qu'il ne se résignait pas à observer. La vie jusqu'alors l'avait gâté, côté santé, et cela lui paraissait une injustice de devoir plier l'échine devant les « phagocytes ». Ainsi nommait-il ses souffrances du corps et de l'âme, ne sachant trop lesquelles le grignotaient le plus vite, à moins qu'elles ne fussent liguées contre lui, ensemble, travaillant souterrainement.

En définitive, l'âme, elle-même, l'âme d'Angel Monestier, était plus malade que son corps. Il traversait de longues dépressions, au rythme des saisons. L'été les mettait en sommeil, mais la première bise d'automne réveillait ses langueurs. Pour ne pas montrer sa détresse, il se cachait dans son atelier, se réfugiait dans ses étables où se nichent toutes les odeurs d'enfance.

Les « phagocytes » avaient pris possession de son corps et de son âme, peu à peu, après la mort de Paul. Angel était assuré que sans ce malheur, il se fût porté comme un charme. Souvent, il allait s'asseoir près de sa tombe, sous les lilas, qui formaient maintenant une arche de verdure. Félix – qui avait la passion de son grand-père –

le rejoignait souvent, en cet endroit sacré entre tous. Angel lui disait :

— Fais-moi ce vœu, mon petit, de ne jamais partir à la guerre. Quoi qu'il arrive. Nous avons assez donné, à ces politiciens nécrophages, de notre sang et de notre chair. Et qu'ils soient maudits à jamais, les Clemenceau, les Briand, les Poincaré, les Barthou...

Félix jurait la main sur le cœur, à genoux sur la tombe de son père couché sous les lilas à l'odeur entêtante. Le grand-père s'agenouillait aussi à ses côtés, réprimant les larmes qui lui venaient au bord des paupières.

Un jour de mai, le vieux Monestier poussa sa promenade bien au-delà du plateau de Salinac. Il alla jusqu'à Eloy, en ces bois profonds qui comptent les châtaigniers les plus vieux de la Corrèze. Jadis, ce pays était un territoire de chasse. Il y avait tiré quelques sangliers. Souvent à l'affût, et deux ou trois fois en battue. Mais le goût du gibier lui avait passé dans les années 10, au moment où la Renaudière avait exigé de lui tout son temps et mobilisé son énergie. Replié sur ses terres, Monestier avait fini par oublier que le monde est plus vaste que son horizon intime. Et de même avait-il perdu tous ses anciens amis du conseil de révision. Un homme qui réussit se retrouve seul, pensait-il. Tous ses camarades le délaissent, par jalousie, par envie.

Sans doute n'avait-il rien fait pour reconquérir ces amitiés qui ne l'eussent point servi. Un Monestier n'a guère le triomphe modeste. Et le sien était plutôt de la pire espèce, méprisant, arrogant, dédaigneux. A ce point, songea Angel, que je n'aurais pu entreprendre une carrière politique, comme Brillat, devenir maire de Saint-Ségur. La population se serait fait un point d'honneur de me tisser une veste à ma mesure.

En gravissant les dernières pentes d'Eloy, on atteignait les hauteurs dominant les vallées de la Soudoire. Il quitta son tilbury, en s'aidant d'une canne, et prit l'étroit sentier qui se faufilait entre les buissons noirs et les églantiers. Il se posa enfin sur un banc naturel de pierre jaune qui formait comme une terrasse en surplomb. Là, il extirpa de sa poche une paire de jumelles. Et, fouillant les replis des collines voisines, Angel trouva ce qu'il était venu chercher : la demeure de son fils maudit, le château de ses désespérances.

— Pierre Monestier, murmura-t-il, tu es donc là, sur cette colline, dans cette maison, à me narguer. Mais pourquoi es-tu revenu ? Ne pouvais-tu rester en Malaisie, sur ces terres lointaines d'exil et d'oubli ?

Il tendit sa canne vers les hauteurs de Juillac, pointant le minuscule point gris dans son écrin de verdure, comme s'il avait voulu le faire disparaître magiquement, et avec lui les tourments de son âme malade de haine et de remords.

Clémence lui avait décrit le fameux château. Une folie XIXe bâtie par un excentrique qui avait fait fortune avec l'installation du chemin de fer. Puis il avait tout perdu, en opérations hasardeuses à la Bourse, à ce qu'on disait, dans les années de récession 1890-1895. Le propriétaire s'étant tiré un coup de revolver dans sa bibliothèque, la demeure était restée en l'état, sans trouver preneur, jusqu'à ce qu'elle devînt un temps le refuge de blessés de guerre. On y avait soigné des soldats gazés, mutilés, commotionnés. Puis, de nouveau, la Frênaie – ainsi nommée dans le pays – retomba à l'abandon, le lierre et la lambruche dévorant les murs. Selon les dires de Clémence, Pierre Monestier jugea le repaire à son goût et l'acquit sur un coup de tête. L'intérieur se trouvait dans un tel état de vétusté que Pierre dut le reconstruire entièrement. Seul le rez-de-chaussée fut récupéré, avec ses dalles de calcaire et ses peintures murales bucoliques d'un goût daté.

— Ça te portera la poisse à toi aussi, misérable fils, jura Angel Monestier en serrant les poings.

Aussitôt, il jugea son ressentiment indigne d'un père. Même si tu l'as rejeté, ce fils, il est encore de ton sang, pensa-t-il. Et ça, tu ne pourras jamais l'effacer, même si c'est la souillure de ta vie. Les larmes l'envahirent d'un coup, et il se laissa tomber à même le sol dans la poussière jaune. Tu nous as abandonnés, fils indigne, moi et ma terre. Que l'orgueil t'étouffe, toi qui viens me narguer après toutes ces années, avec ton argent. Tu ne seras jamais plus un Monestier, foi de Casimir.

Sa main palpa dans sa poche une petite boîte à priser en ivoire que le vieux soldat de l'Empire avait rapportée de Waterloo. Il ne se séparait guère de la relique, comme si elle figurait, à elle seule, la puissance et la gloire de la Renaudière. Sans l'argent de Casimir, trois sacs de pièces d'or, soustraits au trésor prussien lors de l'entrée des troupes françaises à Berlin, la Renaudière n'eût connu sa renaissance : la réfection des toitures, l'agrandissement des écuries et des étables, et l'acquisition de nouvelles terres. C'était un secret terrible dont on l'avait fait dépositaire, et que peut-être il transmettrait à sa descendance. Mais qui sera digne, demain, de conserver cet héritage, lorsque j'aurai passé ? Mon petit Félix sera-t-il le parfait des Monestier, comme son père ? Quant à Sylvère, je ne vois guère le goût de la terre sur sa tête. Et encore moins le désir viscéral de devenir, plus tard, un paysan, afin de perpétuer notre nom. Car il serait hautement hasardeux, se dit-il, de confier l'avenir de notre domaine au sang mauvais des Monestier. Notre influence s'en trouverait ruinée, en quelques décades. Comme cela arriva, jadis, aux Bonneton... Cinq siècles de paysans liquidés en une vente à la bougie. L'affaire a fait grand bruit en 1895, lorsque les terres de Hautefage partirent comme de la fumée, et qu'il ne resta qu'un enclos misérable autour du corps de ferme, jusqu'à ce que le corps de ferme, lui-même, suscitât la convoitise d'étrangers et qu'il fût liquidé en un temps record.

Au rappel de ce souvenir, Monestier se signa machinalement. Dans ces moments d'angoisse, il croyait à Dieu et à tous les saints. Il osait croire que le ciel était de son côté, malgré le pillage de l'ancêtre, et quelques autres méfaits commis pour la bonne cause. Les paysans ne sont pas plus malhonnêtes que la moyenne, plaida-t-il, les Monestier non plus, et lorsqu'ils fautent ce n'est point pour l'amour de l'argent, mais pour la cause de leur domaine qui mérite, quoi qu'on en dise, quelques entorses à la morale chrétienne. Pierre Monestier, ce donneur de leçons, n'a-t-il rien à se reprocher ? En Malaisie, a-t-il été aussi droit et régulier qu'on veut bien le croire ? N'a-t-il pas exploité son content de gueux dans les plantations d'hévéas ? Et la terre acquise, le fut-elle dans les règles ? Croit-on, raisonnablement, qu'on puisse asseoir, ainsi, une si belle situation, sans quelques combinaisons douteuses ?

Angel remonta dans le tilbury, se coiffa de son large chapeau de feutre noir, resserra la jugulaire. Le vent lui tapait aux tempes. Et cela s'insinuait, en élancements, dans ses mâchoires. Il prit les brides et mena sa voiture vers un bosquet de chênes, à l'abri des courants forts qui sifflaient du nord.

Froid encore, se dit-il. Quand donc nous reviendra la saison des pâquerettes ? Et le chant du coucou ? Hiver de misère pour qui a l'âge des rhumatismes.

Le vieux Monestier s'abandonna contre le dossier de son siège, puis il rabaissa l'oreille de la capote de cuir.

Qu'est-ce donc qui a nourri cette haine en toi, contre Pierre ? s'interrogea-t-il. Au point de ne plus voir en ce garçon qu'un ennemi intime ? Et espérer qu'il soit du mauvais sang des Monestier ? Et de craindre que le petit Sylvère soit de même extraction ? Puisqu'il faut en toute famille qu'une partie fût mauvaise contre l'autre... Certes, marmonna-t-il, les doigts croisés, tête baissée, il t'a désobéi. Il a déserté le camp familial. Il a ruiné l'espérance placée en lui. Certes, il t'a montré qu'il n'avait pas besoin de toi, en ce monde, et qu'il pouvait vivre, respirer, sans la manne des Monestier. Mais est-ce une faute si grande ? La désobéissance. Une faute qui mérite l'exil intérieur et le bannissement ?

Un temps, le vieil homme s'abandonna dans la somnolence. C'était comme une sortie de secours lorsque les interrogations l'assaillaient et qu'il ne trouvait pas de réponses. Ainsi quittait-il le champ miné de ses peurs et de ses angoisses. Et son sommeil avait l'âge de ses souvenirs, ceux de sa mère qui parait sa belle chevelure noire de cerises, de sa mère encore en robe à fleurs dansant sur les sentiers en chapeau de paille jaune. Il ne voulait pas retenir le râle de sa longue agonie, ni le bois du cercueil qu'il avait lissé à la varlope pour le rendre doux à l'éternité.

Soudain, il reprit pied au bruit d'une grive dans le bosquet. Elle traversa le roncier, affolée, en bousculant des ailes les dernières feuilles grillées par le froid. Cela fit du tintamarre dans le silence du plateau. Angel songea alors à sa première carabine, aux merles et aux grives qu'il chassait à Salinac à la montée du soir.

Ma mère est partie aux aurores, pensa-t-il, et j'ai couru à l'église de Saint-Ségur pour que le bedeau fît donner le glas après l'angélus. Je voulais que le monde sache que son âme nous avait quittés, et que la vie ne serait jamais plus comme avant. Mais la mort est comme le reste, un apprentissage de l'oubli, pour un petit garçon volontaire et frondeur. Et j'ai pleuré longtemps, quand son visage me devint étranger aussi. Et que tout d'elle me devint une énigme.

Au retour d'Eloy, Angel Monestier monta à l'appartement de Clémence. Elle était seule. Martin et Anne travaillaient aux étables. Et leur petit Sylvère était pensionnaire à l'Ecole technique de Brive. Cette situation lui parut parfaite. C'était elle qu'Angel voulait voir, et personne d'autre.

Le vieux alla s'asseoir près de la cheminée du salon où brûlait une bûche de frêne. Il ôta ses bottines de cuir et posa les pieds sur un chenet. Chaque fois, Clémence était prise d'étonnement devant les familiarités de son père. A croire qu'il n'avait pas renoncé à se croire le maître, et cela jusque dans les appartements de son gendre. C'était du reste cet état de fait qui rongeait Martin, lequel n'avait point abandonné le pari de s'installer à Salinac.

— Je suis allé à Eloy, sur le plateau, dit Angel.

Clémence tira un pouf près de lui et s'assit en tailleur. Elle avait un peu forci de la taille, mais elle portait toujours haut une belle poitrine. Son visage s'était à peine remodelé avec l'âge – trente-sept ans –, hormis les rides, le plissement des paupières. Elle avait conservé son regard d'enfance, pétillant et rieur. C'était peu dire que Clémence était la fille préférée de Monestier et que, malgré le temps, ce sentiment ne s'était pas démenti.

— Tu as dû avoir froid.

Il posa sa paire de jumelles sur la tablette voisine. Clémence sourit.

— Cette fois, tu n'as pas pu résister.

Monestier fixait les flammes dansantes et le rougeoiement des braises. Le frêne blanc avait un pouvoir de rayonnement extraordinaire, au point que ses grosses chaussettes de laine exsudaient la vapeur d'eau.

— J'ai voulu voir à quoi ressemblait le repaire.

— Te rends-tu compte, père, que tu as fait là un grand pas vers lui ?

Angel haussa les épaules.

— Je n'ai rien fait du tout. J'ai vu ce que je voulais voir.

— Comment peux-tu vivre avec cette haine ? Elle te dévore de l'intérieur. J'ai tant voulu que vous vous rencontriez. Mais avec ces années, toutes ces années, je sens que ce ne sera jamais plus possible.

Monestier traça une croix avec son index dans le vide de la pièce.

— Voilà ce qu'il faut entendre, ajouta-t-il.

Elle se laissa glisser du pouf sur le tapis, et vint appuyer sa tête contre le bras du patriarche. Il n'eut pas un geste vers elle, caressant comme autrefois, lorsqu'il passait et repassait ses doigts dans sa chevelure bouclée. Il resta immobile, comme un sphinx. La haine l'avait rendu décharné, et son âme aussi semblait à l'image de son long corps d'ascète.

— Ce drame nous détruira, dit Clémence. La Renaudière ne saurait survivre à une telle injustice.

Le vieux fut ébranlé par ces paroles. Et le visage de Clémence se retira de lui. Elle redoutait cette force indomptée.

— Si Paul avait survécu à la guerre...

— Il m'aurait approuvé, coupa-t-il.

— Il était comme toi. Il possédait le même caractère. Ça nous vient du fond des temps, un avatar des Monestier.

— Un avatar ? s'écria Angel. Tu veux dire que c'est grâce à ça que notre domaine a résisté à toutes les tempêtes, à tous les ébranlements de l'histoire. Même au moment de la Révolution, nous avons chassé les incendiaires. Ils en voulaient à nos greniers à blé. A coups de mousquets ! L'un des nôtres, Johan, fut emmené à Brive pour y être jugé. Il s'en fallut d'un cheveu que le Comité de Salut public ne le passe par les armes. Mais il s'est défendu, le diable, en disant que les premiers affameurs de la République étaient les incendiaires.

— C'est vrai, tout ça ?

Monestier ne répondit pas. Il ne savait où commençait la légende et où s'arrêtait la vérité. Son enfance avait été nourrie par ces récits où le meilleur rôle était toujours celui occupé par les Monestier.

— Et que dira-t-on, plus tard, à nos petits-enfants ? Que tu as chassé un de tes fils...

— Je n'ai pas chassé Pierre Monestier. Il est parti de lui-même.

— Je ne sais pas.

— C'est lui qui t'a raconté ce mensonge ?

— Pierre ne m'a rien dit. C'est un épisode de sa vie dont il ne parle jamais.

Angel parut rassuré.

— Qu'il retourne donc en Malaisie.

Clémence alla tisonner les braises pour raviver la flamme. Soudain, le visage rougi, elle se retourna vers son père.

— Je serai toujours du côté de Pierre, quoi que tu penses, fit-elle. Du reste, pourquoi m'interroges-tu sur lui, incessamment ? Si tu avais fait une croix sur lui, comme tu le prétends…

Et d'un geste leste, elle la traça en l'air, elle aussi, de la pointe du pique-feu.

— Je ne me soucie guère de Pierre Monestier.

— Si tu l'avais chassé de ta vie, reprit-elle, tu n'éprouverais pas le besoin de savoir où il vit et comment il passe ses journées, et s'il a revu Josepha…

Le visage du patriarche se renfrogna dans un rictus amer.

— Depuis son premier retour, il est allé trois fois en Malaisie. Et si tu veux le savoir, il a revu Josepha en 1920. Il lui a proposé de l'emmener en mer de Chine. Elle a refusé de quitter son mari, le pauvre Semenou, qui est un brave homme, un peu rustre comme tu le sais.

Monestier l'écoutait, sans un cillement du regard, fixant la nuit de l'âtre et l'éclat doré des flammes sur la pierre grise.

— Pourquoi n'est-il pas resté là-bas, puisqu'il n'y avait rien à espérer de cette traînée ?

— Pierre aime Josepha comme un fou. Il n'a jamais aimé qu'elle. Elle fut son premier amour et sans doute le dernier. C'est une histoire tragique, il me semble, que cette passion qui ne trouve pas d'issue.

— C'est pour elle qu'il est revenu de Malaisie, chaque fois ?

— Je le crois. Il est parti autrefois pour fuir cet amour impossible, cet amour que tu as rendu impossible, se reprit-elle.

Le patriarche sembla s'affaisser encore plus sur son siège, la tête inclinée vers l'avant.

— Mais il n’a pas réussi à l’oublier. Et un jour, Pierre a voulu la revoir, décidé à faire sa vie avec elle, mais elle n’était plus libre. Alors il est resté ici, à l’hôtel Poumier, pendant un an. Et il s’est décidé à acheter la Frênaie après son second voyage en Malaisie. Pour elle, à ce que je crois.

— Mais qu’espère-t-il ? Elle ne voudra jamais de lui, cet idiot. Ah, déplora Angel, ça ne ressemble pas aux Monestier.

Clémence alla à la fenêtre qui donnait sur la cour. Mariguitte avait allumé les falots sur la grange, les écuries et la porte d’entrée, comme chaque soir. Elle s’acquittait de cette tâche sans en déroger. Il fallait, quel que fût le temps, que la Renaudière connût ses feux. Rituel datant, sans doute, de l’époque lointaine où la demeure était un relais de poste. On ne les éteignait que pour honorer les morts. A la disparition de Paul, ils avaient été mis en berne un mois durant.

— Revoit-il la traînée de Cirgues ?

— Ne pourrais-tu l’appeler par son nom ? releva Clémence.

— Je l’appelle comme il convient.

— Tu ne sauras jamais être charitable, papa.

Il sentit des larmes dans sa voix. Mais le vieux avait l’âme trop malade, rongée par les « phagocytes », pour concéder un peu de compassion. C’était sa seule force, la haine, pour laquelle il se sentait toujours disponible.

— La revoit-il ? insista Angel.

— Régulièrement, en effet. Il la reverra jusqu’à son dernier souffle, sans espoir. A moins que la vie n’en décide autrement...

— Que veux-tu dire ?

— La disparition de Semenou, par exemple.

— Il attend que la voie soit libre, le salaud ! ricana Angel. Mais Dieu ne l’exaucera pas. Dieu n’aime pas les Pierre Monestier.

Elle vint lui toucher la main, crispée sur le bord du fauteuil. Elle tenta de l’amollir, faute d’infléchir cette âme qui se refusait à elle. Pourtant, les doigts s'en vinrent prendre cette douce main qui se tendait. Le patriarche la serra si fort que Clémence crut crier de douleur

Avec les beaux jours de l'année 1929, la Frênaie fut plus que jamais le havre de paix que son propriétaire avait tant espéré sur les terres de Corrèze. Il avait dépensé sans compter pour que le lieu recouvrât les lustres d'antan. Mais dans quel but, à quelle fin ? Puisqu'on n'y recevait jamais et que les salons n'y abritaient que le pas solitaire de Pierre Monestier. Quelle sorte d'esthète était-il, cet homme taciturne, secret et énigmatique ? D'ordinaire, les joyaux sont faits pour être vus, visités, admirés. Le sien, de toute évidence, lui était réservé. Plaisir de solitaire. A moins qu'il ne fût blasé, comme certains de ses voisins le prétendaient à Juillac. Pour toutes ces raisons, l'homme de la Frênaie n'était guère apprécié. Mais il ne faisait rien pour gagner l'intérêt de son entourage ; au contraire, on eût pu penser qu'il se complaisait à maintenir les gens à distance.

La vaste maison bourgeoise avait été rénovée dans le strict respect des styles imposés par l'ancien propriétaire. Les boiseries des deux salons et de la bibliothèque avaient été réparées avec du noyer, comme à son origine. C'était une essence de bois qui ne manquait guère dans le pays. Aussi choisit-il les meilleures veines, celles qui offrent des loupes somptueuses, et des nervures sombres comme le palissandre. Les dorures et les marqueteries qui vinrent les orner ajoutèrent à la somptuosité du décor. Ces belles boiseries encadraient des panneaux peints figurant des scènes champêtres, comme en peignirent en leur temps Fragonard et Watteau : exubérantes verdures d'arbres, délicates poupées de porcelaine en robes chantilly bouffantes, ciels et nuages peuplés d'anges...

Monestier ne prisait guère le style baroque, mais il n'avait pu se résigner à détruire ces décorations détériorées par l'humidité et la moisissure, lorsqu'il avait pris possession de la maison. Au contraire, il avait fait venir un peintre de Bordeaux, de sa connaissance, faussaire comme de juste, mais spécialiste des pastorales françaises du XVIIIe. De même avait-il apporté un soin particulier aux tapisseries, lesquelles se rapprochaient des cartons originaux. En somme, il n'était que les meubles qui fussent rapportés, divans fauteuils, tables et bureaux de facture XVIIIe, et style Restauration pour ce qui concernait l'ameublement des chambres.

A vrai dire, Monestier concevait sa vie à la Frênaie comme sur la scène d'un théâtre. Quelquefois, il aimait à se mettre en représentation dans ses décors somptueux, lorsqu'il disposait d'assez de temps à perdre. Il se faisait des fêtes en solitaire, comme un vieux garçon que la société a fini par abandonner à ses rêves. Mais, le plus souvent, il se retirait dans la partie rustique de la maison, où les murs étaient gris, les meubles médiocres, et le désordre permanent. Ainsi disposait-il de deux cuisines, l'une pour le décorum, fort bien rénovée avec son potager, ses batteries de cuivre rutilantes, ses poteries en grès ancien, et l'autre pour le tout venant, avec sa vieille cuisinière Godin et ses ustensiles de fer étamé. Son bureau usuel se situait au dernier étage, sous les combles. Il s'y réfugiait pour travailler tard le soir, à la lueur d'une lampe à huile – il n'avait fait installer l'électricité que dans une partie de la maison. Au mur, une carte de la Malaisie, et à côté un plan cadastré de ses possessions. Quelques photos jaunies représentaient un groupe d'ouvriers chargés de cuviers de latex suspendus à des pieux de bambou, Pierre Monestier en tenue coloniale, une vue des séchoirs, enfin Ismaïl près d'un hévéa le coupe-coupe à la main. C'était là tout son univers familier, avec sur sa table de travail des piles de dossiers, des livres de comptes, des bank-notes de la Barclays Bank, des coupons et des ordres de Bourse, un Baedeker.

Seule Clémence avait eu le droit de visiter sa maison. A la première visite, en septembre 1922, elle avait eu le souffle coupé en pénétrant dans les salons de la Frênaie.

« Tu es donc si riche ! » s'était-elle exclamée. Il l'avait observé à la dérobée, avec un regard malicieux. « Oui, avait-il dit, la vie m'a gâté de ce côté-ci. Mais, pour le reste, je suis un gueux. L'*amok* ! comme disent les Malais. L'*amok* ! » Ce jour-là, le propriétaire lui montra aussi l'envers du décor, les pièces communes où il passait le plus clair de son temps, à gérer ses affaires, à écrire des lettres à ses amis lointains, à lire des récits de voyage, des essais d'ethnographie sur la Chine, l'Amazonie, l'Afrique. « Pourquoi vis-tu ici, Pierre, plutôt que dans les salons du bas ? Je te verrais bien avec des domestiques, un valet de pied, un chauffeur... » Il n'avait pas répondu. En ce temps-là, Monestier était avare de mots, amoureux des silences comme les sages de Malaisie qui prient les divinités de Çiva contre les démons des marais, le Penanggal. Ils descendirent d'un pas nonchalant dans le jardin, sous les frênes blancs. Soudain, il fit demi-tour et prit sa sœur par les épaules. « Quand elle m'aura rejoint ici, dans mon palais, alors nous nous y installerons, Clémence. C'est pour elle, pour elle seule, que je l'ai réalisé. »

Depuis ce temps, Clémence n'avait cessé de voir son frère, irrégulièrement certes pour respecter ses volontés. Elle eût voulu que ses visites se fissent selon un rituel bien réglé, métronomique. Mais c'était compter sans les périodes de crise. Lorsque la mélancolie s'emparait de lui, il s'enfermait dans sa demeure, et nul ne pouvait espérer le voir. Il occupait les hautes pièces, celles qui ne s'ouvraient sur le ciel et les collines de Juillac et d'Eloy que par l'œil-de-bœuf de sa chambrette étroite, seulement occupée par un lit de camp inconfortable. Ainsi, Pierre Monestier oscillait-il entre les deux faces de son existence : la réclusion volontaire dans son réduit spartiate et l'exubérante oisiveté en son décor de palais baroque.

Deux fois par semaine, au moins, Monestier allait voir Josepha à Cirgues. Ces visites clandestines avaient pour cadre la forêt de Pradeau, voisine du village, mais suffisamment vaste en ses replis secrets pour qu'ils fussent tranquillement réunis, sans risquer les intrus, des chasseurs de palombes ou de sangliers, des cueilleurs de champignons et autres forestiers toujours à l'affût de vieux châtaigniers à abattre. Leur rencontre ne durait guère plus d'une heure, chaque fois Josepha était prise d'impatience. Elle craignait plus que tout au monde que leur relation ne se dévoilât. Pourtant, il n'était rien entre eux, rien qui ressemblât à la romance habituelle. L'heure se passait parfois en silences, en petits gestes affectueux, en désirs réfrénés. Josepha ne pouvait redevenir l'amante passionnée qu'elle avait été du temps de ses vingt ans, lorsqu'elle voyait Pierre dans la grotte du bois de Perguse. Elle était claire sur ce sujet : « Jamais je ne tromperai Yvon Semenou. J'ai juré fidélité, et rien ne pourra m'en détourner... »

Alors, qu'était-ce donc que cet amour qui les liait et dont les seuls linéaments portaient sur le souvenir doux et exquis qu'ils avaient conservé d'eux-mêmes dans leur mémoire ? A la longue, Pierre avait pris l'habitude d'évoquer ses voyages dans la mer de Chine, la vie dans ses plantations, les promenades dans la jungle. Elle l'écoutait avec des yeux éblouis. Ainsi espérait-il sans doute corrompre la promesse faite à Semenou, et l'entraîner avec lui en Malaisie. Mais il comprit que l'engagement de Josepha ne se romprait jamais, et qu'il serait condamné à vivre son amour comme un rêve d'enfance platonique.

— Viendrais-tu à la Frênaie ? Tu y serais une reine, pour une heure ou deux... Car je possède bien plus que tous ces paysans qui me tiennent pour fou. Et ma famille ? Sais-tu ce que ma famille pense de moi ? Mon père, ma mère ? Ils auraient préféré cent fois que je ne revienne jamais au pays, plutôt que d'errer dans ma demeure, comme une âme en peine.

— Tu as choisi cette vie, Pierre. Tu ne peux t'en prendre qu'à toi-même.

— Voudrais-tu que je disparaisse à jamais ?

Josepha affichait alors un visage troublé, partagée entre le désir de le prendre dans ses bras et sa culpabilité de femme mariée. Comme Monestier insistait, tournant et retournant le couteau dans la plaie, elle finissait par se saisir de sa main et la porter contre sa poitrine.

— Sens-tu comme mon cœur bat ? Il ne voudrait pas te perdre. Mais que serais-je alors, si j'abandonnais tout derrière moi ? La putain ! disait-elle.

— Comment peux-tu te salir ainsi, toi qui es droite et honnête ?

— Te souvient-il au bois de Perguse lorsque Angel Monestier m'a traitée de putain ? Il me semble entendre encore ses paroles terribles. Et tu n'as rien fait pour me défendre. Tu as été lâche, Pierre. Et, ce jour-là, quelque chose s'est brisé entre nous. D'ailleurs, tu es parti. Tu as fui. Tu m'as fuie parce que cet amour risquait de te détruire.

— J'ai fui, reconnut Pierre. Et l'amour s'est brisé quand même. Mais, aujourd'hui, je n'agirais plus de la sorte.

— Aujourd'hui... soupira Josepha. Aujourd'hui ne nous appartient plus. Le temps est suspendu sur nos têtes. Comme une menace. Chaque mot de toi, chaque geste m'est regret et douleur. Pourtant, j'ai longuement réfléchi à notre situation. J'ai tout imaginé. Partir avec toi, fuir lâchement, ou ne plus te voir pour ne plus souffrir. Et rien ne me satisfait. Parfois, il me paraît que la pendule s'est arrêtée. Mais c'est une illusion. Le temps court à notre perte. Les années passent. Et bientôt, que serons-nous ? Que restera-t-il de nous ? Pauvre amour.

Il essuyait ses larmes délicatement, sans offenser l'angoisse qui l'étreignait. Souvent, il avait cru la posséder, ainsi, dans le feu brûlant de son désarroi. C'eût été aisé, sans doute. Car elle n'eût point résisté. Mais après ? Leur amour y survivrait-il ? Risque ultime. Sans appel, sans réparation.

— Parfois, il me vient une pensée étrange, dit Josepha. Se pourrait-il que notre amour trouve quelque issue dans la mort ?

Pierre soupirait, en se prenant la tête dans les mains.

— Il n'y a rien après la mort.

— Se pourrait-il que la mort nous prête enfin le droit de vivre notre amour dans l'au-delà ? poursuivait-elle. Nos âmes enfin libérées du carcan terrestre...

— Comme si tout allait recommencer, repartir au point de départ, souriait Pierre. Mon Dieu, quelle triste pensée. Mourir pour renaître.

Quelques jours plus tard, même endroit, même heure, leur conversation repartait, là même où elle s'était interrompue.

Un jeudi d'automne 1929, Pierre Monestier se trouvait dans les bureaux de la Compagnie consulaire, rue de la République à Brive. Ses amis lui avaient réservé une pièce minuscule où il traitait les affaires de sa Society Caoutchouc Malaysia. Il avait passé de longues minutes à s'entretenir avec ses courtiers à Londres auprès de la Barclays, transmis moult câbles à Kuala Lumpur. Les résultats des derniers mois enregistraient des bénéfices record. Du côté de ses associés, on souhaitait son retour en Malaisie. Le temps n'était-il pas venu d'acheter de nouvelles concessions, d'augmenter la production de latex ?

— Comment juger à distance une situation qui exige une présence de tous les instants ? dit Monestier.

— Il faudrait revenir à Kuala avant les moussons, suggéra son agent financier Peter Gray, qui avait fait le voyage de Londres pour le rencontrer.

C'était un garçon très british, à l'image des brokers de la City, chapeau melon, costume gris, fines moustaches. Depuis trois ans, Monestier avait fini par le désespérer.

— Encore un an à passer dans la mer de Chine. Un an, soupira Pierre en fixant la lumière du dehors filtrée par des rideaux de mousseline.

— Quoi ? s'éleva l'Anglais. Vous tenez tellement à rester dans ce bled ? Comment faites-vous pour ne pas vous y ennuyer ?

— J'ai mes raisons, trancha Monestier. Celles-ci vous seraient aussi étrangères que de fouler la rosée du petit matin sur ma pelouse de Juillac.

Peter Gray caressait du plat de la main sa serviette en maroquin rouge qui le suivait partout où on requérait ses services. Ceux de Pierre Monestier étaient devenus les plus malaisés qui se pouvaient trouver. Jamais il n'avait connu un homme aussi éloigné de ses affaires. Jamais non plus il n'avait eu à courir dans des endroits impossibles comme ceux où vivait son patron. La Corrèze lui paraissait le dernier lieu en France où se cacher. Car il se cachait bien, Monestier, quoi qu'il prétendît, comme s'il craignait à tout instant que les obligations de sa charge ne l'accaparent plus que de raison.

— Le plus urgent, pour vous, est de vous rendre à Londres. On vous attend à la Barclays. J'ai retenu un rendez-vous pour la semaine prochaine, au 54, Lombard Street. Il faut discuter des investissements avec eux, à la section Dominion Colonial and Overseas. Avec le boum sur la production automobile, le marché réclame toujours plus de caoutchouc. Le latex de Malaisie est un des meilleurs produits. Mais il y a une rude concurrence avec le Brésil, la Cochinchine, Java. Surtout le Brésil, qui offre des produits moins chers que les nôtres. Sans oublier le Pérou, le Venezuela. Fini le temps où l'on pouvait imposer ses prix. Même le Congo et l'Angola s'y sont mis, avec dix mille tonnes de production annuelle.

— Vous exagérez, Peter, releva Monestier. En Extrême-Orient, nous restons les premiers producteurs avec trois cent mille hectares de plantations. Ça fait un paquet sur les soixante-quinze mille tonnes de latex produites de par le monde. Si l'on jetait d'un seul coup toute notre production sur le marché, les cours s'effondreraient. Il faut donc réguler…

— La concurrence ne l'entend point ainsi, ajouta Peter Gray. Ils veulent la part du gâteau. On commence modeste, on tire les prix. Et à la fin, on se retrouvera en surproduction.

— Le tout est de savoir si la demande sur le marché mondial du caoutchouc est en hausse ou non. Visiblement oui.

— Elle l'est, pour l'instant, confirma Peter Gray.

— Nos amis anglais ont investi près d'un milliard dans cette production et c'est justice qu'ils en aient retiré les plus gros bénéfices. Donc, il n'est rien à craindre, pour l'instant, de la Barclays. Elle nous suivra, cette fois encore. Deux shillings de 1910 ont acquis en vingt ans cinquante ou soixante fois leur valeur.

— Ce n'est plus le cas aujourd'hui. A cause de la concurrence, même si ça reste l'un des meilleurs placements. Bientôt, nous aurons le caoutchouc synthétique sur le marché... On en parle de plus en plus.

— Oui, reconnut Monestier. Il nous reste dix ans de prospérité. Après, il faudra changer le fusil d'épaule. Sauver les meubles.

En consultant sa montre, Gray révéla quelques signes d'impatience. Cet homme était pressé. Sa vie de commis voyageur des grandes œuvres financières le jetait incessamment dans les trains, les paquebots, les avions. Il ne savait rien des pays qu'il traversait, tout juste les cabinets de banques, les arrière-salles des compagnies industrielles, les corbeilles des Bourses de commerce de Paris, Londres, Chicago, New York, quelques restaurants réputés. C'était tout. En dehors des flux monétaires, des circuits financiers, des investissements d'entreprises, rien ne l'intéressait. Il était insensible à la beauté d'un paysage, à l'opéra, au théâtre, indifférent aux expositions d'art, et encore plus à la misère des colonies. On ne lui connaissait que des amourettes de passage, des liaisons de circonstance, et l'argent qu'il amassait sur divers comptes, peut-être n'aurait-il jamais le loisir de le dépenser.

— Serez-vous à Londres jeudi prochain, à quatorze heures ? Il y aura John Malcolm, Andrew Fitway et lord Suetton.

Pierre hocha la tête et se leva aussitôt pour serrer la main de son conseiller financier. Il le laissa s'éloigner, immobile. Il eût pu tout aussi bien l'accompagner jusque dans le hall de l'immeuble consulaire. Mais Pierre Monestier se sentait las et fatigué. La secrétaire particulière du président de la chambre de commerce, une jolie femme vêtue à la dernière mode, jupe droite et courte, style jumper, cheveux coupés à la garçonne, le rejoignit aussitôt.

— Prendrez-vous un café, monsieur Monestier ?

Il n'avait pas obtenu d'elle qu'elle le tutoyât, comme elle le faisait pourtant avec d'autres conseillers consulaires de l'établissement, pour la plupart de gros commerçants de Brive, quelques industriels bien en vue.

— Volontiers.

— Avez-vous trouvé les escargots au beurre persillé de la rue du Lion-d'Or à votre goût ?

— Parfaits. La maison Pierre mérite toutes les attentions.

Fabienne Delorme montra sa satisfaction par un de ces sourires vagues qui lui étaient coutumiers. Il n'était femme plus discrète, attentive, et serviable.

— Nos petits gris sont bien supérieurs aux gros mollusques de Bourgogne. Vous ne trouvez pas ?

— Je n'ai pas d'avis sur la question, répondit Monestier en buvant sa tasse de café d'un trait. Notre président se porte-t-il bien ?

— Monsieur Jalinier a souhaité vous voir, mais vous passez chez nous en coup de vent. Vous êtes sans doute très occupé ?

— Ce n'est pas le mot. Mais je suis un instable. Il suffit que j'entre quelque part pour que je ressente, aussitôt, le besoin de repartir.

— La Malaisie vous manque ?

— Parfois. Mais je ne saurais dire ce que j'aime le plus, mon bungalow rajah de Kuala Terengganu ou la Frênaie.

Fabienne prit la tasse vide des mains de son visiteur et s'assit au bord du fauteuil, les genoux serrés.

— Pour nous tous, ici, vous êtes un personnage plus que mystérieux. On m'interroge souvent sur vous. Parfois, on cite votre exemple...

— A quel propos ?

— Votre itinéraire d'homme d'affaires, parti de rien, vers un lointain pays, et revenu riche. Vous symbolisez à nos yeux l'image même de la réussite. Le risque, l'aventure, et puis la fortune.

— N'exagérez rien. J'ai eu pas mal de chance. D'abord à Londres, où j'ai fait la rencontre de lord Suetton. Tout à fait par hasard. Cet homme m'a confié une petite mission en Malaisie. Et savez-vous, j'ai dû prendre un atlas pour voir où ce pays se situait. En ce temps-là, je n'avais aucune attache en Europe. J'étais libre comme l'air. Alors, j'ai tenté l'aventure. Je n'ai eu qu'à suivre les conseils de lord Suetton, contacter ses relations, me recommander de mon protecteur. J'ai commencé à travailler à West Country Estate, à Kajang. J'ai mis en place un réseau de collecte, organisé l'acheminement de la marchandise jusqu'au port de Kelang.

— La chance ou le savoir-faire ? Vous semblez dire qu'il suffit d'avoir de la chance pour réussir. C'est étonnant.

— La chance, insista Monestier. La chance de tomber à point nommé. La chance d'échapper aux pirates et aux aigrefins. Ce pays est à haut risque. Les bandes malfaisantes y pullulent. Et parfois, il faut négocier avec elles pour échapper à leurs brigandages.

— Pourquoi le caoutchouc ? Aviez-vous une idée de ce commerce en partant vers la mer de Chine ?

Monestier soupira longuement. Il n'aimait guère parler de lui, et encore moins de ses affaires. Ce n'était pas une activité dont il était très fier. Un moyen de gagner de l'argent reste une opportunité, rarement une passion.

— Le hasard. Lord Suetton m'avait assuré, dans son cercle de Leadenhall où il m'avait introduit, que le commerce du latex était alors l'un des plus lucratifs et prometteurs.

J'ai suivi ses recommandations. En cinq ans, j'ai bâti ma propre société, acheté des plantations à Terengganu. Aujourd'hui, le caoutchouc se négocie à quarante francs le kilo, la demande est croissante avec l'essor de l'automobile. Mais ce n'est pas le seul débouché. Girard, un chimiste français, a déclaré un jour : « L'esprit étonné se demande non pas à quoi on emploie le caoutchouc, mais bien à quoi cette substance n'a pas encore été employée. » On en fait des gants, des bottes, des semelles de chaussure, des ballons, des blagues à tabac, et que sais-je encore. L'industrie médicale emploie de plus en plus le latex. Et j'avais oublié les condoms.

Pierre éclata de rire devant les joues rougissantes de sa voisine.

— Mademoiselle Delorme, j'espère ne point vous avoir offensée ?

Elle le rassura d'un mouvement de tête.

— Cette matière connaîtra son essor jusqu'à ce qu'on lui oppose un produit de substitution, moins onéreux. A mon avis, ça ne saurait tarder. Alors, nos plantations de Malaisie connaîtront la crise. Et c'en sera fini de nos rêves. Telle est l'époque moderne. A peine avons-nous rentabilisé un filon qu'il nous faut déjà l'abandonner pour une nouvelle aventure. C'est la loi des affaires en ce bas monde. Rien n'est avéré. Nos chances et nos fortunes sont éphémères. Nul ne sait cela mieux que lord Suetton, dont la famille a fait la sienne, jadis, dans la mégisserie et la filature... Peut-être connaîtrons-nous d'autres bonnes fortunes avec les gisements pétrolifères. Je ne sais si j'en serai, car, mademoiselle Delorme, tel que vous me voyez, je suis bien las de tout ça.

La secrétaire suivit Monestier jusque dans le hall d'entrée de l'immeuble consulaire. Elle se sentait attirée par cet aventurier, mais ne savait au juste si les femmes l'intéressaient, tant il se tenait sur ses gardes. A moins qu'il ne nous cache un grand amour, pensait-elle. Pourtant, on ne lui connaissait aucune liaison à Brive, où il séjournait parfois, au Grand Hôtel de l'Etoile, proche de la gare. Dans cette petite ville qu'était Brive, en ce temps-là, nul ne pouvait espérer passer inaperçu. Les ragots, les rumeurs, les indiscrétions occupaient les conversations des cercles où se réunissaient les notables du pays. Et s'il était une liaison à cacher, elle ne pouvait se vivre qu'en retrait de la société, dans quelques maisons bourgeoises, châtelets, perdus dans la campagne. Mais on savait tout sur la Frênaie, où Pierre Monestier vivait en loup solitaire, dans un luxe insolent propre aux parvenus.

Au sortir de la chambre de commerce, il prit la direction du grand boulevard de ceinture et monta vers la gare. Il alla déposer quelques documents dans sa chambre de l'Hôtel de l'Etoile, passer quelques appels téléphoniques, puis sortit par les jardins arrière qui donnaient sur le Champanatier. En dix minutes, il fut rue de la Fontaine-Bleue et pénétra au numéro 8 dont l'enseigne annonçait le siège du journal *La Corrèze sociale et républicaine*.

Une employée de bureau le conduisit à la salle de rédaction. Une odeur d'encre et de vernis régnait dans cette atmosphère brouillonne. Les bureaux, installés en vis-à-vis, croulaient sous la paperasse. Les morasses des correcteurs offraient de grandes biffures rouges signalant les erreurs dans la composition des textes. Derrière un cabinet vitré, Pierre reconnut la tignasse blanche et opulente du rédacteur en chef, Georges Ouzeau. Il le salua de la main, mais comprit que l'homme ne l'avait pas aperçu. Il frappa à la porte, mais celle-ci résista. Le journaliste arpentait son bureau comme un lion en cage. Les colères d'Ouzeau étaient légendaires, tout autant que ses éditoriaux écrits au vitriol. L'homme était redouté, haï, courtisé aussi, mais inflexible lorsqu'il s'agissait de la morale dans les mœurs politiques. Dix fois, cent fois, on l'avait traîné devant les tribunaux pour écrits diffamatoires. Mais aucune des procédures n'avait été à son terme, les personnalités mises en cause préférant les ultimes recours du compromis. Sans doute Ouzeau savait-il ce que vaut un politicien de la IIIe République, espèce craintive à l'endroit de l'honorabilité.

Enfin, Pierre se hasarda à pousser la porte. Le vieux crocodile l'entrevit avec surprise.

— Quoi ? Un patron dans mes murs ? Ce n'est pas courant. D'ordinaire, je les croise plutôt sur papier bleu.

Monestier éclata de rire.

— Avez-vous eu à vous plaindre de moi ?

Ouzeau fronça ses gros sourcils broussailleux.

— Ce serait plutôt à moi de poser cette question.

Pierre lui tendit la main. Le rédacteur en chef la serra sèchement. Il n'était plus méfiant que cet homme-là.

— Et pour paraphraser Virgile, ironisa-t-il, je dirai : Je crains un patron de la sainte alliance du sabre et du goupillon ; même porteur de bonnes nouvelles.

— Je ne suis ni l'un ni l'autre.

Le vieux crocodile vint flairer la veste de son visiteur. Il possédait un organe proéminent, boursouflé comme une truffe.

— Vous sentez la rue de la République, jugea-t-il. Oh oui, insista-t-il, le repaire de requins.

— J'en sors, en effet.

— Jalinier se porte-t-il toujours comme un charme ?

— Je ne sais pas.

— Et mademoiselle Delorme ?

— En beauté, comme à l'ordinaire.

— Bien. Très bien. Dans cette chambre de commerce, où je ne compte que des ennemis, il n'est que mademoiselle Delorme qui trouve grâce à mes yeux. Son chapeau cloche, avez-vous vu son chapeau cloche ? C'est un casque à l'honneur de la frivolité. Je l'ai écrit. Il y a quelque chose qui ressemblerait à la cantinière de luxe chez cette jeunette. Une si belle Madelon pour servir les vieux grigous de l'Union républicaine. Quel gâchis !

— Toujours sous le volcan, dit Monestier.

— Plus que jamais. Mon journal brocarde jour et nuit les profiteurs. C'est tout à mon honneur, Monestier. Souvenez-vous ? Poincaré, Briand, de fieffés larrons pondant jour après jour leurs lois scélérates. Les pauvres, les traîne-misère, les gagne-petit, toute la lie du travail et du labeur se saigne aux quatre veines pour ces gros cochons qui s'enrichissent sur son dos. Il n'est rien qui sente la justice dans ce monde. Et on désespère de voir poindre un peu de raison dans ce marigot républicain. Les banques regorgent de tunes. Tellement de tunes, Monestier, qu'ils ne savent quoi inventer, les capitaines d'industrie, les boursicoteurs, pour se piller l'un l'autre. Voyez *La Gazette du franc* ! Les escrocs ont pignon sur rue. Quelle horreur ! Tout ça finira mal, je vous le prédis. Ça fera le lit de l'Action française. Et vous ? Riez... Riez... Avec votre air de premier communiant, vous en êtes aussi. Un buveur de sang, comme les autres.

Pierre Monestier le suivait des yeux, intrigué par la passion qui s'était emparée de cet homme, dont les opinions radicales étaient teintées d'un anarchisme puisé aux sources de la tradition des pamphlétaires et des publicistes du XIXe. Polémiste, il l'était resté inexorablement, sauf durant le court intermède de la guerre où « la patrie en danger » avait réfréné ses ardeurs. Mais la valse des ministères, les reniements des élites politiques, les arrangements des appareils avaient conduit Ouzeau à se rebeller contre l'ordre républicain. Tout ordre en somme, qu'il fût de gauche ou de droite, dès lors qu'il ne parvenait à asseoir une majorité stable.

Soudain, Pierre l'arrêta en le saisissant au revers de sa veste.

— La situation est pire que vous l'imaginez, dit-il. A force de jouer, la Bourse de New York va sauter. Aux USA, la fièvre spéculative s'est emparée du plus petit au plus grand. On croit que ça n'aura jamais de fin, qu'on peut s'endetter, consommer sans devoir jamais rendre de comptes. Ça n'est pas possible. Mais nous, en France, nous ne sentirons que tardivement les contrecoups. Sans doute grâce à Poincaré, que vous vomissez. Son franc stable nous protège, mais pour combien de temps ?

— Quoi ? Vous aussi, vous allez sauter. Vos plantations en Malaisie. Ah ! ah ! En fumée. Comme le reste.

— Il n'y a pas de quoi se réjouir. La crise affectera tout le monde, du plus riche au plus pauvre.

— Et comment vous les traitez, vos esclaves malais ? reprit le vieux crocodile en portant son œil malicieux jusque sous le nez de Monestier. A coups de trique ! C'est aisé. Sans lois sociales. Ça travaille et ça ferme sa gueule.

Monestier ne prisait ces foucades que comme un folklore de plus, un folklore de salle de rédaction. Il sentit la lassitude l'envahir.

— Je vous trouve plutôt sympathique, fit-il. Mais ma visite est d'une autre nature.

Le vieux crocodile passa un mouchoir sur son visage pour effacer les gouttes de sueur qui perlaient. Martyrisé par son obésité, sanguin comme de juste, le rédacteur en chef était soumis à de subits coups de pompe. Il s'effondrait d'un bloc, en général, au creux de son fauteuil de vieux cuir. Les mots l'emportaient, comme une force vitale qui eût dû le transporter aux nuages, mais hélas, ceux-ci agissaient à l'encontre, l'épuisant soudainement. Il semblait que Pierre Monestier avait attendu patiemment cette baisse pour se retirer, enfin.

— Il se trouve, expliqua le visiteur, que l'un de vos rédacteurs est de ma famille. Je souhaiterais le voir, si cela ne perturbe pas le travail de votre équipe.

— Qui donc ?

— Daniel Brillat.

— Brillat ? Mon petit Brillat ? s'écria Ouzeau. C'est un de mes meilleurs journalistes. Du caractère. De la méthode. Ça oui. Une bonne recrue.

Monestier hocha la tête.

— Vous m'en voyez ravi.

— Comment une famille comme la vôtre, de paysans bornés, arriérés, de réactionnaires comme vous l'êtes, a-t-elle pu produire un bijou pareil ? Ça alors... C'est rassurant. Il ne faut jamais désespérer de rien.

— Vous avez du talent, monsieur Ouzeau, pour parler à la place de ceux qui ne le peuvent point, mais ne le gâchez pas en invectives gratuites. Je ne suis pas votre ennemi de classe. Si vous connaissiez le fond de ma pensée, vous seriez édifié...

— Un homme ne se révèle pas par la profondeur de son âme, mais par ses actes. Ils nous authentifient toujours. Ne l'oubliez pas.

Le vieux crocodile eut un sourire las et montra l'étage supérieur.

— Vous le trouverez au deuxième.

Daniel Brillat frappait sur le clavier d'une machine à écrire lorsque le visiteur vint lui poser la main sur l'épaule. Il se retourna vivement, l'œil noir.

— Je suis votre beau-frère, Pierre Monestier.

Le jeune homme parut réfléchir et posa sa cigarette sur le bord d'un cendrier.

— On ne se connaît pas.

— Vous aviez dix ans au mariage de votre frère Martin. C'était à la Renaudière. Et ce soir-là, je devais disparaître pour un long voyage.

— L'homme de la Malaisie, fit Daniel en hochant la tête. Mon Dieu, oui, je m'en souviens. Vous étiez l'homme dont il ne fallait jamais prononcer le nom.

— Je le suis encore, fit-il. Si ça peut vous rassurer.

— Pourquoi devrais-je être rassuré ?

— Parce que je n'ai pas changé, et ma famille non plus.

— La haine dans les familles est la pire que je connaisse.

— En effet.

— Moi aussi, je suis parti de Croisille. Et j'ai fait mon chemin, ici même, malgré l'opposition de ma mère et de mon père. On voulait que je devienne instituteur. Ou paysan.

— Cela se tient, dit Monestier.

— Depuis, je n'ai pas remis les pieds au pays. Ce journal radical, ce brûlot, est une tache sur mon honneur. Je me serais acoquiné avec des voyous, des chenapans, des crapules. Pourtant, mon père a été élu sur une liste radical-socialiste. Ça en dit long sur sa probité.

— Votre père a été élu sur la liste qui risquait de lui apporter le plus de voix.

Le jeune homme éclata de rire. Il possédait un rire clair, où se lisait en arrière-plan un goût certain pour la dérision.

— Mais je n'en souffre pas. Je me sens plutôt libre. Comme vous avez dû l'être, vous-même, lorsque vous avez fui la Renaudière.

Monestier contourna le bureau et prit une chaise pour s'installer confortablement, jambes croisées.

— J'ai voulu vous rencontrer pour cette raison. Un Brillat qui déserte sa famille, c'est comme un Monestier qui disparaît subrepticement. En somme, nous nous ressemblons.

Le garçon reprit son mégot et gratta une allumette pour le rallumer.

— Vous êtes riche, à ce qu'on dit.

— J'ai fait des affaires, ce qui est un défaut par les temps qui courent.

Daniel repoussa sa machine à écrire. Quelques liasses de papier tombèrent à même le parquet, sans que l'un ou l'autre se baissât pour les ramasser.

— Ouzeau possède un grain de folie, dit Daniel. Vous n'aurez pas été sans le remarquer ? De surcroît, à ses yeux, vous êtes le diable en personne.

— Qu'importe ce qu'il pense de moi. C'est de vous qu'il s'agit et de votre avenir dans le journal. Il a une haute opinion de votre travail.

Daniel Brillat se sentait flatté par les propos d'un Monestier, et pas n'importe lequel, le plus brillant de la famille à ses yeux, celui qui avait osé se rebeller et montrer à tous qu'on pouvait réussir hors du carcan familial, et peut-être même grâce à la défiance contre cette même famille pesante et oppressante.

— J'apprends le pamphlet, comme l'art du journaliste polémiste. Cette époque pousse à la colère. Alors, ça tombe bien.

— Je n'ai rien lu de vous, Daniel.

Le jeune homme lui tendit la dernière édition et montra l'éditorial de première page. Monestier lut le titre en caractères gras : « Les phagocytes ».

— Quelles sont ces cellules tueuses ? demanda Pierre.

— On pourrait citer des noms à la mode, comme madame Hanau, la banquière, ou Aimé Rochette, financier de son état, ou encore Lucien Klotz, ministre des Finances... La liste pourrait s'allonger. Ces personnalités du Tout-Paris ont ruiné de petits épargnants, escroqué leurs amis, leurs voisins, semé le discrédit sur le monde politique. Voici quelques-unes des cellules tueuses que l'on a laissées complaisamment proliférer dans le corps sain de l'Etat. Et si nous n'y prenons garde, elles continueront à se développer, à détruire le corps social. Car un peuple qui finit par douter de ses élites choisit toujours des solutions périlleuses.

— C'est une fort belle image. Mais, est-ce à dire pour autant que notre époque est malade, gangrenée par l'affairisme ? Elle a rêvé la prospérité, s'est dotée d'un franc fort. Rien que de très honorable. Les ouvriers réclamaient des emplois et des salaires. Nous les leur avons donnés avec la prospérité et le franc Poincaré. Le peuple exigeait des biens de consommation, et nous l'avons endetté dans cette course folle au progrès. En même temps, nous avons nourri la spéculation. Et, aux marges, les phagocytes dont vous parlez. Est-ce à dire qu'il est une fatalité dans l'histoire des peuples que la croissance et le bien-être favorisent la corruption ? Je suis enclin à le penser.

Le visiteur glissa le journal dans la poche de son veston. Plus tard, il lirait attentivement le fameux article et se réserverait sans doute le droit d'en écrire quelques commentaires.

— Je suivrai votre carrière de près, jeune Brillat, fit Pierre, enjoué.

Il traversa la pièce pour jeter un œil au-dehors. La petite place du Champanatier, avec ses platanes en quinconce abritant les bancs publics, était animée à cette heure. Promeneurs et joueurs de pétanque cohabitaient sur le sable. Les rosiers grimpants accrochés à leurs tuteurs émaillaient la verdure d'éclats de couleurs, blancs, rouges, jaunes. Des mères de famille, précédées de landaus ou de poussettes, allaient et venaient sur les allées où les ombres des arbres jouaient avec la lumière. Cela lui parut un beau tableau impressionniste.

Daniel s'était levé aussi pour rejoindre son beau-frère, deux pas en arrière. Cette vue du Champanatier lui était familière, tellement familière qu'il ne distinguait plus les détails, sinon les effets des saisons sur la coloration du parc.

— Votre visite m'a ému, dit le journaliste. Je croyais que vous étiez l'homme le plus méprisant du monde. Du moins en ai-je conservé dans ma mémoire ce souvenir. Même à la noce de 1910. Vous sembliez rêveur, indifférent, loin de nous. Et ma mère vous qualifia ainsi : indifférent... Dans le petit âge, on croit volontiers sa mère. Et lorsque votre nom venait à tomber, dans un repas de famille, ou dans une conversation, il était toujours une âme charitable pour lancer une pique. Indifférent, répéta Daniel. Voilà un jugement hâtif et terrible.

Monestier parut amusé par ce propos. Il se disait : les enfants seraient-ils meilleurs que leurs parents ? Tout ne serait donc pas perdu ? Hors les murs contraignants de la forteresse familiale, la conscience s'élève. Elle gagne chaque fois à se confronter au vaste monde.

— J'étais indifférent en ce temps-là, reconnut Monestier. C'était ma manière de me préserver. Mais j'ai découvert en Malaisie qu'on ne fuit que soi-même, et qu'il nous faut, tôt ou tard, revenir vers la source de notre destinée. Ainsi, le périple est accompli, de l'aube au crépuscule. La Renaudière m'attire encore, comme un mal d'enfance, ce que certains appellent la nostalgie. Pourtant, je n'y suis toujours point admis. La famille n'accepte jamais qu'on la renie. Elle se défend contre les rebelles, piétine les idiots et ne vénère que les enfants dociles. La fuite, le reniement, la désertion, elle vous les fait payer au prix fort. Prenez garde, Daniel. Ne commettez pas la même erreur. Un jour viendra où vous aurez grand désir de remonter au grenier, d'ouvrir les coffres, de caresser les jouets de votre enfance, de consulter les photos jaunies. Et, s'il est plus tard qu'on ne le pense, de rendre visite aux morts dans le cimetière.

Pierre Monestier prit son beau-frère dans ses bras et le serra contre lui.

— Je reviendrai, promit-il, avant l'hiver.

15

Rien ne va plus (1934)

Il fut le premier à prononcer le mot, le fameux mot qu'on vit bientôt en petites et grosses lettres dans les journaux et qui se glissa dans les conversations : crise. La crise. Dès 31, Angel Monestier en flaira les effets comme un début de grippe. Le commencement d'une agonie. « Elle sera longue », promit-il. Athanaïs lui fit répéter sa phrase. « La crise sera longue, et au bout... » Il eût voulu ajouter que ce serait, comme d'habitude, une déflagration. Mais il n'osa encore jouer les oiseaux de mauvais augure. Il se trouvait trop vieux, et trop proche du grand saut pour évoquer ce qui l'attendait, lui, et qui serait dans l'ordre des choses. Mais la Renaudière ? Il ne pouvait y songer sans des larmes aux yeux. Il se disait : Autrefois, la vie était simple. Les événements évoluaient lentement. On avait le loisir de se préparer au pire. Aujourd'hui, le temps s'accélère, et l'histoire est imprévisible. Autrefois, on conservait l'illusion d'avoir prise sur la réalité. Les gelées, les grêles, les ouragans, cela se conjurait dans la patience. Aujourd'hui, la terre ne cesse de trembler sous nos pas. Chaque jour qui se lève est une épreuve de plus.

Cette fois, à la table familiale, Angel Monestier traça une croix sur le pain. C'était un geste qu'il avait oublié et avec lequel il voulait renouer.

— Tu deviens superstitieux, dit Athanaïs.

Mariguitte cacha son rire derrière ses grosses mains de fermière. Et Clémence, elle-même, eut un sourire attendri

— Mon pauvre papa.

Le visage du vieux se redressa, les traits amollis, les épaules affaissées, fixant sa fille tout sourire.

— Martin a eu tort d'entreprendre la reconstruction de Salinac.

— Pourquoi ? dit Clémence. N'est-il pas temps de vivre chacun de son côté ?

Monestier balança la tête au-dessus de son assiette. Le fumet de soupe l'importunait. L'appétit le quittait, comme le reste. La vieillesse est une retirance. Les plaisirs, le goût, l'envie, le désir, tout s'efface en sourdine. Ainsi qu'une mer qui se retire, et après l'aride sable des déserts de l'âme.

— Nous allons connaître des jours difficiles, reprit Angel. Je ne connais qu'un remède, la solidarité. Notre famille doit rester unie, rassemblée. C'est à ce prix qu'elle survivra.

— Mais, papa, défendit Clémence, nous sommes unis. Pourquoi cette peur ? Parce que nous allons vivre à Salinac ? N'est-ce pas encore la Renaudière, ces trois maisons sur le plateau ?

— Nous dispersons nos forces au moment où il faudrait les rassembler. Voilà le fond de ma pensée. Mais je suis trop vieux pour qu'on m'écoute. J'ai trop d'expérience de la vie. Ça agace le monde. Je le sens bien.

Le vieux repoussa son assiette, et le pain qu'il avait l'habitude de couper en fines tranches pour donner du corps à son potage.

— Beau-père, vous radotez à vos heures. Vous voyez le mal partout, dit Martin. Nous avons quarante-huit ans. L'âge de voler de nos propres ailes. Les terres que vous m'aviez confiées, n'en ai-je pas fait un grenier à céréales ? Maintenant, l'heure est venue d'avoir son chez-soi. Merde alors ! Nous l'avons bien gagné.

Angel Monestier se retira dans son bureau.

— Il boude, dit Athanaïs, comme un vilain garnement. Quel spectacle pour ses petits-fils. Un grand-père ronchon.

Depuis des semaines, le vieux patriarche faisait et refaisait les comptes. Un comble. Il n'était pas porté sur la question, comme on le sait, et peu attiré par les chiffres. Mais son notaire, maître Bouvier, l'avait convoqué, discrètement. Et celui-ci n'avait pas caché ses inquiétudes sur l'avenir de la Renaudière. Il se trouvait qu'Anatole Bouvier avait toujours été un ami de la famille, un conseiller avisé. Son intérêt pour les Monestier remontait aux années 1900, lorsque Angel lui avait confié de vieux papiers familiaux, la plupart des parchemins datant du XIVe siècle. L'homme féru d'histoire, rat de bibliothèque, animateur à ses heures d'une société savante à Brive, avait fort apprécié ce présent. En examinant les pièces, il avait ainsi pu rédiger des articles documentés sur les baux ruraux, les héritages, les complants...

Au deuxième entretien, à son étude de Saint-Ségur, sous les remparts du château, dans une vieille bâtisse aux croisées de fenêtre Renaissance, il se fit, soudain, plus explicite.

— Pourquoi cette seconde convocation, maître ? s'étonna Angel Monestier.

Cette fois, le notaire à l'étrange visage d'oiseau avec son menton prognathe – quelque parenté avec le grand condor du Pérou – lui tendit à peine la main. Grave et fermé, le nœud papillon soigneusement tiré sur un col de chemise un brin élimé, il lui fit signe de s'asseoir, face à lui, derrière un rempart de dossiers.

— Deux rendez-vous en une semaine, insista le patriarche, n'est-ce pas trop ? Auriez-vous une bonne affaire en vue ? Vous savez que je joue à guichet fermé. N'en jetez plus, la coupe est pleine...

L'homme le fixa par-dessus ses lunettes aux fines montures métalliques.

— Je n'ai guère envie de plaisanter, voyez-vous.

Angel Monestier avait appris, au fil du temps, et parfois en de rudes situations, que le notaire, le banquier, l'homme d'affaires – sous cette appellation il rangeait diversement les maquignons, les vendeurs d'outils aratoires, les agents immobiliers, les courtiers, les expéditeurs – se doivent d'être appréhendés sous l'angle général de la bonne humeur. On s'accorde plus aisément avec un homme chaleureux qu'un pisse-vinaigre ; adage dont il avait pu mesurer les effets bénéfiques en maintes occasions. Cette fois, Monestier sentit que la cordialité ne suffirait pas à rompre la glace. L'œil noir du notaire était glaçant, pénétrant, mordant.

— Souhaiteriez-vous que je revienne vous voir à un autre moment ? suggéra Angel.

— Non. Profitons du moment où je vous tiens, fit-il en baladant devant son visage une main décharnée aux ongles longs.

Serres de rapace, pensa-t-il. Pourtant, Monestier n'avait pas eu à se plaindre de Bouvier, dans le passé. Il avait toujours trouvé en lui un allié, un conseiller avisé, un ami parfois.

Angel fronça les sourcils. L'inquiétude lui barrait le front d'un pli profond.

— Ne comprenez-vous pas ce que je vous dis ? fit le notaire dans un sourire glacé.

Ses lèvres minces étirées sur des dents jaunes marquaient plutôt un rictus de circonstance. Une mine forcée.

— Oui, reconnut Monestier en se frottant les mains, front abaissé, regard fuyant, la Renaudière traverse une passe difficile.

— Doux euphémisme pour qualifier une situation désespérée. Vous ne trouvez pas ?

— Situation désespérée, répéta Monestier. Comme vous y allez !

— Il n'y a pas d'autres mots. Les créances tombent et vous ne bougez pas le petit doigt. Je sais ce que vous possédez. Et vous ne pourrez honorer vos dettes. Cela vous est d'autant plus pénible que vous avez été habitué, mon cher Monestier, à dépenser sans compter. Vous ne voulez pas voir la réalité en face. C'est le propre des faillis de ne voir plus loin que le bout de leur nez. Il y a aussi les joueurs. Cette catégorie croit se refaire d'un coup de dés, mais cela relève plus de la divination que de la lucidité. Vous n'êtes point joueur, vous, grâce à Dieu, mais aveugle, insensé dans l'aveuglement.

Angel Monestier ne se souvenait, de sa vie entière, avoir reçu une telle leçon. Il en flaira les excès, comme l'expression même d'un homme frustré devant un être supérieur. Il m'humilie, ce Bouvier, pensa le patriarche, pour tout ce que je lui ai fait subir, terres acquises par-devers lui avec dessous-de-table, comme dans l'affaire de Salinac. Il y perdit quelques bons coups. Mais n'est-ce point la règle ? En cette matière, tu ne connais personne. L'intérêt fait force de loi...

Le notaire ouvrit son grand dossier qui contenait les lettres de créances. Les ouvriers agricoles eux-mêmes étaient payés à la petite semaine. Et tant d'outils, de semences, de fournitures, d'emprunts, impayés.

— Vous m'avez signé tant d'hypothèques, mon pauvre Monestier, que je suis en droit de saisir et de vendre au plus offrant, à l'encan. Est-ce que la Renaudière vous appartient encore ? Vous êtes-vous interrogé ?

— Je possède cent hectares.

— Le blé n'a pas rendu les bénéfices escomptés trois années consécutives.

Monestier eût pu se défendre. Ses arguments se tenaient : les tempêtes de juillet, les orages d'août, et les pluies aussi qui avaient fait germer les céréales sur pied. Et, de même, le maïs des plaines. Le tabac, dont les ventes à la compagnie suffisaient à payer les annuités d'emprunt, avait été dévasté, haché menu.

— J'ai une trentaine de veaux prêts à partir.

Maître Bouvier fit un rapide calcul.

— Cela paiera les dettes de la coopérative.

Il feuilleta les factures. Son regard s'arrêta sur la batteuse qu'il avait achetée neuve au prix fort.

— Aviez-vous besoin d'une batteuse ?

Monestier haussa les épaules.

— Vous n'entendez rien à l'agriculture.

— Mais je m'y connais en comptabilité. Vous vivez au-dessus de vos moyens, dans une époque où le franc est déprécié, où la mévente règne. Il vous faut réduire les têtes de votre troupeau. Vendre les vaches suitées.

— Mais c'est m'atteindre au cœur, jura Angel. L'argent vient avec de grands troupeaux. Réduire ma production, c'est réduire mes entrées d'argent.

— Un homme responsable paye ses dettes. Et ensuite, il repart petitement. Sinon, que dois-je dire à vos débiteurs ? De prendre patience ! Ça fait six mois qu'ils patientent. Eux aussi ont besoin de leur argent.

— Combien faut-il abonder ?

Bouvier avait fait le calcul sur un carton bristol. Ça tenait à un gros chiffre.

— Plus de deux cent mille francs. Disons même pour solder le tout : deux cent cinquante mille francs.

Un silence s'amorça dans l'étude vieillotte, puant l'encaustique et le vieux papier.

— Deux cent mille francs, dit Monestier. Ça pourrait faire un emprunt...

Le sourire carnassier du notaire se forma sur son visage.

— Aucune banque ne serait assez audacieuse pour se risquer à accorder un emprunt pour payer les emprunts. Me comprenez-vous ? Les immeubles ne constituent pas une garantie. Puisque la terre ne vaut que la moitié de ce qu'elle valait en 1910, il ne reste que les murs et ceux-ci sont hypothéqués. Je vous donne trois mois pour combler votre passif. Passé ce délai, je mettrai en liquidation.

La main de Bouvier tomba comme un couperet sur le dossier de la Renaudière. Angel resta de marbre. Immobile. Statufié par la colère sèche qui lui taraudait l'estomac. A la seconde du trépas, pensa-t-il, tu pourras dire que tu as connu l'humiliation. La suprême humiliation pour un Monestier, la ruine du domaine qui a abrité tant et tant de générations, depuis Louis XI. Se pourrait-il que des étrangers s'en viennent piétiner notre histoire, flétrir notre lignée de paysans, de soldats, de héros ? Accepteras-tu le verdict du destin, sans coup férir ? Au nom des obscurs ascendants, qui veillèrent, comme des sentinelles, à la perpétuation de notre nom, et de notre honneur, tu te dois de lutter jusqu'au bout ? Amer combat, que celui qui se profile, et sans doute sans espoir, sans espoir depuis la mort de Paul, sans espoir depuis la désertion de Pierre.

Monestier traversa le pont vieux. Par-dessus les remparts du château, un rougeoiement de fin de jour dorait les murs jaunes, rendant les coulées de verdure comme des cascades de nuit menaçantes. Même les cathédrales périssent, se dit-il. Pourquoi alors entretenir une si vaine illusion, que la Renaudière puisse survivre ? Et que restera-t-il de nos ambitions et de nos rêves, lorsque les chiens auront fait leur œuvre, comme à la curée ? Quelles ruines pourront témoigner de notre ambition passée ? Jusqu'aux tombes, elles-mêmes, de Casimir et de Paul, à jamais perdues, oubliées. Qui viendra encore se souvenir de ce que nous avons été, nous, les Monestier ?

Et d'un pas faussement alerte, forcé plutôt, ignorant les douleurs sourdes dans les articulations des hanches et des genoux, Angel traversa la grand'place de Saint-Ségur, en diagonale, comme il avait l'habitude de le faire dans ces années glorieuses où la bonne fortune planait sur sa tête. Il fit mouliner sa canne en l'air, comme s'il voulait montrer à tous les badauds qu'elle n'était qu'un objet de coquetterie de plus, et que le vieux patriarche, tout compte fait, n'en avait guère besoin. Il atteignit enfin le grand platane où, jadis, sortant de l'hôtellerie Poumier, il se soulageait la vessie, sans vergogne. Mais, cette fois, il hésita. C'était problématique de ce côté-ci. Trois gouttes, un petit jet, trois gouttes, un petit jet... Et son médecin l'avait prévenu par une curieuse question : « Combien de fois vous levez-vous, la nuit ? – Quatre, cinq, six fois, peut-être ? – Nous devrions regarder cette prostate, des fois qu'elle nous ferait des siennes... » Nenni ! Nenni ! Un Monestier de pure race tombe debout, comme les chênes. Jusqu'au bout, nous cacherons les faiblesses de la charpente, les défaillances organiques, les aigreurs de l'âme. Et sombrer, comme Casimir, d'apoplexie, quel bonheur ! Et ne surtout point s'attarder dans les agonies lentes, les débâcles de la tuyauterie, les étouffements, catarrhes et autres joyeusetés...

Les clients Poumier s'en vinrent, soudain, occuper la devanture, vociférants.

— Hé ! Angel, viens donc régaler la compagnie.

Rires derrière et autour. Rires et verres levés. Un appel au crime, à la désobéissance. Contre-indication des médecins, des professeurs, des rebouteux, et du reste. Nous passerons notre chemin.

— Hélas, les amis, cria Monestier, après l'heure c'est plus l'heure !

Rires encore, provocateurs. Ça voudrait se faire rincer à l'œil, pensa Angel. Ce ne serait pas une mauvaise idée, histoire de tordre le coup aux rumeurs. Pas si à sec que ça, le vieux de la Renaudière. Champagne, cognac, Pernod ! Il fut un temps où le vieux patriarche alignait les tournées. Généreux et volontaire. Rincée de prince.

— Allez, viens donc, Angel. Nous avons à te parler.

— Oui, oui, viens, animal ! Y a de quoi faire à c't'heure !

Il y avait là les Massepin père et fils, Bordenas et frères, Jillot et Jillot junior, Lefèbvre et consorts, en rang d'oignons, certains le verre à la main. Des écluseurs de première. Monestier leur fit encore un geste amical avant de bifurquer vers sa Torpédo.

— Qu'est-ce que tu as, Angel ? T'es malade ?

— Le vieux se fait de la bile.

— Tu veux dire qu'y s'fait la belle ! Histoire de pas payer son coup, l'cochon !

Après la soupe, le patriarche repoussa son assiette et disparut, sans un mot. Athanaïs se mit à grommeler dans son coin. Mais Clémence se leva aussitôt pour la rassurer. Et Anne, aussi. La petite Brillat – qui allait sur ses vingt-deux ans – nourrissait pour sa grand-mère une vive affection.

— C'est rien, fit-elle. Grand-père est ainsi. Tu le sais bien. Depuis le temps. Ça remonte au départ des garçons. Il ne supporte pas de les savoir absents.

Martin versa un grand verre de vin dans son assiette creuse. Puis il tourna longuement la cuillère pour le diluer. Ça faisait un bruit sinistre de raclement contre la faïence.

— Arrête ça, dit Clémence. Tu peux bien manger en silence.

— Quoi ! se rebiffa Martin. On veille les morts ?

Mariguitte haussa les épaules.

— Drôle d'idée. Ça porte malheur de dire des choses pareilles.

Martin but son chabrol d'un coup, en aspirant bruyamment le liquide. Histoire d'ajouter un peu de provocation. Clémence lui fit les gros yeux. Martin reposa vivement son assiette.

— Je crois que je vais aller aux étables, menaça-t-il.

Mais sa femme lui fit signe de ne pas bouger, autoritaire. Et Anne aussi fit les gros yeux. Chaque fois, elle prenait le parti de sa mère. C'était réglé comme du papier à musique.

— Vous savez bien que Sylvère et Félix font leur service militaire, dit Martin. Et pourquoi ton père n'accepte pas ça ?

Clémence ne répondit pas. Elle tenait toujours la main d'Athanaïs.

— Il fallait demander au sénateur de les exempter. Le sénateur ! s'écria Martin. Il y a des jours, on ne jure plus que par le sénateur, tout ça parce qu'il est venu visiter la

Renaudière, un jour, un jour, répéta-t-il en haussant la voix. Qu'en a-t-il à foutre de la Renaudière, le sénateur ?

Fonsine riait, doucement, dans son coin. Ce genre de scène était coutumier. Ça commençait toujours par les crises du vieux, des crises d'autorité, des crises de colère, de neurasthénie, de mélancolie. Le placard était garni de médicaments, contre toutes les affections possibles, du corps et de l'âme. Mais le vieux n'en prenait aucun. Maladie imaginaire, pensait-elle. Hypocondrie de l'âge, des affects du vieillissement.

Le silence pesant courut la tablée. Puis, Mariguitte se décida enfin à aller chercher les saucisses et la purée. Voyant que personne n'obtempérait, elle se servit copieusement. Elle avait un sacré appétit, et se fichait bien de son tour de taille. « De toute façon, disait-elle, je n'ai personne à qui plaire ! »

— Il y a quelque chose qui le tracasse, murmura Athanaïs. Mais pourquoi ne veut-il rien dire ? Pourquoi ?

Clémence passa le plat de la main sur la joue de sa mère.

— Pauvre maman, fit-elle.

Martin leva les yeux au ciel.

— Moi, je n'ai pas le temps d'avoir des états d'âme. Entre les étables, les semences et la taille des arbres... Et Salinac. Vivement que nous fichions le camp.

— Tu n'es pas raisonnable, Martin, releva Clémence.

— Oui, papa, tu ne peux pas te taire, un peu. Tu vois bien que grand-mère est malheureuse, ajouta Anne.

Il tira à lui le grand plat en terre et se versa cinq ou six cuillerées de purée, prit deux saucisses. Appétit d'ogre. Ça faisait plutôt rire, d'habitude.

— Allez, Mariguitte, vous avez raison. Faut pas se laisser abattre. Si on avait connu ce régime au Chemin des Dames, on serait jamais revenus.

Souvent, la guerre s'invitait encore dans ses conversations. Par boutades. Par ironie. Pourtant, il avait refusé les médailles, les honneurs, les reconnaissances, la fraternité du souvenir dans les associations d'anciens combattants.

Il voyait, dans ce culte, une réminiscence d'idéaux patriotiques dangereuse : « On pleure notre bonne vieille guerre et on prépare la prochaine. » Il se disait plutôt pacifiste. « Je ne repartirai plus jamais, quoi qu'il m'en coûte... » promettait-il à ceux qui suspectaient dans les événements d'Allemagne des menaces sournoises sur la paix.

Athanaïs partit dans sa cuisine. Elle n'aimait guère pleurer devant ses enfants. Pour elle, c'était un relâchement honteux, une intolérable faiblesse. Clémence la suivit. Et Anne voulut aussi faire partie du cortège des pleureuses, mais sa mère lui fit signe de se rasseoir à la tablée familiale.

— Il y a quelque chose que je ne comprends pas, dit la grand-mère.

— Quoi donc, maman ? Tu te fais des idées. Tu sais bien que papa ne supporte pas de vieillir.

— Crois-tu qu'il nous cache une maladie ? Il en serait bien capable. Cet homme, bon Dieu oui, cet homme est secret, impénétrable. Jamais, jamais je ne parviens à savoir ce qu'il pense. A croire que j'ai passé toutes ces années à côté d'un étranger.

Sa fille lui tendit un mouchoir. Elle en fit une petite boule pour se tamponner les joues.

— Veux-tu que j'aille lui parler ?

Athanaïs serra la main de sa fille et tendit vers elle un regard de détresse.

— Tu as toujours été sa petite fille adorée, fit-elle. A toi, il a tout pardonné. Et à Pierre, il a voué une haine sans égale. Comment comprendre cet homme ?

— Pierre ne comprend rien non plus. Mais, lui, je te le jure, maman, il est resté sans haine.

— Je le sais. C'est le meilleur d'entre nous. Et nous n'avons jamais su l'aimer.

— Mais nous l'aimons, maman. Et il sait que tu l'aimes. Il me parle souvent de toi. Il prend de tes nouvelles.

— Et de son père ?

— Je crois qu'il éprouve de la compassion. « Tant d'orgueil en un seul homme », voilà ce qu'il dit de notre père. Tant d'orgueil et de vanité... Il n'y a rien de plus destructeur.

— Qui nous pardonnera ces années de silence ? De lâcheté ? Je n'ai que la prière pour me rapprocher de lui. Et je ne sais s'il m'entend.

— Mais, maman, c'est terrible ce que tu dis. Tu en parles comme s'il n'était plus là. Pierre est parmi nous. A deux pas, sur sa colline, dans sa grande maison.

— Pourquoi ne vient-il pas me voir, moi, sa mère ?

Clémence baissa la tête. Elle ne possédait pas de réponse à cette question. Pourtant, elle avait tenté, maintes fois, de ramener à la Renaudière l'enfant maudit. Sans succès. Seul le patriarche possédait encore ce pouvoir. Et rien ne saurait infléchir sa détermination. A la longue, elle s'était calcifiée comme une tumeur, dans les profondeurs de son âme torturée. Perdre cette autorité suprême, le bannissement, eût été perdre le sens de sa vie. Le père et le fils avaient compris cette vérité, qu'il n'est d'expiation sans la reconnaissance de la faute. Et ni l'un ni l'autre n'eussent admis leur erreur qui, avec le temps, en avait fait des ennemis intimes.

Angel Monestier était accroupi devant la tache rouge qui maculait le plancher de son bureau. Sa main passait et repassait sur l'éclaboussure d'encre du temps jadis, à jamais incrustée dans les fibres du bois. Il se souvint de la scène terrible où il avait jeté l'encrier contre sa bibliothèque. Clémence l'aida à se relever. Et lorsqu'il réalisa, enfin, que des larmes sourdes coulaient sur ses joues, il la repoussa vivement.

— Pourquoi venir ici ? C'est malheureux tout de même de ne pouvoir posséder un endroit à soi, un refuge...

— Je ne suis plus la petite fille que tu chassais, jadis, de ton antre, coupa-t-elle. Je vais où ça me chante.

Angel alla se réfugier dans le recoin sombre de son cabinet. Il n'aimait pas y allumer le plafonnier électrique, lui préférant la lampe à pétrole. Cette défiance face au progrès lui tenait à la chair, comme une de ses ultimes élégances d'homme libre. Du reste, sa fille ne se risqua pas à tourner le bouton de l'interrupteur. Elle lui devait cette politesse.

— Que se passe-t-il ? demanda-t-elle. Pourquoi cette fuite encore ? Se pourrait-il que tu ne nous supportes plus ?

Elle attendit en vain sa réponse. Tout juste soupçonnait-elle son souffle dans la nuit étrange dont il avait voulu s'enrober, comme une cache d'animal traqué.

— Je n'ai rien, murmura-t-il. Rien.

— Ne ruse pas, papa. Tu es malheureux, nous non plus nous ne supportons plus de te savoir dans cet état. Es-tu malade ?

— Non. Je me porte comme un charme. Et cela du reste n'a aucune importance.

Clémence eût tant désiré approcher ce père rétif et secret qui se refusait à elle. Autrefois, il était caressant et doux, à ses heures. Mais, avec l'âge, il avait pris congé des sentiments. Sec comme un fruit de l'hiver, il se desséchait ainsi dans une douleur personnelle.

— Je voudrais que nous parlions, mon petit papa. Tu es comme un vieil ours dans sa tanière. Tu tournes en rond, sur toi-même. Pourquoi ne vois-tu pas l'amour que nous te portons ? Pourquoi te refuses-tu à nous ? Et Pierre ? Que t'a-t-il fait pour que tu lui voues une telle haine ? N'est-il pas de notre chair ? Un Monestier ?

Elle s'approcha jusqu'à tourner la molette de la lampe à pétrole pour apporter un peu de lumière dans cette solitude. Elle le trouva, alors, immobile, bras croisés sur sa poitrine, le regard fixe.

— Il est trop tard, dit-il. La Renaudière est perdue.

— Comment cela ?

— Nous sommes ruinés.

Et il partit d'un grand rire.

Veillée d'âmes.

Cette scène rappela au patriarche le retour de Casimir sur ses terres, après Waterloo. L'histoire courut ainsi, génération après génération, dans la famille. A son retour, le soldat épuisé entra dans la cuisine, alla s'asseoir face à la fenêtre, et demeura, ainsi, une journée entière, sans prononcer une seule parole. Les enfants, les petits-enfants, les voisins aussi, s'en vinrent contempler le revenant, dans son uniforme de la garde, usé, déchiré, brûlé par la poudre, maculé de sang et de boue, comme s'il se fût agi d'un fantôme revenu des limbes.

De même, Angel Monestier s'installa devant la fenêtre. Et la famille s'en vint faire cercle autour de lui. Il lui semblait à ce moment de son existence porter sur ses épaules le même poids de gloire et de défaite. Sa vie durant, il avait mené la Renaudière d'une poigne ferme, imposé ses choix, décidé des achats de terre, de l'organisation du travail. Sauf pendant l'intermède de la guerre où les femmes avaient pris la direction des affaires.

Désormais, il ressemblait à un roi nu, se préparant à l'exil. Il lui suffisait de réfléchir au temps dont il disposait devant lui pour réaliser que l'été prochain, l'été 35, le royaume serait dépecé comme une proie morte, livré à la curée, démembré, démantelé, morcelé. Peut-être les bâtisses nobles, l'ancien relais de poste qui accueillit le jeune Henri de Navarre, deviendraient-elles une résidence de campagne pour nobliau parisien, pour riche propriétaire amateur de vieilles pierres. Mais, dans le pays, nul ne serait assez fortuné pour acheter terres et immeubles, d'un seul tenant, en un lot unique, afin d'y poursuivre les activités agricoles. Donc, l'affaire serait vouée à la dispersion et au morcellement. Du reste, chez le notaire, la question de la saisie était fort avancée. Déjà, il se trouvait plus d'un client sur les rangs, marchandant les arpents, les outils aratoires, les granges, les écuries. Maître Bouvier s'employait à faire monter les enchères, à opposer les prétendants, à négocier les bouts de gras. Ainsi qu'une découpe de vache morte : ce sont les meilleurs morceaux qui partent en premier. Et le reste, les parcelles éloignées, les bas-fonds malaisés, les crêtes arides, tout cela irait grossir les petits propriétaires dont il s'était tant raillé sa vie durant.

— Où irons-nous vivre ? demanda Athanaïs.

— Au diable Vauvert, répliqua Monestier.

— Enfin, papa, tu ne peux pas rester ici, immobile, à ne rien faire.

— Il n'y a rien à faire.

— Rien à faire ? s'écria Fonsine. Alors que nous nous sommes tant échinés sur ces terres… Tout ça, pour voir la débâcle. Mon Dieu, si Paul voyait ça. Serait-il mort pour rien ?

— J'ai tenu la Renaudière à bout de bras, fit Angel, jusqu'à l'épuisement. Maintenant, je n'ai plus la force de me battre. J'ai l'âge où les éléphants se cachent pour mourir.

— Deux cent cinquante mille francs, dit Clémence, rêveuse, ce n'est pas la mer à boire.

Elle se tourna vers Martin, dans l'encadrement de la porte.

— Non, fit-il. J'ai fait un emprunt pour rénover Salinac. Il me faut le rembourser, maintenant.

— Comme si nous avions besoin de reconstruire Salinac ? Au pire moment, se rebella Clémence.

Le vieux fixait toujours la fenêtre. Sur cette question, il avait déjà donné son avis. Dans la difficulté, une vraie famille se serre les coudes. Mais comment en vouloir aux Brillat ? Lui qui n'avait réservé à cette famille que mépris et indifférence.

— Heureusement qu'il nous reste ces terres, ajouta Martin. Ironie du destin. Vous me les aviez offertes, beau-père, dans l'espoir que je m'y ruinerais. J'ai lutté dur. Et ne comptez point sur moi pour les vendre. Ce serait me renier. Autant mourir.

Clémence alla s'asseoir auprès de sa mère.

— Vous viendrez vivre à Salinac, promit-elle.

Angel Monestier secoua la tête.

— Vous n'aurez pas à vous encombrer de nous, fit-il d'une voix blanche. Les vieux n'ont plus rien à faire sur la terre. C'est le progrès. Au cimetière ! cria-t-il. Au cimetière ! C'est encore là qu'ils tiennent le moins de place. Les morts, ça ne dépense plus, ça ne coûte rien. Mieux même, ça engraisse la terre. Nous irons, tous deux, par le chemin le plus direct. Sans fleurs ni couronnes.

Athanaïs pleurait en silence. Elle pensait à son petit Paul, ravi à la force de l'âge, à Pierre, jeté dans les oubliettes. Clémence la prit par les épaules et la serra bien fort contre elle.

— N'aie crainte, maman, nous ne vous laisserons pas tomber.

Fonsine se rongeait les ongles. Elle avait parié, jadis, sur un beau mariage, pour sortir de la fange. Et le destin s'était acharné contre elle. Aujourd'hui, il lui fallait mesurer sa disgrâce. Peut-être Martin la prendrait-il à Salinac, comme domestique ? Et Mariguitte, qui n'avait jamais quitté la Renaudière, franchi les frontières du canton, que deviendrait-elle hors de la terre où elle était née, avait grandi, travaillé ? Elle pensa, elle aussi, se louer comme domestique chez les Bordenas, peut-être... A moins que personne ne veuille d'elle...

— Fonsine et moi, nous irons travailler là où on voudra bien de nous, dit-elle pour se rassurer.

— Et si personne ne veut de nous ? interrogea Fonsine.

— Nous savons tout faire, dit Mariguitte, élever les cochons, curer les étables, faucher les blés.

— Peut-être l'hôtel Poumier ? s'interrogea Fonsine. Nous savons cuisiner, servir, faire la plonge. Le travail ne manque pas. Mais, à quarante-quatre ans, c'est dur, de tout recommencer.

Le vieux comptait et recomptait, dans sa tête.

— Il faut commencer par congédier nos domestiques. Qui s'en chargera ? Moi, je vous dirais que je n'en ai pas le courage. Les Italiens, encore, ça m'est égal, mais mon pauvre Glandand avec sa petite femme et son idiot de gamin...

— Je garderai Glandand, promit Martin. Les jeter sur les routes, comme des misérables, serait le pire crime.

Monestier se retourna sur son siège.

— Tu as du cœur, Martin. C'est bien.

Fonsine haussa les épaules.

— Pensez d'abord à la famille avant les étrangers... Merde alors !

Martin baissa la tête. Il ne se sentait pas prêt à accueillir tous les Monestier.

— Je disposerai de quatre pièces dans la nouvelle maison. Et d'une grange pour le fourrage. Et d'une étable en mauvais état. C'est tout. J'ai fait la moitié des travaux tout seul. Ça m'a coûté les matériaux. Le sable tiré de la Soudoire. La taille des pierres. Les nouvelles charpentes. Les couvertures en ardoises. Dans les cinquante mille francs que j'ai empruntés.

— Cinquante vaches, dix veaux l'an, ajouta Monestier d'une voix lasse. Il te faudra vingt ans de ta vie pour rembourser la banque. Tu es jeune, courageux, vaillant. La vie est devant toi. Lorsque tu seras parvenu au bout de ta peine, il sera temps de songer à quitter cette terre. A quarante-huit ans, on se croit immortel. Le sang est plus fort que la raison. Mais la raison finit un jour par l'emporter. Et la raison, ce n'est pas réjouissant. C'est l'acceptation de l'âge, de la mort qui approche, des forces qui se retirent, et de la sève qui nous abandonne, peu à peu, comme ces chênes qui périssent par le sommet.

Athanaïs s'était déjà retirée pour prier. Dans une pièce du second étage, elle avait installé un autel voué à Dieu, comme les Romains de l'Antiquité qui dressaient dans leurs villas un lieu d'adoration à la gloire des divinités domestiques. Elle s'agenouilla devant la table basse, recouverte d'une tavaïolle bordée de liserés dorés. Il y avait une croix, des brins de buis bénit, la statue de la Sainte Vierge, puis le portrait de Paul, ses médailles posthumes, et quelques autres reliques. Elle prononça ses prières du bout des lèvres, après qu'elle eut allumé la bougie. Les mêmes vœux, éternelles suppliques, que ceux qu'elle avait prononcés jadis dans l'église de Saint-Ségur aux premiers mois de la guerre, s'en vinrent cogner aux murs étroits de la chambre. « O mon Dieu, pourquoi nous as-tu abandonnés ? » Son front heurta le bord de la table.

Clémence la retrouva ainsi, prosternée devant sa croix. Le sourire de Paul, dans le grand portrait, semblait irréel. Il représentait la seule image figée dont on disposait de lui, par-delà le temps, puisque ses traits, peu à peu, s'estompaient dans les brumes du passé. On ne se souvenait plus, désormais, que de cet unique sourire d'adolescent. Le garçon coléreux, cynique, impétueux, qu'il avait été aussi, avait été gommé, à l'usure des jours.

— Ne pourrait-on ranger cette photographie dans un tiroir, une bonne fois pour toutes ? suggéra Clémence. Ça te fait mal de le voir ainsi, chaque jour, et de le placer au centre de tes prières.

Athanaïs ne répondit pas. Elle l'avait vu disparaître, jadis, d'un pas alerte, sous le porche de la Renaudière. Pour la dernière fois. Il s'était retourné vers elle. Elle avait fait un petit geste d'au revoir. Il avait aussi vite détourné le regard vers les vignes de la Fourche. Puis, ce fut tout. A jamais. Cette image s'en revenait souvent dans ses rêves, si souvent qu'elle ne savait plus au juste ce qui relevait de la réalité et de la fantasmagorie. Mais, se disait-elle, le ciel a ses raisons. Impénétrables, comme de juste. Si Paul revient dans mes rêves, c'est donc qu'il a encore besoin de mes prières, le pauvre enfant !

— Toute ma vie est ici, fit-elle. Dans notre maison. Le berceau de notre famille. Vous y êtes nés, tous. Vous y avez grandi. Et si on m'enlève de ces murs et de leurs secrets, et des esprits qui les hantent, ceux de nos ancêtres, de nos pères, de nos mères et de nos morts, que restera-t-il de moi, de nous tous ? Nous serons comme les âmes errantes auxquelles Dieu refuse le paradis.

Clémence mouilla de salive la pointe de son pouce et de son index et pinça la petite flamme qui dansait à l'extrémité de la bougie. La nuit se fit dans l'odeur âcre de la stéarine.

— Reviens donc parmi nous, ma pauvre maman. Tout n'est peut-être pas perdu.

Clémence hésita trois jours avant de monter à la Frênaie. Trois jours de doute et d'exaltation. Comme dans les heures graves des passions et des désespérances, sentiments contrastés et contradictoires propres aux mouvements de l'âme humaine, elle passait d'un état à l'autre. Tantôt elle marchait sur les nuages, tantôt elle sombrait dans des profondeurs glauques. Mais, au fil des heures, la confiance gagnait du terrain sur les eaux noires. Il ne permettra pas que nous mourions ainsi, se disait-elle, sans bouger le petit doigt. Quel que soit le mal que nous lui avons fait, il saura prendre la bonne décision.

Pierre Monestier avait ceint son domaine d'un haut mur de pierre, comme s'il avait ainsi voulu s'abstraire du monde, par un rempart infranchissable. Lubie d'homme fortuné, pensait-on dans le voisinage, car les propriétés encloses de la sorte étaient rares dans le pays. Qu'a-t-il à cacher, le fils Monestier, derrière ses murailles ? Quel secret renferment-elles ? Le portail d'entrée était un modèle du genre, tout en fer forgé, soutenu par un bâti en briques rouges. Au travers des volutes d'acier, on distinguait une longue allée montante, pavée de dalles en calcaire. Le propriétaire avait poussé le raffinement jusqu'à inclure dans le dallage quelques motifs en granit rouge et blanc. Ces décorations de formes géométriques avaient de quoi intriguer. On y cherchait quelque symbole caché, des images cabalistiques. Certains disaient que Pierre Monestier appartenait à la confrérie des francs-maçons. Des rumeurs persistantes suggéraient même que la Frênaie était le siège d'une société secrète, et qu'il y venait, incognito, de hautes personnalités du monde des affaires et de la politique. De par ses employés, un valet de pied, une cuisinière, une gouvernante et un jardinier, Monestier n'ignorait rien de ces cabales, dont il s'amusait le plus souvent, comme s'il prenait plaisir à entretenir le flou sur sa personne.

En ce début d'après-midi d'octobre, Clémence s'en vint faire tinter la clochette de bronze au portail de la

Frênaie. Il fallait bien quatre à cinq minutes avant qu'on vienne lui ouvrir les portes. La gouvernante en tunique grise descendit l'allée sans se hâter, portant à la main droite le trousseau de clés. La visiteuse lui fit signe pour qu'elle la reconnût, un petit signe familier entre elles. D'ordinaire, Clémence entrait par le jardin, une porte basse et dérobée sous un portique végétal. Cette fois, elle entendait conduire sa voiture, la Torpédo de son père qu'elle utilisait fréquemment, jusque devant l'entrée de la maison. Elle avait longuement réfléchi à la question : Tu dois t'imposer dans la propriété de ton frère, s'était-elle promis, et ne plus accepter l'entrée des domestiques.

— Bonjour, madame Vivienne, dit Clémence. Ouvrez-moi, je vous prie, ordonna-t-elle. J'ai rendez-vous avec mon frère.

La gouvernante hésita. Elle n'avait pas reçu d'ordre dans ce sens. Jusqu'alors, il n'était que peu d'invités qui accédaient à la Frênaie par l'allée principale : Peter Gray, son conseiller à la Barclays, le sénateur Bordenave et, une ou deux fois l'an, le chef de cabinet du ministère des Affaires coloniales, Emile Girardet... Pourtant, madame Vivienne se résolut à ouvrir. Clémence Brillat remonta dans sa voiture et l'engagea sur la longue allée, bordée de platanes. Elle vint se garer près de l'escalier des cuisines.

Pierre lisait sous un platane, assis dans un fauteuil de jardin en rotin. Il posa son livre sur la table, près d'une théière en porcelaine chinoise. Pour sa visite, Clémence s'était mise en toilette, une robe charleston qui lui allait plutôt bien, et un chapeau cloche blanc orné d'un ruban violine. Elle approcha de son frère d'une allure décidée, bien que la coupe de sa robe, étroite aux genoux, freinât sa marche. Elle portait aussi des talons hauts. Du premier coup d'œil, Monestier sentit que la visite de sa sœur n'était pas comme d'habitude empreinte de simplicité. Il ôta sa casquette de tweed, passa une main dans sa chevelure.

— Ma petite sœur ! s'écria-t-il, enjoué. Tu es en beauté.

Il la prit dans ses bras, la fit virevolter sur elle-même pour admirer la coupe de sa robe.

— Tu as toujours été élégante, Clémence, fit-il, comme le jour de ton mariage. T'en souvient-il ? Nous avions fait venir de Brive une modiste – une modiste, répéta-t-il. Quel événement !

— Je vois que tu n'as rien oublié de notre passé.

— Rien, confirma-t-il. Les bons comme les tristes moments. Pourtant le temps passe, et la vie nous emporte là où nous ne voudrions jamais aller.

Elle lui trouva, soudain, un soupçon de tristesse dans le regard. C'était peu dire que Pierre avait bien vieilli. Ses cheveux s'étaient argentés, mais il avait conservé une taille svelte de jeune homme. Les traits de son visage s'étaient accentués, mesurables à la profondeur des rides, sans en modifier la douceur.

Par les portes du vestibule d'entrée, grandes ouvertes, on entendait la voix grave d'un ténor. Clémence prêta l'oreille, intriguée. Elle vit sur la commode un phonographe, son ample pavillon tourné vers l'extérieur. Pierre sourit à sa curiosité.

— Caruso, fit-il, dans l'air de *La Tosca*.

— Je ne savais pas que tu t'intéressais à l'opéra. Décidément, tu seras toujours pour moi une énigme.

Monestier parut étonné par sa réflexion, et ne sut s'il devait la prendre comme un compliment.

Arrivée à sa fin, la pointe du phono grattait le disque en produisant un chuintement continu. Le maître des lieux ordonna à sa gouvernante de changer la galette.

— Mettez ce tout nouveau ténor dont tout le monde parle, dans « Cielo e mar » de *La Gioconda*.

Lorsque ce fut fait, Pierre ouvrit les bras en direction de sa sœur, et l'emporta dans un pas de valse.

— Ce nouveau Jussi Björling est divin, fit-il à peine essoufflé.

Clémence se laissait emporter dans le glissement successif de l'ombre et de la lumière. Le bleu du ciel, le miroitement du soleil sur le feu doré des arbres s'enchaînaient dans sa tête comme des flashs. Ainsi, portée par l'élancement de la valse, elle s'abandonna, la tête en arrière, les yeux vers l'azur profond de l'automne. Elle avait envie de rire, de pleurer, et ne savait au juste la signification de l'émotion qui s'était emparée d'elle. Lorsque l'air de Ponchielli fut achevé, elle s'abandonna, immobile, la tête posée sur l'épaule de Pierre.

— Je suis allé l'écouter à l'Opéra de Stockholm dans *Manon Lescaut* de Puccini. Et depuis, je ne m'en lasse plus.

— Tu vis comme un grand bourgeois dilettante, dit Clémence. Sais-tu encore ce qui se passe autour de toi, sais-tu que nous existons, notre mère et moi ? Sais-tu que nous avons besoin de ta présence ?

Monestier rajusta sa casquette, et fit signe à sa sœur d'entrer dans le vestibule. Il la poussa dans le petit salon. C'était le lieu où il avait pris l'habitude de la recevoir. Instinctivement, ils reprirent l'un et l'autre leur place habituelle, lui dans le fauteuil Régence et elle sur le sofa vert amande. Elle ôta son chapeau et libéra sa belle chevelure noire.

— Encore des reproches, fit-il les mains croisées. Mais tu es et restes ma jolie petite sœur. A toi, je puis tout pardonner. Tu le sais. N'as-tu pas été la première – et la seule, précisa-t-il – à me rendre visite à mon retour de Malaisie ? Ce courage vaut tous les courages du monde. J'imagine que père a dû te le reprocher, et qui sait, t'en vouloir. Notre père ne pardonne rien. Et j'ai appris de lui cette force, qu'il n'est aucun destin qui ne se surmonte par le mépris.

Clémence inclina la tête sur le côté pour échapper à la visée de son regard. Dans ces instants fugaces où la haine marbrait son visage, il offrait un insoutenable regard, persistant et noir. Puis, soudain, l'œil s'égarait dans la tristesse, dans laquelle toute rancune semblait se dissoudre.

— Notre père n'est plus que l'ombre de lui-même, dit Clémence la gorge nouée par l'émotion.

— L'ombre de lui-même, reprit Monestier. Cela ne se peut pas. Ou alors, il nous joue la comédie...

— Tu ne le reconnaîtrais plus, Pierre.

— Serait-il malade ?

— Pire. C'est la Renaudière qui est en péril.

Le frère dressa les yeux vers les lambris du plafond.

— Tu exagères, sans doute, petite sœur.

— Notre propriété, cent vingt hectares de terres cultivables et de pacages, ainsi que le corps de ferme, écurie, granges, étables, vont être saisis et vendus au plus offrant.

Pierre l'observa, incrédule. Mais, soudain, Clémence fondit en larmes. Il tendit la main vers elle, puis se ravisa.

— Es-tu sérieuse, Clémence ?

Etranglée par les larmes, elle ne répondit pas. Pierre s'avança alors vers elle, sur les genoux, pour se porter à la hauteur de son visage caché derrière ses mains.

— Je croyais qu'il s'agissait d'un chantage de plus.

Puis, il se releva, promptement, alla à la fenêtre, et de deux doigts en écarta le rideau de mousseline. De son salon, il jouissait d'une large vue sur les collines voisines, par-delà la vallée de la Soudoire. Il pouvait voir les terres de la Renaudière, sous l'épaulement de Salinac. Souvent, il passait de longues minutes à observer ce territoire ennemi d'où on l'avait chassé, autrefois. Il s'était promis de n'y remettre jamais les pieds. A peine s'était-il autorisé l'incursion d'une première visite, comme pour signaler à sa famille : « Voyez, je suis de retour. Et cela vous indiffère. Et moi donc ? »

— Dans le fond, je me fiche de la Renaudière.

Clémence reçut sa réflexion comme une gifle.

— Comment peux-tu dire ça ? J'espérais tant...

Et elle fit mine de se retirer. Mais il la rejoignit avant qu'elle eût franchi la porte du salon.

— Tu espérais quoi ?

— Que tu nous aiderais ! Que tu apporterais l'argent nécessaire pour sauver notre domaine de la débâcle...

Pierre Monestier éclata de rire.

— C'est la meilleure ! On voudrait que je sauve la Renaudière dont on m'a chassé. Serais-je assez bête pour me renier à ce point ?

— Tu voudrais que ce soit lui qui vienne te le demander, n'est-ce pas ?

Pierre baissa la tête.

— Notre père ne s'humilierait jamais à ce point. Est-ce lui qui t'envoie ?

— Non, ma démarche est de ma propre initiative. Il ne sait même pas que je suis là.

Il se mit à tourner autour d'elle, d'un pas large. Le parquet craquait sous ses pieds. Une musique funèbre, comme ces piétinements silencieux autour du catafalque.

— Qu'est-il arrivé à la Renaudière ? Qui a été assez fou pour la mener à sa perte ?

Elle voulut expliquer les méventes du bétail, les achats de matériel inconsidérés, les charges écrasantes des journaliers, la chute des cours... Mais elle se perdit en chemin, en longues explications contradictoires. Pierre Monestier comprit néanmoins que la Renaudière avait vécu au-dessus de ses moyens, par orgueil, par vantardise, par incurie aussi.

— Qui tenait les comptes ?

— Notre père, bien sûr.

— Il n'a jamais su faire un bilan. Comment pouvait-il voir que sa maison perdait de l'argent, et qu'il fallait réduire la voilure ? Par gros temps, il faut ralentir les dépenses, enterrer les projets, et vendre peut-être, qui sait, le superflu. Que crois-tu que je fasse, moi, journellement ? Depuis le krach boursier de Wall Street, en 29, nous avons connu une chute des cours catastrophique. J'avais prévu l'effondrement. Aussi, je m'y étais préparé. Et pourtant, j'ai écopé, comme les autres. J'ai dû me séparer d'un quart de mes plantations, et m'adapter au marché. A ce prix, j'ai survécu.

Elle l'écoutait parler, somnambulique. Cela lui paraissait une langue étrangère que celle de l'économie et des affaires.

— Nous autres, les femmes de la Renaudière, nous avons dirigé la propriété pendant la guerre. Et nous avons conservé chaque arpent de terre, chaque tête de bétail.

Pierre leva les yeux au ciel.

— Pendant la guerre, oui. Pendant la guerre. Ce fut une époque florissante. Mais le retour à la paix fut terrible, Clémence, terrible. Jamais nous n'avons connu une telle situation. Le mot d'ordre se résumait à consommer, à acheter, acheter, dépenser, dépenser, sans compter, à s'endetter, sans prendre garde au lendemain. Et voilà. Il faut revenir à la raison. Et la Renaudière a trop de dettes, si je comprends bien. Tant de dettes, qu'il ne suffirait pas de vendre vingt ou trente hectares, de liquider un troupeau, pour se remettre à flot. Cela, ma chère, il fallait le faire au début des années 30, lorsque la terre avait encore de la valeur. Maintenant, c'est trop tard. Tout le monde veut se remettre à flot, tout le monde veut vendre, liquider, sauver l'impossible. C'est l'époque du sauve-qui-peut général.

Il l'accompagna jusqu'à sa voiture. Et au moment où elle ouvrit la portière, il la retint.

— Qui doit procéder à la vente ?

Clémence le regarda avec une lueur d'espoir. Se pourrait-il qu'il change d'avis ?

— Maître Bouvier.

— Et à combien s'élèvera la mise à prix ?

— Père a évoqué le montant de deux cent cinquante mille francs.

— Telle est la dette à combler ?

Elle ne répondit pas.

— Enfant, on nous parlait sans cesse du trésor de Casimir. Un fameux trésor dont on ne verrait jamais le bout, dit Pierre la main appuyée sur le capot de la voiture.

— C'est de l'humour ou quoi ?

— Père est de l'ancien monde. Avec ses pièces d'or, il se croyait au-dessus de la mêlée. Et nous-mêmes, t'en souvient-il, Clémence, nous avons passé notre enfance à nous croire supérieurs à tout le reste, à nous rêver riches et intouchables. Quelle bêtise. Le siècle nouveau absorbe les petites fortunes comme un buvard. En une seule génération, la prospérité change de main, si l'on n'y prend garde.

Clémence poussa un grand soupir et s'abandonna au dossier de la Torpédo. Les traces de larmes faisaient luire la peau rosie de son visage. Il voulut se pencher pour l'embrasser, mais elle le repoussa.

— Je crois que tu n'es plus des nôtres, dit-elle. Tu n'appartiens plus à notre famille.

Pierre recula, triste et défait. Le jardinier fit signe à la conductrice de mettre les gaz, et la voiture démarra d'un seul coup de manivelle. Monestier la suivit des yeux, jusqu'au détour de l'allée. Puis, il regagna son fauteuil, sous le grand marronnier, reprit sa lecture là où il l'avait interrompue. Intermède sentimental, se dit-il en ramenant la visière de sa casquette au bord de ses sourcils.

16

Les divines grâces (1935)

Maintenant que ses enfants avaient trouvé place en ville – deux bouches de moins à nourrir –, Josepha s'était efforcée de réduire son troupeau de culs noirs. Deux cochons pour carnaval, c'était désormais suffisant, deux gros culs noirs ; l'un pour le saloir, l'autre pour les confits, la graisse, les fritons. Dans cette manne divine du ciel, il y avait de quoi se nourrir toute l'année. Du reste, les Semenou ne forçaient guère l'engraissement ; ils les laissaient courir dans la chênaie, fouailler leur aise dans la terre noire. Il y avait assez de glands, de châtaignes, de raves, de choux et de pommes de terre pour les mener allègrement à deux cents kilos.

De même, les Semenou avaient décidé de conserver une douzaine d'oies, plutôt que les quarante d'autrefois. Ce petit élevage leur suffirait pour la consommation personnelle et pour une clientèle raffinée. Du reste, la fermière vendait tous ses foies au marché de Juillac, entre Noël et l'Epiphanie, n'en réservant aucun pour sa table, jugeant sans doute que c'était une trop précieuse marchandise. De fait, ça lui rapportait assez pour acheter la semence nouvelle de blé et de patates.

De son côté, Semenou cultivait un demi-hectare de pommes de terre sur ses arpents de Granger, et un bon carré d'épeautre et de blé pour le pain de l'année. C'était tout. Une misère. Ça manquait d'argent, toute l'année, et ça ne se plaignait jamais. Yvon eût bien voulu entreprendre des productions nouvelles, comme le seigle ou les haricots, ou peut-être encore les petits pois. Mais sa femme le réprouvait.

— Les petits pois, quelle drôle d'idée. Ça gèle sur nos terres jusqu'en avril. Nous n'y gagnerons que des déboires.

Semenou avait repéré quelques endroits propices pour ces cultures, des arpents protégés des vents, tournés au midi. Et pour parfaire le tout, il eût bien entrepris de construire des murets pour les abriter. Dans le voisinage, la pierre ne manquait point. Il suffisait de la ramasser, de l'entasser, comme jadis les ancêtres du haut pays limousin. Le paysage portait encore les traces de ces jardinets protégés, de ces chemins creux balisés par des remparts de roche.

— Tu te briseras les reins, mon pauvre Yvon, prévenait Josepha, et qu'y gagnerons-nous ?

Si le mari avait grand désir d'étoffer son cheptel de moutons et de brebis, et de mettre quelques sous de côté, sa femme n'y voyait aucune utilité. L'âge les gagnait, comme un engourdissement, saison après saison. Toujours trop de labeur pour Josepha, trop de foin à râteler, trop de pommes de terre à ramasser, trop de choux à couper, trop de blé à faucher. Elle préférait, à toutes ces grandes manœuvres des saisons, s'asseoir sous les grands chênes de Cirgues et rêver à sa vie perdue.

Une fois par semaine, elle rejoignait Pierre Monestier dans la hêtraie. C'était son seul moment de bonheur, ce court intermède où son ancien amant lui parlait de la Malaisie, des trafiquants d'opium, du défilé des sampans sur la mer de Chine, des quartiers mal famés de Singapour. Au moment de se quitter, parfois, Josepha versait quelques larmes.

— Pourquoi cette tristesse ? demandait Pierre.

— Je songe à l'existence que nous aurions pu avoir.

— Qu'est-ce donc qui te retient, maintenant que Florine et André gagnent leur vie ? Ils n'ont plus besoin de toi. Tu es libre.

Elle ne répondait pas. Alors, Monestier se risquait, une fois encore, à lui tendre quelque argent, dont il eût tant aimé la couvrir, mais elle repoussait sa main, furieuse.

— Je ne suis pas une putain ! Mon pauvre Pierre, on ne peut pas tout acheter.

L'homme trouvait encore la force de la serrer dans ses bras. Elle ne se refusait guère à cette attention amoureuse, le seul geste qu'elle s'autorisait, du reste. Mais, lorsque Pierre se voulait plus entreprenant, elle se défendait avec une féroce énergie.

— Alors, nous ne serons jamais plus amants ?

Ils s'observaient longuement, tremblants de tous leurs membres. Le désir, pourtant, les possédait l'un l'autre.

— Nous aurons le bonheur dans un autre monde, promettait-elle.

La réflexion avait l'art de le mettre hors de lui.

— Dans le bois de Perguse, nous avons fait neuf fois l'amour. J'en ai conservé un souvenir intact. Et, poursuivait-il, tant d'autres fois, en rêve, ma pauvre Josepha.

Aux jours gris de février, Yvon Semenou se décida à faire du bois dans la forêt de Cirgues. Il était une dizaine de chênes morts qui menaçaient de tomber sur de forts droits baliveaux. Le paysan abattit cinq d'entre eux, à la hache. Il en tira quatre bûchers dressés à la lisière. Les troncs lui demandèrent plus d'effort qu'il ne l'avait soupçonné. Les billes étaient noueuses, aussi dut-il user de coins pour les fendre à la masse. Il s'acharna des jours durant à les réduire, une à une. Puis, il décida enfin de s'attaquer au plus fort d'entre eux, un vieux chêne centenaire, sans doute creux de l'intérieur. Il choisit son angle d'attaque, et à la cognée prépara son entame. Au jugé, il avait mesuré sa chute, tant l'arbre penchait vers le dévers. Puis, il se résolut à entailler l'autre face. La hache, bien que fort aiguisée, rebondissait sur le bois, fibreux et noueux en cet endroit. Il changea d'attaque, par le côté. Sans doute eût-il été préférable, compte tenu de la taille du tronc, d'user d'un passe-partout. Mais Semenou était seul à la besogne, comme à l'ordinaire. Et le passe-partout exigeait deux bras robustes. Quand il eut terminé sa profonde saignée jusqu'à l'aubier, l'arbre demeura immobile, à sa grande surprise. A chaque instant, il guettait le craquement sinistre annonciateur de la chute. Il se risqua même à le pousser de tout son corps pour en amorcer la culbute. Rien n'y fit.

— C'lui-là m'aura donné du fil à retordre, jura-t-il en crachant dans ses mains.

Il reprit sa cognée et la lança en cadence dans la chair réticente. Un premier craquement éveilla son attention. Il recula pour mesurer l'inclinaison du chêne, et jaugea qu'il n'avait point bougé. Il revint alors à sa première entame. Semenou ajusta ses coups dans les profondeurs du tronc, faisant jaillir autour de lui de fins copeaux de bois noir.

Soudain, le géant partit d'un coup, éclatant en son milieu, vrillant sur lui-même. Un des éclats de bois faucha le bûcheron à la tête. Semenou glissa dans le dévers, tombant sur le dos. Le chêne s'affala sur le malheureux, dans un grondement d'orage. Une nuée d'étourneaux, qui avaient élu domicile dans une sapinière voisine, décrivit un grand cercle sur la forêt, dans le ciel gris, où le vent portait du nord. Et, silence revenu, les sansonnets s'en retournèrent dans les frondaisons vertes des sapins. Le vent reprit son chant lugubre, balayant les herbes sèches de Cirgues, les côtes décharnées des carottes sauvages et des tanaisies, faisant bruire les buissons noirs et les églantiers.

Il fallut dix hommes au moins, tous les bras du hameau de Cirgues, pour dégager le bûcheron. Josepha accompagna le cortège sans un mot, sans une larme. Et après que les hommes eurent installé Semenou sur le lit, elle les invita à boire un coup dans la cuisine.

— Vous pouvez finir la barrique si bon vous semble, leur dit-elle, parce que je ne bois pas de vin. Il n'y aura plus personne ici pour le boire, reprit-elle le visage grave.

Les paysans du hameau avaient de l'amitié pour Yvon Semenou. C'était un homme renfermé, auquel on ne parvenait jamais à arracher la moindre parole, mais de bon service. Et chacun, depuis des années, se demandait comment la fille Paulien avait pu se mettre en ménage avec cet ours, et comment ce dernier avait pu croire un seul instant qu'il parviendrait à la rendre heureuse. Josepha descendit à la cave remplir cinq nouvelles bouteilles que les voisins vidèrent, coup après coup, sans dire un mot non plus.

Au moment de partir, elle les suivit sur la route. Le soir avait gagné les collines, et sur Salinac le ciel avait le feu aux joues.

— Signe de vent, dit l'un.

— Signe de froid, dit l'autre.

Josepha retourna dans sa cuisine, lava sommairement les verres et vida dans l'évier le reste de vin. L'odeur d'alcool lui soulevait le cœur. Elle courut au-dehors pour vomir par-dessus la balustrade des cochons.

Se couvrant d'un châle en grosse laine, elle alla s'asseoir sous les chênes, là où elle avait l'habitude de rêver. Son regard fut attiré par les constellations. Elle songeait au ciel de Malaisie, au clapotis des vagues sur les longues plages de sable fin, aux fanaux des sampans qui longeaient les côtes, lucioles de nuit sur la mer de Chine. Elle se mit à fredonner une vieille chanson

Aux marches du palais
Aux marches du palais
Y a un' tant belle fille lonla
Y a un' tant belle fille.

Puis, elle se décida enfin à rejoindre dans la chambre Semenou, dont le corps sanguinolent gisait à même le drap. Le sang vif s'était étalé dans le tissu, comme sur un buvard. Elle prit une bassine dans laquelle elle versa de l'eau chaude, des paillettes de savon, puis avec une serviette elle commença à lui savonner le visage.

Elle a tant d'amoureux
Qu'elle ne sait lequel prendre.

Josepha voulut ôter le gilet et la chemise du mort, mais renonça : le sang s'était tellement coagulé au tissu qu'il eût fallu découper les vêtements avec une paire de ciseaux. Néanmoins, elle parvint à dégager son gilet et à lui enfiler une veste.

— T'es déjà froid, mon pauvre Semenou, marmonna-t-elle. Et avec cette poitrine écrasée, t'as vite manqué de souffle. Autant que tu sois mort, tout de suite. Le bon Dieu n'a point voulu que tu souffres. Coup de grâce, divine pitié.

Elle boutonna la veste, rajusta le col de la chemise qui portait des traces sanglantes. Elle jugea que ce ne serait point correct de laisser ainsi au regard des visiteurs ces téguments souillés. Avec ses ciseaux, elle découpa l'encolure de la chemise et ajusta un faux col en celluloïd, qu'elle maintint par une grosse cravate noire que Semenou portait le dimanche.

Josepha parvint enfin à lui enfiler le pantalon d'un vieux costume, dont elle dut défaire les coutures du dos, tant le bassin du mort avait été déformé par l'accident.

— T'es comme une crêpe, mon pauvre Semenou, dit-elle en passant la main sur son visage.

Au pied du lit, elle s'assit quelques minutes. Le changement du drap lui avait demandé un effort surhumain, à cause de l'odeur fade du sang qui avait envahi la maison.

— Quelle fin stupide, dit-elle. Tout ça pour un chêne mort. Avait-on besoin de l'abattre, ce salopard ? La tempête ou l'orage s'en serait chargé. Mais non, il aura fallu que tu t'en mêles, mon pauvre vieux. Et maintenant...

Des larmes descendirent le long de ses joues. Elle songeait qu'elle ne demeurerait pas un jour de plus dans cette maison où la moitié de sa vie s'était écoulée. Elle songeait qu'elle irait vivre à la ville, près de ses enfants. S'ils veulent de moi. Peut-être pourrais-je faire des ménages chez les notables ? Mais, à coup sûr, ne plus voir ces collines de Cirgues, ces infâmes porcs, toute cette misère collant à la peau. La boue, la fange, et le reste. Terre noire du pays...

De nouveau, Josepha sortit de sa maison, longea le hallier, où, la nuit, la volaille se perche et se cache dans la crainte du renard.

— Qu'il vous bouffe, toutes, mes petites salopes, murmura-t-elle. Et qu'on n'en parle plus de ces corvées quotidiennes, sans but et sans raison.

Elle monta sur le chemin, là où le hibou poussait dans la nuit son cri lugubre.

— Ça chante la mort ! dit-elle. Comme si je ne le savais pas, bon Dieu, que le malheur s'est abattu sur notre maison.

Et elle se remit à fredonner :

Si tu le veux, la belle
Nous dormirons ensemble...

Le froid glacial la fit rentrer dans sa maison, où elle avait espéré, comme un de ces rêves impossibles dont elle était coutumière, ne jamais plus revenir. Elle avait pris soin d'ouvrir portes et fenêtres, ainsi l'odeur du sang s'était estompée. Elle porta un fagot dans l'âtre et glissa dessous une feuille de journal chiffonnée. Le feu prit aussitôt et ronfla dans le conduit de la cheminée. Mais les brindilles étaient si sèches qu'elles furent consumées rapidement. Aussi ajouta-t-elle sur les braises de petits rondins de chêne. Et le feu repartit comme par enchantement. Elle alla s'asseoir près de l'âtre, fixant les flammes qui dansaient dans la nuit profonde de sa cuisine. Elle se sentait rassurée, désormais. La vie continue, se dit-elle. La mort n'est rien qu'un passage. Et les cadavres ne sont que des coquilles vides, comme la mue du serpent ou la cuticule du papillon. A quoi sert-il de les vénérer ?

Un peu plus tard, Josepha alla répandre de l'eau de Cologne dans la chambre et en baptisa le mort.

— Toi qui as toujours détesté le sent-bon, dit-elle, te voilà parfumé pour l'éternité.

Puis, elle s'en passa sur les mains, le visage, la poitrine. Dans l'armoire de la chambre, elle prit une robe de grosse toile noire et un chemisier blanc. Elle se vêtit aussitôt. Elle pensa : J'attendrai la naissance du jour pour commander au menuisier de venir prendre les mesures. Une boîte simple suffira. Et au curé, une bénédiction et deux ou trois prières. Au fossoyeur, un trou convenable au cimetière de Croisille, près de sa mère qu'il aimait tant.

Après l'enterrement, au café des Deux-Tantines, Josepha paya un coup aux porteurs. C'était l'usage. Et elle acquitta ses derniers dûs, au curé, au fossoyeur et au menuisier. Ainsi, elle se sentait le cœur léger. La veille, elle avait réglé les affaires avec ses enfants. André et Florine héritaient de la totalité de la ferme.

« Tu ne veux rien, maman ? avait proposé Florine. Tu as droit à ta part.

— Rien.

— Tu peux rester dans la maison de Cirgues le temps que tu voudras, avait ajouté André.

— Je n'ai droit à rien. »

Au sortir du café, Josepha prit la direction de la gare, située à l'écart du bourg. Sa décision était prise. Le premier train pour Brive partait à midi pile. Au moment où elle gagnait le quai, une voiture automobile s'arrêta à sa hauteur. La vitre fumée s'abaissa. Elle reconnut Pierre Monestier.

— Où vas-tu dans ce simple équipage ?

Elle sentit ses jambes se dérober sous elle. Pierre ordonna à son chauffeur de la faire monter. Elle hésita au moment de s'asseoir.

- Je ne peux pas lui faire ça. Le pauvre homme.

- Ne dis pas de bêtises, Josepha. Si tu savais combien je t aime...

Sous le coup de l'émotion, elle vacilla. Le chauffeur la retint d'une poigne ferme. Monestier lui fit signe de la fourrer sur le siège, ce qu'il fit promptement. La voiture démarra aussitôt. Le sac noir où elle avait enfourné quelques affaires était resté au milieu de la chaussée. Le chauffeur freina brutalement et courut le récupérer.

— Tu es fou, Pierre, dit-elle.

— Je veux t'emmener à la Frênaie. Nous y serons à l'aise pour discuter.

— Qu'ai-je à te dire, après toutes ces années ?

— As-tu déjà oublié le serment qui nous lie l'un à l'autre ?

Josepha eut un petit sourire gêné.

— Tu n'as jamais raté aucun de nos rendez-vous. Pour moi, ajouta Monestier, c'est une preuve d'amour.

Elle détourna le visage vers la vitre. Le paysage défilait à vive allure. Elle se sentait vide, épuisée, sans forces. Pierre lui prit la main. Elle la retira. Plus loin, elles s'effleurèrent de nouveau, au lointain d'eux-mêmes.

— Il faut me laisser le temps. Semenou est à peine en terre.

Pierre soupira.

— Nous n'avons que trop perdu de temps. Tu ne trouves pas ?

Au moment d'atteindre la Frênaie, Monestier songea que la disparition de Semenou était une divine grâce du ciel, que Dieu, dans sa miséricorde, avait voulu leur accorder un peu de bonheur avant de quitter cette terre. Mais, à voir poindre les réticences de Josepha, il sentit aussi quel abîme les séparait. A la naissance de leur amour, ils étaient tout entiers l'un à l'autre, fixés au désir qui les possédait. Mais une trop longue absence avait défait ces liens, tout autant que leurs regards sur eux-mêmes. Josepha s'était enfermée dans une profonde solitude, et son mariage avec le paysan de Cirgues n'avait fait que renforcer son éloignement. Quant à lui, il avait accompli une sorte de voyage inverse. C'est en Malaisie, dans son long exil, qu'il avait pris conscience de la profondeur de son amour. Tandis qu'elle s'éloignait de ses espérances, lui s'en revenait vers elles. Mais les destins ne concordent jamais, a contrario de deux pièces de puzzle qui s'emboîtent à la perfection parce qu'elles ont été façonnées à cet usage. Les années avaient travaillé en sourdine à défaire cette fusion amoureuse de leur adolescence. Les hésitations de Josepha, désormais libre, ne faisaient que confirmer ses craintes. Serons-nous jamais à l'unisson comme nous le fûmes, jadis, dans le bois de Perguse ? se demandait Pierre. Seront-ce errements passagers ? La vie nous donnera-t-elle la force de cette reconquête ?

Tandis que Monestier s'interrogeait, Josepha semblait le suivre, comme une somnambule. Long réveil, se disait-il, aussi compliqué que la princesse qui émerge de son cercueil de verre par les prodiges d'une bonne fée bienveillante. La vie n'est point un conte de fées. Ma princesse ne renaîtra point avec des sentiments intacts, comme si les années, les si longues années, les avaient mis entre parenthèses.

Dans l'alcôve, elle s'arrêta soudain, impressionnée par l'enfilade des deux immenses salons. Souffle coupé. Jamais elle ne s'était sentie aussi étrangère que dans ce territoire de luxe et de volupté, au point qu'elle ne parvenait à croire que la Frênaie, avec ses tentures, ses tableaux, ses meubles de style, ses lambris dorés, appartînt à l'homme qui l'avait conduite en son centre.

— Tu es si riche, murmura-t-elle. Comment as-tu fait ?

Pourtant, lors de leurs rencontres hebdomadaires, Monestier lui avait souvent décrit son repaire, et les succès financiers qu'il avait obtenus en Malaisie. Mais elle n'était pas parvenue à s'en faire, jusqu'alors, une représentation mentale. Elle avait imaginé une maison confortable, bourgeoise, sans plus. Et de voir les domestiques s'affairer autour d'elle lui donnait le tournis.

— Vivienne va te conduire dans ta chambre, dit-il. Tu pourras t'y reposer. Au soir, tu descendras me rejoindre dans le petit salon. Nous avons préparé un bon repas.

La gouvernante lui prit son sac.

— Ce sont tous vos bagages ?

Pierre répondit à sa place d'un hochement de tête.

— Je vous ai fait couler un bain, ajouta Vivienne.

— Un bain ?

Josepha se sentit rougir jusqu'à la racine des cheveux.

— Mais je n'ai rien à me mettre, que cette vieille tunique de deuil.

Monestier fit signe à sa gouvernante de prendre les devants. D'un pas, il fut auprès de Josepha, et s'en vint lui murmurer à l'oreille pour que les domestiques ne pussent entendre :

— Tu disposes d'une garde-robe, avec l'embarras du choix. A ta convenance, Josepha.

— Tu as tout prévu, Pierre. Mais c'est trop.

Il passa la main sur sa chevelure serrée en chignon. Elle recula, instinctivement, comme une bête traquée. Ça ressemble à une cage dorée, pensa-t-elle. La gouvernante attendait sur la première marche des escaliers que la visiteuse se décidât enfin à la suivre.

Quand les deux femmes eurent disparu à l'étage, Pierre alla dans sa bibliothèque, piocha dans une boîte de cigares un havane et l'alluma à une braise de la cheminée. Les messages s'étaient accumulés sur son bureau, trois télégrammes de Peter Gray qu'il lut, songeur, et une communication plus longue qui résumait les inquiétudes de son conseiller.

– Où est Benji ? demanda Monestier au chauffeur en train d'astiquer ses bottes de cuir.

L'homme ôta sa casquette par déférence. C'était un geste qu'il n'avait pu lui faire passer, malgré ses années de service.

— Dans son bureau.

— Allez donc le chercher.

Pierre tira les rideaux pour apporter un peu de lumière dans sa bibliothèque. Le plus souvent, il travaillait à volets clos pour ne pas se laisser distraire par la nature, comme il disait. Mais, à ce moment de la journée, il se sentait plutôt l'esprit enjoué, dégustant son cigare à grosses bouffées. Les décisions sont difficiles à prendre, se dit-il, mais lorsqu'elles sont prises, on atteint la plénitude sereine dont j'ai tant besoin. Il revint s'asseoir, jeta les pieds sur le cuir de sa table et se laissa balancer mollement sur son siège.

Benjamin Lavoie était le secrétaire particulier de Monestier. Un garçon distingué dans ses fins costumes en alpaga, et nœud papillon. Il portait le cheveu plaqué à la gomina, ce qui lui prêtait dix ans de moins. Le jeune homme aimait à jouer les dandies à ses heures, dans sa petite voiture décapotable de marque Alvis. Trop voyant, au goût de son patron, trop exubérant. Monestier avait coutume de dire qu'en affaires, l'art consistait à se fondre dans la foule anonyme, et à se vêtir en couleur muraille.

Il entra sans frapper, comme il était entendu entre eux, par une connivence extrême. Benjamin était l'ombre de Monestier, son double, si bien qu'il n'était guère besoin de longs palabres pour se comprendre. Le patron lui fit signe de s'asseoir et, pivotant sur son siège de droite à gauche, joignant les mains près du visage, il lut d'une voix monocorde les notes de Peter Gray. Benjamin hochait la tête à chaque phrase. Le style elliptique obligeait Monestier à ajouter les verbes qui manquaient. Soudain, il jeta les trois feuillets sur son bureau d'un air las.

— En un mot, Gray ne comprend pas la manœuvre. Et je me vois mal lui expliquant ceci par téléphone, par lettre, par câble. Les écrits sont indésirables dans ce genre d'opération. Aussi irez-vous à Londres, dès demain, lui expliquer ce que je désire.

— Je ne sais pas ce que vous désirez au juste, releva Benji, sinon vendre mille hectares de plantations à Chukai.

— Oui, cela est clair. J'ai décidé de vendre. La situation du caoutchouc est mauvaise. Chaque jour, je perds de l'argent. D'ailleurs, depuis 29, rien ne va plus. Mais ça, tout le monde le sait, même les imbéciles. De plus, la prise de pouvoir d'Hitler en Allemagne complique le marché. L'inquiétude règne, même sur la place de Londres. Et ne parlons pas de Paris, c'est catastrophique. La SDN fait des gesticulations, mais nous verrons bien ce qu'il en adviendra, comme toujours, des reniements. Le chancelier allemand fait du chantage. C'est notre faute, nous avons joué avec les nerfs des Allemands. Nous avons voulu les humilier avec le traité de Versailles. Qu'y gagnerons-nous ? La guerre, oui, la guerre.

Lavoie secouait la tête avec un petit sourire aux lèvres.

— Vous exagérez, fit-il.

— Depuis le rattachement de la Sarre à l'Allemagne, je n'ai plus aucune illusion.

Monestier quitta son siège et alla à sa fenêtre contempler la belle campagne de Corrèze.

— Nos belles collines de Corrèze ne sauraient nous tromper. Ici, bien sûr, tout paraît immobile, paisible, immuable. Mais le monde présent ne ressemble pas à cette image réconfortante. On ne lit pas les journaux, on n'écoute guère la TSF. On se laisse vivre, comme à l'ancienne. Nos sénateurs, nos députés font des discours rassurants. Un trompe-l'œil, vous dis-je. La Corrèze est une île où la réalité n'accoste jamais. Nos paysans vivent et travaillent comme avant 1900. Ils ont la passion de la terre, se disputent pour des bornages, des droits d'eau, de servitude. Mon père a dépensé sans compter jusqu'à plus soif. Et aujourd'hui, il se réveille tout étonné de découvrir que son bas de laine a fondu comme neige au soleil. Il se voyait en roi sur son domaine, ne sachant ce qui est le plus important, le titre ou le trésor de la couronne.

Benjamin baissa le regard. Il n'ignorait rien des menaces de saisie immobilière sur la Renaudière, mais n'avait jamais osé s'en ouvrir auprès du descendant des Monestier.

Sujet tabou ? En existait-il au juste pour cet aventurier qui avait accompli sa fortune en Malaisie, à l'époque où le caoutchouc rapportait deux cents ou trois cents fois la mise ?

— Ne pouvez-vous rien faire ?

— On me hait dans ma famille. Je suis le paria, l'enfant maudit. Une telle répudiation mérite-t-elle un geste ? Qu'en pensez-vous, Benji ?

— Je ne sais pas, monsieur.

Monestier trouva un siège qu'il porta auprès de son secrétaire.

— Dites à Gray qu'il vende mes plantations de Chukai, avant qu'il ne soit trop tard. Et cet argent, nous le ferons fructifier de la façon suivante. Nous achetons sur la place de Saïgon-Cholon des Hong-Kong dollars que nous transformons en piastres indochinoises. C'est là que notre affaire se complique et que Gray va devoir faire jouer nos relations dans le Sud-Est asiatique. Nous disposons d'appuis dans l'Office indochinois des changes, et au haut commissariat de France à Saïgon. Les piastres seront rentrées en Indochine, hors circuit officiel, me comprenez-vous, et transformées en francs. Par ce circuit, nous triplons, voire quadruplons notre portefeuille. Cent mille piastres représentent un million de francs minimum.

— Juteux trafic, fit Benji en souriant. Mais non sans risques.

— Croyez-vous, jeune homme, qu'on puisse accomplir, par ces temps difficiles, une opération de cette sorte sans se mouiller ? Préféreriez-vous que nous achetions des rentes ?

Lavoie éclata de rire.

— Je ne vous imagine pas en rentier, monsieur Monestier.

— C'est un circuit compliqué mais intéressant. Sur ce coup de dés, j'assure ma conversion au mieux, n'est-ce pas ?

— Je le crois, monsieur.

— Et Gray et vous, mon cher Benji, vous n'aurez pas à vous plaindre de mes services. La commission sera à la hauteur du risque. Mais il nous faut veiller à ne rien laisser derrière nous de compromettant. Pas de notes de transfert visibles. Du reste, nos agents d'Indochine savent travailler.

Monestier claqua dans ses mains, ce qui signifiait la fin de leur entretien et le départ de Benjamin Lavoie pour sa mission outre-Manche. Pourtant, ce dernier hésita à l'instant de franchir la porte de la bibliothèque.

— Vous êtes sûr de Peter Gray ?

— Complètement.

— S'il venait à rechigner à l'ouvrage ? Devant les risques..

Pierre Monestier éclata de rire.

— Ce ne sera pas pire que la mafia malaise ! Je vous raconterai, un jour, comment nous avons échappé à la mort, Peter et moi, aux portes de Bentong.

Pendant que se déroulaient ces secrètes conversations, Josepha avait profité du confort de sa chambre et du cabinet de toilette voisin pour se refaire une beauté. Néanmoins, elle s'était empêchée de croire qu'elle le faisait pour Pierre. Déjà, elle s'interrogeait sur son avenir, jugeant sans doute que son passage à la Frênaie serait une courte péripétie. Elle ne pouvait admettre que sa place était désormais dans les salons de son ancien amant, et qu'une existence nouvelle se préparait en sourdine. Pendant des années, il n'avait cessé d'évoquer ce rêve, qu'ils fussent un jour réunis pour toujours, mais Josepha l'avait inscrit dans son esprit comme l'inaccessible étoile. Insensé songe. Chimère de paradis perdu.

Ainsi, elle aborda la salle à manger d'un air absent, ce qui ennuyait le maître des lieux qui avait parié, lui, sur une acclimatation rapide. L'homme d'affaires croyait naïvement que le luxe de sa maison suffirait, à lui seul, à la transformer, à lui rendre l'allant d'autrefois, ou même à ranimer le désir amoureux dont elle avait fait montre, plus d'une fois, dans la chênaie de Cirgues.

La gouvernante l'accompagna jusqu'à la table pour lui tirer le siège. Josepha s'installa donc devant son couvert, passant et repassant le plat de la main sur la nappe blanche. Au centre, un chandelier à trois branches diffusait une lumière chaude sur les porcelaines et les verres en cristal.

— Tout ce luxe pour moi, Pierre, il ne fallait pas.

L'homme eut un sourire amusé en reconnaissant dans sa réflexion empreinte d'humilité la profondeur du caractère de Josepha. Chaque fois, elle prenait un trouble plaisir à se diminuer, à se rabaisser, ou à se juger indigne du moindre sentiment. Sans doute cette habitude lui était-elle venue de l'époque où elle avait décidé, sur un coup de tête, d'épouser Semenou, misérable paysan de Cirgues, sachant toutefois que ce mariage lui deviendrait à la longue une charge, une souffrance, un effacement. Et au fil du temps, elle s'était persuadée qu'elle était indigne d'un autre destin que celui auquel elle avait sacrifié.

— Ne réalises-tu pas, enfin, Josepha, que je t'ai attendue toutes ces années ? N'est-ce pas la plus grande preuve d'amour qu'un homme puisse accorder à une femme ? J'aurais pu me marier cent fois. Et je ne l'ai jamais fait. J'ai toujours cru que nous serions un jour l'un à l'autre.

Josepha se mit à trembler de tous ses membres, et ses mains s'esquivèrent sous la table.

— C'est de la folie, Pierre.

— Non. Dieu a voulu notre bonheur.

— Toi ? Tu crois en Dieu maintenant ?

— Je crois en l'amour. A celui qui nous lie, par-delà les obstacles et le temps.

Le bras de Pierre s'étendit sur la nappe et sa main glissa jusqu'à l'assiette de Josepha. Elle la contempla un instant, ne sachant si elle devait y poser la sienne. Elle le fit, pourtant. Et leurs doigts se mélangèrent.

— Tu es restée belle, Josepha.

Il la regardait intensément dans les yeux. Plusieurs fois, le regard de la visiteuse s'abaissa, puis se reprit, comme l'influx des choses vivantes qui se refusent à mourir. Elle s'était rêvée morte si souvent, et baignant enfin dans la plénitude des âmes élues, qu'elle avait, dès lors, jugé la grâce terrestre hors d'elle, en proie à l'agonie lente et consentie.

— Je suis restée à tes yeux telle qu'en ces lointaines années où nous nous retrouvions dans le petit bois de Perguse. Mais c'est un mirage, une illusion trompeuse.

— Non, soupira Pierre. Tu es demeurée ma petite Josepha. Le temps n'y fait rien. J'ai su, un matin, en me réveillant dans mon bungalow de Kuala, que je retournerais en France pour toi, et toi seule, et que je t'y attendrais jusqu'à ma mort si le destin en avait décidé ainsi.

La gouvernante vint emplir les coupes de champagne, et se retira sur un geste du maître. Josepha était troublée par cette autorité dont elle n'aurait jamais cru Monestier capable. Elle lui en fit la remarque pour le taquiner.

— Jadis, tu étais l'idiot de la famille. Ton père te traitait comme un demeuré. Tout juste bon à garder les vaches. Et encore...

Il se mit à rire avec elle. C'était plutôt bien vu. En effet, il s'était toujours imaginé en idiot de la famille.

— C'est une des raisons de mon départ.

— Tu as voulu montrer quelque chose à Angel Monestier. Un fils peut-il exister dans l'ombre de son père ? Un fils peut-il supporter d'être honni par celui qui l'a engendré ?

— La question n'est toujours pas tranchée, déplora Pierre. Mais je m'en fiche.

— Tu n'as plus besoin de ton père.

— Je n'ai plus besoin de connaître son opinion à mon égard.

En buvant la première gorgée de champagne, ils firent un vœu, mais dans le secret de leur âme, au risque à le révéler de le perdre à jamais. Monestier se demanda longtemps si le vœu de Josepha était le même que le sien.

Mais il y avait du piquant à s'observer dans le silence du petit salon, où les voix des domestiques n'étaient que chuchotis.

Pierre avait désiré offrir à sa conquête tout ce qu'il y avait de plus convenable : des homards à l'américaine, des filets de lièvre aux truffes, des petits savarins aux fruits. Il avait prévu toutes sortes de vins pour accompagner les mets, un barsac, un mosel-cabinet, un château-giscours, un brane-rothschild, un pichon-longueville. Il avait espéré que Josepha goûterait chacun de ses trésors de cave, mais elle n'accepta que le Roederer d'un bout à l'autre. Et Pierre fit de même, tout au champagne.

Après le café, Monestier lui fit visiter sa bibliothèque, malgré le désordre. Elle fut attirée par les cartes de Malaisie, le relevé des plantations, les photos des hangars où se conditionnait le caoutchouc brut. Son regard s'attarda sur un groupe d'ouvriers malais.

— Ce sont tes esclaves ? demanda-t-elle.

Monestier éclata de rire.

— Nous payons nos boys convenablement.

Mais elle flaira aussitôt quelque agacement dans sa réponse.

— Du reste, je suis en train de vendre mes affaires de Malaisie.

— Tu as des difficultés ?

Il se sentit flatté par l'intérêt que Josepha témoignait à ses activités. Peut-être n'étaient-ce encore que des interrogations de pure politesse ?

— Nous devançons les difficultés, ce n'est pas la même chose, précisa-t-il.

Elle l'observa, intriguée.

— Je vois que la sérénité est revenue sur ton visage. Je ne désire rien de plus que tu sois heureuse, désormais.

— Je n'ai pas toujours été malheureuse avec Semenou. C'était un homme bon. Il m'a donné deux beaux enfants. Mais nous avons manqué d'argent toute notre vie. Et à la longue, cette indigence a fini par ruiner les sentiments que nous nous vouions l'un à l'autre.

Pierre baissa les yeux. Les années de Cirgues ne l'intéressaient point, et encore moins les péripéties de cette union, trop longue à son goût. Il eût tant voulu qu'elle fût écourtée, mais à chacune de ses invitations à rompre, elle s'était refermée à lui comme une huître. Episodes douloureux de sa vie intime. Pierre possédait sur la question des capacités incommensurables d'oubli. Il ne désirait rien de plus que de passer à la trappe ses visites hebdomadaires, cette interminable attente, ces mots et ces gestes tus.

— Je vais acheter des rizières en Indochine. Pour ce faire, mon argent doit traverser la mer de Chine. C'est une affaire compliquée à laquelle je m'emploie, présentement.

— Où donc veux-tu acheter des terres ?

Il voulut balayer ces questions d'un geste, mais contre toute attente, Josepha voulait tout savoir.

— Dans les plaines du Mékong, fit-il, énigmatique.

Elle n'avait pas une connaissance suffisante de la géographie pour situer les futures ambitions de Monestier. Elle alla chercher sur une carte. Pierre guida son doigt quelque part dans les environs de Saïgon. Et il la prit dans ses bras, la serra de toutes ses forces.

— Je te veux, dit-il.

Josepha le fixa avec un sourire las. Sans doute s'attendait-il à plus de passion, mais elle lui rendit son baiser, furtivement.

Il la conduisit dans une des chambres qu'il avait fait apprêter pour la circonstance. C'était une pièce immense, ornée de tapisseries écarlates et de lambris dorés. Elle alla s'asseoir au bord du lit, promenant son regard sur chacun des objets.

— Je n'aime pas cet endroit, fit-elle.

Pierre lui prit la main.

— Il est digne de notre amour.

— Ce n'est pourtant pas là que tu vis ?

Monestier croisa les bras au-dessus d'elle, ses genoux effleurant ceux de Josepha qui se refusaient à l'accueillir.

— Non, reconnut-il. Je vis aux étages, dans une partie de la Frênaie où les murs sont gris, les pièces étroites et les couloirs mal agencés.

— Allons-y, ordonna Josepha, soudain rassurée.

— Pourtant, insista Pierre, j'ai fait aménager cet espace pour t'accueillir. Je me disais : rien ne sera assez beau pour elle. Et voilà que mes efforts tombent à l'eau. Quelle piètre psychologie que la mienne.

Josepha eût voulu le consoler en lui avouant qu'elle était plutôt insensible au luxe, au faste, à l'opulence, que sa vie durant elle s'était familiarisée à la précarité, au dénuement, et que l'amour partagé avec lui se contenterait d'un décor simple.

En effet, la chambre de Monestier était des plus misérables, avec son lit de coin, ses meubles de bois blanc et ses lampes à pétrole. Elle se glissa, nue, dans les draps, avec une sorte de jubilation enfantine. Soudain, Pierre fut gagné par l'illusion de retrouver sa Josepha des premières amours. Leurs corps s'effleurèrent longuement, peau à peau, cherchant les gestes d'autrefois, les mots d'autrefois.

— Eteins ta lampe, ordonna-t-elle.

Il avait voulu voir son corps nu, ses seins, ses hanches, ses longues jambes. Mais le temps avait imprimé sa marque, accusé des plis disgracieux, déployé ses rondeurs. Et Josepha ne se voulait point laisser regarder, en l'état. Il désapprouva cette sorte de honte qu'elle ressentait, jurant qu'il l'aimerait toujours telle qu'elle était. D'un geste, il tira le drap sur eux, et ils se perdirent dans leurs souvenirs par de petits cris et des plaintes. A l'instant où Pierre la posséda, enfin, Josepha éclata en sanglots. L'homme insista pourtant, malgré les larmes. Car il ne savait pas ce qu'elle craignait le plus de lui, qu'ils fussent redevenus les amants d'autrefois, ou qu'elle ne se sentît pas à la hauteur de cette vie nouvelle. Pourtant, il obtint bientôt la réponse, au-delà de tout ce qu'il avait espéré.

— Jure-moi de ne jamais plus m'abandonner, dit-elle en lui plantant ses ongles dans le gras du dos.

Depuis une semaine, maître Bouvier avait fait placarder sur le portail d'entrée de la Renaudière, et dans Saint-Ségur même, à la mairie et sur les lieux d'affichage, l'avis officiel annonçant la vente sur saisie immobilière de deux lots comprenant les diverses parcelles de terrain et les bâtiments du domaine des Monestier. Le premier lot, comprenant quarante-cinq hectares, était mis à prix à deux cent mille francs. Et le second, constitué par le corps de ferme avec granges et bâtiments d'habitation, à trois cent mille francs. L'adjudication était fixée au mardi à 11 heures, salle communale. La vente était requise par les banques de Brive afin de recouvrer des emprunts non honorés et par les Coopératives de Saint-Ségur, de Juillac et de Croisille où les Monestier avaient contracté leurs dettes. Il se trouvait aussi quelques autres requêtes émanant de l'étude Bouvier, et de particuliers qui avaient souscrit aux dépenses de la Renaudière. Sachant la vente sur saisie prochaine, il s'était déclaré de nouveaux créanciers qui avaient augmenté notablement le passif, désormais fixé à près de cinq cent mille francs. Le vieux Monestier avait usé, par trop abondamment, de prêts sur gages auprès de vieux amis de Brive et de Juillac, et ceux-ci, patients jusqu'alors, avaient jugé bon de se manifester au moment où la Renaudière allait partir en quenouille et où le vieux patriarche n'offrait plus aucune garantie de solvabilité.

En l'attente de ce dénouement tragique, Angel s'était terré dans ses quartiers. Il ne sortait plus de son cabinet de travail, passant des heures à contempler la tache rouge du parquet. Il se promettait même d'y ajouter son propre sang pour laver l'infamie. Pour ce faire, il possédait un pistolet d'ordonnance emmailloté dans un torchon gris. Il se risquait parfois à le caresser longuement, comme s'il se fût agi d'une relique sacrée. L'arme lui donnait quelques sujets de réflexion intense. Le mieux serait de se tirer un coup dans la bouche, le canon pointé vers le haut, contre la cloison du palais. La cervelle giclerait jusqu'au plafond. Ce serait une fin honorable. Parfois, il lui préférait le coup au cœur, l'arme plaquée au-dessous du sein gauche. Mais le geste lui paraissait malaisé. La torsion du poignet ajoutait à l'imprécision. Si je me rate, ce sera le pire des ridicules, songeait-il. A d'autres moments, il revendiquait le droit de se pendre dans sa grange. C'était une affaire assez simple à mettre en place. Il suffirait d'ouvrir la trappe à foin et de s'y laisser tomber, brutalement. Avec un peu de chance, la corde pourrait rompre les cervicales et éviter les longues minutes de strangulation.

Athanaïs avait flairé son désarroi. Et il ne se passait pas une heure ou deux sans qu'elle lui rendît visite. Elle le trouvait affalé derrière son bureau, le teint pâle, le visage amaigri. Angel vivait ces heures désespérées à volets clos. Il ne voulait pas voir les visiteurs, les futurs acheteurs, qui arpentaient la cour de la Renaudière. On y comptait les fenêtres, contemplait les toitures, visitait les étables.

— Combien de corbeaux, aujourd'hui ? demandait Angel à sa femme.

Comme elle ne répondait pas, il insistait fort.

— Une douzaine au moins, pronostiquait-il. Des agents d'affaires, je présume. Des corbeaux qui flairent la proie. Elle n'est pas encore assez faisandée à leur goût.

— Cesse donc de te faire du mal, disait Athanaïs.

— Mesures-tu mon déshonneur ?

— Et moi alors ?

— Toi ?

— N'ai-je pas droit aussi de revendiquer mes états d'âme ?

— Que comprends-tu à tout ça ?

— Rien, sans doute, ajoutait-elle en se frappant les cuisses.

— Tu iras vivre chez ta fille, à Salinac. Tu y seras comme un coq en pâte.

— Veux-tu te taire. Tu y seras toi aussi à Salinac.

— Moi ?

Angel Monestier éclatait de rire.

— Jamais à Salinac ! Je hais Salinac ! Je hais cette terre noire ! Là-bas, ce n'est pas chez moi... Un Monestier sans ses terres n'est plus un Monestier.

Athanaïs repartait en claquant la porte. Mais elle s'en voulait aussitôt d'avoir fui si vite. Elle se reprochait sa lâcheté, déplorait le temps où les femmes régnaient à la Renaudière

Clémence ne voulait pas croire que son père fît un mauvais coup. « Il s'aime trop », disait-elle. Parole terrible, digne des Monestier. Il semblait que les récents désastres avaient ajouté en elle la force cynique et arrogante de la lignée, comme, autrefois, elle avait déjà trouvé en Angel son digne continuateur. Se pourrait-il que Clémence reprît le flambeau au moment où celui-ci venait de s'éteindre chez le patriarche ? C'était l'avis d'Athanaïs, l'avis encore de Mariguitte. Ne disaient-elles pas, toutes deux, à l'unisson, sans avoir besoin de se consulter : « En avançant dans l'âge, aussi rude et orgueilleuse que son père ! » Clémence avait décidé Martin à reporter toute la gloire et la puissance perdue de la Renaudière à Salinac. « Là-bas, nous reconstruirons tout, s'écriait-elle. Tout ce qu'on nous a volé. » Elle avait même imaginé rebaptiser Salinac : « la Renaudière », quand la Renaudière de Saint-Ségur serait passée à l'ennemi, et donc âme perdue. Par ces serments, Clémence s'offrait une solution à bon compte, un tour de passe-passe par lequel conjurer la fatalité.

Martin faisait semblant d'accorder quelque crédit à cette folie. Il savait, lui, mieux que quiconque, que Salinac ne remplacerait jamais la Renaudière, que la terre acquise ne serait jamais aussi prodigue que celle qui avait été le berceau des Monestier des siècles durant. Salinac était sans histoire, ou du moins celle-ci était peu glorieuse, une sinistre traînée de misères et d'infortunes peuplée de héros oubliés. Même les cimetières, en ces lieux où les hameaux étaient légion, avaient passé à la friche. Car il n'était aucune famille digne qui eût perduré sur le plateau et dans les replis des collines, aucune qui eût trouvé un jour le sol assez hospitalier pour être conquis durablement. Sur les registres du terrier et autres matrices cadastrales ne figuraient que les noms d'obscurs petits propriétaires, éleveurs de chèvres et de moutons, que la misère avait fini par chasser l'un après l'autre, sans que jamais ne se constituât une exploitation digne de celles qui occupaient les vallées de la Soudoire, riches et prospères.

« Les Monestier à Salinac, ironisait Martin, serait-ce une punition divine ? Une ironie du sort ? Un singulier retour du destin ? » Il n'était plus que Clémence pour croire que son père se satisferait de ce dénouement. « Ce sera toujours un toit, disait-elle. Un refuge. Nous ne pourrons nous résoudre à voir notre famille dispersée. Si elle demeure unie, elle survivra. Je ne souhaite que cela, Martin, que nos enfants soient des paysans, même sur des terres ingrates. »

Les jours précédant la vente aux enchères publiques, on s'activa à la Renaudière à sauver les meubles. Les pièces furent vidées, une à une, de toutes les reliques de valeur. Par charrettes, on transporta lingères, commodes, vaisseliers, lits à Salinac. Ceux-ci furent entassés dans la grange, entre foin et paille. Puis, ce fut le tour des vaisselles, des faïences, des batteries de cuisine, des lingeries et des literies...

Cette débâcle fut un des événements qui marqueraient durablement les gens de Saint-Ségur. Ils se pressaient aux portes de la Renaudière pour contempler les charrois allant et venant, dans un silence digne. On ne plaignait guère les Monestier. Le patriarche avait affiché sa vie durant trop de morgue et d'arrogance pour qu'on lui manifestât la moindre compassion. Mais Angel n'en attendait guère plus. Cette mésestime le renforçait dans son opinion sur le genre humain, le confortait à penser qu'il avait traité la société comme elle le méritait, avec hauteur et mépris. Si c'était à refaire, se disait-il, je persisterais. Même il s'en voulait à ses heures de n'avoir été plus dur et intraitable en affaires, au temps où la Renaudière roulait sur l'or. En 12, j'aurais dû acheter la Mandrie et ne point la laisser à ce salaud de Landrette, se disait-il. Voilà une faiblesse que je regrette aujourd'hui, au moment où il vient sous mes fenêtres, avec ses gens, ricaner de mes malheurs.

Après quelque hésitation, et sachant les malheurs qui s'abattaient sur les Monestier, François Brillat se décida enfin à rendre visite au vieux renard dans sa tanière, avant que les chasseurs ne s'en viennent l'enfumer. Au moment de franchir le porche, il éprouva une drôle d'impression, comme s'il s'agissait tout compte fait d'une visite mortuaire. Pourtant, il ne croyait guère que ce coup-ci, aussi terrible qu'il fût, était de nature à renverser le vieux Monestier. Il l'imaginait plutôt faisant face à l'adversité avec dignité et courage, ainsi qu'il avait mené sa vie.

Brillat alla frapper au carreau de la cuisine. Et c'est alors qu'il vit sur une petite chaise la grand-mère égrenant son chapelet de prières. La pièce lui parut immensément grande, maintenant qu'elle avait été vidée de son contenu. Et François réalisa alors l'immense détresse qui s'était abattue sur la Renaudière. Une chandelle brûlait sur une étagère, bien qu'il fît encore jour. Athanaïs se dressa d'un seul mouvement, comme mue par un ressort. Il la serra dans ses bras mais ne sut trouver les mots apaisants, peut-être parce qu'il n'en était aucun qui fût à la hauteur de la consolation.

— Vous voulez voir Clémence ?

Il ne répondit pas, les mains encore posées sur les épaules d'Athanaïs. Il n'osait les détacher d'elle, craignant sans doute qu'elle ne s'affaissât comme une ombre.

— Elle va bien, ajouta-t-elle. Et les enfants aussi. Sylvère a de la peine. Mais, à tout bien considérer, plus de rage que de peine. Et Anne, vous la connaissez comme moi, tant d'insouciance dans le cœur. Elle se dit qu'une nouvelle vie commence pour elle. A cet âge, rien ne semble impossible.

Brillat hochait la tête, avec un petit sourire contrit.

— Il ne faut pas se laisser intimider pour si peu, dit François.

— Pour si peu ! s'esclaffa Athanaïs. Nous perdons tout. Tout, insista-t-elle en contemplant le vide autour d'elle.

— Je voudrais parler à Angel. S'il veut bien me recevoir, et surmonter, poursuivit Brillat, la honte qui le retient terré dans son bureau.

Athanaïs comprit alors que Clémence avait fait à son beau-père une description assez fidèle de la situation. Sur le coup, elle lui en voulut de son indiscrétion, croyant sans doute que les événements de la Renaudière se devaient jouer à huis clos. Brillat flaira ce trouble et voulut en atténuer les raisons.

— Je fais partie de la famille, de la grande famille des Monestier et des Brillat, et tout ce qu'il advient ici ne peut me laisser indifférent, même si j'ai tardé à vous donner de mes nouvelles. J'ai longtemps hésité avant de venir. Connaissant le caractère d'Angel, j'ai craint d'apparaître comme un importun. Me suis-je trompé ?

Elle ne répondit pas.

— Je viens vers vous pour tenter quelque chose.

— Quelque chose ?

— Je voudrais m'en entretenir avec Angel.

Athanaïs le conduisit à la porte du bureau, frappa deux coups, comme elle en avait l'habitude. Ce rituel éveilla un vague sourire sur le visage du visiteur. Restera-t-il dans sa superbe jusqu'au bout, droit dans ses bottes ? se demanda François.

— Monsieur Brillat voudrait te voir, cria Athanaïs à travers la porte. Il est venu exprès. Tu dois...

La porte s'entrouvrit en deux temps, une fois à claire-voie, puis hésita encore, et enfin céda d'un coup décisif. Angel était assis sur un tabouret d'étable, de fabrication rustique, et fixait la lumière de sa fenêtre donnant sur la cour. C'était là son poste de vigie, là qu'il comptait les visiteurs, les « corbeaux », comme il disait. Sur une feuille de papier, il avait noté tous les noms des acheteurs éventuels. De tous, Landrette de Croisille et Bordenas de Saint-Ségur lui semblaient être les clients les plus sérieux pour ses terres du Mournat, de l'Oustalier et de Puyfort.

— Excusez, fit Angel en tendant la main à son visiteur, je n'ai rien pour vous faire asseoir. Martin a tout débarrassé avec mes petits. Ça les amusait plutôt, les petits. La jeunesse ne comprend rien à rien. Surtout Sylvère. Il m'a déçu, celui-là, le jour où il est venu me dire tout de go : « Mais, grand-père, c'est fini le temps des paysans. C'est de l'histoire ancienne. » Et Félix, que je croyais le plus accroché à la Renaudière, si proche de son père, de la mémoire de son père, reprit-il la voix cassée, il rigolait aussi. Qu'avons-nous fait, mon Dieu, pour mériter une telle indifférence ? Ça les amuse de monter à Salinac, les pauvres. Ils ne savent pas encore ce qui les attend. Et votre fille, Brillat, ça ne lui fait ni chaud ni froid de quitter ces murs où elle a passé son enfance. De quel bois sont-ils faits, nos enfants ? Dans quel siècle vivons-nous ? Le passé ne compte-t-il plus ? Et nos racines ? Réaliseront-ils un jour le drame que je vis, le drame intérieur qui me mine ? Et Paul, et Casimir, devrais-je laisser leurs dépouilles en terre étrangère ?

Brillat sentit que l'émotion était en train de l'emporter dans une crise de larmes, mais par on ne sait quelle force intérieure, le vieux patriarche se ressaisit, soudain, poings crispés contre sa poitrine.

— C'est rien. C'est rien, se défendit-il. Nous exhumerons les corps s'il le faut. Du moins, je laisserai mes volontés... Mes volontés seront exprimées sur les actes, ça, je vous le garantis.

— Pourquoi vos volontés ? questionna Brillat. Vous n'en êtes pas encore à vos derniers articles. Il faut se battre. Un homme comme vous ne s'agenouille point.

Angel lui adressa un sourire grimacier. Les événements de la Renaudière lui avaient creusé les traits. Des sillons de douleur.

— Je suis venu vous aider. J'en ai parlé au sénateur et...

— Quel sénateur ?

— Bordenave.

— Ah, votre Bordenave, ironisa Angel. Vous en êtes encore à votre Bordenave. Comme en 14, lorsqu'il devait exempter Paul du service aux armées. Mais Fonsine lui a dit ses quatre vérités. Ces gens ont la rancune tenace. Ça ne lèvera pas le petit doigt pour un Monestier. Et puis, vous perdez votre temps. La politique ne peut rien pour moi. J'ai plus de trois cent mille francs de dettes, ce n'est pas Bordenave qui va me les apporter sur un plateau.

— Certes non, reconnut Brillat. Mais il a les moyens d'ajourner la vente publique. Il suffit d'examiner le dossier. Ce serait bien le diable qu'on n'y trouve pas une erreur de procédure. La loi est biscornue, on peut lui donner les interprétations qu'on veut. C'est affaire d'avocat. Et le sénateur m'a apporté sur cette question de précieux conseils. Il faut ajourner, vous dis-je, ne serait-ce que pour gagner du temps. Etes-vous sûr que les requêtes des créanciers sont en bonne et due forme ? Il nous faut faire vérifier tout ça par un expert.

Monestier joignit les mains, tête baissée. Il ne croyait guère à ces histoires d'expert. Et plus encore, il ne se voyait point contester les factures de ses débiteurs, question d'honneur.

— Tout est perdu, Brillat. Tout. J'y laisserai tout, par ma faute. Je n'ai pas vu venir l'orage. J'ai négligé les conseils du notaire. Il se peut que Bouvier veuille m'enfoncer, par intérêt sans doute, mais cette fois, il possède les bonnes cartes. Croyez-moi. Et ajourner la vente, n'est-ce pas reculer pour mieux sauter ? Diable, qu'on en finisse.

A ce moment, Brillat comprit que sa visite ne servirait à rien et qu'il était inutile de s'entêter. Alors, il s'avança pour prendre son ami dans ses bras. Ce n'était pas un geste facile.

— Vous souvenez-vous, Angel, de notre première rencontre ? Nous étions montés sur la colline de Lamarchie pour contempler votre demeure et vos belles terres.

Monestier se dressa devant lui, dans la pénombre de son bureau. Deux doigts écartèrent le rideau de la fenêtre. Brillat le prit par les épaules et le serra contre lui.

— Je suis aussi malheureux et désemparé que vous, Angel, dit François.

Angel hocha la tête.

— Savez-vous, Brillat, que je vous ai méprisé à cette époque. Je me disais : toi, tu es un homme riche. Et lui, il n'est tout compte fait qu'un paysan sans envergure. Tu lui donnes ta fille. Et il ne mesure point l'importance de cette alliance. Et voyez, aujourd'hui, retournement de situation. C'est moi qui suis le misérable, et vous l'homme riche.

— N'exagérons rien.

— La chute de notre maison a commencé le jour des noces, dit Angel. Ce jour-là, funeste entre tous, l'un de mes deux fils a pris la poudre d'escampette. Je n'ai pas mesuré l'importance de cet événement. Un père se doit de tenir sa famille unie, même au prix de quelques concessions. J'étais intraitable, borné, obtus, inflexible. Comme Casimir, comme Martineau, comme tous les autres à la Renaudière. Je pouvais me montrer aussi hautain et assuré de mon bon droit que l'aîné de mes fils était à mon image, un pur Monestier, tout aussi inflexible et intraitable que moi. Il avait toutes les qualités pour poursuivre mon œuvre. En ce temps-là, je me disais qu'avec Paul notre maison ne pourrait que connaître la prospérité. Mais la guerre me le prit, et il n'y eut plus alors que du désespoir et de la désillusion en moi. Un mal terrible. Lorsqu'un homme ne croit plus en lui, que ses rêves d'avenir sont brisés, alors tout va de mal en pis. Oh, certes, il y eut encore quelques belles années. Je voyais mes petits enfants grandir. Je me disais : Félix sera notre sauveur. Alors, il nous faut continuer, résolument, acheter des terres, de nouvelles machines, tenter des expériences dans l'élevage, le tabac, l'arboriculture. J'ai voulu préparer ma descendance, offrir à Félix un domaine digne de lui. Voilà ma faute. Et que vais-je lui laisser ? Rien. Plus tard, il dira : mon grand-père Angel a été le naufrageur de la Renaudière.

— Avez-vous des nouvelles de Pierre ?

Monestier ne répondit pas.

— Ne serait-il pas temps, enfin, d'aller le trouver ? suggéra Brillat. Toute votre vie vous avez fui cet instant de vérité. Serait-ce déchoir que de lui parler ? Serait-ce une épreuve si grande ?

Angel écarta cette proposition d'un geste rageur.

— Il n'est plus grand dommage que l'entêtement, et le vôtre confine à la folie.

Le patriarche de la Renaudière se dressa soudain sur ses ergots et, pointant l'index vers son visiteur, lui intima l'ordre de se retirer.

— C'est assez, Brillat. C'est assez.

La veille de la curée, Monestier erra longtemps dans les pièces vides de sa maison. Il avait tellement flirté avec la mort qu'il se sentait désormais prêt à faire le grand saut. Après tout, disparaître n'était rien à ses yeux, puisque tous les rêves accomplis se trouvaient désormais en voie d'anéantissement. Il avait été le patriarche en son pays, un maître sur ses terres, et les temps nouveaux ne voulaient plus d'un homme comme lui. Les temps nouveaux réclamaient des bureaucrates, des fonctionnaires, des ouvriers, des employés de service. Il n'était plus de place pour les paysans, et sans doute les derniers finiraient-ils sur quelques arpents à regarder passer le train du progrès. Le gros de la troupe deviendrait coopérateur, mandataire du Crédit agricole, commis d'office de syndicats fonciers. Mais il n'en serait plus un seul maître sur son domaine, comme les cultivateurs le furent dans les années glorieuses, riches ou pauvres, mais seigneurs sur leur terre.

Au milieu de la nuit, il descendit aux écuries et aux étables. Martin avait évacué les troupeaux. Cela sonnait lugubre à ses yeux, les quais déserts, les mangeoires vides, et le silence de mort qui planait dans les murs. Rien ne m'aura été épargné, déplora-t-il. Pourquoi faut-il que cette tâche funeste m'incombe, à moi ? Si le pauvre Martineau revenait... Il sentit les larmes couler sur ses joues. Et Anne-Alexia, que dirait-elle ? Que je ne fus pas digne de mon destin.

Le patriarche alla s'asseoir dans le recoin de l'étable où Martineau passait ses dernières journées. Sa main caressa les murs chaulés, où la poussière de foin s'était agglutinée depuis des générations. Et il se mit à crier sa douleur, invoquant les âmes de ses ancêtres. Ridicule cérémonie. Affligeante fin pour un homme comme lui, si fier de son sang. Pourtant, était-il lieu moins approprié pour mourir, foudroyé comme de juste, et comme l'avait été le pauvre Martineau, terrassé d'une apoplexie, au milieu de ses vaches ?

L'aube le cueillit de nouveau, tel qu'en lui-même, absorbé par son chagrin et ses rêves perdus. Ce sera mon dernier jour sur la terre, se promit-il en relevant le col de sa veste de coutil. Il ouvrit grandes les portes de l'étable et sortit dans les brumes qui ouataient l'Oustalier et Puyfort. C'était comme un grand lac blanc qui recouvrait ses terres. Tout juste émergeait-il quelques îlots de verdure. Il y vit le signe de la vie sans cesse recommencée, de celle qui allait le quitter à celle qui encenserait des aubes nouvelles.

Je ne suis rien, pensa-t-il. Grain de sable dans l'immensité. Une fois en terre, qui se souviendra de ce que je fus, de mes tourments, de mes colères et du visage serein que je tins en mes jours glorieux ? J'aspire déjà à devenir poussière, puisque l'avenir ne veut plus de moi, que je n'ai aucun rôle à jouer dans les heures prochaines, sinon écouter, froid et muet, les attendus de ma déchéance. Pourtant, je ne m'y déroberai point. Je veux assister jusqu'au bout au spectacle, contempler droit dans les yeux mes dépeceurs, et ensuite descendre, hautain comme de juste, dans les fonds obscurs.

Quelle sorte de ressorts se muaient en lui, encore et encore ? Quelle force le soutenait, lui, le paysan déchu, pour trouver le courage d'affronter les corbeaux, sur leurs perchoirs, alignés en rang d'oignons ?

Lorsqu'il entra dans la salle communale de Saint-Ségur, un silence se fit, comme une mer bruissante qui se retire soudain. Les regards suspendus à ses gestes étaient craintifs, comme il l'avait tant espéré. Sans doute avait-il appréhendé les rieurs, les ricaneurs et, pire encore, les flagorneurs. Au bout de quelques minutes, un petit vent de chuchotis se leva dans la salle, des voix conjurées, sourdes à l'oreille de Monestier. Le vieil homme visita, un à un, tous les regards, avec une attention soutenue. En quelques minutes, il avait classé l'assistance en deux catégories, celle des intimes et celle des étrangers. Il connaissait sa liste par cœur. Il savait que Landrette convoitait ses terres de Lamarchie et de l'Oustalier, que Bordenas lorgnait sur celles de Puyfort et de Mournat... Et tant d'autres aux ambitions obscures, comme ce Fernand Capelin... Que voulait-il, celui-là ? Sa maison ? Ses écuries ? Ses étables ? Ses granges ? Capelin, c'était trop à supporter. Un allié de la famille Brillat, de sa propre famille. Si les cousins se mangent entre eux, alors que vaut la société ? Un marigot à crocodiles, songea-t-il. Jadis, les clans familiaux faisaient corps, cause commune. Mais aujourd'hui, ça se déchire. Pour l'argent.

Les sombres pensées qui s'agitaient sous son crâne ne se trahirent point sur le visage de Monestier. Il était impavide, blême mais impavide, statufié par sa colère intérieure. Les mots le rongeaient, lui qui ne pouvait exhumer le moindre signe de détresse ou de désarroi. C'eût été trop beau pour les corbeaux que le vieux se mît à faillir, par la haine ou le chagrin. On n'attendait plus qu'un signe de lui, la faille par où s'engouffrer, et toute la salle eût exulté en rires et en offenses.

Maître Bouvier et son clerc se tenaient auprès du commissaire-priseur, un petit bonhomme souffreteux, aux lèvres minces, au teint parcheminé et à la voix sifflante. Il commença par donner une lecture fastidieuse du cahier des charges dans lequel étaient consignés terres, immeubles, aisances et dépendances faisant objet de la vente au plus offrant et au dernier des renchérisseurs. Il acheva son propos par les précautions d'usage en matière de vente à la criée :

— L'adjudicataire fera son affaire personnelle, sans recours possible contre le vendeur, des erreurs ou omissions susceptibles de s'être produites...

Les visages s'agitaient de droite et de gauche. Chacun tenait en main son petit carnet. Bordenas et Landrette se surveillaient du coin de l'œil. Bien qu'ils se fussent mis d'accord sur les terres qu'ils convoitaient, afin de ne pas renchérir inutilement, un doute les possédait à l'instant crucial. L'entente perdurerait-elle dès lors qu'un troisième ou un quatrième quidam viendrait à brouiller les cartes ?

Comme Monestier l'avait flairé, les Bordenas et Landrette s'accrochèrent aux parcelles qui les intéressaient. Quelques autres clients firent monter les enchères, mais cédèrent assez vite. Et au moment où le commissaire allait clore la vente du Mournat, de l'Oustalier, de Puyfort, un jeune homme en costume gris et chapeau melon se leva du côté gauche de la salle.

— Nous sommes intéressés pour la totalité des possessions de monsieur Angel Monestier, terres, immeubles et dépendances, désignées dans le cahier des charges qui fut déposé au greffe du tribunal de Brive. Nous avons pris acte de la mise à prix à trois cent mille francs. Présentement, nous nous portons acquéreur de la totalité pour cinq cent mille francs.

Le commissaire-priseur consulta ses voisins, le notaire et le petit clerc, tandis que la salle bruissait de conversations animées.

— Qui est cet homme ? demanda Bordenas

— Quels intérêts défend-il ? Monsieur le commissaire, il faut nous éclairer.

Le magistrat frappa du poing sur la table, à petits coups répétés, pour imposer le silence. Maître Bouvier se leva pour demander au renchérisseur de se faire connaître. Le jeune homme ôta son chapeau melon et le posa délicatement sur le siège vide à côté de lui. Angel Monestier se leva pour mieux apercevoir les traits du nouvel adjudicataire. Il ne faisait point partie des corbeaux qui avaient arpenté sa cour et ses terres dans les semaines précédant la vente. Malgré son infortune, il se mit à jubiler intérieurement. Autant que ce soit un étranger, se dit-il. Ainsi, ces salauds de profiteurs en seront pour leurs frais. Il contempla avec ravissement la déception sur le visage de Bordenas et de Landrette. Pour un peu, il les eût apostrophés, si la décence ne l'avait retenu.

— C'est un coup monté, jura Capelin. Moi, je suis prêt à les mettre, les cinq cent mille francs. Cinq cent dix mille !

Le notaire se rassit. Le commissaire pointa l'index dans la direction de l'industriel de Croisille et cria de nouveau

— Cinq cent dix mille ici. Qui dit mieux ?

Capelin plastronnait en s'inclinant de droite et de gauche. L'homme cherchait quelques appuis dans l'assistance, quelques paroles d'encouragement. Bordenas alla s'asseoir auprès de lui et se mit à lui parler à l'oreille.

— Que vous importent les terres du vieux Monestier ? Vous n'êtes pas paysan à ce que je sache.

Capelin essuya avec un mouchoir la sueur qui perlait sur son front large et luisant.

— Je m'en fiche, mon vieux. Il n'est que les immeubles qui m'intéressent. Mais, pour ce qui concerne les terres, nous nous arrangerons entre nous...

Bordenas fit un signe apaisant en direction de Landrette.

La manœuvre n'avait point échappé au regard attentif de Monestier. Et il poussa un grand soupir de déception, avant de se rasseoir.

Tous les regards se fixèrent sur le jeune homme au chapeau melon. On s'attendait, avant que le marteau du commissaire-priseur se fût abattu, à une nouvelle surenchère. Les dix mille francs de Capelin paraissaient un peu juste pour emporter la partie. Et en effet, le garçon fit une chiquenaude un peu méprisante en direction de l'adjudicateur, et lança d'une voix blanche :

— Cinq cent cinquante mille !

Capelin se caressa le front, pensif. Jusqu'où puis-je aller ? Il eût tant voulu obtenir une pause pour réfléchir. Cinq cent mille, c'était déjà bien au-delà de ce que sa trésorerie pourrait supporter. Avec la revente des terres, il espérerait regagner deux cent mille et guère plus. A la condition que Bordenas et Landrette maintinssent leur offre. Sur cette question, il ne possédait aucune garantie.

L'industriel demanda, sans illusions, que son renchérisseur se fît connaître. Histoire de gagner un peu de temps.

— Je suis aussi solvable que mon voisin, répliqua le jeune homme. Et je puis à la seconde déposer un chèque de cinq cent mille francs de garantie.

— Cela n'est pas l'usage, dit le commissaire. Les frais de poursuite de vente sont payables par l'adjudicataire en sus du prix dans les dix jours.

Monestier sentit à la détermination du jeune homme que la vente finirait par lui échoir. Il n'éprouvait, à ce stade de l'opération, guère de curiosité sur les origines de l'acheteur. Ce pouvait être un agent d'affaires de Brive, un promoteur, ou un Parisien argenté rêvant de s'offrir une belle ferme de caractère en Limousin. Quelle importance. N'importe qui, plutôt qu'un corbeau de Saint-Ségur ou de Croisille. Le vieux Monestier se mit à battre des mains. La mine embarrassée de Capelin et le désarroi des Bordenas et des Landrette suffisaient à son bonheur

— Sacré coup de théâtre ! s'écria-t-il. Ma Renaudière ne se laissera point croquer aisément.

L'adjudicateur tapa du poing sur la table pour taire les réactions qui montaient dans la pièce.

— Tu nous la tiendras plus, hé Monestier, la dragée haute ! fit un des paysans.

— Main'nant, t'es plus rien, dit un autre. Rien !

Le vieux patriarche conservait la tête haute sous les quolibets et les ricanements. Cependant, il avait espéré que cette ultime épreuve lui serait évitée. Mais il ne pouvait s'en prendre qu'à lui-même. N'était-ce point lui qui avait brisé les réserves des uns et des autres par orgueil, par vanité ?

Le commissaire lui fit signe de s'asseoir.

— Ne vous y mettez pas aussi, monsieur Monestier. Silence ! Silence ! Sinon, je fais évacuer la salle.

A ce moment, maître Bouvier descendit de l'estrade et fit signe à Capelin de le rejoindre dans le couloir. Le commissaire proposa une courte pause. Ce n'était pas dans les usages de la vente à la criée mais le désordre patent qui sévissait dans l'enceinte ne pouvait que l'y inciter. Capelin se fraya difficilement un passage au milieu des badauds qui s'agrippaient à sa veste et l'encourageaient fort à poursuivre. Certains croyaient même que l'entrepreneur jetait l'éponge et sifflaient dans leurs doigts.

— Oui-oui-oui, promettait-il. N'ayez crainte, je reviens de suite.

— Fais-lui mordre la poussière, au blanc-bec, jurait un autre.

— Pas de pitié pour Monestier. A la curée, à la curée.

— Lâchez les chiens !

Fernand Capelin approcha son notaire avec colère.

— Tu m'avais dit que ça serait du gâteau. Et ça devient une partie de poker menteur. Merde, merde, merde.

Le notaire lui fit signe de baisser d'un ton.

— Je n'avais pas prévu l'intrusion de cet étranger. Personne ne sait d'où il vient.

— Ça serait pas un fauteur de troubles payé par le vieux Monestier ?

— Tu plaisantes, mon ami. On ne met pas ainsi cinq cent mille francs en jeu.

L'industriel s'adossa au mur, les mains enfouies dans les poches de son pantalon. Au travers du tissu, on voyait ses doigts qui agitaient de menues pièces de monnaie.

— C'est trop cher pour moi. J'ai fait un rapide calcul. Nous n'en tirerons aucun avantage.

Bouvier se mordait les lèvres d'anxiété.

— Faut pas laisser partir cette propriété.

— Qu'est-ce que vous pourriez mettre, vous ?

Le notaire sursauta de rage.

— Tu crois que j'en ai pas assez mis comme ça ? Pour amener le vieux à la bascule, j'ai pris des risques. Et nos accords tiennent toujours. N'est-ce pas, qu'ils tiennent toujours ?

Capelin ne répondit pas. Le notaire insista en s'agrippant à sa veste.

— Si l'autre monte à six cent mille, je réponds de rien. Parce qu'à ce compte, je saute.

— Tu sautes ?

— Je bouffe la grenouille.

— Quoi ? fulmina Bouvier. Tu as bien les moyens de perdre deux cent mille francs ?

L'industriel fixait intensément les fissures du plafond, les écaillures du badigeon gris.

— Je suis venu pour faire de l'argent, non pour en perdre. Je rajoute dix mille, et basta.

Ainsi se séparèrent-ils sur ce malentendu. Bouvier voulait écraser Monestier à n'importe quel prix, alors que Capelin se fichait bien du vieux bonhomme. Il achetait pour revendre ensuite les terres aux paysans, et escomptait une bonne opération sur les bâtiments, celle-ci devant compenser largement sa mise.

La vente reprit dans un silence tendu. Angel s'était rapproché de la sortie. Au coup de marteau final du commissaire-priseur, il disparaissait comme un voleur. C'était ainsi qu'il avait envisagé sa sortie, discrète et honorable.

Comme prévu, Capelin ajouta dix mille francs. Aussitôt, le jeune étranger renchérit, à dix mille de mieux.

— Adjugé, vendu ! s'écria le commissaire.

Et une clameur de dépit parcourut la salle. Angel profita du désordre pour s'éclipser. Mais à peine atteignait-il la sortie qu'un chauffeur de maître vint à sa rencontre.

— Monsieur Angel Monestier ?

— Lui-même.

— Suivez-moi.

— Pourquoi vous suivrais-je ?

— C'est de la plus haute importance. L'acheteur de votre domaine désire vous parler.

— Mais moi, je ne veux pas lui parler. Je ne veux même pas le connaître. Dites-lui que j'ai grand chagrin de voir s'envoler une si belle propriété.

Le chauffeur insista. Il n'était qu'une centaine de mètres à parcourir pour atteindre la limousine noire stationnée près de la halle.

— Comment se nomme-t-il, mon crève-coeur ?

L'homme ne répondit pas.

— Je suis tout de même curieux, reconnut Angel.

A hauteur de la limousine, Monestier chercha en vain à discerner un visage, mais il ne le put à cause des vitres fumées. Cependant, la portière s'entrouvrit, et d'un geste brutal, le chauffeur poussa Monestier sur le siège.

— Qu'est-ce que tu fais là ? s'écria Monestier. Tu es venu voir ma défaite. Eh bien voilà. Tu peux être satisfait.

Pierre lui prit la main. Elle ne résista guère, du reste. Il la sentit molle et captive.

— Tu ne changeras pas, père. Tu resteras tel qu'en toi-même. Mais tant pis, il me faudra en prendre mon parti.

Le vieux passa une main sur son visage. La joie, l'angoisse, tout se mélangeait dans sa tête.

— Démarrons, ordonna Pierre au chauffeur.

— Et Benjamin ? demanda l'homme.

— Laissons-le régler les derniers détails. Il nous rejoindra.

— Quels détails ? demanda Monestier.

Pierre éclata de rire.

— Tu n'as pas compris ? Décidément, tu manques de perspicacité, mon pauvre papa.

— Tu veux dire que...

— J'ai acheté la Renaudière. Cher, il est vrai. Mais, qu'importe, je ne l'aurais jamais laissée partir, même à plus de six cent mille francs.

Monestier dut appuyer sa tête au dossier du siège avant pour cacher l'émotion qui l'étreignait.

— Pourquoi tu as fait ça ? demanda Angel.

— Ne suis-je pas un Monestier, moi aussi ? Quel déshonneur pour notre famille de voir partir une si belle propriété, comme tu le dis. Et puis, pensons à Casimir, à Martineau, à grand-mère Alexia, à Paul. Je suis des vôtres, quoi que tu aies pu penser de moi. J'ai des souvenirs d'enfance sur cette terre de mes ancêtres, et songeons à tous les fantômes qui errent dans les couloirs de la Renaudière. Se pourrait-il que nous les abandonnions à des étrangers ? Notre âme, notre sang. Mes amis me trouvent un peu ridicule et démodé. Moi, je ne le crois pas. Je suis accroché au vieux monde par des racines tenaces. Et puis, mon cher papa, j'avais à te prouver que tu t'étais trompé sur mon compte. Le plus mauvais de tes fils sauve ton domaine. C'est singulier, non ?

— Je regrette tout ce que j'ai pu te dire, dit Angel. Mais il y a, hélas, une raison à ton départ. Une raison qui nous dépasse, toi et moi. Cependant ce n'est point l'heure d'en parler. Laissons cela pour des jours prochains. Un grand secret me possède, et ce sera pour moi une délivrance que de te le révéler.

— Un secret ?

— Oui, un secret, confirma Angel.

— Ce serait bien trop simple s'il n'y avait pas dans notre belle famille quelque mystère traînant dans les alcôves.

— Laissons cela !... Aujourd'hui est un grand jour. Et nous allons fêter, mon petit, la résurrection de la Renaudière. Divine surprise, divine grâce du destin, fit Angel pris d'un tremblement nerveux. A l'instant où ton chauffeur est venu me chercher, ajouta-t-il, je me préparais à finir dignement cette histoire.

— Dignement ?

Le vieil homme ne répondit pas. Il fixait par la vitre le paysage qui défilait devant lui. Et lorsque la limousine atteignit les premiers replis de ses collines, l'Oustalier et Puyfort, il se mit à pleurer dans ses doigts, sourdement.

Fin du premier volume

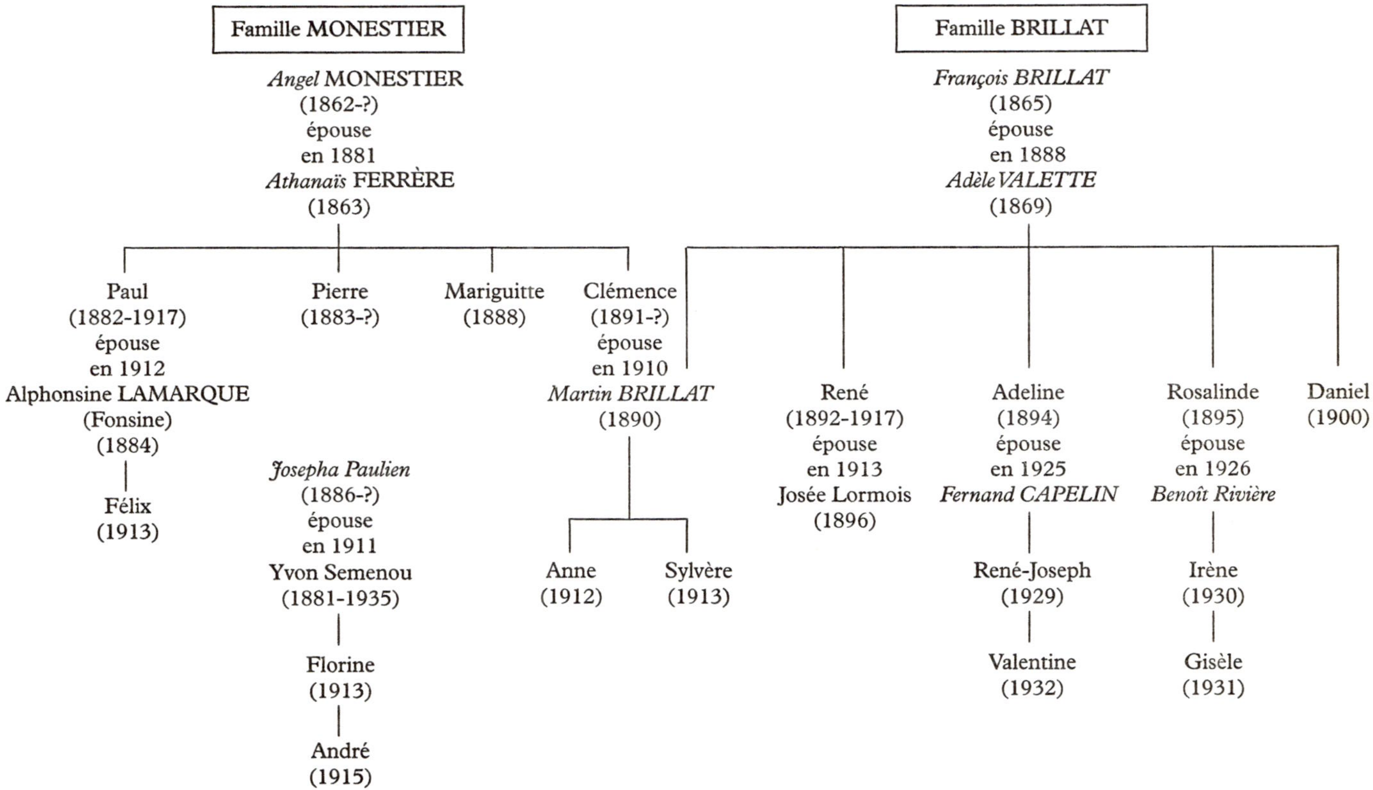

Famille MONESTIER
Angel MONESTIER (1862-?) épouse en 1881 Athanaïs FERRÈRE (1863)
Paul (1882-1917) épouse en 1912 Alphonsine LAMARQUE (Fonsine) (1884)
Félix (1913)
Pierre (1883-?)
Mariguitte (1888)
Clémence (1891-?) épouse en 1910 Martin BRILLAT (1890)
Anne (1912)
Sylvère (1913)
Josepha Paulien (1886-?) épouse en 1911 Yvon Semenou (1881-1935)
Florine (1913)
André (1915)
Famille BRILLAT
François BRILLAT (1865) épouse en 1888 Adèle VALETTE (1869)
René (1892-1917) épouse en 1913 Josée Lormois (1896)
Adeline (1894) épouse en 1925 Fernand CAPELIN
René-Joseph (1929)
Valentine (1932)
Rosalinde (1895) épouse en 1926 Benoît Rivière
Irène (1930)
Gisèle (1931)
Daniel (1900)

NOMS DE PERSONNES CITÉS DANS L'OUVRAGE

ANDRIEUX, fils des propriétaires de la Société laitière de Curac, jugé indispensable à l'arrière au moment de la Déclaration de Guerre (1914).

ANNE-ALEXIA, voir Monestier.

BARTHOU Louis, homme politique de la IIIe République et écrivain français. « Politicien nécrophage », selon Angel.

BATISTELLA, ouvrier agricole de nationalité italienne à la Renaudière.

BENJI, voir Lavoie.

BERTILLE, voir Pestourie

BJÖRLING Jussi (1911-1060), ténor suédois. Cité dans l'air de *La Gioconda* de Ponchielli.

BLUM Léon, homme politique, chef de la SFIO. Evoqué à propos de la scission de Tours et des vingt et une conditions posées par les bolcheviques pour adhérer à l'Internationale.

BONNETON (les), ancienne famille de vignerons de Hautefage, ruinée par la crise du phylloxéra.

BORDENAS, propriétaire à Saint-Ségur.

BORDENAVE Jules, sénateur radical. Altercation avec Fonsine sur les horreurs de la guerre de 14-18.

BOUVIER Anatole, notaire à Saint-Ségur.

BRIAND Aristide (1862-1932), homme politique français, plusieurs fois président du Conseil. Jeu de mots d'Angel . briandisme, brigandisme...

BRILLAT Adèle (1869-), née Valette, épouse de François, mère de Martin, René, Adeline, Rosalinde, Daniel.

BRILLAT Adeline (1894-), fille d'Adèle et François, mariée à Fernand Capelin.

BRILLAT Anne (1912-), fille de Clémence et de Martin.

BRILLAT Clémence (1891-), née Monestier, fille d'Angel et d'Athanaïs, épouse de François Brillat, mère d'Anne et de Sylvère.

BRILLAT Daniel (1900-), fils d'Adèle et de François, frère de Martin, de René, d'Adeline et de Rosalinde. Journaliste à *La Corrèze sociale et républicaine.*

BRILLAT François-Pierre, dit François (1865-), propriétaire à Croisille, l'un des patriarches, marié à Adèle, née Valette, père de Martin, René, Adeline, Rosalinde, Daniel. Elu maire de Croisille en 1912

BRILLAT (les petites) : Adeline et Rosalinde.

BRILLAT Martin-Henri-Aimé (1890), fils d'Adèle et de François, marié à Clémence Monestier, père d'Anne et de Sylvère.

BRILLAT René (1892-1917), fils d'Adèle et de François, marié à Josée Lormois.

BRILLAT Rosalinde (1895-), fille d'Adèle et de François, sœur de Martin, de René, d'Adeline et de Daniel. Mariée à Benoît Rivière.

BRILLAT Sylvère (1913-), fils de Clémence et de Martin.

BRUNETIERE Ferdinand, (1849-1906) critique et journaliste. Evoqué à propos de l'Action française.

BUTEL André, dans la liste des premiers morts pour la France à Saint-Ségur.

CAPELIN Fernand (1882-), époux d'Adeline, propriétaire d'une scierie industrielle sur la Soudoire, à Glandon.

CAPELIN Adeline : voir Brillat.

CAPELIN Léonie, première épouse de Fernand Capelin.

CARUSO Enrico (1873-1921), ténor italien. Dans *La Tosca* de Puccini.

CASIMIR, officier de l'armée de Napoléon. Voir Monestier.

CIBLAT (les), branche de la famille Monestier.

CIPLON Jeanne, mariée à Martineau Monestier, grand-mère d'Angel. Petite mère insignifiante et besogneuse avant la République des femmes à la Renaudière.

CIPLON (les), anciens de la Renaudière

CIPLON Johan, fermier sous la Révolution française, inquiété par le Comité de Salut public, selon la légende courant à la Renaudière et savamment entretenue génération après génération.

CLEMENCEAU Georges (1841-1929), président du Conseil. « Politicien nécrophage », selon Angel.

COLOMB Christophe (1451-1506), navigateur espagnol, cité à propos de ses ouvrages *Journal de bord 1492-1493* et *Relations de voyage 1493-1504.*

COLOMBIER (les), ancêtres de la Renaudière.

COOK James (1728-1779), navigateur anglais, cité à propos de son ouvrage *Relations de voyages autour du monde.*

COOPER Fenimore (1789-1851), romancier américain, cité pour son ouvrage *Le Dernier des Mohicans.*

COUDRIER Antonin, photographe ambulant. Il fixe sur une plaque sensible l'alliance des Monestier et des Brillat.

CRAMIER (les), branche de la famille Monestier.

DELACROIX Eugène (1799-1863), cité pour *La Liberté guidant le peuple.*

DELORME Fabienne, secrétaire à la Compagnie consulaire de Brive.

DREYFUS (capitaine), cité à propos de l'affaire. La question divise les patriarches qui se réconcilient autour d'un verre de cognac.

DUMAS (les), ancêtres de la Renaudière.

FALKENHAYN (Von), chef de l'état-major allemand lors de l'offensive de février et mars 1915.

FERNEY Adrien, proche compagnon de François Brillat, et futur maire adjoint de Croisille, après les élections de 1912.

FERRERE, voir Monestier Athanaïs.

FITWAY Andrew, industriel anglais, allié de Pierre Monestier dans les affaires de Malaisie.

FONSINE : voir Lamarque.

FRAGONARD Jean-Honoré (1732-1806), décor dans le style du peintre à la Frênaie, maison bourgeoise acquise et rénovée par Pierre Monestier après son retour de Malaisie.

FRANCHET Alix, maire de Croisille jusqu'en 1912. Collectionne les surnoms : Pick-Franchet, Pick-le-grigou, Pick-petits-pieds, Pick-tourne-veste.

GILLET Gaston, dit Testounet, paysan à Croisille.

GIRARD André, chimiste français, spécialiste de l'industrie caoutchoutière.

GIRARDET Emile, chef de cabinet au ministère des Affaires coloniales.

GLANDAND : voir Langlade.

GRAY Peter, agent de change à la banque Barclays à Londres et conseiller financier de Pierre Monestier.

GUILLAUME, prénom imaginé par Angel Monestier pour la naissance du premier enfant au foyer Brillat. Ce fut une fille (Anne).

GUITTE, voir Monestier Mariguitte.

HANAU Marthe (Mme), banquière, compromise dans le scandale de *La Gazette du franc.*

HAUTEFAILLE (les), branche de la famille Monestier.

HENRI DE NAVARRE, Henri IV (1553-1610), roi de France. Aurait séjourné au relais de poste de l'actuelle Renaudière.

HERBENEAU, fermier et riche propriétaire. Emploie Pijoine. Vive altercation entre les deux hommes, qui va révéler la passion de Josée pour le journalier, frondeur et révolté.

HORTENSE (Mlle), couturière et modiste à Brive.

IMBERT Anne-Alexia, voir Monestier.

ISMAÏL, contremaître à la plantation d'hévéas de Kuala Terengganu (Malaisie). Homme de confiance de Pierre Monestier.

JALINIER Roger, industriel à Brive, président de la chambre de commerce.

JAURÈS Jean (1859-1914), homme politique. Combat pour la reconnaissance des droits sociaux des plus pauvres. Combattant pacifiste à la veille de la Grande Guerre.

JILLOT, fermier à Saint-Ségur.

JOHAN, voir Ciplon.

JOSEPHA, sauvageonne, née Paulien, camarade d'enfance de Pierre Monestier : voir Paulien.

KLOTZ Lucien, ministre de la IIIe République.

LACOTRE (abbé), confesseur d'Athanaïs Monestier.

LAMARQUE Alphonsine, dite Fonsine (1884-), mariée à Paul Monestier, mère de Félix.

LAMARQUE Léon, père d'Alphonsine, petit cultivateur à Saint-Ségur.

LANDRETTE, fermier à Croisille.

LANGLADE, dit Glandand, ouvrier agricole attaché à la famille Monestier.

LAVOIE Benjamin, secrétaire particulier de Pierre Monestier.

LEFEBVRE, fermier à Saint-Ségur.

LENOIR Auguste, sur la liste des premiers morts pour la France à Saint-Ségur.

LORANCE (garage), lieu où Angel acquiert une Torpédo.

LORMOIS Josée (1896-), mariée à René Brillat.

LORMOIS Joseph, marié à Léontine, père de Josée. Métayer à Bordieu.

LORMOIS Léontine, mariée à Joseph, mère de Josée.

LOUBIERES Maria, veuve d'un agent voyer.

LOUIS XI (1423-1483), roi de France sous le règne duquel la Renaudière tiendrait son origine en tant que relais poste.

MAISONNEUVE Yves, sur la liste des premiers morts pour la France à Saint-Ségur.

MALCOLM John, banquier à la Barclays à Londres.

MANGEIN, fermier, voisin de la Renaudière, faisant office de garde-chasse.

MARTIAL (Dr), médecin de famille des Monestier.

MARTINEAU (le grand-père), grand-père d'Angel Monestier. Figure vénérée et âme errante.

MARTINET Alexandre, allié de la famille Brillat.

MARTINET Berthe, alliée de la famille Brillat. Soupçon d'adultère avec François.

MASSEPIN, famille de fermiers de Saint-Ségur.

MAUDOIRE Noël, retraité du comptoir des tabacs, parti possible pour Josée selon François.

MAURRAS Charles (1868-1952), écrivain français, défenseur de l'idée monarchique. Evoqué à propos de l'Action française.

MONESTIER Angel (1862-), propriétaire de la Renaudière, l'un des patriarches, marié à Athanaïs Ferrère en 1881, père de Paul, de Pierre, de Clémence et de Mariguitte.

MONESTIER Anne-Alexia, née Imbert, mariée à Jules-Sévère, mère d'Angel et de Félix-Anatole. Forte personnalité qui a marqué l'enfance d'Angel.

MONESTIER Athanaïs (1863-), née Ferrère, épouse d'Angel, mère de Paul, de Pierre, de Clémence et de Mariguitte.

MONESTIER Casimir, colonel de la Garde napoléonienne. Héros emblématique des Monestier qui a donné le nom au jardin proche de la demeure familiale.

MONESTIER Clémence : voir Brillat.

MONESTIER Félix-Anatole (1859-1872), frère d'Angel.

MONESTIER Félix (1913-), fils d'Alphonsine (Fonsine) et de Paul.

MONESTIER Jules-Sévère, père d'Angel et de Félix-Anatole. Père autoritaire auquel Angel a tenté, sa vie durant, de ressembler.

MONESTIER Marie-Marguerite, dite Mariguitte ou Guitte (1888-), fille d'Angel et d'Athanaïs.

MONESTIER Martineau, marié à Jeanne Ciplon, père de Jules-Sévère, grand-père d'Angel et de Félix-Anatole. Un daguerréotype le représentant figure en bonne place à la Renaudière.

MONESTIER Paul (1882-1917), fils d'Angel et d'Athanaïs, frère de Pierre, de Clémence et de Mariguitte, père de Félix. Digne héritier destiné à reprendre la Renaudière.

MONESTIER Pierre (1883-), fils d'Angel et d'Athanaïs, frère de Paul et de Clémence. Dirigeant de la Société Caoutchouc Malaysia.

MORISSEY Clément, sur la liste des disparus au front.

MURACCI, ouvrier agricole de nationalité italienne à la Renaudière.

NEUVIALLE Alain, sur la liste des premiers morts pour la France à Saint-Ségur.

OUZEAU Firmin, rédacteur en chef de *La Corrèze sociale et républicaine*, installée rue de la Fontaine-Bleue à Brive.

PAULIEN Josepha (1886-), amie d'enfance de Pierre Monestier, mariée à Semenou.

PAULIEN (les), famille honnie des Monestier.

PESCOLA ou PESCOLANINO, ouvrier agricole de nationalité italienne à la Renaudière.

PESTOURIE Bertille, cavalière de Pierre Monestier au mariage de Clémence et Martin.

PESTOURIE (les), branche de la famille Monestier.

PHILIPPE LE BEL (1268-1314), roi de France (Philippe IV). Cité pour son arrogance, son autoritarisme, sa poigne de fer...

PIJOINE, carrier, hongreur, homme à toutes mains, amant de Josée après la mort de René Brillat.

POINCARÉ Raymond (1860-1934), homme politique français, président de la République et président du Conseil.

POMPIDOUSTE (le vieux), guérisseur et sorcier à Saint-Ségur.

PONCHIELLI Amilcare (1834-1886), compositeur italien, cité pour *La Gioconda*.

PORCHIER, famille d'éleveurs de Saint-Salvadour où le sénateur Bordenave a été placé, dans son enfance, « au cul des vaches ».

POUMIER (la dame ou Dame), hôtesse de l'hôtel.

POUMIER Pascal, propriétaire de l'hôtel de Saint-Ségur, lieu où se réfugie provisoirement Pierre Monestier après son retour de Malaisie.

PRINCIPAUD, tenanciers de café à Saint-Ségur.

PTOLÉMÉE Claude (IIe siècle apr. J.-C.), astronome grec, cité pour sa *Géographie* qui a fait autorité pendant tout le Moyen Age. *Terra Incognita* et invention du monde sont des thèmes chers à l'adolescent Pierre Monestier.

PUCCINI Giacomo (1858-1924), compositeur italien, cité pour *Manon Lescaut* et *La Tosca*.

RIVIÈRE Benoît, époux de Rosalinde Brillat, employé du chemin de fer.

RIVIÈRE Rosalinde : voir Brillat.

ROCHETTE Aimé, banquier, compromis dans un scandale financier.

ROUBAUD (le vieux), propriétaire des terres de Salinac.

ROUSSIER Xavier, député radical. Connaît une altercation avec Fonsine sur les horreurs de la guerre de 14-18.

SANTINI (M.) : propriétaire de la ferme de Bordieu où les Lormois sont métayers.

SEMENOU André (1951-), fils d'Yvon et Josepha, frère de Florine.

SEMENOU Florine (1913-), fille d'Yvon et Josepha, sœur d'André.

SEMENOU Josepha : voir Paulien.

SEMENOU Yvon (1881-1935), marié à Josepha Paulien, père de Florine et André, fermier à Cirgues.

SERIN Octave, sur la liste des disparus au front.

STEVENSON Robert-Louis (1850-1894), romancier et poète anglais, cité à propos de *L'Ile au trésor* et *Les Maîtres de Ballantrae*. Auteur de prédilection de Pierre Monestier, dont les récits ont fait naître son goût du voyage.

SUETTON (lord), industriel anglais, ami de Pierre Monestier. Il lui a confié sa première mission de confiance en Malaisie.

TESTOUNET, voir Gillet.

URBAIN IV, pape de 1261 à 1264, évoqué à propos de la fête-Dieu de Saint-Ségur.

VALETTE Adèle : voir Brillat.

VICTORIN Alexandre (1884-), instituteur à Croisille et poète. Amant d'Adeline Brillat.

VIRGILE (70 à 19 av. J.-C.), poète latin. Cité à propos d'une paraphrase du journaliste Ouzeau sur *Je crains les Grecs, même quand ils font des offrandes...* (*Enéide*).

VIVIANI André, président du Conseil, au moment de l'entrée en guerre de la France contre l'Allemagne (1914). Nommé dans le roman à propos d'une loi sur l'émancipation féminine. Pure élucubration du député Roussier, inspirée néanmoins par le courage des femmes à l'arrière pendant la Grande Guerre.

VIVIENNE (madame), gouvernante à la Frênaie.

WATTEAU Antoine (1684-1721), peintre français, cité avec Fragonard à propos du décor de la Frênaie.

Composé par Nord Compo
à Villeneuve-d'Ascq

Achevé d'imprimer sur les presses de

BUSSIÈRE

GROUPE CPI

à Saint-Amand-Montrond (Cher)
en juin 2007

Édition exclusivement réservée
aux adhérents du Club
Le Grand Livre du Mois
15, rue des Sablons
75116 Paris
réalisée avec l'autorisation des éditions Presses de la Cité
ISBN : 978-2-286-03262-3

N° d'impression : 072264/1.
Dépôt légal : mai 2007.
Imprimé en France